KB066103

염
부

# 염부

소금이 빚어낸 시대의 사랑

박이선 장편소설

다산
책방

# 선운사에 온 손님

호남 정맥이 내장산에서 몸을 비틀어 남도를 달릴 때 홀연히 빠져나온 방장산이 고창 제일봉으로 자리하고, 서쪽으로는 산맥이 나지막하게 이어지다가 소요산, 경수산, 선운산, 개이빨산이 우뚝 솟아오른다. 서해에서 불어오는 매서운 바람이 산을 넘는 동안 한결 부드러워져 도솔산 골짜기에 자리한 사찰에 닿을 때는 포근하기까지 하다.

새벽 공기가 서늘해지면 깊은 골짜기에서 흘러내리는 물이 더욱 맑아진다. 온 산이 단풍으로 노랗고 붉게 물든 것을 보고 있자면 누구든 저도 모르게 그만, 아! 탄식을 토해내게 된다. 제아무리 뛰어난 화공(畵工)이라도 이렇게 자연스럽고 아름다운 채색을 하기는 쉽지 않을 것이다. 도솔천 건너 암벽에 뿌리내린 송악은 사시사철 푸르고 그 주위로 오색 단풍이 찬란하다. 감나무에 빨갛게 매달린 감은 서리를 맞아 떫은맛을 점점 잃고 홍시로 변해간다. 이미 꽃무릇은 다 지고 없어 그 꽃대만 삐죽삐죽 솟아 있지만 그래도 커다란 카메라를 든 사람 서넛이 이리저리 앵글을 맞추고 있다.

선운사와 도솔암으로 나뉘는 갈림길을 지나 도솔천 계곡을 계속 따라가다 보면 그야말로 점입가경(漸入佳境)이란 말 외에 무슨 단어로 이 아름다움을 표현할 수 있을까 싶어진다. 아름드리 고목에 끼어 있는 푸른 이끼와 붉은 단풍잎이 강렬한 색의 대비를 이루고, 절 담벼락을 따라 걷는 관광객의 울긋불긋한 옷차림은 길을 걸어오는 동안 단풍 물이 든 것처럼 보인다. 어수선하고 시끌벅적한 바깥 풍경과 달리 스님들이 거처하는 요사채 승방에는 고요하고 엄숙한 기운이 감돌고 있었다.

2010년 가을, 고승을 모시는 시자(侍者) 한 사람이 하얀 고무신 한 켤레가 가지런히 놓여 있는 승방 앞에 이르렀다.

"법주 스님, 손님 오셨습니다."

"오냐."

잠시 안에서 부스럭거리는 소리가 나더니 눈썹이 눈처럼 하얗고 이마에 주름이 깊게 팬 노스님이 문을 열고 나왔다. 선운사에서 법주 스님을 맡고 있는 사람으로, 법명은 염봉이었다. 절에서 '법주(法主)'라는 직책은 부처의 불법을 통달하여 불사나 회상(會上)의 높은 어른으로 추대된 스님에게 내린다. 염봉은 올해 여든여섯 살이지만 허리가 꼿꼿하고 풍채가 좋았다. 그러나 얼굴 왼쪽은 화상을 입은 듯, 오른쪽보다 피부 색깔이 보기 흉할 정도로 허옜다. 눈썹도 없고, 눈 거죽은 제멋대로 잡아당긴 것처럼 아래위의 비율이 맞지 않아 멀쩡한 오른쪽에 비해 눈의 크기가 작았다. 게다가 오른쪽 눈이 깜박일 때 왼쪽 눈은 깜빡임 없이 상대를 응시하고 있으니 기괴하기까지 했다. 그나마 다행인 것은 스님이라 머리를 민 것이라고 하겠는데 만약 머리를 길렀더라면 왼쪽엔 머리카락이 자라지 않아 더욱 이상하게 보였을 것이다.

염봉은 시자를 따라 종무소 한쪽 사무실로 갔다. 약속이 되어 있었던 것인지 단정한 옷차림을 한 나이 든 여자와 그의 아들처럼 보이는 남자가 앉아 있었다. 염봉이 들어서는 것을 보고 두 사람은 놀란 눈빛으로 자리에서 일어나 손을 모으고 인사를 하였다. 잠시 후 김이 모락모락 오르는 차가 나왔다.

"먼 길 오시느라 수고하셨습니다."

염봉의 목소리에서 탁한 쇳소리가 났지만 남자는 개의치 않고 고개를 숙여 감사를 표했다.

"어머니께서 꼭 한번 가보고 싶다고 하여 이번에 큰마음먹고 오게 되었습니다. 이분은 제 어머니십니다."

남자의 말투가 자연스럽지 못하고 어색하다 생각했는데, 일본인이기 때문인 듯했다. 아들의 소개를 받고 여자가 입을 열었다.

"스님을 뵈니 잘 왔다는 생각이 드는군요. 저는 코코네, 여기 제 아들은 다케시입니다."

"반갑습니다. 소승 염봉이라고 합니다."

코코네는 머리를 뒤로 단정하게 묶고 하얀색 블라우스와 감색 치마를 입었다. 이목구비가 또렷하고 분명하며 일본 여자치고는 키가 작지 않은 편이었다. 염봉은 상대가 무안할 정도로 한참 동안 물끄러미 코코네의 얼굴을 바라보았다. 그것을 개의치 않고 코코네가 말을 이어갔다.

"제 어머니는 고창에서 태어나 어린 시절을 보내셨고 일본이 패망한 이후 귀국하였답니다. 이곳은 사실 저보다 어머니가 항상 그리워하던 곳이었지요."

코코네의 말투는 아들보다 더 자연스럽고 능숙해서 일본인이라고 말하지 않으면 모를 정도였다.

"그러시군요. 그런데 보살님께서는 한국말을 잘하십니다."

염봉이 오른손으로 염주를 돌리면서 칭찬하자 코코네가 쑥스러워하는 표정을 지었다.

"그것은 어머니가 재일 교포들이 많이 사는 오사카에 자리를 잡고 저를 키웠기 때문이에요. 제 친구 중에도 한국인이 많답니다."

코코네는 처음 염봉을 보았을 때 그 흉측한 얼굴 때문에 자기도 모르게 눈살을 찌푸렸지만, 이야기를 나누다 보니 그리 불편하지 않고 오히려 편안한 기분이 들었다. 그녀는 따뜻한 온기가 전해지는 찻잔을 들고 한 모금 마셨다. 그 모습을 바라보던 염봉이 입을 열었다.

"헌데 보살님께서는 어인 일로 저를 보자고 하셨습니까?"

"그 사연을 말씀드리자면 짧지 않습니다. 스님께서 짐작을 하셨을지 모르지만 제 모친이 굳이 오사카에 자리를 잡고 저를 키운 이유는 제가 이곳과 깊은 연관이 있기 때문이에요."

코코네의 말을 듣고 옆에 앉아 있던 다케시가 큼큼 헛기침을 했다. 아무래도 어머니가 말을 하지 말았으면 하는 표정이었다.

"나무 관세음보살, 사람이 살다 보면 뜻하지 않은 인연을 맺기도 하지요. 우리가 살고 있는 이 시간이 일생(一生)이고, 윤회하는 삶 속에서 우리가 인간으로 태어나고 죽기를 일천 번이나 하며 맺는 인연이 천생연분(天生緣分)입니다.

그 인연의 소중함을 생각한다면 보살님이나 아드님이나 모두 귀한 연분에 바탕을 두고 세상에 태어나신 것이니 어찌 귀하다 하지 않겠습니까."

"네, 감사합니다. 실은 스님께서 돌아가신 제 할아버지 제사를 거두고 기일에 염불까지 해주신다는 소리를 들었습니다."

순간 염봉은 들고 있던 찻잔을 조용히 내려놓았다. 그리고 눈을 지그시 감고 상체를 좌우로 천천히 흔들면서 염주를 돌리기 시작하였다. 물론 오른쪽 눈만 감겼을 뿐 왼쪽 눈은 감기지 않은 상태였다. 언뜻 보면 염불을 외는 것 같기도 하고 기도를 하는 것 같기도 했다. 귀를 닫지 않았으니 코코네가 하는 말이 계속 들려왔다.

"당연히 감사를 드리는 것이 사람의 도리일 것 같아서 이렇게 찾아왔어요."

코코네의 말에 무슨 답을 줘야 할 듯한데 염봉은 아무 말이 없었다. 그 모습에 적잖이 당황했는지 코코네는 아들을 바라보았다. 염봉이 아무 말 않고 눈을 감아버리자 다케시는 약간 불쾌한 표정으로 퉁명스럽게 물었다.

"스님, 돌아가신 제 외증조부께서 소금을 만들었다고 하던데 기억을 못 하십니까? 왜 아무 말씀도 하지 않는 것인지요."

"얘야, 가만히 있거라."

코코네가 다케시를 제지하고 염봉의 얼굴을 바라보았다. 다케시는 여전히 불만스러운 표정이었지만 코코네는 재촉하지 않고 염봉이 입을 열기를 기다렸다. 얼마나 시간이 지났을까. 찻잔이 식어 모락모락 올라오던 김이 자취를 감추었을 때였다. 염봉이 눈을 뜨더니 다관(茶罐)을 들어 찻잔에 물을 채워주었다.

"혹시 조부의 성함이 어떻게 되는지요."

"예, 성은 강이고 이름은 석대라고 들었습니다."

"으음."

염봉는 헛기침처럼 나지막한 신음소리를 내고, 자신을 빤히 바라보고 있는 코코네에게 눈길을 돌렸다.

"맞습니다. 소승이 그분의 제사를 돌봐드리고 있지요. 평생을 염부(鹽夫)로 살며 소금을 구웠던 분입니다. 절에 보은 염을 이운(移運)하면서 인연을 맺고 수십 년 지내다 보니 그 어른이 극락왕생할 수 있도록 부족하나마 염불을 외게 되었습니다. 헌데 어찌하여 그분의 인연이 보살님께 이어졌는지 모르겠군요. 생전에 그런 말씀은 전혀 없었는데."

코코네는 염봉의 말을 듣고 제대로 찾아왔다는 생각에 안도하는 표정이었다.

"할아버지가 모를 수밖에 없었을 거예요. 전쟁이 끝나고 어머니가 일본에 귀국한 후 저를 낳았으니까요."

"실례지만 보살님의 연세가 어떻게 되십니까?"

"대전이 끝나던 이듬해 제가 태어났으니 올해 예순다섯입니다."

탁자 아래서 육십갑자를 헤아려보는 염봉의 손끝이 바르르 떨렸다.

"그럼, 부친은 어떻게 되었는지 알고 계십니까?"

"아버지의 생사에 대해서는 아는 사람이 없더군요. 일본에서 알 도리가 없어 한국을 오가는 사람을 통해 몇 번이나 알아보았지만 소득이 없었습니다. 아마 한국전쟁 때 돌아가시지 않았나 싶어요. 그렇지 않고서야 아는 사람이 없을 리 없겠지요."

"나무 관세음보살, 인연이란 참으로 묘하고 끊으려야 끊을 수가 없도다."

염봉이 혼잣말을 하며 염주를 돌리는데 그 속도가 너무 빨라서 마치 기계로 돌리는 것 같았다. 코코네는 그것이 신기하고 우스운지 미소를 띠고 말했다.

"진작 와볼걸 그랬어요. 일본에도 절이 많지만 이곳은 단아하고 조용한 분위기라 마음이 한결 편해지는군요."

"언제 돌아가십니까?"

"한국에 며칠 더 있을 예정입니다. 아들이 회사 일을 마치고 함께 돌아가기로 했거든요."

"잘되었습니다. 그럼 한 번 더 들르시지요. 오늘은 급작스레 맞이하느라 대접이 소홀했습니다만 멀리서 오신 손님을 이렇게 보내면 제가 송구스럽지요. 꼭 오세요."

코코네는 그러마 약속하고 자리에서 일어섰다. 염봉은 인사하고 떠나는 모자를 돌게단 위에 서서 물끄러미 바라보다 합장을 했다. 처마에 매달린 풍경이 청아하고 맑은 소리를 내고 있었다.

# 1. 염전과 국일여관

　때는 무더위가 기승을 부려 사람들이 강아지처럼 혀를 쏙 빼물고 그늘을 찾아 허덕이던 1940년 여름이었다. 1937년 여름에 시작된 중일전쟁이 끝을 보이지 않고 지루하게 계속되고 있었고, 같은 해 수양동우회 사건이 일어나 국내에서의 조직적 독립운동은 사실상 와해되는 지경에 이르렀다. 오늘을 살고 내일의 끼니를 걱정해야 하는 평범한 사람들에게 500년 조선왕조는 꿈결처럼 아스라이 느껴질 뿐 더는 피부에 와닿지 않았다.

　경성으로부터 멀리 떨어져 있는 고창은 특별한 공업 기반이 없어 주민 대부분이 농업과 어업에 종사하고 있는지라 겉보기엔 평온해 보였다. 백성들은 위에서 지배자가 어떻게 바뀌든 자신의 삶과는 크게 관계없는 일이라 생각했고, 올해도 적당한 날씨에 농작물이 잘 자라 풍년을 이룰 수 있을까, 그것만이 궁금했다. 농부들이 격양가(擊壤歌)를 부르며 즐거워하는 것은 요순(堯舜)이 그토록 바라던 태평성세였다. 그러나 주인이 뒤바뀐 나라에서 농사를 짓자니 풍년이 들어도 마음 편하지 못하고 재미가 덜했다. 누가 시켜도 격양가를 부를 마음이 생기지 않았다.

반면, 고창고보 학생들은 방학을 앞두고 들뜬 기분이었다. 형편이 괜찮은 친구들은 졸업하기 전에 추억을 만들어보자며 계획을 세우느라고 정신이 없었다. 물론 모두가 그런 것은 아니었다. 강염길처럼 시골에서 고창으로 유학을 온 학생들은 집으로 돌아가 낮에는 일손을 거들고, 저녁에는 마을 야학에서 학교 문턱을 밟아보지 못한 아이들에게 공부를 가르치기도 했다.

고창 사람들에겐 고창중학교보다 고창고보란 말이 귀에 익숙했다. 본시 고창고보는 일본인 마쓰도미가 1919년 부안면에 세웠던 오산고등보통학교로부터 출발한다. 오산고보가 경영 문제로 곤란해지자 고창 사람들이 군민 대회를 열어 읍내에 고등보통학교*를 유치하기로 결의하면서, 오산고보의 이름을 고창고보로 바꾸고 자금을 모아 읍내 새로운 부지에 학교를 세웠다.

---

* 일제강점기 당시 중등 교육을 실시하는 기관을 일컫던 말. '보통학교'는 지금의 초등학교를, '고등보통학교'는 중학교를 뜻한다. 보통학교를 졸업해야 고등보통학교에 진학할 수 있었다.

고창 동쪽에 진산인 방장산과 반등산이 있고 북쪽에는 성산(聖山)이 자리하고 있다. 그리고 동남쪽은 모양성으로 둘러싸여 지세가 높지만 서남쪽으로는 드넓은 평야가 바다를 향해 활짝 열려 있다. 이러한 지형을 행주형(行舟形)이라고 한다. 성산은 말 그대로 성인의 산인데, 방장산과 같이 고창 읍내를 감싸고 있다.

방장산은 고창에서 가장 높은 영봉으로 지리산, 무등산과 함께 호남의 삼신산으로 추앙받는다. 주위에 내장산, 백암산, 선운산 등 이름 있는 산이 포진하고 있지만 전혀 기세가 눌리지 않고 오히려 당당한 것이 이 고장의 특징을 보여주는 듯하다. 높은 산이 있으면 많은 골짜기와 기슭이 있게 마련이다. 고창고보는 방장산 줄기 끝자락인 성산 기슭에 자리하고 있었다. 성산이 학교의 북쪽을 둘러막고 있어 아늑한 데다, 고고한 기품을 갖춘 울창한 소나무들은 사시사철 학생들에게 맑은 바람을 불어 보내고 있었다.

국내 민간 사학의 경우 어느 한 사람이 출연(出捐)한 개인 재산이나 몇 사람의 재산으로 운영되는 것이 보통이지만, 고창고보는 고창 군민 5500여 명이 재산을 기부하여 설립하였던 탓에 민족 사학으로서의 자부심이 유난히 높았다.

1925년 6월 고창고보가 준공되고 13년이 지난 1938년에 제3차 조선교육령이 반포된 뒤에는 학교명을 일본식으로 바꾸고 일본인만이 사립학교의 교장이나 교무주임을 맡도록 하였고, 일본어와 일본사, 수신, 체육 등의 교과목을 강화하는 등 일본은 본격적으로 황국신민화정책을 펼치기 시작했다. 그 과정에서 고창고보의 명칭이 고창중학교로 변경되었던 것이다.

그로부터 2년이 지난 1940년, 여름방학을 앞두고 있는 이 시점까지도 사람들은 고창중학교란 말이 어색하고 입에 붙지를 않아 고창고보란 말을 즐겨 쓰고 있었다.

수업이 끝나고 일어를 가르치는 히로시 선생이 옆길을 불렀다. 교무실에서는 10여 명의 선생들이 일어를 쓰라는 교육 당국의 방침에도 불구하고 조선말을 거리낌 없이 사용하고 있었다. 일어를 몰라서 그런 것이 아니라, '북오산, 남고창'*이란 말이 있을 정도로 민족교육을 지향하는 대표적인 민족 사학이기 때문이었다. 그러나 교무주임이나 체육, 일본어를 가르치는 일본인 교사가 옆에 있으면 어쩔 수 없이 일어를 사용해야 했다.

온화한 성격의 히로시 선생은 조선인 선생들과 큰 문제를 일으키지 않았다. 선생들이 조선말을 사용한다 해도 교

* '북쪽의 오산학교, 남쪽의 고창고등보통학교'를 의미한다. 두 학교는 일제 강점기 시대의 대표적인 민족 학교로 손꼽힌다.

육 당국에 고자질할 사람은 아니었다.

염길은 히로시 선생 앞에 섰다.

"선생님, 부르셨습니까?"

"응, 그리 앉게."

히로시는 빈 의자를 가리켰다. 염길이 의자를 끌어와 앉는 동안 히로시는 동그란 안경을 벗고 눈을 쓱쓱 문지른 뒤 다시 꼈다.

"방학하면 집에 가겠지?"

"네, 집에 다녀오려고 합니다."

"다케야마 선생께 들으니 아버지가 염전을 하신다면서?"

다케야마는 염길의 담임선생 박성진으로, 일본 유학을 다녀온 뒤 역사를 가르치고 있었다. 히로시와 친하게 지내는 사람이었다. 염길은 히로시의 말을 듣고 얼굴이 붉어졌다. 말이 염전이지, 사람을 써서 대규모로 하는 것이 아니라 종일토록 물을 져 나르고 불을 때서 소금을 만드는 전통 염전이기 때문이었다. 염부는 뜨거운 뙤약볕 아래 서서 소금물에 절고, 밤잠을 설쳐가며 불을 지펴야 하는 고된 직업이었다. 염길은 선생이 그런 가정 형편을 알고서 묻는 것 같아 뭐라고 대답해야 할지 난감했다.

"기분 나쁘게 생각지 말게. 내가 다케야마 선생에게 좋은 학생을 한 명 추천해 달라고 부탁했더니 자네를 말하더군."

염길은 영문을 몰라 조용히 듣고 있었다.

"읍내 국일여관 알지?"

"네, 알고 있습니다."

"사장 료스케가 나하고 동향(同鄕)인데, 아들에게 거는 기대가 크다네. 방학 동안 가정교사를 구하고 있지만 마땅한 사람이 없는 모양이야. 그래서 니에게 간곡히 부탁을 하더군. 고보에 좋은 학생이 있으면 한 명 소개해 달라고 말이야."

염길은 그제야 긴장했던 표정을 풀었다.

"저보고 가정교사로 들어가란 말입니까?"

"그렇지. 어차피 자네도 상급학교에 진학하려면 공부를 해야 될 테니 방학 동안 여관에 기숙하면 이리저리 신경 쓸 일 없고 좋지 않겠나."

"선생님, 제게 남을 가르칠 만한 재주는 없습니다. 게다가 상대는 내지인(內地人)이니 아무래도 다른 사람을 알아보시는 것이 좋겠습니다."

염길의 말을 듣고 히로시의 낯빛이 변하였다.

"이봐, 시오키치. 자네 그게 무슨 소린가. 내선일체로 모두 황국신민이 됐는데 아직도 일본인과 조선인을 나누다니. 자네 머릿속에 그런 생각이 가득 차 있는 줄 몰랐군."

시오키치는 염길의 일본식 이름이었다. 1940년부터 총독부에서 창씨개명을 밀어붙여 일본식으로 이름을 바꾸라고 강요하였기 때문에 대부분 이름을 바꾸었다. 선생들도 마찬가지였다.

염길은 당황하여 얼른 사태를 수습하였다.

"선생님, 죄송합니다. 저는 그저 저보다 유능한 사람을 들이는 것이 좋겠다는 생각으로 드린 말씀입니다."

그제야 히로시가 부드러운 말투로 말을 이었다.

"다케야마 선생이 자네를 그냥 추천했겠나. 작년부터 심원 야학에서 마을 아이들을 가르쳐왔다는 소리를 들었네. 그리고 내선일체된 마당에 내지인 외지인 따질 필요 뭐 있겠나. 료스케 사장도 그렇게 꽉 막힌 사람은 아니야. 사실 읍내에 내지인이 많지도 않을뿐더러, 자네 또래인 머리 좋은 학생을 찾기 힘들어."

"야학에서는 아주 기초적인 것을 가르칩니다만."

"당장 답을 듣자고 부른 것은 아니야. 천천히 생각해 보고 말해달라는 것이지."

히로시는 생각해 볼 시간을 줄 테니 좋은 기회를 놓치지 말라는 조언을 해주었다. 염길은 많은 학생들 가운데 담임이 자신을 추천해 준 것이 고마웠다. 히로시 말대로 방학 동안 학비를 벌며 상급학교 진학을 위한 공부를 할 수 있으니 괜찮은 제안이라고 생각되었다.

방학이 시작되자 학생들은 하숙집에서 짐을 싸서 나와 집으로 돌아갔고, 염길도 집까지 60리나 되는 길을 가기 위해 새벽에 집을 나섰다. 거리가 멀어 자주 가지는 못하더라도 두어 달에 한 번씩 가는 길이라서 걷는 데는 이골이 났지만, 날이 점점 더워져 땀이 비 오듯 흘러내렸다. 점심 무렵이 되어서야 지친 몸으로 모릿등에 도착했다. 모릿등은 바다에 붙어 있는 마을로, 모래가 많다고 하여 붙여진 이름이었다. 한자로 모래 사(沙)자를 써서 사등이라고도 불렸다. 이름 때문인지 개펄은 미세한 모래가 많이 섞여 있어 물이 잘 빠졌고 소가 찰박찰박 걸어도 될 정도로 단단했다. 염길이 오는 것을 보고 마당에서 동생과 흙장난을 하고 있던 아홉 살 대길이 벌떡 일어섰다.

"형아!"

대길의 목소리를 듣고 부엌에서 하지감자를 삶아내던 줄포댁이 뛰어나왔다.

"에고, 염길이 오는구나. 날이 오지게 덥제? 어서 올라오거라."

염길은 예의 바르게 인사를 하고 가방을 마루에 올려놓았다. 그사이에 여섯 살 된 막내 순임이 땅바닥을 뒹굴고 있던 백합 껍데기를 한 움큼 쥐고 오더니 자랑을 했다. 날이 더운데도 제대로 씻지를 못해 얼굴에 땟물이 가득했다.

염길은 순임을 한쪽으로 데리고 가 바가지에 떠 놓은 물로 얼굴을 씻겨주고 코를 팽 풀어주었다. 줄포댁은 그 모습이 좋아 보이면서도 염길에게 미안한지 연신 딸을 타박했다.

"어이구 썩을 년. 아침에 씻겨주었거늘 허구한 날 까마귀 상이냐."

염길의 나이가 열일곱인데 대길이 아홉 살, 순임이 여섯 살인 이유는 이복형제이기 때문이다.

본래 병약했던 친모는 염길을 낳아놓곤 얼굴이 핼쑥해지고 약 먹은 닭처럼 비실거리더니 한 해를 못 넘기고 죽고 말았다. 염길이 겨우 돌 지났을 때다. 아버지 석대는 모릿등에서 소금을 만들어 파는 염부였다. 가뜩이나 일이 바빠 아들을 챙기지 못했기에 같은 마을에 사는 동생네 집에서 젖을 뗄 때까지 키워주었다. 하지만 동생네가 언제까지 조카를 맡아줄 수는 없는 노릇이라, 만나는 사람마다 빨리 재취(再娶)를 하라는 성화가 빗발쳤다. 마침 줄포에서 소금을 사가는 소금 장수 한 사람이 중매를 서주어 지금의 아내를 데려올 수 있었다. 처음엔 소금 장수가 무슨 물건 흥정하듯이,

"내가 그 집 형편을 좀 아는디 먹고살기가 빠듯한 것은 사실이요. 뭐 죽으려 해도 약 살 돈이 없어 죽지 못할 정도로 가난한 것이 흠이라면 흠인디, 여자가 몸 건강하고 자식 쑥쑥 잘 낳으면 되지 않겠소잉."

하고 말하는 품새가 미덥지 못해 석대는 못 들은 체하였는데 동생네와 고모가 성화를 부려 어쩔 수 없었다. 줄포에 가서 보니 얼굴이 썩 예쁘진 않았지만 못 볼 정도는 아니었고 해죽 웃는 모습이 좋아 보였다. 흠이라면 배 타는 홀아비에게 시집을 갔다는 것이었다. 그러나 일 년도 안 되어 남편이 풍랑을 만나 덜컥 죽는 바람에 딸린 애도 없고, 그쪽 일가붙이가 없어 그대로 친정으로 돌아왔다고 하니 문제될 것이 없었다. 썩 마음이 내키진 않았지만 얼핏 본 여자가 건강해 보였고 장인 장모 될 사람들의 마음씨가 좋았다. 그날로 소금 세 가마니를 들여주고 염길이 겨우 아장아장 걷던 세 살 때 줄포댁을 데려와 물 한 바가지 떠놓고 작수성례(酌水成禮)하였던 것이다.

줄포댁은 석대의 짐작대로 친정 부모를 닮아 마음씨가 곱고 몸이 건강했다. 비록 이불 한 채만 달랑 이고 시집을 왔지만 염길을 마치 배 아파 낳은 자식처럼 지극정성으로 보살피더니 이듬해부터 아들딸 넷을 낳았다. 그러나 첫째는 백일도 못 되어 죽고, 둘째는 세 살쯤 되었을 때 조개를 캐는 엄마를 따라 개펄에서 놀다가 그만 고인 물에 빠져 죽고 말았다. 내리 자식 둘을 잃고 줄포댁은 거의 정신을 놓다시피 살며 만사를 귀찮아했다. 그러다 또 애가 들어서 대길을 낳고, 3년 후에 막내 순임을 낳았다. 그래서 염길과 대길의 나이 차가 여덟 살이나 되는 것이다.

"아버지는 벌막*에 계세요?"

염길이 순임을 씻기고 와서 물었다.

"오냐, 농부는 논에 가 있고 어부는 바다에 가 있는 법이제. 염부가 벌막에 있지 어디 있었냐. 가기 전에 금방 쪄낸 감자 맛있웅게 한 입 먹어보거라. 하숙집에서 밥이나 변변히 해주는지 모르겠다."

줄포댁은 감자가 수북이 담긴 작은 소쿠리를 내밀었다. 순임이 그것을 보고 덥석 집었다가 뜨거워서 으앙 울고 말았다. 염길은 그 모양이 귀여워 감자를 하나 들고 호호 불며 껍질을 까 건네주었다.

"가는 길에 아버지 갖다 주거라. 어제 섯구덩이를 파고 시방 정신 없을팅게."

염길은 옷을 갈아입고서 어머니가 준 감자를 들고 벌막으로 향했다. 말을 배우기도 전부터 키워준 사람이라 줄포댁은 친모나 다름없이 편하고 좋았다. 아버지는 저 멀리 개펄 한복판, 나무 기둥이 박혀 있는 섯구덩이**에서 삼촌과

---

* 나무 기둥을 세우고 갈대와 지푸라기로 만든 이엉을 두른 원뿔 모양의 공간이다. 안에서 밤새도록 솥에 불을 때면, 함수의 수분이 증발해 소금이 만들어진다. 그것을 퍼 올려 쌓아놓고 간수를 빼면 먹을 수 있는 소금이 완성된다. 이것을 자염(煮鹽) 또는 화염(火鹽)이라 부른다.

함께 일하고 있었다. 염길은 바짓가랑이를 걷어붙이고 성큼성큼 펄 안으로 걸어 들어갔다.

"염길이 아니냐. 방학한 겨?"

섯구덩이에 지푸라기를 덮고 있던 삼촌 석춘이 염길을 먼저 발견하고 소리쳤다.

"네, 삼촌. 아버지 저 왔어요."

아들 목소리를 듣고 석대가 섯구덩이 속에서 시커먼 얼굴을 내밀었다.

"오냐. 오느라고 수고 많았구나."

"아버지, 도와드리려고 했더니 힘든 일을 벌써 다 끝내셨네요."

염길의 말을 듣고 석춘이 입을 삐죽거리며 푸념을 하였다.

"그러게 말이다. 일복 있는 놈만 허구한 날 삽질이구나."

"그런 소리 말어. 공부하는 놈은 공부를 해야 써."

세 사람은 통나무 위에 걸터앉아 염길이 들고 온 감자를 베어 물었다. 석대가 게 눈 감추듯 감자 세 개를 먹어 치우고 물을 마시며 말했다.

---

** 소금 생산을 위해 개펄에 만드는 거름 장치. 허리춤 깊이의 둥그런 구덩이 안에 통나무를 깔고 그 위에 잔가지와 짚, 흙을 덮는다. 바로 옆에는 '샘'이라는 나무 상자가 있다. 사리 때 섯구덩이에 들어온 바닷물은 염도가 높은 함수가 되어 샘에 고인다.

"인자 흙을 덮으믄 섯구덩이 일은 끝난다. 사리 때 물 들어오기만 기다리믄 되는 것이여."

"아따, 형님은 무슨 일이 끝났다고 그래요. 써레질* 할라믄 아직도 일이 많이 남았구만."

"그거야 소가 절반은 하니께."

써레질은 그야말로 사람과 소가 달라붙어 해야 하는 힘든 일이다. 샘에 함수가 고이면 조심스럽게 퍼 올려 물지게로 언덕 위 벌막까지 져 날라야 한다. 석대는 아버지로부터 자염 만드는 법을 배워 동생 석춘과 함께 소금을 굽고 있었다. 한창 자염이 성업일 때는 이곳 모릿등에 벌막이 일곱 개나 있었지만 지금은 네 개밖에 남지 않았다. 석대와 석춘, 그리고 늙은 장 영감 형제가 하는 벌막이다.

자염을 굽는 데는 땔감이 많이 들어가 나뭇값을 제하고 나면 노동의 강도에 비해 소득이 높지 않았다. 반면 천일염은 땔감이 따로 들어가지 않고 오로지 태양열로만 수분을 증발시켜 만들기 때문에 비용 대비 생산량이 높았다. 비용과 노동력이 많이 소요된다는 단점 때문에 날이 갈수록 벌막이 사라지고 있었다.

---

* 소와 써래를 이용해서 섯구덩이 주변 개펄을 갈아엎고, 수분을 증발시킨 흙을 섯구덩이 위에 여러 차례 덮어주는 것을 말한다. 그렇게 하면 염도가 더욱 높아진다.

저녁 밥상을 물리고 나서 염길은 아버지에게 그동안 있었던 일을 소상히 아뢰고 일전에 히로시 선생이 했던 말을 꺼냈다. 곰방대를 빽빽 빨아대던 석대가 염길의 말을 듣고 정리했다.

"그러니께 말하자믄 너를 국일여관 아들 선생으로 들이겠단 말 아녀?"

"네, 담임이 히로시 선생에게 저를 추천하였습니다."

"그건 고마운 소리다만, 국일여관이라믄 읍내에서 제일 큰 여관이고 우리 같은 사람은 감히 들어가 볼 엄두도 내기 어려운 곳인디."

"그래서 아버지와 상의하고 답을 주겠다고 했습니다."

여름 해가 길기는 하지만 어느새 날이 어두워져서 동생 대길과 순임은 벌써 잠을 자고 있었다. 한쪽에 앉아 호롱불에 의지해서 바느질을 하고 있던 줄포댁이 대화에 끼어들었다.

"그 집 아들을 가르치믄 먹고 자는 것은 어떡헐라고 그랴?"

"아무래도 거기서 먹고 자게 될 거예요."

"에구, 그러믄 하숙비가 절약되는 셈 아니냐. 여보, 염길 아버지. 생각하고 자시고 할 것이 무에 있소. 보아하니 염길이도 그렇게 싫은 눈치는 아닌 것 같은디 그리하라고 합시다."

줄포댁의 말에 석대는 곰방대만 뻑뻑 빨아댔다. 학비와 하숙비가 만만치 않아 허리 한번 펼 새 없이 소금을 굽고 있는 형편에 숙식이 해결되고 용돈까지 벌게 되면 가계에도 보탬이 될 성싶었다.

"하긴 요즘 세상에 조선 놈 일본 놈 따져서 무엇 하겠냐. 다들 군청 서기라도 어떻게 한번 해볼까 눈이 토끼맨키로 빨간 형국이다."

석대는 요모조모 따져봐도 그리 나쁠 것 없겠다는 생각이 들어 염길에게 가서 열심히 해보라는 말을 해주었다. 이야기가 끝나고 염길은 잠시 바람을 쏘이러 밖으로 나갔다. 모릿등에서 마땅히 갈 곳이 없어 발길은 자연스레 벌막으로 향했다. 장 영감네 벌막에서 연기가 폴폴 솟아오르고 있는 것을 보니 먼젓번에 모아놓은 함수를 끓이는 모양이었다. 염길은 친구가 있으려니 생각하고 벌막 안으로 쑥 들어섰다.

"왔냐?"

아궁이에 잔가지를 집어넣고 부지깽이로 휘젓던 장필석이 염길을 보고 아는 체했다. 필석은 장 영감이라 불리는 장관우의 늦둥이 아들로, 아버지를 도와 소금 굽는 일을 하고 있었다. 낮에 친구가 돌아와 섯구덩이에서 삽질하는 것을 그도 보았다.

"응, 낮에 왔다. 내일 아침이면 소금을 퍼 올리겠구나."

"그렇지 뭐. 밤새 불 간수를 잘 해야제. 아마 자정쯤에 아버지가 나오실 거여. 저번에는 내가 부잡이 노릇을 잘못해서 소금이 죽처럼 변해버렸당께로."

"하하, 죽염이 되고 말았구나."

"낮에 물지게 질을 하고 밤새 불을 간수하려니 얼마나 졸렸겠냐. 잠깐 존다는 것이 그만 푹 자버리고 말았는디 새벽에 아버지가 와서 복날 강아지 패듯이 부지깽이로 매타작을 하더라."

필석은 그때 일을 생각하면 지금도 등짝이 아픈지 어깨를 움츠렸다. 필석은 보통학교를 다니는 동안 공부에 영 흥미를 느끼지 못했고, 수업료를 아깝게 생각한 아버지가 소금 굽는 데 학교가 다 뭐냐며 그만두도록 하였다. 그와 달리 염길은 고보에까지 진학하여 공부하고 있으니 근동에서 가장 머리가 좋은 친구로 여겨지고 있었다.

"계속 공부할 겨?"

필석이 아궁이에 잔가지를 툭 분질러 넣으면서 물었다.

"도리 있나. 시작한 일이니 해봐야지 뭐."

둘은 이제 한창 혈기 왕성할 열일곱이라 포부가 크고 의욕이 넘쳐흘렀다.

"난 이 벌막에 더는 희망이 없다고 본다. 아버지 성화 때문에 어쩔 수 없이 소금을 굽고 있다만 언젠가 대처로 나가 사업을 할 거여. 생각해 봐라. 대규모로 조성된 염전에서 천일염이 싸게 쏟아져 나오는디 누가 이 자염을 먹을까. 저기 삼양염업사에서는 해가 좋으믄 하루에도 소금이 수십 가마니씩 나온당께. 듣자니 저 건너 곰소에서도 지금 간척공사가 한창인디 내년이믄 소금을 만들 수 있다더라."

필석은 종일 일해봐야 소금 한 섬 얻기가 어렵고 생산량을 마음대로 늘릴 수도 없는 것에 맥이 풀린 것 같았다. 염길도 그것을 모르지 않았다. 어려서부터 아버지를 도와 섯구덩이를 파고 물지게 져 나르는 일을 해왔으니 커다란 솥에 소금이 올라올 때까지 불을 지켜야 하는 것이 얼마나 고역인지를 잘 알고 있었다.

"그래도 맛이 좋잖아. 천일염은 쓴맛이 강해 생선을 절여 놓기엔 좋지만 자염처럼 순한 감칠맛은 나지 않는다고 하더라."

염길은 필석을 위로하느라고 몇 마디 해주었다.

"흥, 아무리 맛이 좋으면 뭐 하누. 사람들은 한 푼이라도 저렴한 소금을 찾아 입맛이 점점 천일염에 맞춰지고 있는디. 머잖아 이 벌막은 모두 없어질 거여."

필석은 부아가 치미는지 부지깽이로 애꿎은 아궁이만

푹푹 쑤셨다. 그때 벌막 안으로 누군가가 고개를 쑥 들이밀었다.

"오빠, 감자 쪄 왔어."

필석의 사촌이자 작은 영감의 막내딸인 숙영이었다. 필석의 아버지는 큰 영감, 숙영의 아버지는 작은 영감으로 불렸다. 숙영은 열다섯으로 필석보다 두 살 어렸지만 요즘 들어 엉덩이가 펑퍼짐해지고 가슴이 봉긋하게 솟아 부쩍 처녀티가 났다. 아마 오늘 염길이 온 것을 알고 일부러 벌막을 찾아온 것일 터였다. 어려서부터 숙영은 염길을 잘 따랐다.

"숙영이구나. 어서 들어와."

염길이 한쪽으로 물러나며 자리를 내주었다. 숙영은 감자가 담긴 소쿠리를 바닥에 내려놓고 치마를 끌어당겨 앉았다.

"염길 오빠, 언제 왔대? 학교는 재밌고?"

"응, 낮에 왔지. 감자 맛있구나."

염길은 건성으로 대답해 주며 감자를 하나 베어 물었다. 필석은 감자에 손도 대지 않고 말했다.

"너 염길이 보러 왔구나. 평소에는 벌막을 쳐다보지도 않더니."

"피, 내가 언제? 아버지께 새참 드리러 얼마나 자주 온다고."

숙영은 필석에게 입을 삐죽거리고 염길에게 이것저것을

물어보았다. 아궁이 속에서 나뭇가지가 타닥타닥 타들어가는 동안 셋은 콩 볶아 재미 내는 것처럼 즐거운 표정이었다. 말똥 굴러가는 것만 봐도 웃을 나이답게 까르르 소리가 그치질 않았다. 한여름 밤에 도란도란 나누는 이야기는 시간 가는 줄 모르고 계속되었다.

\*

염길은 며칠 동안 아버지를 도와 소금을 만들다가 히로시 선생이 추천해 준 국일여관으로 들어가게 되었다. 국일여관은 고창고보와 모양성 사이에 있어 학교에서 그리 멀지 않았고, 바로 앞에는 월산리 산골짝에서 흘러내린 물이 큰 냇가를 이루고 있어 시원했다. 국일여관은 ㄴ자형 2층 구조로 지어졌는데, 외벽을 검은색 목재 비늘판으로 마감하여 누가 보더라도 일본식 목조건물이란 것을 확연히 알 수 있었다. 시멘트 기와를 얹은 지붕과 처마의 선은 한옥의 유려한 곡선과 달리 날카로웠다.

"자네가 강 군인가?"

국일여관 사장 료스케는 응접실에 앉아 염길을 맞이했다. 비쩍 마른 몸에 병색이 완연해 보이는 얼굴을 한 데다, 말을 끝내면 콜록콜록 기침을 하거나 말하면서 연신 숨을 쌕쌕거리는 것을 볼 때 폐가 좋지 않은 듯싶었다. 료스케는 가고시마 출신으로, 농업학교를 졸업하고 나서 결혼을 하자마자 조선에 들어와 김제 하시모토 농장 사무소에서 일하였다. 어느 정도 돈을 모은 다음 부족한 돈은 융통하여 고창에 국일여관을 열었다. 주로 출장을 다니는 관리들과 일본인 여행객, 또는 돈 많은 조선인을 상대했다. 그는 고창 삼양염업사가 염전을 개발하여 큰돈을 벌어들이는 것을 보고 부안 곰소염전에 투자하고 있는 중이었다. 내년에 곰소염전이 완공되고 소금을 생산하게 되면 앉아서 돈을 버는 셈이라 한껏 기대에 부풀어 있었다.

료스케는 일본보다 조선에 오히려 기회가 더 많다고 여겼기 때문에 조선인들과 원만하게 지내는 것이 사업상 유리하다고 생각했다. 식민 통치는 총독부가 하고 일본인은 조선인들을 이용해 사업상 이득을 취하면 되는 것이므로 괜히 그들의 심기를 건드려 분란을 일으킬 필요가 없었다. 그래서 료스케는 염길을 일본식 이름인 시오키치로 부르지 않고 강 군이라고 부르는 것이었다.

"네, 잘 부탁드립니다."

료스케는 인사를 하는 염길에게 자리를 권하고 아내를 바라보았다. 어떠냐고 묻는 것이다. 료스케의 아내 히토미는 온순한 표정으로 고개를 끄덕이고 아들을 불렀다.

"마사토, 선생님 오셨으니 내려오너라."

잠시 후 머리를 짧게 깎은 마사토가 응접실로 들어왔다. 이제 열 살로, 보통학교에 다니는 중이었다. 마사토는 오늘 선생이 온다는 소리를 미리 들었는지 염길을 향해 의젓하게 고개를 숙이고는 어머니 곁에 앉았다.

"강 군 이야기는 히로시 선생께 들었네. 아주 품행이 방정하고 성적이 우수하다더군. 나는 아들을 의사로 만들고 싶네. 집안의 기대가 큰 만큼 자네가 잘 이끌어주면 좋겠어."

료스케의 칭찬에 염길은 얼굴을 붉혔다. 그것을 보고 히토미가 남편의 말을 이어갔다.

"우리 마사토는 아직 어려서 부족한 것이 많을 거야. 안채 끝 방을 강 군이 기숙할 방으로 마련해 두었으니 그 방을 쓰도록 해."

"네, 감사합니다."

인사를 마치고 마사토가 염길을 방으로 안내했다. 창문 아래에 책상이, 맞은편에 옷장이 있는 작은 방이었다. 붙박이장 위 칸엔 이불이 차분히 개켜져 있었고 그 아래 칸은 가방이나 자질구레한 물건을 넣어두기에 알맞아 보였다.

"형, 오늘부터 여기서 지내는 거야?"

마사토가 물었다.

"응. 방학 동안 잘 지내보자. 공부도 열심히 하고."

염길은 마사토의 까칠한 머리를 쓰다듬어 주었다. 마사토를 보니 문득 집에 두고 온 동생 대길이 떠올라 가슴이 먹먹해졌다. 모릿등에서 흙장난을 하거나 아버지를 도와 소금을 만들고 있을 동생과 유복한 환경의 마사토가 비교되었기 때문이다.

여관에 머물며 마사토를 가르치는 것은 염길에게 그리 어려운 일이 아니었다. 아침에 일어나면 가까운 모양성부터 한 바퀴 돌고 내려와 모르는 것을 지도해 주고 개인 공부를 하면 되었다. 종일토록 둘이 붙어 있는 셈이었는데, 여관에서 지배인을 맡고 있는 료스케의 처남 카이토는 염길이 그리 탐탁지 않은 눈치였다. 염길이 인사를 해도 받는 둥 마는 둥 지나치고 말을 섞지 않았다. 언젠가 염길은 무심결에 복도를 지나다 그가 하는 말을 들었다.

"매형, 하필이면 조선인을 데려왔습니까?"

"모르는 소리 마라. 강 군은 히로시 선생이 추천한 학생이야. 두고 보니 마사토가 본받을 점이 많은 친구다."

"아무리 그래도 그렇지요. 내지인도 있을 텐데 꼭 조선인을 들일 필요가……."

"너도 알다시피 고창에 있는 내지인을 모두 합해봐야 오백 명도 되지 않아. 그 가운데 가정교사로 들일 만한 학생이 없으니 도리가 없지 않으냐. 아무 소리 말고 괜히 불편한 기색 보이지 마라. 우리가 조선에 사는 한 그들을 등지면 득될 것 없으니 속마음을 굳이 내보이지 말란 말이다."

료스케는 긴말을 마치고 쿨럭거리며 거친 숨을 몰아쉬었다. 염길은 료스케의 말을 듣고 평소 온화하게 대해주던 가족들이 실은 가면을 쓰고 있는 것인가 하는 생각이 들었다. 이용당하고 있다는 사실에 괜한 배신감이 일었지만 그것을 내색할 수는 없었다. 그때부터 마사토 가족을 대할 때는 적당한 거리를 유지하고 더욱 깍듯하게 예의를 갖추었다. 흠잡힐 만한 일은 절대 하지 않았다. 덕분에 국일여관에서 지내는 동안 특별한 일은 발생하지 않았고 평온한 나날들이 지나갔다.

개학을 일주일 정도 앞두고 있던 어느 날, 밖에서 친구를 만나고 돌아온 염길은 안채 복도 마루에 낯선 소녀가 앉아 있는 것을 보았다. 머리를 양옆으로 땋아 내리고 하얀색 블라우스와 진청색 치마를 입고 있었다. 소녀는 인기척을 느끼자 보고 있던 책을 덮고 염길을 빤히 바라보더니 입을 쑥 내밀고는 안으로 들어가 버렸다. 염길은 소녀가 마사토의 누나, 아케미임을 짐작할 수 있었다. 아케미는 열여섯 살로, 광주에서 대화(大和)고등여학교에 다니고 있었다. 방학 동안 음악 공부를 하느라고 광주에 머물다 이제야 집에 온 모양이었다.

이튿날 아침, 염길은 마사토를 데리고 모양성을 한 바퀴 돈 다음 소나무 사이를 터벅터벅 걸어 내려오고 있었다. 오르막을 갈 때는 뒤에 처져 낑낑대던 마사토가 내리막에 접어들어 집이 가까워지자 앞장서서 뛰기 시작했다. 그러다 반대편에서 올라오는 누나를 보고 노루처럼 달려가다 그만 돌부리에 걸렸는지 앞으로 고꾸라지고 말았다. 마사토는 그대로 한두 바퀴 데굴데굴 구르더니 한쪽 구석으로 푹 처박혔다. 염길과 아케미는 깜짝 놀라 동시에 마사토에게 달려갔다. 누가 먼저랄 것도 없이 마사토를 일으켜 앉히고 몸에 묻은 이슬과 흙을 살살 털어주는데 오른쪽 무릎이 까져 피가 흘러내리는 것이 보였다. 아케미는 흙이 묻어 검붉게 변한 피가 끔찍했는지 몸을 부르르 떨면서 소리쳤다.

"마사토!"

마사토는 자신의 옆에 염길과 누나가 있는 것을 보고 어리둥절한 표정을 지었다. 땅바닥을 구르느라 정신이 없었던 통에 아직도 상황 파악이 제대로 되지 않는 것이다. 그러다 잠시 후 무릎에서 피가 나는 것을 보고는 그만 으앙 울음을 터뜨렸다.

"어디 다른 데 아픈 곳은 없니? 팔다리를 천천히 움직여

봐."

염길의 말에 마사토는 환자처럼 손가락을 폈다가 오므렸다. 다행히 무릎이 까진 것 말곤 다른 큰 부상은 없어 보였다.

"에그, 이 피 좀 봐."

"누나, 나 죽는 거 아니지?"

"죽긴 왜 죽니. 아무 걱정하지 말고 가만있어."

아케미가 땀을 닦으려고 손목에 두르고 있던 작은 수건으로 무릎을 감싸주자 마사토는 울음을 그쳤다. 염길은 마사토가 다친 것이 자기 책임인 것만 같아 어쩔 줄 모르고 지켜보다 아이를 천천히 일으켰다.

"한번 일어서서 걸어보자."

염길의 말에 아케미가 소리를 질렀다.

"무슨 말이에요. 애가 이 지경인데 어떻게 걸을 수 있겠어요?"

"난 상태가 어떤지 한번 살펴보려고 했을 뿐입니다."

"아무리 그래도 그렇지. 혹시 다리뼈가 부러지기라도 했으면 어떡하려고. 어서 마사토를 업어요."

아케미는 동생을 빨리 집으로 데려가고 싶은 마음에 염길을 재촉했다. 염길은 어쩔 수 없이 마사토를 업고 집으로 향했다. 등줄기에 땀이 쉴 새 없이 흘러내렸다. 다행히 성을 거의 다 돌았기에 망정이지 중간쯤에서 다쳤다면 큰 곤욕을 치를 뻔했다. 염길은 어려서부터 아버지를 도와 물지게를 졌던 경험이 있어 도중에 한 번도 쉬지 않고 집에 도착할 수 있었다. 아케미는 아무 말도 하지 않고 뒤를 따랐다.

"이게 무슨 일이니?"

흙 범벅이 된 마사토를 보고 히토미가 내지르는 소리에 밤늦도록 술을 마시고 늦잠을 자던 카이토가 눈을 비비고 마당으로 나왔다. 마침 집에 료스케가 없는 것이 다행이었다.

"엄마."

마사토는 어머니를 보고 설움이 북받치는지 또 울음을 터뜨렸다. 히토미가 흙을 씻어내고 상처를 보살피는 동안 마루에 서서 팔짱을 끼고 내려다보던 카이토가 염길을 탓했다.

"자네, 아이를 어떻게 봤길래 이 지경으로 만들어 왔나? 이제 방학이 끝나간다고 제멋대로군."

"죄송합니다."

염길은 마사토가 다친 것에 대해 구구절절 변명을 늘어놓고 싶지 않아 고개를 숙였다. 평소 성격이 온화하여 큰소리를 내지 않던 히토미도 아들이 다치고 보니 화가 나는 모양이었다.

"제대로 아이를 돌봐야지, 이게 무슨 일이야? 여기저기

긁히고 다친 것을 보니 어디 높은 곳에서 굴러 떨어진 모양인데. 어떻게 된 일인지 설명해 봐. 혹시 일부러 그런 건 아니겠지?"

히토미와 카이토가 염길을 호되게 질책하자 옆에 섰던 아케미가 나섰다.

"엄마, 그게 아니라 내가 오래간만에 모양성을 보고 싶은 생각이 들어 마사토를 마중 나갔잖아요. 나는 반대 방향으로 돌고 있었는데 마사토가 나를 보고 달려오다 그만 돌부리에 걸려 구른 거예요. 시오키치는 아무 잘못이 없어요. 오히려 집까지 동생을 업고 오느라고 무척 고생했다구요. 만약 시오키치가 도와주지 않았더라면 아마 내가 삼촌을 부르러 왔을 테고 삼촌이 그 고생을 대신했을 테지요."

아케미의 말에 히토미는 미안한 표정을 짓고 카이토는 뭐라 할 말이 없는지 헛기침을 하며 제 방으로 들어가 버렸다. 자신이 산 중턱까지 올라가서 마사토를 업고 내려왔을 것을 생각해 보니 등줄기에 땀이 솟는 모양이었다. 염길은 아케미가 나서준 덕분에 괜한 오해를 벗을 수 있었다.

이틀 후 까졌던 무릎 상처가 아물자 마사토는 좀이 쑤시는 모양이었다. 종일 공부하고 집 안에 틀어박혀 있는 것이 답답해서인지 염길과 누나를 오가며 밖으로 나가자고 성화를 부렸다. 그래도 꿈쩍하지 않자 어머니를 졸라 기어코 허락을 받아 왔다. 염길은 어쩔 수 없이 책을 덮고 자리에서 일어섰다. 네 시쯤 되었으니 모양성을 한 바퀴 돌고 와서 저녁을 먹어도 충분할 듯싶었다. 염길이 마사토를 데리고 집을 나선 후 몇 걸음 걷지 않았을 때 아케미가 헐레벌떡 쫓아왔다.

"마사토, 같이 가자."

"누나도 가려고?"

"응, 저번처럼 또 넘어지고 다치면 안 되잖아. 내가 지켜봐야지."

세 사람은 돌을 견고하게 쌓아 올린 성벽 안으로 들어섰다. 염길과 아케미는 방향을 특별히 정하지 않고 마사토의 뒤를 따랐다. 마사토는 앞으로 쏜살같이 달려갔다가 다시 돌아와 누나 손을 잡아끌고 뒤처져 따라오는 염길을 불렀다. 세 사람은 답성놀이*를 하는 것처럼 성벽 위를 걸었다. 중간쯤 이르렀을 때, 반대편에서 걸어오는 한 무리 아이들을 만났다.

"마사토!"

"너희들 어디 가니?"

* 윤년 윤달에 부녀자들이 머리 위에 돌을 이고 열을 지어 모양성을 한 바퀴 도는 민속놀이로, 극락왕생을 기원하는 의미가 담겨 있다.

마사토는 친구들이 오는 것을 보고 반가워서 물었다. 아케미와 마사토는 조선에서 태어나 자랐기 때문에 어릴 때부터 함께 놀던 조선인 친구들이 많았다. 부모가 놀지 말라고 주의를 주어도 주변에 또래 일본인 아이들이 없다 보니 자연스레 조선인과 어울리게 되었던 것이다. 아이들은 거창한 민족감정 따위에 관심이 없고 모양성을 뛰어다니며 노는 것이 그저 재미있을 뿐이었다.

앞에 있던 아이가 기다란 나뭇가지에 꿴 개구리와 호주머니에 가득한 감자를 보여주었다.

"우리 이거 구워 먹을 거다."

마사토는 군침을 꿀꺽 삼키고 친구들에게 다가갔다.

"이야, 대단하구나."

마사토는 빙 둘러선 아이들 틈에서 무엇이 그리 즐거운지 웃고 떠들며 쑥덕공론을 하더니 아케미와 엽길에게 돌아왔다.

"누나, 나 친구들과 놀다 갈래."

"너 혼자 가버리면 난 어떡하니?"

"몰라."

뜻밖의 상황에 아케미가 당황한 표정을 지었지만 마사토는 개의치 않고 친구들과 함께 앞쪽으로 뛰어가 버렸다. 누나가 몇 번 불러도 소용없었다. 아이들이 사라지자 주위가 갑자기 조용해지고 소나무 사이로 바람 소리만 들려왔다. 난처하기는 염길도 마찬가지였다. 단둘만 남게 되니 어색했다. 왔던 방향으로 다시 돌아갈지, 아니면 계속 갈지 길을 정하기 어려웠다.

아케미는 마사토를 칸막이처럼 중간에 두고 염길과 적당한 마음의 거리를 유지하고 있었다. 그런데 갑자기 동생이 가버리자 칸막이가 사라진 것 같아 여간 쑥스러운 것이 아니었다. 두 사람은 말 대신 눈짓으로 어찌할까 서로에게 물었다. 기왕 중간까지 왔으니 가던 길로 계속 내려가기로 했다. 염길이 앞장서고 아케미가 뒤를 따라왔다. 그렇게 한참을 걷다가 염길이 입을 열었다.

"마사토가 다쳤을 때 말을 잘해주어 고마웠습니다. 인사를 했어야 되는데 기회가 없었군요."

아케미는 염길이 말을 꺼내주니 차라리 마음이 놓였다. 묵묵히 앞서 걷는 사람의 뒤를 따르는 것이 거북했고 그 사람의 속을 몰라 내심 불안했기 때문이었다.

"아니에요. 사실대로 말했을 뿐인데요."

"그래도 아케미 양이 말해주지 않았으면 내 입장이 난처했을 겁니다."

"너무 부담 갖지 마세요."

한번 말문이 열리자 아케미는 그동안 궁금했던 것을 이

044

것저것 물어보기 시작했다. 계속 대화를 이어가는 것이 침묵하는 것보다 불안하지 않고 좋았다. 사실 아케미는 집에 와서 염길을 처음 보고 호기심이 일어 그를 조용히 지켜보고 있었다. 자기보다 고작 한 살 많은 학생이 동생을 가르치는 가정교사로 들어온 것이 신기했거니와, 훤칠한 키와 뚜렷한 이목구비가 관심을 끌었던 것이다.

"난 광주 야마토(大和)고등여학교에 다니고 있어요. 고창에는 보통학교를 함께 다닌 친구들이 있고 광주에도 새로 사귄 학우들이 많지요. 여기서 태어났으니까."

"그렇군요."

염길은 특별하게 해줄 말이 없어 그저 맞장구를 쳐주는 것으로 대신했다.

"그런데 여기 친구들은 이번에 한 명도 만나지 못했어요. 벌써 시집을 간 애도 있고 다들 부모님 돕느라고 바쁘니까."

아케미는 그것이 아쉬운 듯했다. 조선인 친구 가운데 고등여학교에 진학한 사람은 한 명도 없었다. 수업료를 내가며 여자아이를 보통학교에 보낸 것만 해도 대단한 일이었으며, 그 이상 가르칠 생각을 가진 부모는 거의 없었다. 부모 곁에서 일을 돕고 살림을 배우다 시집가 버리면 그만이었다.

"염길 씨는 앞으로 어떡할 거예요?"

아케미가 염길을 시오키치라 부르지 않는 것은 이것이 사적인 자리라는 걸 강조하는 한편, 친근감도 표시하고 싶었기 때문이었다.

"아직 따로 생각해 본 것은 없습니다."

"공부를 그렇게 잘한다고 들었는데 아직 계획이 없다는 것은 믿기 어려워요. 머잖아 졸업할 텐데."

염길은 아케미의 말을 듣고 그동안 자신이 꿈꿔왔던 것을 생각해 보았다. 어릴 때부터 아버지가 소금 만드는 것을 보고 자라서 그런지 자연의 이치를 연구하고 과학적으로 규명하는 일에 관심이 많았다. 아직 무엇을 공부해야겠다고 뚜렷하게 정한 것은 없지만, 만약 공부할 수 있다면 과학자가 되고 싶었다. 아케미는 조용한 분위기를 떨쳐내기 위해 또 말을 이었다.

"난 사범학교에 가서 장차 아이들에게 음악을 가르치고 싶어요. 그러려면 경성이나 내지로 가야겠지요. 하지만 난 내지로 들어갈 생각은 없어요. 어차피 조선에서 살 텐데 굳이 내지까지 갈 필요가 없잖아요. 광주에는 경성여자사범학교에 진학하려고 함께 공부하는 친구들이 있어요."

"잘되실 겁니다."

이번에도 염길은 건성으로 대답해 주었다. 아케미는 그

것이 서운했던지 걸음을 멈추고 염길을 불러 세웠다.

"이봐요."

염길이 돌아보자 아케미는 잔뜩 굳은 얼굴로 그를 노려보았다.

"사람이 말을 하면 성의껏 대답을 해야지 왜 그렇게 건성으로 대답해요? 지금 나 무시하는 거예요?"

염길은 순간 어처구니가 없어 픽 웃었는데 그것이 아케미의 화를 부추기고 말았다.

"지금 나를 비웃었지요? 이제 보니 아주 몹쓸 사람이군요."

아케미는 또래 남자로부터 비웃음을 당했다는 생각에 얼굴이 빨개지고 금방이라도 커다란 눈에서 눈물이 떨어질 것 같은 표정을 지었다. 염길은 지금껏 숙영 외에 또래 여자들과 이야기해 본 적이 없어 어쩔 줄 모르고 허둥거렸다.

"내 말은 그게 아니라……."

"그게 아니면 뭐예요? 사람이 말을 하면 듣는 척이라도 하고 대답을 해야지, 듣는 둥 마는 둥 성의 없이 대꾸했잖아요."

아케미가 몰아세우자 염길이 당황하여,

"아케미 양이 사범학교에 가려고 한다는 말 잘 들었습니다. 나도 포부가 아예 없는 것이 아닙니다. 사실 과학을 공부하고 싶긴 해요."

라고 말해주자 아케미는 표정을 싹 바꾸고 다가섰다.

"그래요? 그럼 상급학교에 진학해야죠."

"그것을 고민하고 있어요. 우리 집 형편에 지금 고보 다니는 것도 힘든데 대학 예과*에 진학하게 되면 아마 감당하기 어려울 겁니다."

염길은 집안 형편을 말하는 것이 썩 내키지 않았지만 아케미가 자신에 대한 이야기를 서슴없이 해주는 것을 보고 왠지 모르게 말이 술술 흘러나왔다.

조선에서 고보를 졸업한 남자가 갈 수 있는 학교는 제국대학 예과, 전문학교, 사범학교, 농림학교, 의학전문학교 정도였고, 여자는 갈 학교가 적어 여자전문학교 또는 여자사범학교 같은 곳으로 진학했다. 염길처럼 과학에 관심이 많은 학생은 제국대학이나 의학전문학교로 가는 것이 좋았지만 일본에서도 학생들이 몰려올 만큼 인기가 높았고 학비와 생활비를 생각하면 웬만한 가정에서 엄두를 내기 어려웠다. 조선인이 갈 수 있는 학교가 제한적이다 보니, 서울이 아닌 지방의 사범학교나 농림학교 역시 진학하고자 하

* 대학 예비과정. 지금의 고등학교 과정과 유사하다. 고등보통학교를 마친 뒤 대학에 진학하기 위해서는 예과를 거쳐야 했다. 조선에서 전문학교를 졸업하고 일본 대학에 입학하는 경우도 있었다.

는 학생들로 넘쳐났다. 한마디로, 상급학교는 어려서부터 수재 소리를 듣고 고보에서도 공부를 잘해야 합격할 수 있는 곳이었다.

"형편 때문에 학업을 포기한다는 것은……."

아케미는 염길의 말을 듣고 안타까운 표정을 지었다.

"아마 아케미 양은 짐작할 수 없을 겁니다. 조선에 있는 일본인 자녀들이 학비 때문에 진학을 고민하는 일은 거의 없겠지요. 하지만 대다수 조선 학생들은 자신의 진학이 가져올 가족의 생활고를 생각하면 고민이 될 수밖에 없습니다. 물론 나도 예외는 아니지요."

"그래서 지금 어떻게 생각하고 있어요?"

"모르겠습니다. 생각 같아서는 경성제대 예과나 의학전문학교 시험을 보고 싶지만, 쉽지 않을 것이 분명하니 지금으로선 어떡해야 할지 모르겠습니다."

염길은 고개를 돌려 울창한 소나무 숲을 바라보았다. 몸을 비튼 채 하늘 높이 솟은 소나무 사이로 쏴아 바람 소리가 들려왔다.

아케미는 더는 말을 하기 싫어진 모양으로 무엇인가 곰곰이 생각하며 길을 내려가기 시작했다. 인적이 드문 성벽을 돌 때는 서로 이야기를 하느라 붙어 있었지만 입구에 도착해서부터는 아케미가 저만치 앞서갔다.

## 2. 염부의 아들

　허준은 동의보감에서 소금에 대해 말하길, 본성이 따뜻하고 맛이 짜며 독이 없다고 하였다. 음식을 조리할 때 소금으로 간을 하지 않으면 맛이 없어 먹기 어렵고 쉬 상하기도 한다. 냉장고가 없던 시절, 동해안 울진에서부터 십이령을 넘어온 고등어를 옹기에 넣어 보관할 때도 소금이 필수였다. 어디 생선뿐인가. 돼지고기를 소금에 절여 말리면 조금 큼큼한 냄새가 나긴 하지만 오래 두고 먹을 수 있었다.

　고대부터 소금이 중요했기에 성경에서도 '너희는 세상의 소금이 되라'고 했을 것이다. 원불교의 정산종사도 소금의 성질을 성직자의 정신에 비유해 소금처럼 살라고 하였다. 세상이 부패하지 않도록 하고 올곧은 정신을 유지하며 적당히 간을 맞추라는 말이다. 소금의 용도에 대해 말하자면 끝이 없을 정도로 많다. 치약이 보편화되기 전에는 소금으로 이를 닦았고, 히말라야 고산에서 키우는 야크도 소금을 먹여야 치아를 튼튼하게 유지시킬 수 있었다.

본래 우리 민족이 사용하던 소금은 불을 사용한 소금이었다. 개펄이 많은 서해안 지역에서 섯구덩이 또는 간통을 이용해 염도 높은 함수를 얻고 자염을 만들었다면, 개펄이 없는 동해안 지역에서는 황토와 모래를 이용한 토염을 만들었다. 그러나 함수를 솥에 넣고 끓였다는 점에서는 모두 같았다.

소금을 만드는 데는 많은 공력이 들어간다. 개펄에 섯구덩이를 파고 함수를 얻어내기까지 많은 노동력이 필요하고, 벌막에서 함수를 끓일 때는 적잖은 시간과 땔감이 소요된다. 땔감으로는 화력이 좋은 소나무 가지를 주로 썼는데, 바닷가에서 구하기 어려워 멀리 있는 산으로 나무하러 가거나 사야 했다. 그래서 소금을 다 만들고 난 후에 정산해 보면 땔감 비용이 총비용의 3분의 1이나 차지할 정도였다.

자염은 생산량이 거의 일정하고 비용이 많이 들어가기 때문에 비쌀 수밖에 없었다. 말 그대로 작은(小) 금(金)이 바로 소금이었다. 천일염이 대량으로 쏟아져 나오기 전에는 쌀 한 섬과 소금 두 섬을 맞바꿀 정도로 값이 좋고 귀했다. 그러나 이것도 염전에서 통용되는 것이었고, 소금 장수가 짐을 지고 산을 넘고 먼 내륙으로 들어가면 이보다 더 비싼 경우도 있었다.

우리나라에 천일염이 소개된 것은 제물포항이 개항된 이후다. 청국으로부터 값싼 천일염이 들어오기 시작하자 일본은 직접 천일염전을 개발하여 막대한 부를 축적하려고 했다. 그리하여 1907년, 인천 주안에 약 3000평 규모로 시작한 염전을 1909년부터 확대하여 본격적인 천일염 생산에 들어가게 되었다. 인천 주안염전에서 생산된 천일염은 경인선을 타고 경성으로 신속히 수송된 후 전국 각지로 퍼져 나갔다. 훗날 서해안 곳곳에 천일염전이 개발되었지만 1933년까지는 인천의 소금 생산량이 전국의 절반을 차지할 정도였다.

천일염은 바둑판처럼 생긴 염전에 염도 높은 함수를 가두고 햇볕을 이용해 만드는 것이기 때문에, 자염과 같이 땔감이 필요하지 않았고 노동력만 투입하면 되었다. 특히 장마가 시작되기 전 일조량이 많고 햇빛이 뜨거울 때는 하루에도 수십 섬씩 창고에 쌓아둘 정도로 생산량이 높았으니 자염을 굽는 소규모 염전과는 비교가 되지 않았다.

모릿등에서 자염을 굽는 강석대는 땔감을 어떻게 마련할까 항상 고민이 많았다. 때론 파도를 타고 밀려온 나뭇가지와 통나무를 잘 말려두었다가 쓰기도 했지만 솔가지만큼 화력이 좋지 못했다.

어느 날 강석대는 섯구덩이 일을 마치고 동생 석춘과 벌막 앞에 앉아 담배를 피우고 있었다.

"형님, 이번 참에 땔감이 마흔 단은 필요할 것인디 어떡할 생각이슈?"

동생의 말에 석대는 땔감이 세워져 있는 곳을 한번 힐끗 보고,

"글쎄, 저번에 쓰다 남은 것이 스무 단쯤 있지만 좀 부족해 보인께 준비를 해야겠지."

하고 무덤덤하게 말했다. 산에서 해 온 나무는 잘 마르도록 한 아름씩 나누어 새끼줄로 묶어놓는데, 그것을 한 단이라고 한다. 보통 한 번 지게를 풀면 열 단 정도 되는 땔감이 나왔다.

"제길, 땔감 준비하느라 등골 빠지겠네."

석춘이 투덜거리면서 침을 퉤 뱉었다.

"하루 이틀도 아니고 어쩌겄냐. 불을 지피지 못하믄 소금이 맹글어지지 않는 것을."

석대는 볼이 홀쭉해지도록 곰방대를 빨아들였다. 석춘은 그래도 나뭇값이 아까운 모양으로 형을 바라보며 말을 던졌다.

"오늘 도둑 짐 한번 해볼라요?"

"아서, 그러다 걸리면 돈 물어주고 창피당한다."

"쎄빠지게 일하고도 남는 것이 없응께 하는 말 아니우. 산 가진 놈들은 편히 앉아 소금을 얻어먹고 우리 같은 사람은 나무 사다 써야제, 소금 만들어야제, 소금값보다 나뭇값이 더 들어가니 울화가 치밀어 견딜 수가 없단 말이우."

동생의 말에 석대는 대꾸하지 않았다. 그 또한 평생 겪고 있는 일이라 잘 알았지만 세상살이가 그러려니 생각하는 것이었다.

"형님, 글지 말고 딱 한 번만 가봅시다. 저기 연화동에 좋은 나무 많이 있는 것을 보고 왔수. 길도 험하지 않고 옆에 인가가 없어 조용히 빠져나오기에 좋을 것 같더란 말이우."

석춘이 아이처럼 자꾸 보채자 석대는 어쩔 수 없이 그럼 한번 해보자 말하고 말았다.

형제는 이튿날, 어둠이 채 가시지 않은 새벽 일찍 지게와 낫을 산에다 숨겨두고 돌아왔다. 그리고 점심을 먹고 어슬렁어슬렁 어디 산책이라도 가는 것처럼 연화동 산골짜기로 숨어들었다. 마침 가을걷이가 바쁠 때라 농부들은 모두 논밭에 나가 있어 산에 눈길을 주는 사람이 없었다. 두 사람은 소나무 가지를 치기 시작했다. 마른 삭정이가 무겁지 않고 좋았지만 그것만으로는 부족해서 잎이 푸른 청솔가지도 잘라냈다. 그렇게 나무를 해서 새끼줄로 꽁꽁 묶고 작대기를 받쳐 세워놓았다. 이제 어두워지기만을 기다리는 것이다. 석춘은 집에서 싸 온 주먹밥 두 덩이를 꺼내 형에게 하나를 건네주었다.

"소나무는 가지를 쳐주어야 더 잘 자라는 법인께 따지고 보믄 우리가 나무를 상하게 한 것도 아니요. 오히려 좋은 일 한 셈 칩시다."

"그야 그렇지만, 남의 산이라 나는 가슴이 조마조마하다. 안심하기는 아직 일러."

형제는 주먹밥을 먹고 사위가 완전히 어두워지길 기다렸다가 지게를 지고 산을 내려가기 시작했다. 그새 풀잎에 밤이슬이 내려 걸을 때마다 서늘한 기운이 느껴졌다. 그들이 기슭을 조심스럽게 내려와 인가가 보이지 않는 쪽으로 빠르게 걸음을 옮길 때 누군가 부르는 소리가 들렸다.

"어흠, 게 누구요?"

건넛마을 잔치에 다녀오던 허 생원과 딱 마주친 것이었다. 허 생원은 연화동 골짜기 입구 금산마을에 있는 서당에서 아이들에게 공부를 가르치는 사람이었다. 석대 아들 염길도 허 생원에게 천자문부터 시작해 한학의 기초를 배웠다. 인기척을 듣고 석대는 큰일 났다 싶어 다른 길로 갈까 생각해 보았지만 마땅한 길이 보이지 않았고, 무거운 짐을 지고 있어 걸음이 자유롭지 못했다. 따라잡히는 것은 시간문제였다. 이럴 때는 차라리 면전에 나서는 것이 나을지도 모른다는 생각이 들었다.

"어이구, 생원님 아니십니까?"

어둠 속에서도 허 생원을 알아보고 석대가 넉살 좋게 인사를 했다.

"어흠, 모릿등 강 염부 아닌가. 이 늦은 밤에 어디를 다녀오는 길인고?"

"네, 벌막에 쓸 나무를 해 오는 중입니다."

"아니, 일이 얼마나 바쁘기에 이 늦은 밤에 나무를 해 간단 말인가."

허 생원은 미심쩍은 눈길로 두 사람을 훑어보았다. 석춘은 얼굴을 한쪽으로 돌리고 비스듬히 섰다.

"일이 그렇게 됐습니다요."

"누가 보믄 나무 도둑으로 보겠군. 자네들 행색이 지금 딱 도둑놈이여. 연화동 골짜기는 저기 최 선달네 종중산이란 것을 알고 있제?"

"그러믄입쇼."

"산림은 나라에서도 중히 여기는 것이네. 내 가만히 본께 자네들이 허락을 얻어 나무해 가는 것으로 보이지는 않는구먼. 함부로 벌채했다가는 큰 곤욕을 치를 것인디 장차 어찌하려고 이런단 말인가?"

허 생원은 석대와 석춘을 세워두고 훈계를 하였다. 석대는 여기서 지체하다가는 또 누군가를 만날 것 같아 빨리 벗어나고 싶었다.

"생원님, 나중에 소금 한 섬 들여놓겠으니 그만 살펴 가시지요."

"어허, 이 사람. 사람을 어떻게 생각하고 소금 한 섬으로 구워삶으려고 하는가. 자고로 군자는 불의를 보고 참지 않는 법이거늘."

허 생원은 물러날 생각이 없어 보였다. 만일 그가 성질 고약한 최 선달에게 고자질이라도 한다면 소금 한 섬으로 해결될 문제가 아니라 몇 배로 물어내야 할지도 몰랐다. 일을 벌인 석춘은 에라 모르겠다, 허 생원을 지나쳐 줄행랑을 놓고 말았다. 석대도 그를 따라 발걸음을 옮기려는데 허 생원이 큰 소리로 그걸 나무랐다.

"저놈은 자네 동생이렸다. 형제가 서로 선(善)을 북돋우고 행여 악(惡)을 행할까 경계하기는커녕 둘이 힘을 합쳐 나무 도둑질을 하다니, 에잉."

"생원님, 누가 듣습니다요. 제발 모른 체 가십시오."

"시끄럽네. 내 자네들의 악행을 낱낱이 밝혀 다시는 이런 일을 하지 못하도록 만들 것이네."

허 생원이 도포 자락을 휘날리며 걸음을 뗐다. 그것을 보고 놀란 석대가 얼른 다가가 허 생원의 손을 잡았다.

"생원님, 사람 한번 살려주십시오. 우리 같은 염부들이 나뭇값 빼고 나믄 남는 것이 뭐 있겠습니까요. 멀쩡한 나무를 잘라 온 것이 아니라 가지를 쳐서 온 것뿐인께 불쌍한 사람 살려주는 셈 치고 눈감아 주시믄 이 은혜 잊지 않겠습니다."

석대가 애걸복걸하자 허 생원은 못 이기는 체 손을 빼고 말했다.

"으흠, 참 난감한 일이로다. 불의를 보고 참는 것은 군자의 도리가 아니지만, 생활이 곤궁하여 나무를 좀 해가는 것을 가지고 일을 크게 벌일 수도 없는 노릇이고."

허 생원은 수염을 한 번 쓱 쓰다듬더니 대뜸 엉뚱한 것을 물었다.

"자네 아들이 있으렷다?"

"네, 큰놈 염길은 고창고보에 다니고 작은놈은 이제 아홉 살입니다."

"그렇제, 염길이는 머리가 총명하여 나한테 통감까지 떼고 갔어. 자네 작은놈을 올겨울부터 서당으로 보내게. 나이가 아홉 살이믄 지금쯤 천자문과 사자소학을 떼고 동몽선습을 외울 때란 말여. 부모란 사람이 자식을 가르칠 생각은 하지 않고 뭐 한단 말인가."

석대는 허 생원이 눈을 감아주는 조건으로 대길의 서당

입학을 내걸고 있음을 알아챘다. 그는 보통학교에 입학시킨 대길이 공부에 통 흥미를 느끼지 못한다는 것을 알고 있었다. 형과 달리 공부에는 머리가 트이지 않아 일찌감치 소금 만드는 일을 가르치고 있었는데, 다른 것은 몰라도 제 이름 정도는 써야 할 것 같아서 허 생원의 말에 순순히 대답했다.

"그러믄입죠. 생원님 말씀대로 하겠습니다."

석대는 이제 일이 잘 마무리된 것 같아 다행스러운 기분이 들었다. 하지만 허 생원의 생각은 달랐다.

"저기 꽁지 빠지게 내빼는 자네 동생도 아들이 있지?"

순간 석대는 자기도 모르게 헛웃음이 나왔다. 허 생원이 그냥 마을을 빈둥거리며 돌아다니는 것 같아도, 서당으로 불러들일 아이들을 빠짐없이 살피고 있었다는 것을 알았기 때문이다. 자식들을 고리타분한 서당으로 보내느니 보통학교에 입학시켜 신학문을 접하도록 하는 경우가 늘어나면서 서당에도 위기가 오고 있었다.

"네, 일곱 살 숙길이라고 있습니다."

"그럼 가서 일러. 숙길이 그놈도 늦었응께 올겨울부터 서당으로 와서 천자문을 배우라고."

"그리 전하겠습니다."

"어흠, 무거운 짐 지고 뭐 하고 있는가. 그만 가보게."

그제야 석대는 생원에게서 벗어날 수 있었다. 꾸벅 인사를 하고 걸음을 돌려 각자 길을 가려는데, 얼마 가지 않아 허 생원의 목소리가 또 들려왔다.

"나 없더라도 소금은 간수가 잘 빠지도록 나무토막으로 고여서 들여놔야 하네. 뒤안으로 돌아가는 토방 위에 놓으믄 비가 들이치지 않고 좋을 것이야."

석대는 허 생원의 말을 듣고 어이가 없어서 피식 웃음이 또 나왔다. 그래도 오늘 도둑 짐을 들켜 큰일이다 싶었는데 소금 한 섬으로 흥정이 된 것은 다행이었다. 멀찌감치 지게를 세워놓고 형을 기다리던 석춘이 다가와 물었다.

"형님, 어찌 됐수?"

"별수 있나. 소금 한 섬 들여주는 것으로 끝났지."

"그거 다행이우. 아깝지만 만약 허 생원이 고자질이라도 하믄 영락없이 도둑놈으로 몰려 몇 배나 배상해야 되고 자칫하믄 순사가 들이닥칠 게 아니겠수."

"그렇제. 이 짓은 마음 졸여서 도저히 못 하겠다. 그리고 대길이와 숙길이를 올겨울부터 서당으로 보내라더라."

"그 영감 속에 능구렁이가 들어앉았구만."

석춘은 침을 퉤 뱉었다.

"어차피 아이들이 글을 배워야 할 거 아니냐. 꼭 이 일이 아니더라도 올겨울부터 보낼까 생각하고 있었다."

"형님은 참 속도 좋수."

허 생원을 만난 후, 모릿등 벌막에 도착할 때까지 형제는 다행히 아무도 마주치지 않았다. 석대는 앞으로는 부족한 땔감은 사서 쓰기로 하고 더는 도둑 짐을 지지 않겠다고 결심했다. 잘못 걸리면 그동안 도둑맞은 다른 나무까지 다 배상하고 징역을 살게 될지도 모르기 때문이었다.


석대는 섯구덩이 주변을 써레질하여 흙이 잘 마르도록 만들고, 닷새 정도 지나 하얗게 변한 흙을 섯구덩이에 계속 덮어주었다. 이제 물이 들어오면 염도 높은 함수가 섯구덩이에서 걸러지고 샘에 고일 것이다. 형제는 각자의 벌막에 머물면서도 서로 도와가며 소금을 만들었다. 형이 부잡이*로 아궁이를 지키고, 동생이 고무래를 이용해 함수가 바닥에 눌어붙지 않도록 잘 저어주었다.

소금을 만들 때는 한시도 벌막을 떠날 수가 없어 집에서 밥을 내다 주었는데, 그때마다 대길이 따라와서 작은 손으로 아버지를 도왔다.

"아버지, 왜 맨날 소금을 만들어요?"

"이놈아, 소금이 나와야 쌀도 사고 네 옷도 사고 형 학비

* 아궁이 앞에서 불을 지키는 사람을 뜻하는 방언. 부쟁이라고도 한다.

도 보내주고 그러제. 금싸라기는 사람이 먹을 수도 없지만 소금 없이는 사람이 살 수 없으니 실상 금싸라기보다 더 중한 것이 소금이여."

대길은 좁은 소견으로도 이해가 좀 되는지 고개를 끄덕이며 아궁이 속을 들여다보았다. 타닥타닥 타고 있는 불을 바라보면 시간 가는 줄 몰랐다.

대길에겐 벌막이 놀이터나 마찬가지였다. 아버지와 삼촌이 섯구덩이를 팔 때 그 옆으로 기어가는 게를 잡기도 하고 벌막에서 소금 만드는 것을 지켜보는 동안, 자연스럽게 염부의 일을 배워가고 있었다.

석대는 고된 염부의 일을 아들에게 물려주고 싶지 않았지만 염길과 달리 대길의 머리가 영특하지 못해 일찌감치 공부에 대한 미련은 놓은 상태였다. 그래도 염부를 하게 되면 몸이 힘들지언정 굶어 죽지는 않을 것이라고 여겨 대길이 벌막에 오는 것을 막지 않고 묻는 것을 자상하게 알려주었다.

"바닷물은 왜 짜요?"

"그것을 어찌 알겠냐. 누구는 소금 맷돌이 바다에 빠져 계속 소금을 만드니께 짜다고 하드만, 하느님이 바닷물을 짜게 만들어 놓았응게 짠 것이여. 짜지 않으믄 소금도 만들 수 없는 것이제. 우리 염부들에게 짠 바닷물과 저기 질척이

는 개펄은 농부들에게 논밭이 중하듯이 소중한 것이다. 개
펄이 더러워지믄 좋은 소금이 날 수 없응께 우리들도 다 굶
어 죽지 않겄냐 이 말이여."

석대는 아궁이를 아들에게 맡기고 솥을 들여다보았다.
대장간에 특별히 주문하여 만든 주물 틀에 쇳물을 붓고 형
태를 잡은 다음 메질을 수없이 해서 기포를 빼내고 단단하
게 만든 솥이었다. 석대는 동생 석춘이 없을 때는 아궁이
를 잠시 대길에게 맡겨두고 솥에서 소금을 건져 올렸다. 이
번에는 소금이 잘 만들어져서 두 섬이나 수확할 수 있을 것
같았다.

"대길아, 네가 도와줄 때마다 소금이 많이 나오는구나.
아무래도 너는 천생 염부 피를 타고났는갑다."

석대는 연회색빛이 감도는 하얀 소금을 손가락으로 집어
입 속에 넣었다. 감칠맛과 짠맛이 적절하게 배합된 좋은 소
금이었다. 그동안의 수고가 모두 잊히는 듯했다. 자신이 만
든 소금이지만 이렇게 맛있는 소금은 세상 어딜 가서도 맛
볼 수 없겠다는 생각이 들었다. 천일염은 간혹 눈살이 찌푸
려질 만큼 짤 때도 있지만 자염은 불로 가열해서 그런지 짠
맛이 덜하고, 개펄의 유기질이 섞여 감칠맛이 감도는 것이
특징이었다. 대길도 아버지를 따라 소금을 조금 집어 입속
에 넣어보고는 저도 무슨 맛을 아는 것처럼 히죽 웃었다.

*

　방학이 끝나고 개학을 하자 집으로 돌아갔던 학생들이 모여들어 조용했던 학교가 시끌벅적해졌다. 한 달 가까이 얼굴을 보지 못했던 친구들끼리 그동안 무엇을 하고 지냈는지 묻고 학업과 진로에 대한 이야기를 나누었다. 염길과 자주 어울리는 친구는 김동수, 박학준, 최승근이었는데, 자칭 사거두(四巨頭)라고 칭하며 다른 친구들과 자신들을 구별하고 학교의 명예를 높이겠다 호언장담했다.

　동수는 부안 백산에 넓은 농지를 소유한 지주의 아들로 성격이 활달하고 운동을 잘했다. 학준은 서해안 바닷가를 따라 영광과 함평까지 오가는 소 장수의 아들이었고, 승근은 조용한 성격에 독서를 좋아하는 친구로 아버지가 삼양사 농장에서 일하고 있었다. 네 친구는 죽이 맞아 곧잘 어울리며 앞으로 어떻게 할 것인지 흉금을 터놓고 의논하곤 했다.

　학교를 마치고 염길이 하숙집으로 돌아갈 때 세 명의 친구가 따라붙어 말을 건넸다.

　"염길아, 방학 동안 국일여관에서 가정교사 했다면서? 우리에겐 누구 하나 그런 제의를 하지 않던데 너는 역시 다르구나."

"응, 그렇게 됐다."

학준이 염길에게 바짝 다가와 귓속말로 물었다.

"며칠 전 모양성을 함께 거닐던 소녀는 누구냐. 너 우리 몰래 연애하고 있었지?"

"아니야. 내가 언제."

염길은 화들짝 놀라 손사래를 쳤다. 그게 우스웠는지 친구들이 깔깔 웃으며 놀려댔다.

"이놈 이거 봐라. 극구 부인하는 것을 보니 더 수상하군. 국일여관 아케미란 것을 다 알고 있다. 어디서 발뺌하려고 그래?"

"어떻게 알았어?"

염길은 어쩔 수 없다는 표정으로 학준에게 물었다.

"이제야 실토를 하는군. 아무렴 너처럼 어리숙한 놈이 날카로운 매의 눈초리를 벗어날 수 있을 성싶으냐. 부처님 손바닥 안이지. 방학 끝나기 전에 너를 한번 볼 겸 찾아갔다가 네가 아케미와 산책하는 것을 보고 우리가 모른 체했단다."

"그렇구나."

고창 읍내는 넓지 않은 편이라, 남학생들은 여고보를 다니는 제 또래 여학생이 누구인지 훤히 알고 있었다. 더구나 읍내에 거주하는 일본인은 사업을 하거나 아니면 군청이나 조합 등에서 일했는데, 그 숫자가 많지 않았다. 그들은 조선인과 달리 일본식으로 지어진 집에 살고 관사 생활을 했으므로 사는 곳도 구별되었다. 염길은 그날 왜 아케미와 있었는지 사정을 설명해 주었지만, 학준은 그걸 어떻게 믿을 수 있느냐며 둘이 무슨 관계인지 어서 밝히라고 놀려댔다.

"이놈 이거 정말 숙맥이구나. 얼굴 빨개진 것 좀 봐."

어쩔 줄 몰라 하는 염길을 보고 박장대소하는 친구들의 어깨에 동수가 손을 올리며 제안했다.

"오늘은 내 하숙집으로 가자. 아침에 나올 때 아주머니께 말씀드려 놨으니 저녁상을 잘 차려주실 거야."

읍내에는 하숙을 전문으로 하는 사람들이 있었다. 집을 길쭉하게 지어놓고 방을 쪼개 고보생들과 타지에서 온 관공서 직원들을 상대로 하숙을 쳤다. 한 달 하숙비는 보통 쌀 닷 말이었는데, 동수처럼 잘사는 집에서는 머슴이 쌀가마니를 져다가 마당에 내려놓았다. 그러면 하숙생들 사이에서 부잣집 아들의 어깨가 올라가고 상차림이 달라졌다. 동수네 집에서는 쌀을 항상 넉넉하게 보내기 때문에 간혹 친구들을 데리고 와서 밥을 먹더라도 하숙집에서 싫은 기색을 보이지 않았다.

학생들이 하숙집에 우르르 들어서며 인사를 하자 주인아주머니는 어서 방으로 들어가라고 손짓했다. 곧 저녁상이 들어왔다. 찬이 잘 갖추어져 있었고 고기볶음도 보였다.

"에구, 못 보던 사이에 더 의젓해졌네그랴. 많이들 먹고 부족한 것 있으면 말하거라."

모두 한창 먹을 때라 밥을 게 눈 감추듯 비우고 뒤로 물러났다. 동수는 책이 쌓여 있는 한쪽 구석을 뒤적이더니 술병 하나를 꺼냈다.

"한 잔씩 하자. 고보 상급생이면 술도 먹을 줄 알아야 한다고 그러더라. 참, 승근이 너는 술 못하지?"

동수는 친구들 밥그릇에 술을 가득 따라 주고 승근에겐 두어 방울 떨어트리는 것으로 대신하였다. 술을 먹고 취기가 올라 다들 말이 많아졌다. 동수가 두 잔을 마시고 투덜대기 시작했다.

"이제 고창고보도 다됐다. '북오산 남고창'이란 말도 옛말이고, 전주 신흥학교가 신사참배를 거부하고 폐교당해 학생들이 모두 전학 왔던 것도 전설이지. 지금은 선배들이 쌓아온 정신을 어디 가서 찾으려야 찾을 수가 없다."

불과 4년 전이었다. 신사참배를 거부한 전주 신흥학교가 1937년에 문을 닫게 되었다. 신흥학교는 기독교 계열이라 종교적 이유를 들어 신사참배를 거부하였는데, 그 이면에 일제의 민족정신 말살에 대항하고자 하는 뜻이 있었다는 것을 모두 알았다. 학교 문이 강제로 닫히고 신흥학교의 교사와 학생들이 고창고보로 옮겨오던 날, 고창고보 교직원과 학생들은 도열하여 침울한 표정으로 교문을 들어서는 그들을 열렬히 환영해 주었다.

술을 마시지 않고 술잔만 들었다 놨다 하던 승근이 동수에게 물었다.

"그게 무슨 말이야?"

"한번 생각해 봐. 중국과 전쟁을 시작할 때 석 달이면 끝난다고 했는데 몇 년째 끝날 기미가 보이질 않고 있잖냐. 전쟁 물자를 털어가도 아무 말 못 하고, 학교에서는 갈수록 천황의 군대라는 황군에 대한 무용담만 교육하고 있으니, 원."

"중국 땅이 워낙 넓어야지."

"전선에 군인이 부족하니까 총독부에서 지원병제도를 실시한 것이고."

동수의 말에 학준의 얼굴이 어두워졌다. 보통학교를 졸업하고 농사를 짓던 사촌 형이 무슨 생각이 들었는지 작년에 육군 지원병으로 나간 일이 생각났던 것이다. 일본이 전선을 확대하여 중국에만 무려 100만 명이 넘는 병력을 투입했으니 병사들이 부족할 수밖에 없었다. 이를 타개하기 위해 식민지 조선 청년들을 동원하기로 마음먹은 일본은 1938년 2월에 육군특별지원병을 모집하기 시작했다.

한일 합병 이후, 일본은 조선인에게 총을 들려주면 그들이 항일 세력으로 바뀔까 두려워 경계하였다. 말로는 '내선일체(內鮮一體) 일선동조(日鮮同祖)'를 외치면서도 조선인이 무기 잡는 것은 허용하지 않았다. 그러나 전선에 세울 병력이 부족해지자 조선인을 동원할 수밖에 없었다.

학준은 소를 몰고 여러 곳을 돌아다니는 아버지로부터 많은 소식을 전해 들을 수 있었다. 그중 하나가 지원병제도에 관한 것이었다.

"아버지가 지원병에 대해 말씀해 주셨는데, 육군특별지원병제도가 실시된 것은 일부 조선인 정치세력의 요구가 있었기 때문이라고 하더라."

학준의 말에 동수는 술기운에 벌겋게 달아오른 얼굴로 물었다.

"그게 무슨 소리야?"

"일본인들은 이 땅에 태어난 우리를 항상 이등 국민으로 여기고 있잖냐. 참정권도 없고, 그 나라 국민이라면 당연히 있어야 할 병역의무도 없으니 말이다. 일부 조선인 정치세력들이 이 문제의 해결을 줄곧 요청해 왔는데, 마침 병력 부족으로 곤란을 겪고 있던 일본이 특별지원병제도를 실시하게 된 것이래."

"난 일등 국민 싫다. 우리가 일으킨 것도 아닌데 왜 남의 나라 전쟁터에 가서 싸워야 하나."

동수가 학준의 말을 가로챘다. 그래도 학준은 멈추지 않았다.

"우리 같은 학생들이 뜻을 펼치기 위해서는 일본인과 동등한 바탕 위에서 경쟁을 해야 된다. 일본은 우리가 저들과 같은 의무를 이행하지 않았다는 핑계로 여러 가지 불이익을 주고 있어. 그래서 조선 학생들은 상급학교 진학이나 취직이 어렵지. 이것을 해결하려면 그까짓 의무쯤 이행해 버리고 우리에게도 동등한 권리를 달라고 해야지 않겠냐."

"너는 우리가 일본을 위한 전쟁터에 나가 개죽음을 당해야 된다는 말이냐?"

동수가 주먹을 불끈 쥐고 여차하면 한 대 갈길 태세를 갖췄다.

"화만 내지 말고 들어봐. 내 사촌 형이 작년에 지원병으로 나갔는데 그 이유가 뭔 줄 아니? 지원병제에 이어 조만간 징병제가 실시될지도 모른다는 말이 돌기 때문이야. 강제로 가게 될 바에는 차라리 지원병으로 가는 것이 속 편하다면서 부득불 지원한 거지. 물론 관청과 경찰이 실적을 채우기 위해 미사여구로 독려한 효과도 있지만."

"순 매국노 같은 사람이군."

"뭐?"

동수의 말에 학준이 버럭 소리를 질렀다. 상황이 심각해지자 염길과 승근이 한 사람씩 잡고 진정시켰다.

"그만하자. 우리가 이러려고 모인 것도 아닌데 왜 다퉈야 되냐."

염길이 동수를 붙잡아 앉히자 때리는 시어미보다 말리는 시누이가 더 밉다는 말처럼 동수의 화가 염길에게 옮겨붙었다.

"시끄러워! 왜년하고 붙어 다니는 놈이."

동수의 말에 염길의 얼굴이 벌게졌다.

"너 그게 무슨 말이야?"

"내가 틀린 말 했냐? 왜놈을 가르치는 것도 모자라 왜년과 붙어 다니잖아. 왜? 모두 사실일 텐데."

순간 동수의 눈에 별이 번쩍였다. 염길이 화를 참지 못하고 따귀를 후려갈긴 것이다. 친구들은 지금껏 염길이 이렇게 화내는 것을 보지 못해 어안이 벙벙한 눈치였다. 동수는 볼을 어루만지다가 어이가 없는지 허허 웃고 말았다.

"말이라고 다 같은 말인 줄 알아? 제대로 알지 못하면 함부로 지껄이지 마라."

염길은 친구들이 미처 말릴 새도 없이 방문을 박차고 나가버렸다. 방귀 뀐 놈이 성낸다더니, 맞은 놈보다 때린 놈이 더 화를 내는 것을 보고 동수는 기가 찼다.

"놔둬라. 저놈도 뭔가 켕기는 것이 있으니까 그렇겠지."

동수는 염길이 사라진 쪽에다 대고 빈정거렸다. 기분 좋게 시작했던 저녁 식사는 말다툼으로 번져서 안 하느니만 못하게 되어버린 셈이었다. 언성이 높아지는 것을 듣고 걱정스러운 눈빛으로 마당에 나왔던 주인아주머니가 밥상을 내가면서 잔소리를 했다.

"점잖은 학생들이 무슨 술이여. 이래서 술은 어른 앞에서 배워야 한다니께."

동수가 아주머니에게 연신 미안하다며 고개를 숙였다. 학준과 승근도 자리를 뜨고 싶었지만 염길이 가버린 마당에 자기들까지 간다 하면 동수가 서운해할 것 같아서 자리를 지키고 있었다. 동수는 친구들의 마음을 읽었는지 먼저 사과를 하였다.

"미안하게 됐다."

그동안 친구들의 대화에 별로 끼어들지 않고 있었던 승근이 말을 받았다.

"네 말이 조금 심했어. 염길의 집안 형편이 넉넉지 못하다는 것을 알잖아. 그가 방학 동안 가정교사로 학비를 번 것이 무슨 잘못이란 말이냐. 너처럼 부자가 아니어서 상급학교 진학을 할까 말까 고민이 많은 모양인데 그것을 위로해 주고 들어주지는 못할망정."

승근이 조리 있게 잘못을 지적해 주자 동수는 아까 맞았던 뺨을 어루만지며 눈을 껌벅였다.

"술기운 탓인가 보다."

"아케미도 그래. 그 집에 기거하다 보면 마사토를 데리고 같이 산책 나갈 수도 있는 거다. 어찌 된 영문인지 우리가 제대로 모르는 상태에서 지레 짐작하여 사람을 모욕했으니 염길이 화낼 만도 하지."

동수는 면목이 없어 고개를 푹 숙였다. 그것을 보고 학준이 승근을 제지하고 화제를 돌렸다.

"그만하자. 이러다 우정 틀어지겠다. 그건 그렇고 동수 너는 앞으로 어떻게 할 건지 한번 들어보자. 저번에 말했던 대로 동경으로 유학 갈 거야?"

"동경 밥값이나 서울 밥값이나 그게 그건데 동경 가서 공부하는 것이 낫겠지. 가볼까 생각 중이다."

"그러면 먼저 예과에 진학해야겠군."

학준은 동수의 말을 듣고 이번에는 승근에게 물었다.

"너는 어떡할래?"

"집에서는 농림학교를 가라고 성화다. 나는 전문이나 사범학교에 가고 싶은데."

"이리농림학교에 가려면 학비가 보통이 아닐 텐데?"

"그렇지. 아버지가 일하고 있는 삼양사 농장에서, 나중에 학교를 졸업하면 그 회사로 간다는 조건으로 학비 지원을 해주는 것 같더라."

승근은 농림학교에 가는 것이 썩 내키지 않는 눈치였다. 고창에서 비교적 가까운 이리농림학교는 다른 2년제 농업학교와 달리 관립 5년제로, 전국에서 수재들이 모여드는 곳이었다. 이른바 내선공학(內鮮共學)을 내세우면서 농과, 임과, 축산과의 3개 과를 두고 조선인과 일본인을 절반씩 모집하였다. 조선인의 경우, 입학 경쟁률이 높을 때는 12:1까지 치솟았던 반면 일본인들 간의 경쟁률은 고작 2:1 정도였다. 그러므로 성적이 좋은 조선인들이 항상 상위권에 포진해 있었다. 이리농림학교의 경쟁률이 이렇게 높았던 이유는 취업 때문이었다. 식민지인 조선에선 마땅한 일자리를 구하기가 어려웠는데, 이리농림학교만 졸업하면 관공서, 학교, 은행이나 회사 등 좋은 직장으로 나가기가 수월하였다.

그러나 평소 독서와 조용한 사색을 좋아하는 승근에게 농림학교가 적성에 맞지 않는 것은 분명해 보였다. 학준과 동수는 평소 승근의 성격을 잘 알고 있어 조금 걱정스러운 표정을 지었다. 이번에는 승근이 학준에게 물어보았다.

"학준이 너는 상업학교를 갈 생각이지?"

"응. 난 고리타분한 법학이나 문학 같은 데는 관심 없어. 활달하게 사는 것이 내 성미에 맞다."

학준의 말을 듣고 동수가 끼어들어 말을 보탰다.

"상업 쪽은 경성고등상업학교가 최고다. 거기만 들어가

면 은행이나 큰 회사에서 서로 데려가려고 할걸?"

동수의 말에 학준은 고개를 끄덕였다. 동수 말대로 경성고상은 조선에서 최고로 손꼽히는 관립 상업전문학교였다.

일본은 조선인들이 상업에 눈을 떠 회사를 설립하고 자본을 축적하는 것을 바라지 않았기 때문에 경성고등상업학교에 입학하는 조선인을 20%로 제한했다. 교직원에 대해서도 마찬가지였다. 87명이나 되는 교직원 중 조선인은 조선어 강사 한 명뿐이었다. 그러나 조선인도 일단 합격해서 3년간 배우고 졸업하면 극심한 취업난을 뚫고 취직하는 데 큰 걱정이 없었다.

학준은 일찍이 소 장수를 하는 아버지를 보고 사업에 대한 포부를 키우고 있었다. 어쩌면 그가 경성고상 진학을 목표한 것은 당연한 일인지도 몰랐다. 승근은 학준의 말을 듣고 고개를 끄덕이며 동수를 바라보았다.

"염길도 생각이 많을 텐데 너희들이 다투는 바람에 아무 소리도 못 들었네. 우리 가운데 가장 고민을 많이 하는 친구인데."

동수는 성격이 호방해서 조금 전 염길에게 따귀 맞았던 일을 그새 잊고 머리를 긁적였다.

"미안하다. 염길이는 과학에 흥미가 많으니까 아무래도 경성제대를 가면 좋을 거야. 조선에서 과학교육을 제대로 하는 곳은 거기밖에 없어."

동수의 말에 학준이 동감을 표하는데 승근의 생각은 다른 모양이었다.

"그럴 수도 있겠지만 나는 다르게 생각해. 그 집 형편이 경성제대 예과와 본과를 모두 지원해 줄 정도로 넉넉하지 않은 것을 생각하면 차라리 의학전문학교가 나을 수도 있어. 어차피 의학이란 것도 과학의 한 계통 아니겠냐."

"틀린 말은 아니다. 나중에 염길에게 물어보면 알겠지."

승근이 잠시 무언가 골똘히 생각하더니 말을 이어갔다.

"그런데 말이야. 평소 화를 내지 않던 염길이 오늘 왜 그렇게 불같이 화를 냈을까? 정말 아케미하고 무슨 일 있는 건 아닌지 몰라."

승근의 말에 학준이 손사래를 쳤다.

"그런 말 마라. 너도 따귀 맞고 싶으냐? 염길이 그놈은 절대 왜년과 어울릴 사람이 아니야. 방학 동안 학비 때문에 어쩔 수 없이 국일여관 아들을 가르쳤던 것뿐이겠지. 만약 염길이 아케미와 사귀기라도 한다면 우리 사거두의 얼굴에 먹칠하는 것이니까 도시락 싸 들고 다니면서 말려야 해."

"그럼, 안 되고 말고."

친구들은 하숙집에서 장래에 대한 이야기를 하느라고 밤이 깊어가는 줄도 몰랐다. 저 멀리 성산 숲속에서 고라니가 쐐액쐐액 울어대는 소리와 대폿집에서 술 한잔 걸치고 골목길을 지나가는 취객이 흥얼거리는 노래가 들려왔다.

이튿날 동수는 염길에게 먼저 사과를 하였다.

"미안하게 됐다. 내가 어제 실수했어."

오히려 미안한 것은 염길이었다. 그는 동수의 뺨을 때린 것이 밤새 괴롭고 부끄러워서 자기 뺨을 동수에게 내밀고 맘껏 후려치라 말하고 싶었다.

"아니야. 미안한 것은 나지. 동수야, 나도 모르게 손찌검을 했는데 깨끗이 잊고 용서해 줘. 화가 풀리지 않는다면 이 자리에서 나를 한 대 쳐도 좋다."

염길이 얼굴을 내밀자 동수는 손을 덥석 잡고,

"하하하, 이제 됐다. 우리 사이에 무슨 소리냐. 내가 말실수를 해서 벌어진 일인데."

호탕한 웃음소리를 냈다. 염길도 그의 어깨에 팔을 걸치고 함께 웃었다. 이것으로 자칫 우정에 금이 갈 수 있었던 일이 깔끔하게 해결되고 평소와 다름없이 지낼 수 있었다.

# 3. 사등 마을 소금의 맛

선운사에서 염봉 스님을 만나고 온 코코네는 석정온천 부근에 숙소를 마련하고 서울에서 아들 다케시가 돌아오기를 기다렸다. 꽤 시간이 소요될 것 같았다. 어제저녁 통화할 때,

"어머니, 여기 일이 대강 마무리되면 제가 내려가려고 했는데 생각지 못했던 일이 생겨서 조기 귀국은 어려울 것 같아요. 그러니 어머니께서 저보다 먼저 돌아가셔도 괜찮습니다. 제 걱정은 하지 마세요."

이런 말을 전해왔던 것이다. 덕분에 코코네는 시간에 쫓기지 않고 편안하게 쉴 수 있었다. 고창에 머물며 작은 읍내를 여러 차례 돌아보고 나자 금방 적응되었다. 마치 일본의 어느 한적한 시골 소도시에 와 있는 듯 낯설지 않고 편안했다.

특히 모양성은 벌써 두 번이나 다녀왔다. 일본의 성은 새

조차 쉽게 날아들지 못하도록 건물을 높다랗게 올려서 도시 어느 곳에서나 눈에 띄었다. 하지만 모양성은 그리 높지 않은 성벽 위에 문루(門樓)를 만들어 드나드는 사람을 볼 수 있도록 하였고, 내부로 들어가면 너른 평지와 객사, 그리고 부속 건물들이 조용히 자리하고 있어 평온한 느낌이 들었다. 전쟁을 위한 성이라기보다는 그냥 읍내와 구분되도록 구획하고 사람들이 편히 쉴 수 있도록 만들어놓은 공원 같았다.

코코네는 고창에 머무는 동안 이곳저곳을 안내해 줄 문화 해설사 한 사람을 소개받았다. 학교에서 일어를 가르치다 몇 년 전 퇴직한 송정애라는 전직 교사였는데, 사람들은 아직도 그녀를 송 선생이라고 부르고 있었다. 일본인 관광객이 오면 그녀가 안내를 맡는 경우가 많았다. 갸름한 얼굴에 동그란 안경을 쓰고 있어 처음엔 까탈스럽게 보였지만 몇 번 이야기를 나눠보니 겉보기와 달리 성격이 활달하고 속이 깊은 사람이었다. 송 선생은 차를 가지고 있어 코코네가 가고 싶다는 곳은 어디든지 데려다 주었다.

오늘도 아침 일찍 송 선생이 차를 가지고 왔다.

"여사님, 오늘은 어디로 가보실 생각이세요?"

송 선생은 붙임성 있게 자신보다 나이 많은 코코네를 잘 챙기고 있었다. 코코네가 그냥 언니라고 부르라 해도, 이번

에 말고 다음에 또 오면 그때 언니라고 부르겠다면서 극구
사양했다.

"글쎄요."

"또 선운사에 가시려는 건 아니겠지요?"

"두 번 다녀왔으니 다음에 가도록 해요."

코코네는 아들과 함께 염봉 스님을 만나러 한 번 방문하
였고, 송 선생이 굳이 선운사를 소개하고 싶어 해서 못 이
기는 체 따라간 적이 있었다.

"그럼 어디가 좋을까."

송 선생이 고개를 갸우뚱거리며 생각에 잠겼다.

"그냥 한적한 곳에 가서 바다를 바라봐도 좋고 찻집에서
차를 마셔도 좋아요. 그런데 오늘은 소금 만드는 염전에 가
보고 싶군요."

"천일염 만드는 염전 말이지요?"

"아니, 바닷물을 끓여서 소금 만드는 염전이 있다는 소리
를 들었는데."

"아, 사등 마을 말씀이시구나. 예전에는 여기저기서 자염
을 만들었는데 지금은 딱 한 곳만 남아 있고 다 사라졌어
요. 왜 그곳을 가보고 싶으세요?"

"어떻게 소금을 만드는지 궁금하고, 넓은 개펄을 보고 싶
기도 해요."

코코네의 말에 송 선생은 고개를 끄덕이고는 차에 시동을 걸어 출발했다. 가는 동안 송 선생은 사등 마을에 대해 이것저것 설명해 주었다.

"본래 사등 마을에 모래가 많았나 봐요. 그래서 모릿등이라고도 부른답니다. 예전에는 그 마을에 바닷물을 끓여서 소금을 만드는 염전이 예닐곱 군데 있었다는데 지금은 다 사라지고 한 곳만 남아 있지요. 그것도 생계를 위해서라기보다, 관광객들이 보고 체험할 수 있도록 유지하는 거예요."

코코네는 송 선생의 말을 들으며 오른쪽의 작은 강을 바라보았다. 여기저기 장어를 키우는 양식장이 보였고 풍천장어와 복분자를 파는 음식점도 많았다. 그녀는 오늘 점심을 저곳에서 해결해야겠다고 생각했다. 선운산을 왼쪽으로 끼고 빙 돌아 해리면 쪽으로 가는 국도에서 오른쪽으로 들어가면 사등 마을이었다. 길옆에선 잘 익은 벼가 고개 숙여 인사하는 듯했고, 청초한 코스모스도 푸른 가을 하늘 아래 자태를 뽐내고 있었다.

"별로 볼 것은 없을 거예요."

송 선생은 코코네를 풍광 좋고 멋진 곳으로 안내하지 못한 것이 좀 아쉬운 모양이었다.

"아니에요. 오히려 잘 꾸며놓은 곳보다 이렇게 사람 사는 곳이 좋아요."

차를 주차하고 나오자 경로당 앞에 앉아 있던 할머니들이 낯선 사람을 궁금한 눈빛으로 바라보았다.

"안녕하세요. 군청 문화 해설사입니다. 소금 만드는 어르신 어디 계실까요?"

송 선생이 묻는 말에 머리를 뽀글뽀글 볶은 할머니가 대답했다.

"그 양반 벌막에 있을 거유. 이제 힘이 부쳐서 소금은 만들지도 못할 텐디 허구한 날 그 안에서 산다니께."

할머니가 손짓하는 곳으로 걸어가니 커다란 벌막이 보였다. 반백의 머리를 한 강대길이 입구에 앉아 바다를 보고 있었다.

"선생님, 안녕하세요. 저번에 체험객들 데리고 왔던 문화 해설사인데, 기억하시죠?"

"엇허허, 알다마다. 헌데 오늘은 무슨 일로 오셨소? 아무런 연락도 못 받았는디."

"네, 꼭 여기 와보고 싶다는 분이 계셔서요."

송 선생이 고개를 돌리자 코코네가 앞으로 나서서 대길에게 인사를 하였다.

"제가 보고 싶다고 그랬어요."

처음 보는 얼굴이었다. 깔끔한 차림새에, 행동이 조심스러워 보였다. 대길은 송 선생에게 물었다.

"뉘시우?"

"이분은 일본에서 오신 코코네란 분이에요. 한번 말씀 나눠보세요."

대길은 손님들을 벌막 안으로 맞아들이고 플라스틱 의자 두 개를 권했다.

"예전에는 여기에 벌막이 일곱 개나 있었다오. 헌디 하나 둘 세상을 떠나고 일을 접어버려서 남은 곳이라곤 여기뿐이제. 여기도 뭐 소금을 만들기보다는 관광객들한티 보여주려고 유지하는 것이라오. 이 늙은이가 어떻게 섯구덩이를 파고 물을 져 나르겠소."

코코네는 신기한 눈빛으로 여기저기 둘러보다가 구석에서 간수를 빼고 있는 소금 가마니를 보았다.

"저것이 소금인가 보군요."

"맞수. 저렇게 놔두면 간수가 빠져서 맛있는 소금이 되는디 한번 맛보시려우?"

대길은 작은 접시에 소금을 담아와 맛을 보라고 건넸다. 코코네는 손가락으로 소금을 조금 집어 입 속에 넣더니 한참 동안 아무 말이 없었다. 그 맛을 음미하는 것인지 아니면 너무 짜서 말을 못하는 것인지 영문을 몰라 대길이 물병을 집어 들었다.

"맛이 똑같군요."

한참 후에야 코코네가 입을 열고 물 대신 소금을 다시 집어 입에 넣었다. 마치 혈당이 떨어진 당뇨 환자가 단 것을 찾는 것처럼 연신 짠 소금을 맛보았다. 그 모습을 보고 송 선생은 소금을 먹지 않았는데도 짠맛이 느껴지는 듯해 자기도 모르게 얼굴을 찌푸렸다.

"맛이 똑같다니 부슨 말이우?"

대길이 눈을 껌벅이며 묻자 코코네가 대답해 주었다.

"일본에서 맛보았던 소금과 같은 맛이에요."

"아무리 바닷물로 소금을 만든다지만 일본하고 기후와 토양이 달라 같은 맛이 나지는 않을 것인디."

대길은 이상하다는 듯 고개를 갸웃거렸다. 그 말을 듣고 코코네가 얼굴에 미소를 띠었다.

"그렇겠지요. 어머니가 조선에 살다 일본이 패전하고 본국으로 돌아올 때 소금을 가져오셨어요. 그것을 부엌 깊숙한 곳에 놔두고 내 생일이나 명절 때만 아주 조금씩 귀하게 사용하셨지요. 어머니는 몇 해 전 돌아가셨지만 아직도 집에 소금이 남아 있답니다."

"허허, 그렇다면 어머니가 여기서 만든 소금을 가져갔더란 말이우?"

"아마 그랬을 거예요. 제가 맛을 보니 똑같아요."

코코네의 말을 듣고 송 선생이 무릎을 탁 치며 끼어들

었다.

"그렇다면 여사님은 소금 맛을 찾아오신 거군요."

하지만 코코네는 대답 대신 웃어 보일 뿐이었다. 대길은 앞에 여자들이 앉아 있든 말든 괘념치 않고 주머니를 뒤져 담배를 꺼내 물었다. 깊숙이 연기를 빨아 뱉기를 두어 차례 하더니 입을 열었다.

"어머니가 여기 고창에 사셨수?"

"네, 읍내에 살았다고 해요."

"어머니의 부친은 무슨 일을 하시고?"

"여관을 운영했다고 하시더군요."

"여관? 여관이라믄 국일여관일 것인디. 당시 고창에서 일본인이 운영한 여관은 국일여관뿐이었응께로."

대길의 말에 코코네가 박수를 치며 맞장구를 쳤다.

"맞아요, 국일여관."

"그럼 당신 어머니가 국일여관의 딸이란 말이우?"

"네. 제 어머니를 아세요?"

코코네는 놀란 눈빛으로 대길에게 물었다. 그러나 대길은 시큰둥한 표정으로 담배를 뻑뻑 빨아대더니 꽁초를 바닥에 비벼 껐다.

"오랜 세월이 지났는디 내가 어찌 알겠수. 그저 문득 떠오른 기억을 되살려 물어본 것뿐이제. 댁네 어머니는 일본인이고, 그럼 아버지는 누구시우?"

"조선, 아니 한국인이죠."

코코네가 거침없이 말했다. 송 선생과 대길은 놀라 서로의 얼굴을 마주 보았는데 코코네는 그것이 왜 이상하느냐는 표정으로 말을 이었다.

"그래요. 어머니가 일본에서 나를 낳았지만 제 아버지는 분명 한국 사람입니다."

순간 눈을 껌벅이던 대길은 골똘히 생각에 잠겼다. 십수 년 전쯤 누군가 찾아온 일이 있었다. 서울에 출장 온 일본인이었는데, 귀국길에 누군가의 부탁을 받고 왔다면서 대길의 형과 아버지가 어떻게 되었는지 소상하게 물었던 것이다. 대길은 참 이상한 일도 있다는 생각이 들었지만, 평생 소금을 굽다 죽은 아버지의 위패를 선운사에 모셨으며 아버지의 유언대로 염봉이란 스님이 명복을 빌어주고 있다는 것까지 알려주었다. 공부를 잘했던 형은 한국전쟁 중에 죽었는지 살았는지 모르겠지만, 수십 년 동안 통 소식이 없는 걸 보아 죽었을 것이라고 말했던 기억도 났다.

코코네는 말없이 생각에 잠긴 대길의 얼굴을 한참 동안 바라보다가 입을 열었다.

"선생님, 아버님의 성함이 어떻게 되세요?"

대길은 일본 여자가 뜬금없이 아버지의 이름을 물어오자

잠시 당황스러웠지만, 이 여자가 혹시 무슨 인연의 끈이라
도 찾는가 보다 싶어 말해주었다.

"강씨 성에 이름은 석 자 대 자, 강석대란 분이 내 부친이
요."

코코네는 알고 있었다는 듯 그저 담담하게 고개를 끄덕
이고는 재차 물었다.

"네, 그럼 선생님의 형은 이름이 어떻게 되시나요?"

"염길이요. 길 자 돌림인께로 나는 대길이고."

대길의 말에 코코네는 입을 열고 외마디 탄성을 내뱉었다.

"아!"

그리고 먼지가 들어간 것처럼 손등으로 연신 눈을 비비
니 곧 촉촉한 물기가 묻어났다. 이야기를 마치고 코코네가
자리에서 일어섰다. 대길은 멀리서 온 손님에게 드리는 것
이라며 예쁜 병에 담긴 선물용 소금을 건네주었다.

"가져가시우. 이건 보통 소금이 아니라 저 넓디넓은 개펄
과 바다를 솔가지로 끓여 만든 자염이오. 일본에서도 먹어
봤다니께 맛이야 익히 알겠구만."

"고맙습니다. 이렇게 귀한 소금까지 주시고."

코코네는 대길에게 인사를 하고 차에 올랐다. 송 선생은
푸른 가을 하늘 아래 넓게 펼쳐진 들판을 보며 코스모스가
하늘거리는 길을 달리는 것이 좋아 콧노래를 흥얼거렸다.

코코네는 차창에 머리를 기대고 차가 흔들리는 대로 몸을 맡겼다. 조금 전 선물로 받은 소금 병을 무릎 위에 올려놓고 두 손으로 꼭 쥐고 있었다.

대길은 벌막 앞에 서서 차가 사라진 방향을 한참 동안 바라보았다. 오늘 처음 본 사람이지만 코코네가 낯설게 느껴지지 않는 것은 그녀의 뿌리가 이곳에 닿아 있기 때문일까. 아니면 모처럼 아버지와 소금에 대해 이야기를 나누었기 때문일까. 그는 나이가 들어갈수록, 선대부터 이 자리를 떠나지 않고 만들어온 소금에 대해 이야기하는 것이 좋았다. 소금은 어느새 그의 자부심이 되어 있었던 것이다. 문득 아버지가 생각났다.


"이놈, 대길아!"

대길은 아궁이 앞에서 꾸벅꾸벅 졸다가 벼락같은 아버지의 호통을 듣고 고개를 번쩍 들었다. 아버지가 잠시 집에 다녀오는 사이 아궁이를 맡겼는데 너무 피곤하여 자기도 모르게 졸고 말았던 것이다. 아버지는 눈에 보이는 솔가지를 들어 대길의 등줄기를 내리쳤다.

"네 이놈, 소금이 그냥 만들어지는 줄 아느냐. 부잡이가 제일 중요하거늘 아궁이 앞에서 졸고 있어?"

"아버지, 잘못했어요."

아버지는 솔가지를 집어던지고 솥으로 달려갔다. 불 조절을 잘못해서 죽처럼 변해버린 소금이 회색을 띠고 보글보글 끓어오르는 것이 보였다.

"소금이 아니라 죽이구나. 이런 죽염을 누가 먹겠느냐. 에잉!"

아버지는 불같이 화를 내며 발로 물통을 걷어찼다. 그 바람에 나무 물통이 데굴데굴 굴러 구석에 처박혔다.

"이놈, 꼴도 보기 싫으니 당장 꺼져!"

대길이 엉엉 울면서 밖으로 뛰쳐나가고, 잠시 후 무슨 소란인가 싶어 장 영감이 슬그머니 들어왔다.

"자네도 참, 저 어린아이가 무얼 알겠는가. 허구한 날 쥐 잡듯 아들을 쥐어 패면 나라도 못 견디겠네. 살살 달래서 일을 가르쳐야제."

"어르신, 남의 속도 모르고 태평스런 말씀하지 마십시오. 누군 뭐 좋아서 이러는 줄 아십니까? 어떻게든 소금을 맹글어야 우리 식구들이 살고 염길이를 뒷바라지할 수 있지라."

장 영감은 허연 수염을 쓱 문지르고는 한쪽에 처박힌 물통을 다시 세워주면서 잔소리를 계속했다.

"세상일이란 모르는 것일세. 두고 보게나. 옛말에 선산 지키는 것은 굽은 소나무라고 했어. 쯧쯧."

석대는 그 말이 듣기 싫어 바가지를 들고 솥을 박박 긁어댔다. 죽처럼 변해버린 소금물을 아궁이에 뿌리자 치이이 소리를 내며 불이 꺼져버렸다. 장 영감은 그 모습을 보고 더 말해봤자 입만 아프다는 듯 험험 기침 소리를 내며 자신의 벌막으로 돌아갔다.

석대가 대길을 엄하게 키우는 것은, 자신이 죽기 전에 매사 덤벙대고 조심성이 없는 아들에게 자연 만드는 법을 제대로 알려주고 싶기 때문이었다. 비슷한 또래 아이들은 학교를 졸업하고 진학하든지 아니면 대처로 나가 돈벌이를 시작하고 있었지만, 대길이는 그런 궁리를 하지 못한 채 아버지가 시키는 대로 소처럼 물지게를 져 나를 뿐이었다.

# 4. 경성옥의 소리꾼

국일여관의 안주인 히토미는 여름방학 때 염길에게 지도를 받은 후 마사토의 성적이 부쩍 오른 것이 무척 기뻤다. 누나가 학교를 다니러 광주로 떠나고 혼자 있게 된 동안에는 온갖 어리광을 다 부리며 버릇없더니, 이제는 염길을 흉내 내어 의젓하게 행동하기도 했다. 히토미는 그것이 대견스럽고 기특해서 웃음을 감출 수가 없었다. 료스케는 막바지 공사가 한창인 곰소염전을 살피고 새로운 사업을 구상하느라고 자리를 비우는 일이 많았다. 그런 그에게 어느 날 히토미가 마사토의 성적표를 들고 와 호들갑을 떨었다.

"여보, 마사토 성적이 또 올랐어요."

료스케는 아내로부터 성적표를 받아 들고 덩달아 기분이 좋아져 크게 웃다가 기침이 도졌는지 한참 동안 말을 잇지 못했다.

"정말이군. 이러다 진짜 당신 말처럼 의사가 되겠는걸."

"곧 겨울방학인데 이번에도 강 군을 부르는 것이 어때요?"

"글쎄."

"마사토를 봐요. 성적뿐만 아니라 행동거지 또한 강 군을 보고 얼마나 의젓하게 변했는지 몰라요. 공부에 재미가 들려 성적이 오를 때 확실히 잡아줘야지 내버려 두면 또 떨어질 수 있어요."

그러나 료스케는 쉽게 답하질 못했다. 언젠가 거류민단 회의에 갔을 때 수리조합장이 그에게 자식의 앞날을 조선인에게 맡겨서야 되겠느냐고 했던 말이 떠올랐기 때문이다. 염길을 가정교사로 맞이했던 일이 일인 사회에 소문났던 것이다.

조선에 거주하고 있는 일본인들은 지역별로 거류민단을 만들어 총독부의 조선 통치에 적극적으로 협력하며 이익을 극대화시키고 있었다. 호남철도 노선을 두고 전주와 군산의 거류민단이 나서서 유치 경쟁을 벌이다가 군산이 노선에서 제외되자, 군산 거류민단과 지역유지들이 자신들의 힘으로 철도를 익산까지 연결한 일도 있었다. 그만큼 결속력 있는 데다 정기적인 모임을 갖고 정보도 교환하는 집단에 좋지 않은 소문이 퍼진다면 여러모로 좋을 일이 없었다.

하지만 읍내에 거주하는 일인의 숫자가 적고 염길만 한

학생을 찾을 수 없었기 때문에 다른 대안이 없는 셈이었다. 료스케는 마사토가 나중에 잘되어 감탄과 부러움을 살 것을 생각하면, 조합장의 조롱쯤 얼마든지 감내할 수 있겠다고 판단했다. 사업에 신경 쓰는 것만 해도 골치가 아파 아들에 관한 일은 아내에게 맡겨버렸다. 그리하여 겨울방학이 시작되기 전, 염길은 마사토의 가정교사로 들어오라는 제의를 또 받게 되었다.

염길은 집으로 돌아와서 부모님께 상의를 드렸다. 저녁상을 물린 후에 침침한 방 안에서 줄포댁이 그새 잠들어 버린 막내 순임의 머리를 연신 쓸어 넘기며 말했다.

"그려? 그 집에서 너를 잘 본 모양이다. 한겨울에 여기 촌구석에 있어봤자 소금 물지게밖에 더 지겠냐. 가정교사를 하러 가믄 우리야 한 입이라도 덜고 용돈벌이가 된께로 좋제. 염길 아부지, 그렇지 않수?"

"남을 가르친다는 것이 쉬운 일인감. 네 생각은 어떠하냐."

석대는 아들의 의중을 물어보았다.

"어머니 말씀대로 하는 것도 좋을 것 같지만 아버지 고생하시는 것을 보면 제 마음이 편치 않습니다."

"그런 걱정일랑 말거라. 평생을 해온 일이고 겨울엔 눈이 쌓여서 섯구덩이를 팔 수 없응께. 되작되작 벌막을 보수하고 땔감이나 장만하믄 되는 일이여. 그것보단, 남을 가르친다는 것은 먼저 모범을 보여야 하고 책임이 막중한 일이라는 것을 잊지 말아야 한다."

"알겠습니다."

이야기가 마무리되고 염길은 눈을 대길에게 돌렸다. 대길은 머리를 긁고 있다가 해죽 웃으면서 형에게 다가왔다. 싹 밀어버린 머리 여기저기 버짐이 펴 밤이 되면 자기도 모르게 박박 긁는 것이었다.

"녀석, 많이 컸구나."

"엄마가 이만큼 컸대."

대길은 손바닥을 활짝 펴서 머리 위에 올리고 자랑을 했다.

"그만 자러 건너가자."

염길이 동생을 데리고 작은방으로 건너가는 모습을 부모는 흐뭇하게 바라보았다. 비록 먹고살기 힘든 시절이라고 하지만 석대가 열심히 소금을 만든 덕분에 가족이 굶는 일은 없었다. 소금으로 쌀과 여러 가지 생필품을 사올 수 있으니, 비록 몸이 고되더라도 농토 한 뼘 없는 염부 처지에 소금을 구울 수 있다는 것만으로도 고마운 일이었다.


이튿날 염길은 국일여관으로 다시 들어갔다. 마사토가 마루에서 기다리고 있다가 폴짝 뛰어내리며 소리를 질렀다.

"어머니, 형 왔어요."

그런데 히토미보다 아케미가 먼저 문을 열고 나왔다.

"어서 오세요."

염길이 얼떨결에 인사를 하고 고개를 드니 히토미가 사정을 말해주었다.

"아케미도 방학을 해서 일찍 올라왔지 뭐야. 추운 하숙집에서 오들오들 떠느니 따뜻한 집에서 겨울을 보내는 것이 나을 것 같아 올라오라고 했어. 아무튼 반갑네."

염길은 어머니가 싸준 작은 소금 자루를 내려놓았다.

"이거, 소금입니다. 어머니가 맛보시라고 조금 싸주셨습니다."

"뭘 이런 것까지."

히토미는 연신 고마움을 표했다. 여름에 한 번 해본 일이라 마사토를 가르치는 것은 그리 어려울 것이 없었다. 마사토는 날씨 때문에 밖에 나가 놀기가 어려워지자 염길의 방에서 주로 시간을 보냈다. 공부하다 지치면 책을 읽거나 염길에게 재미난 이야기를 해달라고 졸랐다. 아케미도 밖을 나가지 못하니 심심한 것은 마찬가지였다. 처음에는 간식을 가져온다는 핑계로 기척을 하다가 나중에는 문을 열고 들어와 이야기에 동참했다. 이것이 삼촌 카이토의 눈에 곱게 보였을 리 없었다.

그는 히토미를 붙잡고 불만을 쏟아냈다.

"누님, 내가 마사토는 이해하겠는데 아케미까지 저놈 방을 들락거리고 있으니 도저히 참을 수가 없어요. 한두 살 먹은 어린 애도 아니고 저렇게 시시덕거리고 있는 것을 왜 내버려 둡니까?"

"그게 무슨 말이야? 강 군은 마사토의 선생으로 집에 와 있는 것이고 아케미는 비슷한 또래니까 말동무를 하는 것이지. 이런 한겨울에 마땅히 나갈 데가 없잖아. 그나저나 넌 왜 항상 그 모양이니? 사람이 다 너 같은 줄 알고 그렇게 바라보면 못쓴다."

히토미는 되레 카이토를 나무랐다. 그도 그럴 것이 카이토는 일본에서 유곽을 전전하며 게이샤 뒷배를 봐주는 일을 하다 매형의 부름을 받고 조선에 온 것이기 때문이다. 조선에 와서도 제 버릇 개 못 준다고, 툭하면 사람들과 치고받고 싸우는 일이 잦았으며 돈을 물어준 일도 몇 차례 있었다.

"에이, 또 그 소리. 아무튼 난 경고했으니 나중에 딴말 말아요."

카이토는 자리에서 벌떡 일어나 밖으로 나가버렸다. 히토미는 동생을 나무랐지만 그렇지 않아도 근래 아케미가 염길과 너무 가깝게 지내는 것 같아 걱정이 되던 참이었다.

그녀는 아케미를 불러놓고 말했다.

"아케미, 마사토가 강 군을 잘 따르고 성적이 올라 다행이구나. 강 군도 이제 졸업을 준비해야 될 텐데 네가 너무 드나들면 공부에 방해되지 않겠니. 앞으로 간식은 내가 챙겨줄 테니 너는 출입을 삼가거라."

아케미는 어머니가 무슨 말을 하는지 금방 알아차렸다. 다 큰 여자애가 남자 방을 드나드는 것이 보기에 좋지 않다는 뜻이었다. 아케미는 뭐라 할 말이 없어 그때부터 마사토의 공부방에 발길을 뚝 끊어버렸다.

그런데 문제는 이때부터 발생했다. 매일 간식을 들고 찾아가 이야기를 하다가 갑자기 자기 방에 처박혀 있으려니 아케미는 너무 답답하고 심심해 미칠 지경이었다. 그녀는 공부방 쪽에서 누군가 복도로 나와 마루가 삐걱거리면 자기도 모르게 고양이처럼 귀를 그쪽으로 쫑긋거렸다. 마사토의 콩콩거리는 걸음 소리에 한숨을 쉬고, 염길이 저벅저벅 걸어가는 소리가 들리면 숨을 멈추고 귀를 기울였다. 그러다 염길이 밖으로 나오는 기척이 들리면 모른 척 문을 열고 나가 기지개를 켜면서,

"나도 이제 공부해야 되니깐……."

하며 짐짓 염길더러 들으라는 듯 공부방에 못 가는 이유를 이렇게 혼잣말로 둘러댔다. 염길 또한 매일같이 들락거

리던 아케미가 갑자기 발길을 뚝 끊어버리자 궁금증이 일어나서 마사토에게 영문을 물어본 일이 있었다. 어린 마사토는 자기도 왜 그런지 모르겠다고 할 뿐 신통한 답을 하지 못했는데, 아케미로부터 이유를 들으니 궁금증이 풀리고 한편으론 서운하기도 했다.

*

한편 카이토는 명목상으로는 여관 지배인이었지만 특별히 할 일이 없어, 다른 곳으로 관심을 돌리고 있었다. 여관일이라는 것이 오는 손님을 맞이하는 것뿐이니 따분했다. 좁은 고창 읍내에서 마땅히 갈 곳이 없는지라 카이토는 틈만 나면 전주나 광주를 오갔다. 그곳에는 일본 유녀가 시중을 드는 유곽이 있기 때문이었다. 그는 유녀들 몇 명만 데리고 오면 고창에서도 얼마든지 사업을 할 수 있다고 보고 매형에게 운을 뗀 일이 있었다.

"매형, 대처에 가봤더니 유곽이 아주 성업을 이루고 있더군요."

"무슨 말이냐?"

료스케는 기침을 간신히 삼키고 의심스러운 눈빛을 던지며 물었다.

"우리 일본인이 있는 곳이라면 어디든지 유곽이 있지 않습니까. 그런데 이곳에는 유곽이 없으니 하는 말이에요."

"유곽?"

"한번 들어보세요. 제 말은, 요릿집을 하나 내고 유녀들이 시중을 들도록 하면 좋겠다는 말입니다. 겉보기에 유곽이라고 할 수 없지만 사실은 유곽인 셈이죠. 조선인들도 놀기를 좋아하니까 유녀들을 데려다 요릿집을 차리면 성공할 것 같습니다."

"아서라. 여기는 내지와 문화가 달라."

"에이, 매형도 참. 세상에 열 여자 싫다는 남자 있습니까."

"너는 일인 유녀들이 조선인 시중드는 것을 거류민단에서 보고 있을 성싶으냐? 어림도 없는 일이야."

료스케가 말을 마치고 쿨럭쿨럭 기침을 하는 바람에 카이토는 한참을 기다렸다. 개항 이래 일인들이 있는 대처에는 바늘 가는 데 실 가는 것처럼 유곽이 따라왔지만 조선인들이 출입하기는 어려웠다. 일인 유녀들은 일본인 상대로만 술을 따르고 몸을 팔기 때문이었다.

"그렇다면 다른 방법을 생각해야지요. 조선 기생과 일인 유녀를 손님에 따라 구분해서 들이는 것입니다."

"괜한 분란 만들지 말고 여관 일이나 잘하고 있어."

료스케는 카이토가 한번 해보는 소리려니 하고 큰 신경

을 쓰지 않았다. 그런데 카이토는 정말로 요릿집을 내보려고 구체적인 계획을 세우기 시작했다.

고창은 판소리 여섯 마당을 정리한 신재효가 많은 소리 꾼을 키워냈던 곳이다. 그의 고택 동리정사(楝里精舍)에 전국에서 모여든 소리꾼들이 수십 명씩 머물며 소리를 배우던 때도 있었다. 비록 신재효가 세상을 떠난 후에 그만큼 소리를 알고 대우해 주는 이가 없어 지금은 동리정사가 쓸쓸해졌지만, 아직도 고창에는 옛 선생의 자취를 찾아오는 소리꾼이 간간이 있었다.

카이토는 조선에서 판소리하는 소리꾼들이 평생토록 공부에 매진하더라도 정작 그 기량을 펼쳐볼 수 있는 공연 무대가 없다는 것을 알고 있었다. 기껏해야 유지들의 잔치에 초대되는 정도였다. 그러므로 그들은 생계 문제로 항상 곤란을 겪었고 주린 배에서 나오는 소리엔 한이 서려 있었다. 만약 소리를 하고 보수를 받을 수 있는 곳이 생긴다면 그들이 마다할 이유가 없어 보였다. 카이토는 혼자 일을 벌이기엔 벅차다는 생각이 들어 평소 알고 지내던 김숙치를 찾아갔다.

김숙치는 고창 읍내에서 40리 정도 떨어진 무장면에 황토빛 농토를 수십만 평 소유하고 있는 지주의 아들이었다.

그는 부모에게 물려받은 전답을 조금 팔아 읍내에 사무실을 내고 '모양구락부'라는 간판을 걸었다. 뜻을 말하자면 비슷한 사람들끼리 친목을 도모하자는 그런 것이었는데, 읍내의 많은 정보가 이곳에 모이다 보니 김숙치가 해결사 역할을 하는 경우가 많았다. 토지 거래, 사건 해결, 직업 알선, 채권 추심 등 자질구레한 일들까지 모두 도맡고 있었기 때문에, 평소 김숙치를 똥 묻은 강아지처럼 대하던 사람들도 곤란한 일이 생기면 구락부*를 찾곤 했다.

카이토가 구락부 문을 열고 들어서자 김숙치가 깜짝 놀란 표정으로 반겼다.

"아니, 카이토상 아니십니까. 여기는 무슨 일로?"

"지나는 길에 들렀습니다. 지금 한창 이야기 중인 것 같은데 다음에 올까요?"

숙치는 카이토가 무슨 용무 때문에 왔다는 것을 눈치 채고 사람들을 내보냈다.

"아닙니다. 이제 말씀하시지요."

"김상, 좋은 사업 계획이 있긴 한데 누구 상의할 사람이 없어 찾아왔소."

사업이란 말에 숙치는 눈빛을 반짝이며 담배를 권했다.

* '클럽'을 뜻하는 일본식 표현.

"사업? 좋지요. 내 힘닿는 데까지 도울 테니 말해보시오."

카이토는 담배에 불을 붙여 깊게 빨아들이고 천천히 연기를 내뱉었다.

"김상도 알겠지만 사업을 할 때는 접대가 필요한 법 아니겠소. 그런데 고창을 둘러보면 마땅히 손님 접대할 만한 곳이 없어요. 물론 음식점이 있기는 하지만 남자들이 어디 술과 음식만 먹을 수 있겠소. 전문 접대부가 있어야 흥이 돋고 안 될 일도 성사되는 법이라오."

숙치는 카이토가 무슨 말을 하는지 잘 몰라 일단 묵묵히 들어주었다.

"광주나 전주처럼 큰 도시에는 일인 유녀들만 가지고도 충분히 사업이 되는데, 여기는 거주 일인이 많지 않아서 어렵습니다. 그래서 일인과 조선인을 모두 상대할 수 있는 요릿집이 필요하다고 봅니다."

"그러니까 카이토상은 유녀들을 데려와서 요릿집을 열자는 말이군요. 거류민단에서 그걸 보고 있겠소?"

숙치도 료스케가 그랬던 것처럼 고개를 가로저었다.

"물론 그렇게 해서는 안 되겠지요. 일인 유녀들은 일본인을 상대하고 조선 기생들은 조선인을 상대하도록 하면 되지 않겠소."

카이토가 자신에 찬 목소리로 하는 말에 숙치는 점점 흥미를 느끼고 되물었다.

"조선은 관기(官妓) 제도가 철폐된 지 오래라 술 시중드는 기생을 찾아보기 힘든데. 기껏해야 들병이*들이 떠돌다 주막에 얹혀 있을 뿐이오. 당신이 말하는 요릿집에는 어울리지 않을 것 같습니다."

"그건 걱정하지 마시오. 고창에는 아직도 판소리를 공부하는 사람들이 있지 않습니까. 그네들은 마땅히 공연할 곳도 없고 또한 먹고살기 힘든 것으로 알고 있는데, 우리가 요릿집을 내고 불러주면 고마워하겠지요."

카이토는 숙치가 관심을 보이는 것을 보고 이제 '우리'라는 표현을 쓰기 시작했다.

"소리꾼은 소리만 할 뿐 술 시중을 들거나 몸을 팔지는 않습니다. 아마 그것을 요구했다간 칼을 물고 죽을 게요."

숙치가 하는 말을 듣고 카이토는 웃음을 터뜨렸다.

"핫하하. 그네들에게 시중을 들게 하잔 소리가 아닙니다. 시중은 유녀들이나 적당한 들병이가 들면 되지요."

"유녀들은 일인의 시중을 들고, 들병이로 조선인 시중을 들게 한다?"

"돈을 주는데 마다할 사람이 어디 있겠소. 아마 우리 사

---

* '들병장수', 즉 술병을 가지고 다니며 몸을 파는 사람을 속되게 이르는 말.

업이 잘되면 비슷한 요릿집이 우후죽순처럼 생겨날지도 모를 일입니다. 절대 손해 볼 일은 없을 테니 잘 생각해 보시오. 김상은 소리꾼과 기생만 책임지고 뒤를 봐주시면 됩니다. 나머지는 내가 알아서 할 테니."

카이토가 고민을 안겨주고 돌아간 후, 평소 놀기 좋아하는 숙치는 요릿집에 부자하라는 말에 구미가 당겨 며칠 동안 곰곰이 생각해 보았다.

일인 카이토는 소리꾼과 들병이를 끌어올 수가 없어 자기에게 손을 내미는 것이었다. 그런 일쯤이야 이 바닥을 훤히 꿰고 있는 그의 입장에서 어려울 것이 없었다. 요릿집으로부터 소리꾼을 보내달라는 연락이 오면 소리꾼을 보내고, 기생을 보내달라고 하면 기생을 보내면 되는 것이다. 촌구석 손님들이 옛날 관기의 기예를 선보여 달라 떼쓸 일도 없을 터이니 그저 얼굴 반반하고 노래와 춤을 조금 익힌 기생이면 충분할 듯싶었다.

열흘쯤 지나 카이토가 다시 찾아왔을 때 두 사람은 손을 잡고 함께 사업해 보기로 했다. 적당한 건물과 일할 찬모, 그리고 심부름꾼까지 모두 숙치가 알아보고, 들어가는 비용을 공동 부담하기로 했다. 일이 결정되자 카이토는 자금 마련에 나섰다. 그동안 모아놓은 돈이 별로 없어서 누나에게 빌리고, 또 일인 대금업자를 찾아가 적잖은 돈을 대출받

왔다. 카이토가 일을 벌이는 것을 알고 료스케는 마뜩잖게 생각했지만 막을 수는 없었다.

"매형, 언제까지 신세를 질 수는 없잖아요. 나도 이제 사업을 해서 보란 듯이 살아보겠습니다."

이렇게 카이토가 장담하자 아내 히토미까지 거들고 나섰기 때문이다.

"그래요, 형제라고는 동생과 나밖에 없으니 당신이 좀 도와줘요. 여관 일은 내가 돌볼 테니."

료스케는 카이토가 그동안 일해온 것을 감안하여 도와주기로 했다. 일이 잘 풀려가자 카이토는 신이 나서 대처를 쏘다니더니 유녀 네 명을 데리고 왔다. 그동안 숙치는 요릿집으로 적당한 장소를 물색해 놓았는데, 군청에서 그리 멀지 않은 곳에 있는 아담한 기와집이었다.

"어떻소? 대로에서 골목을 통해 바로 들어올 수 있고 주위에 인가가 없으니 시끄럽다 잔소리 들을 일도 없을 겁니다. 게다가 안채에 방이 여러 개라 유녀들과 기생들이 살기에 좋지요."

카이토는 집을 둘러보고 역시 숙치에게 부탁하길 잘했다고 생각했다. 그는 유녀들이 거처할 방을 지정해 주고 '경성옥'이란 간판을 내걸었다.

며칠 후 숙치가 기생 세 명을 데리고 왔는데 그녀들은 한

번도 기생 수업을 받아본 일이 없는 들병이들이었다. 그런데도 그네가 주막에 들어가 일하면 파리 꼬이듯 남자들의 출입이 잦아져서 매상이 부쩍 늘기 마련이었다. 한마디로 남자 호리는 재주가 탁월하여 어떤 사람은 소를 판 돈이 담긴 전대를 허리에 묶고 가다가 하룻밤 만에 홀랑 털린 일이 있을 정도였다. 그래도 들병이를 원망하지 않고 한 장도막이 지나면 또 다른 사내들이 전대를 들고 주막을 찾아가니 봉놋방*에 빌붙어 사는 빈대도 배곯을 일은 전혀 없었다.

*

카이토 생각대로 경성옥은 빠르게 자리를 잡았다. 인근에서 손님들이 몰려들어 초저녁부터 노랫가락이 흘러나왔다. 카이토는 일본에서 유곽을 전전하며 낭인처럼 살던 인물이라, 세상이 아무리 어려워도 돈푼깨나 있는 남자들은 여색을 밝힌다는 것을 알고 있었다. 소문이 나자 인근에 위치한 무장면과 흥덕면 사람들은 물론 멀리 영광에서 굴비를 팔아 돈을 모은 선주들까지 찾아왔다. 술이야 주막에서 얼마든지 마실 수 있었는데도 그들이 굳이 경성옥을 찾아

---

* 여러 나그네가 함께 묵는 주막집의 큰방.

온 이유는 다른 데 있었다. 돈이 있으니 풍류를 즐기고 싶은 것이었다.

경성옥에는 나름대로 규칙이 있어 조선 사람이 모인 방에서 유녀를 부르면 게이샤랍시고 절대 나오지 않았다. 하지만 일본인과 함께 술을 마실 때는 유녀가 나와 춤을 추고 샤미센을 켰다. 비록 그들이 정통 게이샤 수준에는 미치지 못해도, 흰 분칠을 한 얼굴 위에 핏물처럼 붉은 입술을 꼭 다물고 샤미센 연주에 맞추어 추는 춤은 매혹적이었다.

손님들이 들병이보다 유녀들을 찾으니 숙치는 내심 속이 상했다. 들병이는 권번*에서 정식으로 교육을 받은 기생이 아니고 여기저기 떠돌며 술과 몸을 팔아온 사람이라 술 시중을 들다 보면 그 천박함이 곧 드러나기 때문이었다. 숙치의 눈에 일본 유녀들도 들병이와 큰 차이가 없었지만, 조선에서 쉽게 볼 수 없는 게이샤 흉내를 내는 것만으로도 얕은 기예를 감출 수 있었다.

숙치는 들병이들을 곱게 단장시키고 행동거지를 얌전하게 하라고 몇 번이나 주의를 주었다. 그러나 손님들은 내심 기대하고 경성옥을 찾아왔다가 푸념을 늘어놓고 투덜거리기 일쑤였다.

* 일제 강점기에 있었던, 기생들을 양성하고 감독하던 조합.

"에잉, 저잣거리 작부나 다름없구먼. 난 또 기생들인 줄 알았네."

여러 차례 이런 말을 듣다 보니 숙치는 뭔가 대책을 세워야겠다는 생각이 들어 50리 거리에 있는 정읍 진산마을 영모재(永慕齋)를 찾아갔다.

영모재는 정읍현의 의식과 음악을 관장하던 호장(戶長)과 강원도 평창군수를 지낸 김평창이 갑오년 개혁과 동학운동이 일어난 이듬해에 지은 풍류방이었다. 갑오개혁으로 조선의 관기 제도가 철폐되자 관청에 소속되어 있던 기생들과 악공들은 하루아침에 갈 곳을 잃고 생계가 막막해졌다. 이를 안타깝게 여긴 김평창은 영모재를 지어 예기들이 거처할 수 있도록 하였는데, 하나둘 숫자가 늘어나다 보니 나중에는 정읍예기조합을 결성할 정도가 되었다. 이들은 선생을 두고 춤과 소리 등 기예를 연마하다가, 애경사를 맞이한 관(官)이나 부잣집에 가서 공연하고 받은 출연료로 생계를 꾸려나갔다.

숙치는 영모재를 방문해 김평창의 둘째 아들 기남을 만났다. 기남은 아버지의 기질을 그대로 이어받아 악기를 잘 다루고 풍류를 즐겼는데, 일찍이 아양계(峨洋契)라는 풍류객 모임을 조직해서 율객들을 불러 모았던 사람이었다. 서화를 하는 묵객, 풍월을 읊는 시객, 거문고를 타는 금객, 소리하는 가객들이 찾아오니 영모재에는 사시사철 음악과 시를 읊는 소리가 그치질 않았다. 숙치와 기남은 한집안 친척으로, 기남이 형님뻘 되었다.

"형님, 저 왔습니다."

"어서 오게. 구락부 일은 잘되고?"

"그냥 놀기 심심해서 사람들과 어울리느라고 만든 것이지 구락부에 무슨 돈 되는 일이 있기나 합니까. 돈 들어갈 일만 생기지요."

숙치는 건넌방에서 들려오는 해금 소리에 귀를 기울이며 건성으로 대답했다. 기남은 숙치에게 궐련을 한 대 권했다.

"그게 아니라던데. 요즘 자네 요릿집에서 돈을 쓸어 담는다는 소리가 정읍까지 파다하다네. 오죽하면 율객들이 고창에 한번 가보자고 성화겠는가."

"형님도 참. 경성옥은 저 혼자 하는 것이 아닙니다. 고창 읍내의 국일여관 지배인 카이토란 일인이 있는데, 그런 쪽으로만 굴러먹었는지 수완이 보통이 아닙니다. 놈이 저에게 요릿집을 한번 내보자고 제안을 하더군요. 해서 제가 쓸 만한 집 하나와 술 시중을 들 작부들을 구해주었지요."

숙치의 말에 기남은 잠시 불쾌한 표정을 지었다.

"조선 여인들이 왜놈들 술 시중을 든단 말인가?"

"그건 아닙니다. 카이토가 일인 유녀 서넛을 데려와 일인들 시중을 들게 하고, 들병이는 조선 사람만 상대합니다. 때로 조선인과 일인이 섞이면 같이 시중을 들기도 하지만요."

"그렇군. 말하자면 게이샤를 데려온 셈인데 조선에서 쉽게 볼 수 없는 진귀한 광경이겠어."

기남도 흥미가 생기는 모양이었다. 숙치는 그런 표정을 놓치지 않고 빨던 궐련을 재떨이에 비벼 끄며 말했다.

"제가 오늘 형님을 찾은 이유가 바로 그것 때문입니다. 카이토는 그래도 게이샤랍시고 유녀들을 데려왔는데 저는 고작 들병이만 들이고 있으니 영 체면이 서질 않아요."

"하긴 그렇겠지. 들병이란 본시 술과 돗자리만 가지고 저잣거리를 떠돌아다니는 천한 계집들 아닌가. 제아무리 고운 치마저고리를 입히고 단장시켜 본들 그 본성을 감추긴 어려울 것일세."

"맞습니다. 요릿집을 찾는 손님들은 그래도 지역에서 한자리하는 사람들이 대부분이죠. 풍류를 즐겨볼 요량으로 왔다가 실망하고 가는 경우가 많습니다."

"요릿집에서 풍류라니, 가당치도 않은 말이네."

기남은 손을 내저으며 담배 연기를 훅 내뿜었다.

"이제 세상이 변하고 있습니다. 형님처럼 아양정(峨洋亭)에서 거문고를 뜯고 율객들과 시를 읊는 것이 진정한 풍류겠지요. 하지만 사는 게 바빠 요릿집에서 운치를 즐기려는 사람들도 많고, 또 그런 자리에서 사업 이야기를 하면 안 될 일도 성사되기 마련입니다."

"하긴 부친께서 영모재를 두고 기생들을 거두지 않았더라면 가을바람에 쭉정이 날아가듯이 죄다 흩어졌을 것이네."

"그럼요."

숙치는 맞장구를 치며 기남의 표정을 살폈다.

"형님, 부탁이 있습니다."

"말해보게."

"조금 전 말씀하신 것처럼 영모재가 없었다면 기생들과 악공들은 입에 풀칠하기도 어려운 것이 현 세태지요. 저 많은 사람들을 먹이고 재우고 가르치려면 비용이 적잖게 들어갈 터인데 언제까지 가산을 덜어낼 수는 없지 않겠습니까. 지금 중국에서 전쟁이 한창이라 부자들도 예전처럼 보란 듯 잔치를 벌이기 쉽지 않아요."

기남은 고개를 끄덕였다. 숙치 말처럼 비상한 전시 상황에 잔치를 뻑적지근하게 벌일 수 없는 노릇이다 보니 기생들이 기예를 뽐낼 기회가 줄어든 셈이었다. 게다가 출연의 대가로 받는 돈도 일정한 액수가 정해져 있는 것이 아니라 주인의 기분에 따라 들쑥날쑥했다. 한마디로 정읍예기조합에 있는 기생들이 목구멍에 풀칠하기에도 부족한 형편이었다.

"그래서?"

"형님이 괜찮은 기생 서넛만 추천해 주시면 경성옥으로 데리고 가 재주를 뽐내게 하겠습니다."

숙치의 말이 끝나기도 전에 기남이 손을 들어 말을 막았다.

"안 될 말일세."

"한 번만 생각해 보세요. 저들에게도 살길을 열어주는 것입니다."

"이보게, 자넨 기생을 저잣거리에서 눅진눅진한 땀과 분 냄새를 흘리는 작부쯤으로 생각하는 모양이네만, 행여 저들이 들으면 버럭 화를 낼 걸세. 저들은 술 시중을 들지 않을뿐더러 정이 가지 않으면 절대 몸을 허락지 않아."

숙치는 기남의 반대를 예상하고 있었다는 듯 물러서지 않고 설득에 나섰다.

"저도 그 정도는 알고 있습니다. 술 시중은 작부들에게 맡기고 기생과 악공은 자신의 기예를 선보이기만 하면 됩니다. 그들이 머물 장소는 제가 동리정사 쪽에 마련하겠습니다. 동리 선생 이후 소리꾼들은 흩어지고, 집은 지금 쓰러져가는 형편이니 기생들이 살며 소리를 다듬으면 누이 좋고 매부 좋은 격 아니겠습니까. 그러다 요릿집에서 부를 때만 가서 소리와 춤을 선보이면 됩니다. 지금보다 고정적

인 수입이 생기는 셈이고, 형님은 소리의 맥이 끊어지지 않
도록 도와주는 것입니다. 나쁘게 생각할 필요는 없다고 봅
니다."

기남은 궐련을 뽑아 물고 잠시 생각을 하더니 건넌방을
향해 소리쳤다.

"게 아무도 없느냐. 가서 선생을 불러오너라."

숙치는 한숨을 내쉬며 내심 안도하는 표정을 지었다. 궐
련이 다 타기 전에 머리가 하얗게 세어버린 퇴기(退妓)가 들
어와 조용히 앉았다. 무늬 없는 평범한 치마를 입었지만 걸
음새가 예사롭지 않았다. 평생을 관기로 살며 고관대작부
터 하급 관리까지 상대하던 늙은 기생이었다.

"부르셨습니까?"

"응, 이 사람은 고창에서 온 친척일세."

기남의 소개에 노기(老妓)가 고개를 숙여 인사했다.

"쇤네 월난이라고 하옵니다."

"반갑소. 고창 사람 김숙치라 하오."

간단한 인사를 마치고 기남은 조금 전 숙치가 했던 말을
그대로 월난에게 전해주었다. 월난은 간혹 고개를 끄덕이며
말을 듣더니 결국 양미간을 좁혀 불편한 기색을 내비쳤다.

"물론 자네도 선뜻 이 사람 말을 따르기 어려울 걸세. 나
도 마찬가지긴 하네만 그래도 직접 자네 의견을 듣고 싶어

부른 것이니 개의치 말고 말해주게."

기남의 말에 월난이 숙치를 보고 말하기 시작했다.

"나으리의 말씀은 틀린 곳이 없습니다. 망국이 된 이후 우리 관기들 처지는 전보다 나아졌다고 말하기 어렵지요. 물론 신분제도가 철폐되어 새처럼 어디로든지 날아갈 수 있게 되었다지만, 배운 것이라곤 소리하고 춤추는 것뿐이니 평범한 아낙들처럼 사는 것이 오히려 더 어렵습니다. 거문고를 뜯던 손으로 배운 적 없는 길쌈을 하거나 호미를 들 수 없다는 말이지요."

기남은 월난의 입에서 뜻밖의 소리가 나오자 적이 놀란 눈치였다. 숙치는 참을성 있게 다음 말을 기다렸다.

"하지만 아무리 그렇다 쳐도 기생들이 요릿집에 나가 술 취한 사람들 앞에서 노래한다는 것은 작부와 다를 바가 무에 있겠는지요. 취객들이 풍류를 알겠습니까, 아니면 고단한 기생의 마음을 알아주겠습니까. 희롱당하지나 않으면 다행일 겁니다."

월난이 말을 마치자 기남은 그럼 그렇지 하는 표정을 지었다. 숙치가 나섰다.

"늙어도 기생이라더니 선생을 보니 딱 맞는 말 같소. 암, 그래야지. 나라가 망했기로손 명색이 관기로 살았던 기생이 그 절개와 기상을 잃으면 쓰나."

숙치는 혼잣말처럼 중얼거리고 월난의 얼굴을 빤히 바라보았다.

"하지만 내 말을 들어보시오. 선생이야 여기에서 후학을 가르치니 나름대로 보람도 있을 것이오만 장차 그 아이들이 어떻게 될지 생각이나 해봤소? 수염이 댓 자라도 먹어야 양반입니다. 듣자니 지금도 여기 기남 형님 댁에서 뒷배를 봐주지 않으면 기생들이 나가 벌어오는 것 가지고는 목구멍에 풀칠하기도 어렵다고 하던데, 선생은 어찌 그리 태평하단 말입니까. 선생이 후학의 길을 터주지 못하면 모두 뿔뿔이 흩어지고 기생의 맥은 완전히 끊겨버리고 말 것입니다. 만약 선생이 허락해 준다면 소리에 재능 있는 기생 서넛이 고창 동리정사에 살면서 계속 공부를 할 수 있으니 얼마나 좋은 일이오. 진채선 같은 명창이 또 나오지 말란 법도 없지 않겠소."

숙치는 잠시 숨을 돌리고 말을 이어갔다.

"말이 나왔으니 말이지, 관기로 있을 때는 뭐 좋은 세상이었답디까? 허구한 날 벼슬로 위세 부리는 관리들 앞에서 온갖 수모를 당해가며 수청까지 들었을 텐데. 저잣거리로 나가면 기생이라고 또 손가락질받고. 그 세상이 무에 그리 좋았다고 지금 찬밥 더운밥 가린단 말입니까. 차라리 소리를 듣고 춤을 보고 싶어 하는 사람들 앞에서 맘껏 그 재주를 뽐내고 수고비를 받는 것이 보다 떳떳하고 보람 있는 일일 게요. 그러다 운때가 맞으면 더 나은 일을 찾을 수도 있는 것이고."

"나리, 말씀이 과하십니다."

"흥, 일본에서 게이샤들이 넘어와 샤미센을 켜는데, 우리 기생들은 곧 죽어도 요릿집에 나가지 않겠다고 하는 것이 그대가 말하는 고매한 기상인가 보오. 내 오죽하면 여기 와서 통사정을 하겠소. 경성옥에 오는 사람들은 백설이 만연한 겨울에도 매화처럼 고고한 기생의 춤사위와 소리를 듣고 싶은 것이오. 헌데 매화나무는 시들고 동리정사는 허물어지고 있으니 원."

"한번 생각해 보겠습니다."

월난은 기남 앞에서 영모재를 찾은 손님과 다툴 수 없어 여지를 남기고 그만 나가버렸다. 기남은 두 사람의 대화에 끼어들지 못하고 듣고 있다가 월난이 찬바람을 일으키며 나가버린 후에,

"내 뭐라 했는가. 춘향이는 목에 칼을 쓰고도 변 사또 수청을 결국 들지 않았지. 기생은 마음이 동하지 않으면 칼을 물고 죽을지언정 아무에게나 소리를 들려주지 않는 법이야."

하며 월난을 두둔해 주었다. 그걸 보고 숙치는 심사가 뒤

116

틀렸다.

"딱딱하기는 삼 년 묵은 물박달나무 같군요. 도무지 말이 통해야지 원."

기남은 숙치가 투덜거리는 것을 보고 일단 기다려보자는 말로 달래주었다. 월난이 나가고 얼마 지나지 않아 작은 술상이 들어왔다. 기남은 잔을 채워주고 물었다.

"궁금해서 하는 말이니 오해 말고 들어주게. 난 자네가 갑자기 경성옥이란 요릿집을 일인과 동업한다는 것이 이해되지 않네. 그까짓 일 하지 않아도 먹고사는 데 아무 지장이 없을 터인데 왜 그런 것인가?"

"저라고 뭐 좋아서 그러겠습니까."

"그럼 싫은 일을 억지로 한다는 말이야?"

"그건 아닙니다. 새로운 사업에 흥미가 생긴 것이 사실이지만, 그것보다 고창에서 제일가는 요릿집을 일인의 손에 맡겨놓고 게이샤 분내가 진동하는 것을 볼 수 없었기 때문입니다."

기남은 아직 이해되지 않는 눈치로 술잔을 들어 쭉 들이켰다.

"형님, 생각해 보세요. 고창이 어떤 고장입니까. 고창고보는 군민들이 십시일반 돈을 모아 세운 민족사학이요, 동리정사는 신재효 선생이 판소리 여섯 마당을 정리한 곳입

117

니다. 그런데 지금 돌아보면 동리정사는 기울어 쓰러지기 일보 직전이고 소리 공부하는 사람도 없습니다. 갈수록 게다짝 끄는 소리가 요란해지고 드넓은 옥토를 탐내며 몰려오는 일인들이 더욱 많아질 것은 자명한 일. 요릿집에서 게이샤뿐만 아니라 조선 기생들이 갈고닦은 기예를 뽐내는 것이 무에 그리 잘못이란 말입니까. 되레 조선의 풍류를 선보이는 마당이요, 그 멋을 알아가는 계기가 되겠지요."

"허허, 이 사람, 말주변이 좋은 줄 익히 알았지만 오늘 보니 조상 덕은 못 입어도 주둥아리 덕은 입고 살겠군 그래. 일리 있는 말일세."

이제 기남도 숙치의 말에 동감하고 말았다.

"하지만 조금 전 월난 선생을 봐서 알겠지만 그 고집이 고래 심줄이야. 내가 한번 잘 말해보겠네."

기남의 말에 숙치는 마음이 좀 풀어지는 모양이었다.

"네, 형님이 힘써주십시오. 일이 잘 풀리면 아예 조선 기생들만 있는 요릿집을 낼 수도 있을 겁니다. 그나저나 전쟁이 언제 끝날지 모르겠습니다. 갈수록 총독부의 핍박이 심해지니."

숙치의 말에 기남도 문득 마음이 우울해졌다.

"아무래도 전쟁이 쉬 끝날 것 같지 않아. 신문에서는 일군이 중국에서 연일 승리하고 있다지만 미국이 석유를 끊어버린 지 오래되었으니 일본도 타격이 크겠지. 정상적이라면 빨리 전쟁을 끝내고 살길을 도모해야 되는데 어디 일본이 그럴 나라인가. 할복하면 모를까 절대 먼저 전쟁을 끝내자고 할 놈들이 아니지."

"벌써 한일 합방된 지 삼십 년이 훌쩍 지났고 독립은 요원하기만 하군요."

"선조가 남겨준 땅과 재산을 잘 지키는 것 또한 중요한 일이네. 딴생각은 말게."

기남의 말에 숙치는 고개를 끄덕였다. 숙치는 평소 기남의 인품과 풍류를 존경해 온지라 이렇게 둘이 앉아 술잔을 기울이는 것이 자못 기뻤다. 게다가 기생들이 연습하는 소리가 들려오니 절로 어깨가 들썩이고 육자배기라도 한 곡조 뽑고 싶어져 붕어처럼 입을 벙긋거렸다. 기남은 집안에서 한량으로 소문난 숙치가 하는 일이 영 미덥지 못했었는데, 오늘 이야기를 들어보니 터무니없는 사람이 아니란 것을 새삼 알게 되었다.

*

며칠 후 모양구락부로 손님들이 찾아왔다.

"계십니까?"

숙치는 점심을 먹은 후 나른한 몸을 의자에 맡기고 다리를 책상 위에 올린 채 잠에 빠져 있다가 귀찮은 표정으로 눈을 떴다.

"누구요?"

"네, 영모재 서방님이 보내서 왔구먼요."

숙치는 영모재란 말에 자세를 고치고 손님들에게 자리를 권했다. 중년 사내 한 사람과 머리를 곱게 빗어 쪽을 지고 비녀를 꽂은 여자 셋이었다.

"형님이 보내셨구만. 반갑소. 모양구락부 김숙치라 하외다."

"저는 북을 치는 정판석이고, 이 사람은 소리 잘하는 수련, 옆은 거문고를 잘 뜯는 송화, 그리고 이쪽은 한창 배우고 있는 월향입니다."

숙치는 정판석의 말에 따라 눈길을 돌리면서 여자들을 살폈다. 수련은 거의 정판석만큼이나 나이를 먹었고, 송화는 서른이 안 되어 보였으며 월향은 겨우 열일곱 정도로 보였다.

"잘 오셨소. 영모재도 좋지만 소리를 들어주는 사람이 없으면 백날 헛짓 아니겠습니까. 형님이 여기 사정에 대해서는 대충 말씀해 주셨을 것으로 생각됩니다만."

"네, 저간의 사정을 들어 조금 알고 있습니다."

판석의 말에 숙치는 내심 안도하는 표정을 지었다. 아무것도 모르고 왔다가 요릿집에 나가 소리한다는 사실에 행여 줄행랑을 놓을까 걱정되었는데, 다 듣고 왔다니 구구절절 이야기해 줄 필요가 없다는 생각이 들었던 것이다.

"거처할 곳이 필요할 텐데."

숙치는 경성옥 가까운 곳에 방을 얻어볼까 아니면 동리정사 쪽이 좋을까 생각하며 혼잣말처럼 중얼거렸다.

"그럴 필요는 없습니다."

판석의 말에 숙치의 눈이 커졌다.

"벌써 거처를 정했단 말이오?"

"네, 고창에 오자마자 동리 선생 댁을 찾아보았는데 아직 소리 공부를 하는 사람들이 두엇 있더군요. 예전에 알고 지내던 사람도 있고, 소리청에 남는 방이 있어 그곳에 기거하면 어떨까 생각 중입니다."

"으흠."

숙치는 잠시 생각에 잠겼다. 그곳이라면 경성옥과 그리 멀지 않고 소리 공부하는 사람들끼리 마음껏 내질러도 뭐랄 사람이 없으니 괜찮을 성싶었다. 필요할 땐 사람을 보내 불러오면 될 일이고.

"좋소. 편할 대로 하시오."

이리하여 판석 일행은 동리정사에 머물게 되었다. 경성

옥에 관기 출신 기생들이 새로 왔다는 소문이 삽시간에 퍼져 나갔다. 궁금증에 경성옥을 찾은 사람들은 수련을 통해 말로만 들어왔던 관기의 농익은 기예를 보고 감탄을 금치 못했다. 인근에 있는 부자들이 풍류를 핑계로 일부러 찾아오니 경성옥엔 노랫소리가 그칠 날이 없었고 카이토는 돈을 쓸어 담는 재미에 좋아 죽을 지경이었다.

"김상, 내 판단이 틀리지 않았구려. 어디서 이런 사람들을 데려왔단 말이오."

"허허, 그동안 술 시중드는 아이들이 게이샤에 밀려 영 기분이 좋지 않았는데 이제야 좀 어깨를 펴게 되었습니다. 저들은 소리를 하고 춤을 추지만 지조와 절개를 생명처럼 여기는 사람들이니 함부로 대하면 뒤도 돌아보지 않고 떠날 것입니다."

숙치의 말에 카이토는 연신 웃음을 지으며 걱정할 필요 없다고 답해주었다. 경성옥에서 벌어들인 돈은 경비를 제하고 두 사람이 나누어 가졌다. 사업이 번창하면서 근처에 비슷한 음식점들이 두어 곳 생겼는데 규모를 볼 때 경성옥을 따를 수 없었다. 장터에서 달려온 장사치나 주머니 사정이 넉넉지 못한 사람들이 경성옥에 들어가지 못하는 아쉬운 마음을 달래며 텁텁한 막걸리를 들이켜는 것이 고작이었다.

한편 판석은 동리정사 소리청 마루 한쪽에 앉아서 곰방 대를 물고 뻑뻑 빨아대다가 불편한 기색으로 가래를 끌어 올리는 날이 많았다. 돼먹지 못한 놈들이 술에 취해 송화와 월향의 손을 잡고 끌어안는 추태를 부리니 여간 성가신 것 이 아니었다. 어제만 해도 그랬다. 수련이 북채를 잡고 판 석이 한창 소리를 하고 있는데 갑자기 영광에서 온 사람이,

"에잉, 이러다 날 새겠네. 자네 말고 저기 저년 소리를 한 번 들어보자꾸나."

하면서 한창 목청을 높이던 판석을 제지하고 뒤에 앉아 있던 송화를 지목했던 것이다. 판석은 순간 기분이 상했지 만 꾹 눌러 참고 숨을 고른 다음 소리를 계속했다.

"관두라니까. 사람 말이 말 같지 않더냐?"

영광 손님이 버럭 소리를 질렀다. 판석의 얼굴이 굳어지 는 것을 보고 북채를 잡고 있던 수련이 눈치껏 끼어들었다.

"나리, 상두꾼에도 순번이 있고 초라니탈에도 차례가 있 는 법입니다. 순서가 되면 다 보여드릴 터이니 잠시 기다리 시지요."

"감히 누굴 가르치려 드는 게야. 잔말 말고, 네 이름이 무 엇인고?"

영광 손님이 끈적한 눈빛으로 송화를 바라보며 물었다. 송화는 어쩔 줄 몰라 판석과 수련을 번갈아 볼 뿐이었다.

그것이 또 어여쁘게 보였는지 영광 손님은 양복 안주머니에서 지폐를 꺼내 획 던지며,

"옜다. 오늘 네가 소리를 해보거라."

하고 다그치는데 그와 같이 온 일행들이 옳지, 그렇지, 맞장구를 치며 송화를 일으켜 세웠다. 일이 여기서 그쳤으면 좋았을 것을, 송화가 소리를 할 때 영광 손님이 흥을 참지 못하고 일어나 춤을 추더니 그녀를 와락 끌어안고 말았다.

"에그머니나!"

송화가 비명을 지르며 주저앉자 손님과 함께 바닥에 딩구는 모습이 되고 말았다. 일행들은 그것이 또 우습다고 박수를 치며 깔깔거렸다. 순간 판석은 영광 손님에게 달려들어 멱살을 움켜쥐고 소리쳤다.

"이게 무슨 행패요?"

"이놈 봐라. 당장 놓지 못할까!"

손님은 고함을 질러보았지만 멱살을 잡힌 탓에 캑캑거릴 뿐이었다. 자칫하면 판석이 다른 손으로 손님의 따귀를 때릴 것만 같아 수련이 달려들어 말렸다. 손님들은 갑작스레 전개된 상황에 어안이 벙벙하여 넋을 놓고 있다가 일행의 멱살이 잡히자 모두 자리에서 와락 일어났다.

"네 이놈, 상것이 어디서 손찌검이냐."

그들은 판석의 따귀를 때리고 발길질을 해댔다. 이 와중

에 상이 엎어지고 그릇이 와르르 쏟아지고 북이 데굴데굴 문지방 쪽으로 굴러가 처박혔다. 방 안에서 소란이 일자 숙치가 달려왔다.

"무슨 일입니까?"

겨우 판석의 손아귀로부터 벗어나 숨을 고르던 손님이 숙치에게 소리쳤다.

"경성옥이 좋다기에 불원천리 찾아왔건만 손님에게 손찌검하는 곳이었소? 천한 놈이 멱살을 잡고 흔드니 세상 말세로다. 에잉."

숙치는 방 안을 한번 둘러보고 무슨 일이 벌어졌는지 금방 파악했다. 그는 수련에게 눈짓하여 빨리 판석을 데리고 나가게 하고 손님들을 달래기 시작했다.

"손님, 이거 죄송하게 되었습니다. 저들은 여기에 온 지 얼마 되지 않아 물정을 잘 모릅니다. 큰 실례를 하였습니다."

"이게 말로 해결될 일인가?"

"죄송합니다. 저놈들을 따로 불러 따끔하게 야단치고 다시는 이런 일이 없도록 하겠습니다. 그리고 상을 치우고 따로 봐 올리겠으니 그만 마음을 푸시지요."

숙치는 연신 머리를 조아리며 사태를 수습할 수밖에 없었다. 판석은 숙치에게 인사도 하지 않고 소리청으로 돌아가 버렸다. 가는 길에 그 자리에서 조금만 참을걸 하는 후회를 하다가도 송화를 술집 작부 취급하던 손님의 면상을 떠올리면 산 넘어갔던 화가 버럭 솟구쳤다. 화를 삭이지 못하고 그렇게 혼자 씩씩거리다 문득 숙치에게 미안한 마음이 들었다. 그는 한숨을 푹 내쉬고 혼잣말을 하였다.

"아서라. 칠월 더부살이가 주인마누라 속곳 걱정한다더니 내가 지금 남 걱정할 땐가. 그래도 이거 미안해서 어쩐다."

판석의 이런 마음을 헤아렸는지, 날이 밝아 아침이 되자 숙치가 찾아왔다. 그는 소리청 밖에서 크흠 헛기침을 한 다음 부엌에서 아침을 짓고 있던 송화와 월향에게,

"안에 선생 계시냐?"

물어보고 대답을 듣기 전에 성큼 마루로 올라섰다. 동시에 안에서 판석이 문을 열고 나왔는데, 숙치가 먼저 말을 꺼냈다.

"들어갑시다."

판석은 숙치가 무슨 일로 왔는지 대강 짐작하고 있는 터라 꿀 먹은 벙어리처럼 조용히 자리에 앉았다. 숙치가 주머니에서 궐련을 꺼내 권했다.

"어제 낭패를 당해 상심했을 것 같아 일부러 찾아왔습니다. 요릿집에 드나들며 소리하다 보면 늘상 취객들이 있는 법이니 너무 마음에 두지 마시오. 그래서 술 먹은 개라고 하지 않습디까."

판석은 말없이 담배 연기를 빨아들여 천천히 내뿜는 것으로 대답을 대신했다.

"송화도 놀랐을 것 같은데 선생이 잘 말해주고, 행여 딴 마음은 먹지 마시오. 고작 이런 일로 떠나버린다면 영모재 형님도 실망이 크실 겁니다. 앞으로 경성옥에서 추잡한 일이 생기지 않도록 조처하겠습니다."

"되레 제가 미안합니다."

숙치가 이러쿵저러쿵 시비를 가리지 않고 먼저 위로하고 나서는 바람에 판석의 마음이 봄눈 녹듯 풀려버렸다.

"우리가 언제는 대접받고 살았답니까. 어딜 가나 천한 상 것들이라고 무시와 냉대를 당했지요."

"그런 말씀 마십시오. 내 영모재 형님께 부탁해서 선생을 이리 모신 것은 그나마 살 방편을 마련해 두고, 마음 놓고 소리 공부에 전념하라는 뜻이었소. 더불어, 훗날 선생이 이 곳을 떠나더라도 다른 사람이 와서 생활할 수 있도록 해야 되지 않겠습니까."

숙치의 말을 듣고 보니 판석은 더 할 말을 잃어 묵묵히 궐련만 빨아댔다. 숙치가 밖으로 나오자 송화가 아침을 먹고 가라고 붙잡았다.

"아닐세. 내 새벽에 오는 귀한 손님도 아닌데 무슨 아침을 먹고 간단 말인가. 약속이 있어 이만 가보겠네."

이렇게 숙치가 다녀간 후 판석은 어젯밤 일로 싫은 소리를 들을까 걱정했던 것이 사라지고, 갑자기 자신의 처지가 서글퍼지기 시작했다. 지금껏 집도 절도 없이 천지를 떠돌며 여기저기 차이는 신세라니. 이 마음을 알았는지 수련이 아침을 물리고 말을 꺼냈다.

"선생님, 너무 상심하지 마세요. 애초 경성옥에 올 때부터 각오했던 일입니다. 요릿집을 찾는 사람들이 말로는 풍류를 즐기노라 하지만 본시 그 마음은 염초청 굴뚝 같답니다. 술 핑계를 대며, 계집의 손을 잡고 돈을 쥐여주면서 다른 손으로는 속곳을 더듬는 놈들이니까요. 그러니 삼정승 부러워 말고 내 한 몸 튼튼히 가질 수밖에요. 우리는 괜찮아요."

판석은 수련을 보고 문득 부끄러운 마음이 들었다. 그녀가 비록 기생으로 관기에 적을 두었고 지금은 요릿집으로 불려 다니는 신세여도, 말하는 것을 보면 배울 점이 있었다. 하긴 여기를 떠나면 마땅히 갈 곳도 없었다. 누구 한 사람 오라는 이도 없었고, 축음기 속에서 흘러나오는 양악에 귀가 익숙해져 이제는 판소리에 몇 시간씩 귀를 기울이는 사람을 찾아보기 힘들었다. 이런 사정이 판석의 마음을 더욱 쓸쓸하게 만들었던 것이다.

그는 소리청 마루 한편에 앉아 햇볕을 쬐면서 다시 곰방

대에 담배를 채웠다. 수련이 제자들에게 소리를 가르치느
라 두드리는 북소리가 두둥 딱, 들려왔다.

# 5. 구름에 가려진 세상

고창고보 졸업을 앞두고 진로 고민이 많아 방학 중에도 집에 잠깐 다녀올 뿐 하숙집에 계속 머무는 학생들이 많았다. 염길이 집에 갔을 때, 아버지는 아들이 곧 졸업하는 것을 알고 있으니 진로에 대해 가타부타 말을 할 법한데도 아무런 말이 없었다.

저녁상을 물리고 염길이 조심스레 말을 꺼냈다. 가물거리는 희미한 호롱불에 비친 아버지의 얼굴이 소금기 가득한 햇볕에 타서 새카맣게 보였다.

"아버지."

"응?"

"이번에 졸업하면 어떡할까요?"

"글쎄다."

석대는 아들의 말을 듣고 곰방대에 담배를 꾹꾹 눌러 담으면서 생각해 보았다. 비록 눈뜨면 갯가로 나가 섯구덩이를 파고 소금 끓이는 일을 업으로 삼고 있지만, 귀가 있어 여러 가지 소리를 듣고 있었다. 어떤 사람은 어려운 형편에 그만하면 많이 가르친 셈이니 군청 서기라도 시키라고 말하고, 또 어떤 사람은 머리가 좋으니 공부를 더 시켜서 큰 사람을 만들어야 한다고 부러운 투로 말했는데 어떡해야 할지 쉽게 판단이 서질 않아 고민이 많았다.

"네 생각은 어떠냐?"

석대가 말할 때 어린 대길과 순임이 장난을 치다 뭐가 뒤틀렸는지 순임이 그만 으앙 울음을 터뜨렸다. 아련한 호롱불에 의지하여 바느질을 하고 있던 줄포댁이 대길의 엉덩이를 때리면서 버럭 호통을 쳤다.

"이그, 이 웬수덩어리 호랭이 물어갈 놈아. 귀한 밥 처묵고 할 일 없어 동생을 울리고 자빠졌니, 이 썩을 놈아."

어머니가 연신 손바닥으로 엉덩이를 내리치자 대길은 매를 피해 엉금엉금 형에게 기어들었다. 그 바람에 염길은 속에 있는 말을 다 하지 못하고,

"저도 잘 모르겠어요."

라며 어물거리고 말았다. 석대는 아내를 바라보며 눈살을 한 번 찌푸리고,

"너 알아서 하거라. 아무렴 아부지보다 낫겠지."

하곤 곰방대를 뻑뻑 빨아대는 것으로 이야기를 마쳤다.

염길은 집에서 허드렛일을 거들며 며칠을 보내다 고창으로 돌아왔다.

학교에 갔더니 담임 박성진 선생이 그를 불렀다.

"다들 추천서를 받는다고 야단인데, 자네는 왜 말이 없는 건가?"

"죄송합니다. 아직 결정하지를 못해서."

염길이 어물거리자 선생은 이해한다는 표정으로 말했다.

"쉽지 않겠지. 논어에 이르길 '학이불사즉망(學而不思則罔)'하고 '사이불학즉태(思而不學則殆)'라고 했네. 배우기만 하고 생각하지 않으면 얻음이 없고, 생각만 하고 배우지 않으면 위태롭다는 뜻이지. 내 보기에 지금 자네는 머릿속에 생각만 가득해. 그렇게 되면 앞일이 위태로워진단 말이야."

성진은 역사를 가르치는 선생답게 고전에도 해박한 지식을 뽐내고 있었다. 염길은 선생의 말을 듣고 헝클어졌던 머릿속이 정리되는 느낌을 받았다.

"선생님, 제 형편에 상급학교 진학은 어렵습니다."

"음."

"아버지가 소금을 굽지 않으면 가족이 먹고살기 힘듭니다. 제가 고보를 졸업할 수 있었던 것도 모두 부모의 희생 덕분입니다. 그것을 뻔히 아는 처지에서 상급학교 진학을 하겠다고 말씀드릴 수 없습니다."

성진은 염길의 말을 듣고 잠시 생각에 잠겨 있다 말했다.

"결정은 자네가 해야겠지만 학업을 이어가지 않고 몇 년 일찍 돈을 번다고 하여 형편이 눈에 띄게 좋아지진 않을 걸세. 오히려 아버님은 자네가 배움을 통해 세상에 문명(文名)을 떨치고 동생들을 이끌어주길 바라실 거야. 그것 때문에 지금껏 자네를 가르치지 않으셨겠나."

"……"

염길은 선생의 말이 구구절절 옳다고 생각해서 고개를 숙였다. 선생은 책상 서랍을 열고 커다란 서류 봉투를 꺼냈다.

"전주사범학교 입학원서야. 추천서는 내가 교장선생님께 말씀드려서 받아놓을 테니 자네는 아무 말 말고 원서를 쓰도록 해. 보통학교를 졸업하고 심상과로 가면 5년 동안 학업을 하지만, 고보 졸업생들은 강습과로 지원해서 2년 과정을 거치면 되네. 학비가 면제되고, 성적이 상위 30% 안에 들면 생활비로 관비(官費)까지 지원되니 용돈 또한 해결할 수 있어. 나는 자네가 자연과학에 관심이 많은 것을 잘 알고 있네. 사범학교에서 여러 가지 실험도 해볼 수 있고 나름대로 보람도 있을 것이야. 깊이 생각해 보도록 하게."

염길은 선생이 건네주는 서류 봉투를 들고 눈물을 왈칵 쏟았다. 왜 그런지 몰랐다. 지금껏 누구 앞에서 눈물을 흘려본 기억이 없었다. 어렸을 적 친구들과 흙장난을 하며 놀다 치고받고 싸울 때도 쉬 눈물을 흘리지 않았다. 그런데 선생님께서 이토록 세심하게 지도해 주는 사도(師道)를 보여주니 가슴 뭉클하고 온몸을 감싸는 감격이 파도처럼 밀려왔던 것이다. 성진은 염길의 어깨를 가볍게 두드려주고 먼저 자리에서 일어섰다.

고보 사거두 친구들은 방학 동안 거의 매일 저녁 동수와 학준의 하숙집에 번갈아가며 모였다. 동수는 백산 지주의 아들이고 학준은 소 장수의 아들이라 집안이 비교적 넉넉한 편이었다.

"자, 오늘은 학교를 정했는지 들어보기로 하자."

동수가 작정한 듯 말을 꺼냈다.

"너부터 한번 말해봐라. 저번에 유학 간다고 하더니만."

학준이 벽에 몸을 기대고 동수더러 먼저 말하라고 하였다.

"웅, 그건 좀 어렵게 됐다."

"아니, 왜?"

"나 혼자 일본으로 가는 것은 싫고 집안에서도 반대가 심해. 아무래도 보성으로 가야 할까 봐."

동수의 말에 친구들이 고개를 끄덕였다. 그도 그럴 것이 동수네 집은 백산에서 이름난 부자이고, 고부 태생 김성수

의 일가친척이었다. 김성수는 동아일보를 창간하고 보성전
문학교를 인수해서 조선인 교장을 세운 사람이다. 그런 집
안에서 동수가 일본으로 유학 간다고 하면 마뜩잖게 볼 것
은 뻔한 일이니 기왕이면 보성전문학교로의 진학을 권했을
것이었다.

"학준이 너는?"

"나는 뭐 죽으나 사나 경성고상이지."

학준은 어려서부터 소 장수를 하는 아버지를 보아온 터
라 셈이 빠른 편이었고 항상 상업을 배워 큰 회사를 운영하
겠다는 포부를 밝히곤 했었다. 이번에도 역시 친구들이 고
개를 끄덕였다. 동수는 학준의 말이 끝나자 승근과 염길의
얼굴을 번갈아 보더니 승근에게 먼저 말을 꺼냈다.

"이제 네 차례다."

"난 사범학교에 가서 학생들을 가르치고 싶은데 아버지
가 꼭 이리농림학교에 가야 한다고 성화시다. 그 뜻을 거역
할 수 없으니, 원."

본래 승근은 문학을 좋아하고 감수성이 풍부한 친구였
다. 손가락이 길어 풍금 치기에도 적당할 것 같은데 뭐든
바라는 대로 할 수는 없는 일. 친구들도 걱정스러운 눈치였
다. 사거두의 리더 격인 동수가 승근을 격려해 주었다.

"아무래도 네가 농림학교를 졸업하면 바로 삼양농장에

서 데려가겠지. 그것도 나쁘지 않아. 이러면 여기서 그리 먼 곳도 아니고. 나하고 학준이를 생각해 봐라. 보성이든 경성고상이든 멀리 유학 가는 셈이잖아."

"그건 그렇지."

승근은 아버지의 뜻을 거스를 수 없어 이리농림학교로 진로를 정한 셈이 되었다. 이제 남은 사람은 염길이다. 동수가 몇 번 입맛을 다시더니 말을 꺼냈다.

"염길이 너도 진로를 정했지?"

"난 아직."

염길이 힘없는 목소리로 말하자 학준이 끼어들었다.

"자연과학을 제일 잘하니 당연히 경성제대 예과에 원서를 넣어야 되는 거 아니야?"

"말도 안 되는 소리 마라."

"왜 말이 안 돼?"

염길과 학준이 잠시 실랑이를 벌이는 것을 보고 동수가 가로막고 나섰다.

"내 말 좀 들어봐라. 염길이 아직 결정하지 못한 것은 나름대로 생각이 있기 때문일 거야. 염길아, 친구 좋다는 게 뭐냐. 속 시원히 말해봐."

동수가 차분하게 말을 이어주자 염길이 머뭇거리며 입을 열었다.

"승근이가 사범학교엘 가고 싶어 하는데 오히려 내가 가게 생겼어."

"사범? 그럼 전주사범 말이야?"

"응, 집에서 가깝고 학비도 들어가지 않으니 나로선 다른 선택을 하기 어려워. 경성에서 학교를 다니면 학비와 생활비가 만만찮을 테니까."

친구들은 염길의 말을 듣고 안타까운 표정을 지었다. 자신들처럼 어디로 진학할 거라고 자신 있게 말하지 못하는 이유를 누구보다 잘 알고 있었기 때문이다.

하지만 사범학교라고 해서 아무나 들어가는 곳은 아니었다. 경쟁률이 치열해서 공부깨나 한다는 학생들도 합격하지 못하고 나가떨어지는 경우가 많았다. 3대 사범이라고 불리는 경성사범, 대구사범, 평양사범의 경우엔 수재들이 더욱 몰렸고, 특히 경성사범은 일본에서도 지원자가 몰려올 정도였다. 각 도에 설치된 관립 사범학교 중 하나인 전주사범학교 또한 경쟁이 치열하긴 마찬가지였다. 고작 100여 명 남짓의 학생만을 모집하기 때문에 시골 면(面)에서 한두 명만 합격해도 경사라고 일컬었다.

염길의 말이 끝나자 동수는 화제를 돌렸다.

"너희들 이번에 일본 해군이 미국 진주만을 기습한 것 알고 있지?"

동수의 말에 승근이 말을 받아 투덜거렸다.

"아직 중국에서 일으킨 전쟁이 끝나지도 않았는데 태평양에서 전쟁을 또 일으킨단 말이냐. 나도 듣긴 했다만 어떻게 돌아가는 일인지 잘 몰라."

"집에 갔을 때 들은 이야긴데, 경성에서 온 집안 사람이 이번 전쟁은 예사롭지 않다고 하더라. 중국, 동남아에 이어 미국과 전쟁을 벌이게 되면 전선이 너무 확대되는 셈이라 어려운 싸움이 될 거래."

친구들은 동수의 말이 실감되지 않았다. 그도 그럴 것이 미국, 중국, 동남아는 신문이나 교재에서 들은 나라일 뿐 그 나라 사람을 한 번도 본 적이 없어, 또 전쟁이 일어났다는 말이 그저 남의 일처럼 느껴졌던 것이다. 이번엔 학준이 나섰다.

"이러다 육군특별지원병으로 나간 사촌 형 말처럼 조선 사람들도 징집되는 거 아닐까. 난 왜놈들이 벌인 전쟁터에 총 들고 나가기 싫다."

"전쟁터 불구덩이 속으로 뛰어들고 싶은 사람이 누가 있겠니."

모두 근심스러운 표정으로 좁은 식견이나마 동원하여 돌아가는 정세를 예측해 보았다. 두런두런 이야기가 계속되고 밤이 깊어갔다. 하얀 눈이 소복소복 내리고 저 멀리 산에서 부엉이가 부엉부엉 울어대고 있었다.


염길은 친구들과 헤어져 숙소로 돌아가는 동안 하얀 눈이 세상을 밝혀준다는 사실을 알았다. 천지를 하얗게 뒤덮은 눈이 달빛을 대신해 은은한 빛을 발하고 마음을 편안하게 만들어주고 있었다. 그는 국일여관에 도착해서 사람들이 깨지 않도록 조심스레 눈을 털고 문을 열었다. 그때까지 깨어 있었는지 히토미가 묻는 소리가 들렸다.

"강 군이야?"

"네, 늦어서 죄송합니다."

"문단속 잘하고 들어가도록 해."

"알겠습니다."

염길은 방으로 들어가 자리에 누웠다. 창밖으로 눈이 싸락싸락 쌓이는 소리가 들려왔다. 조금 전 보았던 하얀 세상을 떠올리며, 눈 내리는 소리에 귀 기울이다 잠에 빠져들었는데 그러다 벌써 아침이 되었나 보다. 누군가 자신을 부르는 소리에 염길은 잠에서 깼다.

"형, 일어나."

마사토가 일어나자마자 쫓아온 것이었다.

"녀석, 일찍 일어났구나."

"오늘 누나 광주로 간대."

그러고 보니 방학이 끝나기 며칠 전에 아케미가 왔다고 했는데 엇갈려서 얼굴을 제대로 본 적이 없었다. 세수를 하는 동안에도 마사토가 여러 차례 왕래하면서 아침을 먹으러 오라고 졸랐다. 료스케와 카이토가 있을 땐 찬모를 시켜 엽길에게 밥상을 따로 차려주었지만, 요즘엔 료스케가 염전 사업으로 집을 비우는 일이 많고 카이토 또한 경성옥에서 오지 않기 때문에 다른 가족들과 같이 먹기도 했다. 히토미와 아케미, 그리고 엽길과 마사토가 식탁에 마주 앉았다. 히토미는 곧 엽길이 고보를 졸업한다는 것을 알고 있었다.

"강 군 덕분에 마사토 성적이 많이 오르고 얼굴이 밝아졌어. 그동안 누나가 없어 혼자 많이 외로워했었는데 말이야. 이제 강 군 없으면 마사토가 공부를 잘할지 모르겠어."

"감사합니다. 마사토가 똑똑해서 괜찮을 겁니다."

엽길이 겸손하게 말하자 히토미는 마주 앉은 마사토를 그윽한 눈길로 바라보았다. 기특한 모양이었다.

"하긴 마사토가 둔재는 아니지."

히토미의 말에 아케미가 나섰다.

"엄마, 아무리 똑똑해도 지도해 주는 선생이 없으면 안 되는 거예요. 강 군이 우리 집에 오기 전을 생각해 보세요. 난 강 군 공이 컸다고 생각되는데."

"그건 네 말이 맞다. 옥석도 갈고닦아야 보석이 되는 법이지."

모녀가 입을 오물거리면서 주거니 받거니 했다. 그러다 히토미가 문득,

"이제 강 군이 졸업하면 마사토를 어떻게 할까 걱정이 돼. 그나저나 강 군은 졸업하면 뭐 할 거야?"

하고 물어왔다. 염길은 씹고 있던 밥을 꿀꺽 삼키고 답했다.

"네, 담임선생님과 의논해 봤는데 아무래도 전주사범으로 가야 할 것 같습니다."

"물론 부모님과도 의논해 봤겠지?"

"아버지는 제 뜻대로 하라고 말씀하셨어요. 선생님 말씀이, 고보 출신은 사범학교에서 강습과 2년 과정만 마치면 된다고 하시더군요."

염길의 말에 아케미가 눈을 반짝이면서 말했다.

"어머, 나도 경성여자사범학교로 갈 생각인데."

"넌 전부터 선생을 꿈꿨잖니. 그런데 강 군은 다른 생각이 있었던 것 같은데. 그렇지 않아?"

"여러 가지 사정을 살펴야지 제 생각대로만 할 수 있나요. 제가 장남이니 가족을 돌봐야 됩니다."

"잘 생각했어. 사범학교를 졸업하면 훈도가 되고 판임관이 되는 거지."

히토미도 어디서 들은 얘기는 있는 모양이었다. 말 그대로 사범학교 출신은 2종 훈도로 총독부 보통 관료인 판임관에 준하는 대우를 받았고, 각 도에 있는 관립 사범학교장은 친임관(親任官)으로 도지사와 함께 전용 승용차를 배정받을 수 있었다. 친임관은 천황이 직접 임명하는 관리로, 매우 특별한 대우를 받는다. 이 또한 식민지 교육의 일환이었다.

사범학교 학생이 되면 학비가 면제되고 성적에 따라 매월 관비가 지급될 뿐만 아니라 졸업하여 정식 훈도가 되면 일반 초임 관리 월급의 두 배 가까운 40원 이상을 받을 수 있었다.

아침 식사를 마친 후에 특별히 할 일이 없어 염길 혼자 방에서 책을 뒤적이고 있는데, 아케미가 마사토를 앞세우고 들어왔다.

"여기 간식 좀 먹어요."

아케미는 센베이 과자가 담긴 작은 쟁반을 내려놓았다.

"본래 사범학교를 가고 싶었던 것은 아니지요?"

그녀가 단도직입적으로 묻는 바람에 염길은 자기도 모르게 사실을 털어놓았다.

"맞아요. 생각 같아서는 자연과학을 공부할 수 있는 학교로 가고 싶습니다."

아케미는 그럴 줄 알았다는 듯 고개를 끄덕였다.

"조선에서 자연과학을 공부하려면 경성제대밖에는 없잖아요."

"제대는 예과를 거쳐야 본과에 진학할 수 있는데, 시간이 오래 걸릴 뿐만 아니라 그동안 들어가는 학비와 생활비를 도저히 감당할 수 없어요."

"그렇겠지요."

아케미와 염길이 이야기를 나누는 동안 마사토는 과자를 오도독오도독 씹으며 연신 방을 들락거렸다.

"난 오늘 광주에 가요. 이제 염길 씨를 보기 어렵겠군요."

"아무래도."

앞으로 염길이 고창을 떠나면 더는 국일여관에 올 일이 없을 테니 아케미와 마주칠 일도 없을 것이다. 염길은 말없이 손가락으로 방바닥을 긁어대고 아케미는 그러한 염길을 빤히 쳐다보았다. 잠시 어색한 정적이 흐르고, 마사토가 마루를 쿵쿵거리며 달려오는 소리가 들렸다. 동생이 방문을 와락 열고 들어오는 것과 동시에 아케미는 자리에서 벌떡 일어섰다.

"나중에 혹시 학교에서 만날지 누가 알겠어요."

그러더니 이렇게 혼잣말처럼 중얼거리고는 뒤도 돌아보지 않고 나가버렸다.

유난히 눈이 많이 왔던 겨울이 지나고 훈풍이 불어오는 봄이 되자 염길은 전주사범학교에 입학하여 기숙사 생활을 시작하였다. 합격 소식을 전했을 때 아버지는 기쁜 표정을 지었지만 어떻게 표현해야 할 줄 몰라 연신 헛기침을 하며,

"잘되얏구나. 잘되야 부렀어."

라고 같은 말을 반복할 뿐이었고 오히려 마을 사람들이 자기 일처럼 축하해 주었다. 진학을 했다지만 들어가는 돈은 고보 다닐 때보다 적은 편이어서 집에 부담을 주지는 않았다. 매월 관비를 받으면 특별히 쓸 일이 없으니 저축하는 것도 가능해서 집에 단 한 번도 용돈을 달라는 말을 하지 않을 수 있었다.

그동안 고창에서 생활하다 전주로 오니 염길의 눈에는 모든 것이 새롭게 보였다. 지방 도시일망정 도청 소재지라 규모가 고창에 비할 수 없이 컸다. 가까운 남문시장만 하더라도 온갖 물산과 장사치들이 모여들어 번잡하기 짝이 없었다.

남문시장 앞에서 싸전다리를 건너 왼쪽으로 돌아가면 얼마 지나지 않아 전주사범학교가 나오는데, 차분한 건물 외양에서 전통이 살아 있는 듯 중후한 느낌이 묻어났다. 차가 통행하는 정문과, 그 오른쪽에 사람이 드나드는 작은 통용문을 지나면 서양식으로 잘 정돈된 정원이 눈에 들어왔다.

키 큰 향나무와 개잎갈나무가 하늘 높이 솟아 있고 그 아래 작은 회양목이 가지런히 정돈되어 있어 누구든 자기도 모르게 옷매무새를 가다듬게 만드는 분위기였다. 정원을 지나면 어두운 적벽돌로 쌓아 올린 2층 본관 건물이 자리하고 있었다.

모든 건물은 세모꼴 박공지붕 형태였는데, 본관 중간쯤에 평 슬래브 지붕이 어울리지 않게 끼어 있는 것이 특이하게 보였다. 몇 년 전 있었던 큰 화재로 서쪽의 건물 절반이 몽땅 타버린 흔적이었다. 그래서 학생들은 동쪽을 구관, 서쪽을 서관이라고 불렀다. 본관을 들어서면 기다란 복도가 보였다. 학생들이 건물 밖으로 나가지 않고도 복도를 따라 어느 교실이든 갈 수 있도록 이어져 있었다.

복도를 따라 왼쪽에 작은 숙직실과 특별교실이라 불리는 지력실, 생물실, 물상실이 있었다. 여기는 자연과학에 관심이 많은 염길이 가장 좋아하는 곳이기도 했다. 조금 더 가면 음악실과 공작실이 있고, 맞은편인 오른쪽에 너른 강당이 있었다. 특별교실과 음악실 사이에 여러 종류의 식물을 전시해 놓은 교재원(教材園)이 있는데, 여기에는 조선 지도를 본떠 조선지(朝鮮池)라 불리는 작은 연못이 있었다. 예쁜 물고기가 헤엄치고 있어 엄격한 학교생활에 지친 학생들이 지나다 넋을 잃고 한참 동안 시간을 지체하는 곳이었다.

복도 끝에는 남료(南寮)와 북료(北寮)로 나뉜 직사각형 형태의 기숙사가 자리하고 있고, 가운데에 뻥 뚫린 중정에는 작은 정원이 조성되어 있었다. 식당과 목욕탕도 있었다. 이처럼 기숙사와 각종 시설, 그리고 모든 교실이 연결되어 있기 때문에 건물 밖으로 한 발짝도 나오지 않아도 되는 구조였다. 밖에서 하는 것이라곤 완산칠봉이 보이는 서쪽 운동장에서 체육과 교련 수업, 그리고 농기구를 들고 농업 실습을 하는 게 전부였다.

사범학교 교육과정은 심상과를 중심으로 5년간 이루어지나, 2년제인 강습과는 초등교원 부족을 해결하기 위해 중등학교 졸업자를 단기간에 교사로 양성하는 일종의 특별과정이었다. 학생들은 학비를 면제받는 대신, 졸업 후에 공부한 기간만큼 일선 학교에서 의무적으로 근무해야 했다. 만약 선생으로 일하지 않고 상급학교 진학이나 다른 이유로 퇴직할 경우에는 면제받았던 학비를 한 번에 다 물어내야 했다. 심상과에는 일인 학생이 많고 강습과에는 조선인 학생이 많았는데, 전체적으로 보면 조선인 학생의 비율이 높았다.

염길은 하루빨리 사범학교를 졸업하고 훈도로 나가고 싶은 마음밖에 없었다. 아침 6시에 기상하여 밤 10시에 잠들 때까지 일과표대로 진행되는 교육이 너무 숨 막히고 고됐기 때문이다. 또한 일주일에 두 시간씩 농기구를 들고 실습 농장으로 가서 각종 채소 씨를 뿌리는 등, 일인 선생의 지도 아래 직접 농사도 지어야 했다. 퇴비를 만든 다음 학생 두 명씩 짝을 지어 냄새나는 분뇨 통을 어깨에 메고 밭에 뿌리는 고된 작업이었다. 만약 실습장에 늦게 나타나기라도 하면 성질 고약한 일인 선생이 가래*를 들고 체벌을 가했다.

"이렇게 나태한 정신으로 황국신민을 양성하는 훈도가 될 수 있겠나. 농업을 익혀야 제군들 목구멍으로 밥이 들어가는 것이다."

이렇게 호통을 치며 학생들의 엉덩이를 사정없이 내리쳤다. 학생들에겐 그가 공포의 대상이었다. 그래도 농업 실습은 따가운 햇볕 아래 일하는 것이 좀 고역이긴 하나 잠깐 숨을 돌릴 수 있는 시간이었는데, 무도와 교련 시간에는 쉴 틈이 전혀 없었다.

중일전쟁에 이어 태평양전쟁이 발발하면서 일본의 군국주의 사범교육이 더욱 강화되어 심신 수련이란 명목으로 무도와 교련 교육이 혹독하게 실시되었다. 학생들은 필수적으로 검도와 유도를 일주일에 두 시간씩 수련해야 했고

* 흙을 파헤치고 떠서 던지는 기구.

정해진 시기에 평가를 받았다.

그리고 일본군 장교가 직접 현장에 나와 제식훈련과 야간 행군을 시키기도 했다. 군장을 메고 초저녁부터 새벽까지 30여 킬로를 강행군하고 나서 짧은 휴식 시간이 주어지면 모두들 바닥에 드러누워 코를 골았다. 돌아오는 길에는 모의 전투를 벌이고 고위 장교의 강평과 훈시를 들었다. 다들 피곤해하고 싫어하는 과목이었지만 염길은 어릴 적부터 소금 지게를 졌던 터라 그리 힘들지 않았다. 오히려 고생하는 가족을 생각하면 자신을 극한으로 몰아넣고 담금질하는 것이 속 편했다. 가족들의 고통에 동참하고 있다는 생각이 들었다. 이런 모습이 좋게 보였는지 교련 선생이 학생들 앞에서 염길을 칭찬한 적도 있었다.

"제군들. 여기 시오키치처럼 요령 피우지 않고 묵묵히 자신의 임무를 완수하는 것이 바로 군인이다. 지금 대동아 전역에서 우리 황국 병사들이 죽기를 각오하고 적과 싸우고 있는 마당에, 장차 선생이 되어 어린 학생들을 지도할 제군들의 모습을 보면 걱정스럽기 짝이 없다. 당장 군인으로 나가면 오장(俉長) 계급을 달 텐데 병사들이 무능력한 제군들을 어떻게 믿고 싸울 수 있겠나. 모두 시오키치를 본받도록."

앞으로 불러내 이렇게 훈시를 하면서 염길의 어깨를 두드려주니, 훈련으로 지친 학생들 눈에 그가 좋게 보였을 리

없었다. 특히 조선인 학생들 가운데 한 명은 염길을 앞에 두고,

"미친놈. 누구 좋으라고 그렇게 열심히 훈련을 받는지 모르겠다. 특별교실에서 화학 실험이나 하던 놈이 무슨 바람이 불어서 그래? 괜히 앞서려 하지 말고 적당히 하자."

라고 툭 쏘아붙였던 것이다. 만일 염길이 이것을 선생에게 일러바친다면 그 학생은 큰 처벌을 면키 어려울 것이다. 조선말을 쓰거나 조선 이름을 부르는 것, 황국신민에 반하는 말을 입에 올리는 것은 학교에서 엄격히 금지되어 있었기 때문이다. 염길은 구구절절 변명하고 싶지 않았다.

"누구를 위해서 그러는 거 아니야. 학교가 아니면 조선 땅 어디에서 이런 훈련을 받아보겠니. 난 복잡한 생각 없이 그냥 좋아서 열심히 하는 것뿐이다."

그 후에 염길은 교련 선생으로부터 죽도를 선물받기도 했다.

"시오키치, 자네처럼 충성스러운 사람들이 많아야 할 텐데 어려운 시국에 모두 제 살길만 찾고 있으니 걱정일세. 지금은 전후방 가리지 말고 황국 병사들을 위해 제각기 맡은 일을 열심히 해야 할 때야. 특히 사범학교 학생들은 황국신민 양성이라는 막중한 책임을 지고 있으니 여기서 배우는 것들을 사소하게 생각하지 말게."

교련 선생의 말을 듣는 동안 염길은 마치 자기가 전선에서 싸우는 병사가 된 듯한 착각이 들기도 했다. 그러나 아무리 일본 이름을 가지고 일본 말로 교육을 받는다 하더라도, 정신까지는 어떻게 할 수 없는 일이어서 조선 학생들끼리 모이면 조선말이 나오기 마련이었다.

학교 당국이 조선인과 일인을 눈에 띄게 차별하는 모습을 보이지는 않았지만 교유(敎諭)* 약 25명 가운데 조선인은 다섯 정도밖에 되지 않았으니 누가 말해주지 않아도 학생들 눈에는 그것이 자연스럽게 민족 차별로 보였다.

조선인 교유 가운데 박문진과 현창혁이란 사람이 있었다. 박문진은 일본 와세다대학 이공학부를 졸업하고 물상실에서 화학을 가르치는 이였고, 현창혁은 경성제국대학 교육과를 졸업하고 교유로 부임한 인물이었다. 염길은 틈나는 대로 물상실을 찾아 박문진에게 궁금한 것을 물어보고 그가 하는 실험을 옆에서 지켜보았다. 여러 가지 화학약품이 반응을 일으키는 것이 신기하고 그 원리가 궁금해서 실험 과정과 결과를 노트에 기록하였다. 소금은 염화이온과 나트륨이온이 1:1로 결합하여 만들어진 물질이라는 것도 박문진을 통해 알게 되었다.

* 일제강점기, 정식 자격을 지닌 중등학교 교원을 이르던 말.

"자네는 화학에 관심이 많군. 사범학교보다는 대학으로 갈 걸 그랬어."

박문진은 자신의 실험에 관심을 가져주는 제자가 좋아 싱글벙글하였다. 박문진은 수업이 없을 때면 항상 개인 연구에 몰두하고 있었는데, 자연과학에 별 관심이 없는 현창혁이 물상실을 찾는 일이 가끔 있었다. 그럴 때면 두 사람이 이야기를 나눌 수 있도록 염길이 자리를 비켜주었다.

어느 날 염길이 물상실을 찾았을 때 안에서 두 사람이 두런두런 나누는 이야기가 밖으로 흘러나왔다.

"박 선생, 이 전쟁이 언제까지 갈 것 같습니까? 오래 못 갑니다. 일본이 하와이 진주만을 작년 말 공격해서 기세를 올렸지만 올 6월에는 미드웨이에서 박살 났답니다. 저놈들이 쉬쉬해서 그렇지 항공모함 네 척이 수장됐다고 하더군요."

"현 선생은 도대체 그런 소식을 어디에서 듣습니까? 참 재주도 좋구려."

박문진의 너털거리는 웃음이 들리고 현창혁의 목소리가 뒤를 이었다.

"라디오만 있으면 전 세계 소식을 다 들을 수 있어요. 그게 없더라도 상해, 동경에서 온 사람들을 통해 소문이 퍼지는데 여기는 깜깜하니 참으로 답답합니다. 일본은 호주까지 넘보다 남태평양의 여러 섬을 빼앗기고 있어요. 머잖아 조선에도 미군 비행기가 나타날 거요. 해방이 눈앞에 있다 이 말입니다."

"큰일 날 소리 마시오. 여기가 어디라고 그런 소리를 함부로 한단 말입니까. 일본이 그리 쉽게 망할 것 같소? 위태로울 때일수록 몸가짐을 각별히 조심해야 됩니다."

박문진이 걱정하는 투로 말하자 현창혁은 오늘도 글렀단 말투로 교실을 나섰다.

"선생은 그 실험에만 관심 있구려. 억압받는 조선 인민들이 만국 노동자와 연대하여 코뮤니즘의 깃발을 들고 총궐기해야 되는 마당에 오늘도 말이 통하지 않으니, 원. 이만 가보겠습니다."

염길은 현창혁이 문을 열고 나오자 깜짝 놀라 반대편으로 걸어가는 시늉을 하다가 꾸벅 인사를 하였다.

"자네 여기에 계속 있었나?"

"아닙니다."

"알았네. 물상실에 온 모양인데 들어가 봐."

현창혁은 크흠 헛기침을 하면서 복도를 뚜벅뚜벅 걸어갔다. 염길이 쭈뼛거리는 표정으로 교실에 들어섰을 때 박문진은 아무 일도 없었다는 표정으로 실험에 열중하고 있었다.

1943년, 스무 살 되던 해 염길은 전주사범학교를 졸업하고 지리산 기슭의 운봉국민학교로 발령을 받았다. 전주에서 운봉으로 향하는 여정 중 남원까지는 춘향전에서 암행어사가 된 이도령이 내려가던 길과 같다.

싸전다리를 건너고, 전주사범학교를 오른쪽에 둔 채 좁은 목을 돌아 슬치 고개를 넘으면 바로 관촌이었다. 널찍한 평야를 바라보며 임실과 오수를 지나고 남원에 이르러 고개를 들면, 동북쪽으로 병풍처럼 우뚝 선 높은 산봉우리에 구름이 걸려 있는 것이 보이는데 그곳이 바로 운봉이었다. 운봉은 지리산까지 휘돌아 굽이치는 백두대간에 자리한 고원지대다. 이른 봄 남원에 비가 올 때 운봉에는 눈이 내린다.

집까지 길이 멀어 학기 중에는 다녀올 엄두를 내지 못하고 방학 때나 겨우 시간을 낼 수 있었다. 낭떠러지와 다름없는 여원재를 달려 내려와 전주로 갔다가 다시 정읍과 고창을 거쳐 겨우 집에 이를 수 있었으니, 아침 일찍 출발해도 저녁 늦게야 도착할 수 있었다. 겨울철에는 날이 일찍 어두워져 정읍이나 고창에서 하룻밤을 묵는 경우가 많았다.

"아버지, 저 왔어요."

염길이 집을 들어서며 큰 소리로 아버지를 불렀다. 동생 대길이 추운 겨울에 밖으로 나갈 엄두를 내지 못하고 방 안에서 뒹굴다, 형의 목소리를 듣고 문을 벌컥 열었다.

"형!"

"오냐, 아버지 계시냐?"

"벌막에서 부잡이하고 계세요."

대길은 부쩍 커서 이럴 적 모습은 사라지고 말투까지 제법 의젓해져 있었다. 형이 선생이 되었으니 함부로 대할 수 없었다. 언젠가 줄포댁이 대길을 앉혀놓고 귀에 못이 박히도록 한 말이 있었다.

"대길아. 너도 인자 형한테 말을 함부로 하면 안 된다잉. 너 학교에서 선생님한티 말 함부로 하는 애들 있든? 아무도 없제. 형이 인자 선생이 되얏응게 너는 말을 조심해야써. 네가 말을 함부로 하믄 집안 망신이고 우리는 못 배워먹은 상것들이 되는 겨. 알겄냐?"

그 후로 대길은 형이 오면 항상 깍듯하게 공대했다. 염길은 갑자기 변해버린 동생이 낯설었지만 자신을 선생으로 생각해서 그러려니 하고 넘겨버렸다. 염길이 옷을 갈아입고 벌막으로 내려간 사이 줄포댁은 작은 독에 절여놓은 생선과 큼큼한 냄새가 진동하는 돼지고기를 꺼내 저녁을 준비했다.

"아버지."

염길이 부르는 소리를 듣고 아궁이를 지키고 있던 석대가 반가운 얼굴로 일어섰다.

"언제 왔냐?"

"조금 전 왔어요. 오늘도 소금 끓이세요?"

"소금은 무슨, 겨울에는 눈이 내리고 땅이 질퍽해서 섯구덩이 파기가 어렵지만 염부가 손을 놀릴 수 없응께 이러고 있단다."

염길은 아버지 옆에 쭈그리고 앉았다.

"그려, 학교 선생질은 할 만허고?"

"그럭저럭 그래요. 아버지, 자주 찾아뵈어야 하는데 그리 못해서 죄송합니다."

"아니다. 저기 지리산 어디라 했냐. 옳지, 운봉이라고 했제. 그 운봉에서 여기까지 오죽 멀겠냐. 언젠가 소금 장수가 왔기에 물었더니 춘향이 살던 남원에서 바라보믄 산 중턱에 구름이 늘상 걸쳐 있어 운봉(雲峯)이라고 한다더라. 그만큼 먼 곳인데 어찌 자주 올 수 있겠누."

석대는 모든 것을 이해한다는 투로 아궁이를 바라보며 담담히 말했다. 염길은 벌막에 오면 마치 어머니의 따뜻한 품에 안긴 것처럼 마음이 편안해져 모든 근심을 내려놓을 수 있었다. 어릴 적 아버지 대신 부잡이를 할 때, 시간 가는 줄 모르고 불을 지키고 있으면 타닥타닥 소리를 내는 불이 마치 살아 있는 것 같았다. 부자는 온기를 내뿜는 아궁이 앞에 앉아 한참 동안 불을 바라보았다.

"염길아."

"네."

"집 생각하느라 속 타제? 너 알다시피 나는 평생 소금을 구워온 사람인께 세상 물정 돌아가는 것을 잘 모른다. 앞으로 네 앞길은 스스로 헤쳐 나가야 써."

아버지의 말에 염길은 갑자기 목이 턱 막히는 기분이었다.

"걱정 마세요. 지금껏 아버지가 잘 키워주셨잖아요."

"우리가 해준 것이 뭐 있간디, 다 네 스스로 했제. 대길이는 가만히 본께로 공부에는 아예 소질이 없더라. 그냥저냥 나랑 소금 구워 먹고 살믄 되는 거여. 놈이 소금 굽는 데는 제법 소질이 있거든. 순임도 나이 찼을 때 적당한 사람 찾아서 치워버리믄 그만이고. 그렇께 너는 절대 집 걱정일랑 말고 학교 일에 신경 써야 헌다."

석대는 담배를 빼물고 모처럼 아들과 도란도란 이야기를 나누었다. 그로서는 대대로 염부로 살아온 천한 집안에서 학교 선생이 났으니 그것만 해도 과분한데, 행여 집안 내력이 아들에게 누를 끼칠까 염려되었던 것이다. 이 사실을 알고 있는 염길은 아버지의 시커먼 얼굴과 염도 높은 소금물에 쩍쩍 갈라진 손을 보고 눈물이 핑 돌았다.

아버지와 함께 집으로 돌아오니 친구 장필석과 그 사촌 동생 숙영이 와 있었다. 염길이 왔다는 소리를 듣고 얼굴을 보려고 찾아온 것이었다. 숙영은 가지런히 옆으로 빗어 곱게 땋은 머리에 자줏빛 댕기를 보기 좋게 묶었는데, 고개를 돌릴 때마다 등 뒤에서 나풀거리는 것이 예뻤다. 그녀는 소쿠리에 담아 온 고구마를 염길에게 건네주고 동생들과 이야기를 하는 척하면서 연신 눈을 힐끔거렸다.

"숙영이는 이제 시집가도 되겠구나. 저 정도면 사방에서 혼담이 들어올 텐데."

염길이 한번 놀려주려고 말을 꺼내자 숙영은 얼굴이 빨개져서 입을 샐쭉거렸다.

"오빠는 무슨 그런 소리를 한당가."

그걸 보고 필석이 허허 웃으면서 염길에게 말했다.

"이년 날 보고 뭐래는 줄 아니? 자네 언제 오냐고 하루에도 몇 번씩 물었어. 저런 처녀를 누가 데리고 가겠나."

"내가 언제 그랬어?"

숙영이 소리를 빽 질렀다. 그 바람에 목에 고구마가 걸렸는지 대길이 캑캑거리고 줄포댁이 얼른 물을 건네주었다.

"이거 마시거라. 이놈아, 천천히 먹어야 써."

대길이 물을 한 모금 마시고 숨을 돌리자 줄포댁이 입을 열었다.

"하이고, 숙영이 좋은 데로 시집가긴 다 틀렸단다. 아비 잘못 만난 탓이제. 그 양반이 사람은 더없이 좋은디 썩을 놈의 투전판을 기웃거리는 것이 문제라믄 문제여. 벌막까지 잡히고 허구한 날 투전판만 쫓아다닌께. 염부 딸이란 것만 해도 흉이라믄 흉인디, 도박에 빠진 집구석에 어떤 놈이 혼담을 넣겠는가 이 말이여."

마치 자기 일처럼 바닥을 치면서 넋두리를 하는 게 숙영은 듣기 싫었다.

"아주머니, 그만 좀 해요. 제발 아무 데나 나서지 말고 벙어리 심부름하듯 하세요, 아유."

숙영이 핀잔을 주자 줄포댁은 자기 말이 뭐 틀린 것 있냐고 되레 역정을 냈다.

"입은 삐뚤어져도 말은 바로 하랬다. 내 말 틀린 건 좁쌀만큼도 없을 거여."

숙영은 염길을 보러 왔다가 괜한 말을 듣고 마음이 상해 그만 자리에서 일어나고 말았다.

"이만 가볼래요."

볼멘소리를 내뱉고는 숙영은 빈 소쿠리를 옆구리에 끼고 사립문을 돌아 사라졌다. 난처한 것은 염길이었다.

"어머니, 왜 괜한 말씀을 하고 그러세요."

"내가 틀린 말했든? 저놈의 집구석 거덜난 건 온 세상이 다 아는 처진디. 필석아, 내가 허튼소리 했냐?"

줄포댁은 도와달라는 듯 필석을 붙잡았다.

"네, 틀린 말은 아니지요. 숙영이 듣기에 몹시 거북하것 지만 삼촌이 염부를 거의 작파하다시피 하고 투전판 쫓아 다닌 건 이미 오래 되얏응께요."

"거 봐라."

염길은 어려서부터 함께 자라온 숙영이 걱정되어 필석에게 말을 보탰다.

"정말 그렇게 됐구나. 그나저나 늦기 전에 숙영이 시집을 보내야 할 텐데."

"시집은 무슨. 삼촌이 투전판 어디서 듣고 신문 쪼가리를 구해와서는 숙영이더러 집안 꼴이 이 모양이니 너라도 나가 돈을 벌어야 되지 않겠느냐고 날마다 성화시다."

"무슨, 처녀가 어디 가서 돈을 벌어?"

"몰라, 군에서 위안부를 긴급 모집한디야. 군부대 위안소에 가서 군인들 빨래도 해주고 허드렛일을 하믄 된다고 삼촌이 아주 신바람이 났다. 일단 들어가기만 하믄 월급을 삼백 원씩 준다고 하더라만."

염길은 필석의 말을 듣고 깜짝 놀랐다. 자신보다 몇 배나 많은 돈을 받을 수 있다니, 과연 그것이 사실인가 싶었다.

"도대체 누가 그런 광고를 했대?"

"허 씨라는 조선인인디, 처녀들을 모아서 데려간다고 하더라. 중국으로 갈지 동남아로 갈지 그건 모르지."

염길은 세상에 공짜란 결코 없다는 사실을 알고 있었다. 특히 엄청난 돈을 미끼로 처녀들을 전쟁터로 끌고 간다는 것은 뭔가 꺼림직했다. 너구나 전쟁터란 이성이 마비되고 본능에 따라 살기 위해 움직이는 곳 아닌가. 그런 곳에 숙영이 같은 순진무구한 처녀들이 가서 군인들 뒤치다꺼리를 하며 따라다니다 보면 필시 좋지 않은 일이 일어날 게 분명해 보였다. 필석도 이런 염길의 걱정을 충분히 안다는 투로 한숨을 푹 쉬었다.

"주위에서 삼촌을 말려보지만 이미 눈이 뒤집혀 소용없다. 오죽하믄 이 소식을 듣고 허 생원까지 나섰겠냐."

"훈장님이?"

"응, 그분은 워낙 도리를 따지는 분이니께 가만히 두고 볼 수 없었던 모양이여. 삼촌을 찾아와서 그건 사람이 할 일 아니다, 딸을 팔아묵는 애비가 어딨느냐 어르고 달랬지만 삼촌은 이미 전차금을 많이 받아 썼기 때문에 되돌리고 싶어도 어쩔 수가 없어. 낭패여 낭패."

염길은 어렸을 때 금산마을 허 생원에게 가서 공부했던 일과, 꼬장꼬장한 성격인 그가 아이들을 훈계하던 엄한 모습을 떠올렸다.

"그렇게 됐구나."

아이들에게 고구마를 까 먹이던 줄포댁이 둘의 대화를 듣고 넌지시 끼어들었다.

"그러게 노름에 미치믄 여편네도 팔아묵는대지 않든. 염 부가 소금이나 구울 일이제 무슨 바람이 불어서 투전판을 기웃거리느냐 이 말이여. 호랭이 물어갈 일이제. 에구, 불쌍 한 숙영아. 쯧쯧."

염길은 갈수록 너나 할 것 없이 사람들 생활이 피폐하고 고단해지고 있다는 것을 느꼈다. 학교에서도 월사금* 밀린 학생들이 부지기수였기에, 교무 회의 때마다 그것을 독촉하 는 교감선생의 성화에 마음이 괴로웠던 적이 한두 번이 아 니었다. 필석은 분위기가 침울해지자 더 있을 마음이 사라 졌는지 그만 가보마 인사하고 사타구니에 손을 넣은 채로 돌아갔다. 낮에 녹았던 얼음이 다시 꽁꽁 얼어 바닥에 솟아 있는 모양이었다. 그가 걸을 때마다 버석거리는 소리가 들 려왔다.

---

* 다달이 학교에 내는 수업료.

그해 가을, 염부들과 마을 사람들은 여름내 구운 소금 가운데 몇 가마니를 달구지에 싣고 선운사로 향했다. 전쟁이 끝날 기미를 보이지 않고 있었다. 놋그릇과 요강까지 죄다 공출해 가고 쌀을 전생터로 실어 나르는 바람에 먹고살기가 팍팍했지만, 염부들은 그래도 해마다 이어온 보은염 이운식을 하지 않을 수 없었다.

이운(移運)이란 불교에서 부처님의 사리나 경전, 또는 불화와 같은 성스러운 불구를 다른 장소로 옮길 때 하는 의식을 말한다. 이운식을 할 때는 경내 스님들과 인근 불자들이 모여 부처의 덕을 찬양하고 게송(偈頌)을 부르며 시종 경건한 분위기를 이어간다. 염부들이 생산한 소금은 불교와 관련된 무슨 경건한 물건도 아니요, 일반 가정에서 흔히 볼 수 있는 식재료일 뿐인데 이것을 가지고 1500년 동안 이운식을 해온 데는 이유가 있었다.

백제 때 선운사를 창건한 승려 검단선사는, 선운산 골짜기를 근거지로 삼고서 양민을 괴롭히던 도적들에게 소금 굽는 법을 알려주고 불법으로 교화하여 그들을 양민으로 살게 하였다고 한다. 그 후부터 염부들과 마을 사람들은 부처님께 감사하는 마음으로 봄가을 소금 가마니를 선운사에

162

바쳤다. 개펄에 섯구덩이를 파서 바닷물을 정화하고 염도를 높인 다음, 불로 끓여 소금을 만들다 보면 염부들 마음이 꼭 깊은 산사에서 수양하는 스님과 비슷해진다. 이렇게 얻은 소금을 선운사에 시주함으로써 검단선사로부터 입은 은혜를 갚는 것이다. 이것이 바로 보은염(報恩鹽)이다.

선운사의 키 큰 나무 아래 빨간 꽃무릇이 한창일 무렵, 염부들은 소금을 실은 달구지와 함께 도솔천을 따라 선운사로 들어섰다. 달구지 뒤로 사람들이 각자의 형편대로 마련한 소금 단지를 보자기에 싸 들고 뒤따랐다.

보은염 이운식은 의미가 큰 행사라 고창 읍내 관공서에도 따로 통보를 넣었다. 군수와 경찰서장 등 유지들이 경내로 들어서는 일행을 반가이 맞이했다. 주지 스님이 염부들로부터 소금을 건네받아 부처님께 바치고, 공양간에서는 떡과 음식을 내왔다. 염부들의 시커먼 얼굴에 모처럼 웃음꽃이 피고 뿌듯한 자부심이 솟아나는 시간이었다.

석대의 동생 석춘은 누구보다 기분이 썩 좋은 모양이었다.

"형님, 이 맛에 염부질하는 거 아니겠소. 소금쟁이라고 깔보던 놈들도 오늘만큼은 부처님께 쌀보다 귀한 소금을 공양하는 우리 염부들을 하늘 보듯 우러러본께 말이우다. 남들은 한가위만 같아라 소리하지만 나는 삼백육십오 일이 오늘 소금 이운하는 날만 같으믄 얼매나 좋을까 싶소."

"허허, 우리도 먹고살아야제. 구운 소금을 몽땅 절에 바치믄 어떻게 사누."

"말이 그렇단 거지요. 혹시 아우? 열심히 공양하믄 나중에 염부 말고 대갓집 옥동자로 태어날지."

석춘은 이렇게 말해놓고 뭐가 우스운지 한참을 껄껄대고 웃더니 석대의 옷소매를 잡아끌었다.

"형님, 마을에서는 벌써 잔치가 시작됐을 거요. 절에 오믄 고깃점 하나 구경하기 힘들고 그 흔한 탁주 한 잔도 주지 않으니 원, 절 인심이 이리 사나울 수가. 어서 갑시다."

형제는 사람들 틈에 끼어 우르르 마을로 내려갔다.


가을철 보은염 이운식을 마친 후 달포쯤 지났을 때 벌막으로 소금 장수 흥석이 찾아왔다. 오래전부터 달구지를 끌고 소금을 사러 다니던 자신의 아버지로부터 일을 이어받아 계속하는 친구인데, 눈치가 빨라 달구지를 트럭으로 바꾸더니 소금뿐만 아니라 여러 가지 잡화를 운송해 주고 운임 받는 일을 하고 있었다. 자동차가 귀하고 운전할 줄 아는 사람이 드물어 트럭이 나타나면 온 동네 사람들이 우르르 몰려나와 구경할 정도였는데, 그때마다 박홍석은,

"애들 좀 붙잡으슈. 괜히 고라니처럼 나다니다 차에 깔리면 바로 즉사하고 나는 애써 딴 면허를 빼앗기는 것은 물론

쇠고랑 차고 감옥소에 들어가야 한단 말유."

라며 핀잔을 주고는 네 군데 벌막에서 소금 가마니를 받아 짐칸에 실었다. 박홍석의 말대로 자동차 운전수 시험에 합격하고 면허를 받기란 하늘의 별 따기보다 어려웠다. 종래 자동차 운전을 하기 위해선 먼저 조수가 되어 일을 배워야 하고, 시험에 합격하더라도 트럭이나 버스와 같은 영업용 자동차를 운전하려면 따로 취업 면허를 받아야 했다. 또 5년마다 한 번씩 다시 시험을 봐야 했고, 합격되지 않으면 운전수 자격이 소멸되었다. 때문에 합격하기도 어렵고 계속하기도 어려운 것이 바로 운전수였다. 하지만 그만큼 대우가 좋아 취업 면허를 가진 운전수는 서로 데려가려고 여기저기서 줄을 섰다.

다행히 조선, 만주, 화북 등에서 교통망이 확충되고 운전수가 부족해지자 1940년부터 취업 면허제와 5년 만에 한 번씩 치러지는 구조 시험을 모두 폐지하고 검사만 하기로 하여 운전수가 되는 길이 수월해졌다. 그러나 여전히 자동차가 낯설어 아무나 쉽게 운전할 수 없었다.

박홍석은 일찍이 자동차 운전수가 되겠노라 마음먹고 스물이 되기 전 대처에 나가 수년간 조수로 일한 다음 시험을 봐 겨우 운전수가 될 수 있었다. 취업 면허를 가지고 회사에 들어가 트럭을 몰다가, 서른 즈음에 그동안 모은 돈과 아버지를 설득해서 융통한 돈을 합해 중고 트럭을 한 대 장만했다. 그렇게 잡화를 운송하는 일에 나섰던 것이다.

그가 사등 마을에 오는 날은 소금을 실어가는 대신 돈이 들어오는 날이었고, 인근 마을에서도 타지로 보낼 물건을 가지고 왔기 때문에 사방이 장터처럼 북적였다. 석대는 홍석이 건네준 지폐 뭉치를 들고 물었다.

"저번보다 금이 많이 떨어졌는가, 어째 이것밖에 안 주는 거여? 이걸로는 나뭇값도 못 하겠구만. 우리가 하루 이틀 본 것도 아닌디 왜 이리 야박하당가."

"아이고 성님, 그런 소리 하지 마슈. 요즘 쓸 만한 것들은 죄다 전쟁 물자로 공출되고 먹을 것이 없어 송피(松皮)를 벗겨 먹는 세상이유. 아, 먹을 것이 있어야 소금을 쳐서 간을 할 거 아니겠소. 약 먹고 죽고 싶어도 쥐약 살 돈도 없는 사람들이 천지에 가득한데 무슨 소금을 사서 쟁여놓겠냔 말이우. 거기다 기름까지 전시 물자로 통제를 해서 이 도라꾸가 오늘 멈출지 내일 멈출지 알 수 없단 말유. 그래도 내가 수완이 좋아 어떻게든 기름을 조달해서 움직이는 것이지, 다른 사람들은 목탄차도 세워놓는 판국이라오."

홍석의 말을 듣고 보니 그쪽 사정도 딱해 보여 뭐랄 수가 없었다. 하지만 염부들은 전보다 얇아진 지폐 뭉치가 몇 달 간 고생한 수고를 대신하기엔 너무 작다고 생각되어 소금

166

을 모두 옮겨 신고도 자리를 쉽게 떠나지 못했다. 마치 곱게 키운 딸을 시집보내는 것처럼 서운한 기분이 들었다.

아무튼 돈이 생겼으니 자식들 월사금도 내고, 장에 나갈 재미가 생겼다. 물론 평상시에도 소금을 이고 장에 나가면 웬만한 물건을 바꿔 올 수 있었지만 그래도 돈이 좋았다. 모처럼 고기를 끊어다 국을 끓여서 작은 밥상 앞에 옹기종기 모여 앉아 한술 뜨면 그동안 고생했던 것이 모두 사라졌다. 배를 곯았던 대길과 순임은 부모가 숟가락을 들자마자 게 눈 감추듯 눈앞에 놓인 그릇을 비워냈다. 논에 물 들어가고 자식 입으로 밥 들어가는 것만큼 보기 좋고 행복한 일이 어디 있으랴. 이 또한 자식 키우는 보람이라 석대와 줄포댁은 흐뭇한 눈길로 대길과 순임을 바라보았다.

그런데 기쁨도 잠시, 석대가 개펄에 나가 섯구덩이를 살피고 있던 어느 날 언덕 위에 시커먼 옷을 입은 몇 사람이 웅성거리는 것이 보이는가 싶더니 장 영감이 그를 불렀다.

"여보게, 석대!"

"무슨 일이오?"

"읍내에서 순사 나리들이 찾아왔어. 어서 나와보게."

석대는 영문을 모르고 개펄을 가로질러 나왔다. 자전거를 타고 온 일인 순사 한 명과 조선인 순사보 한 명이 그를 보자마자,

"당신이 강석대 맞지?"

대뜸 묻고는 손에 수갑을 철컥 채웠다.

"아니, 이게 무슨 일이오? 마른하늘에 날벼락도 유분수제, 멀쩡한 사람을 왜 잡는 거요?"

순사는 석대의 말에 콧방귀를 뀌고 순사보를 재촉했다.

"말이 많구나. 일단 이놈의 벌막으로 한번 가보지."

장 영감이 벌벌 떨며 앞장서고 아무 영문도 모르는 채 석대가 벌막에 도착하니, 잠시 후 동생 석춘도 다른 순사들에게 잡혀 왔다. 순사들은 기다란 장대로 솥 안을 휘휘 저어보고 아궁이를 비롯하여 벌막 구석구석을 샅샅이 뒤진 다음,

"여기 있을 리 없지."

퉁명스럽게 내뱉고는 두 사람을 고창경찰서로 압송했다. 그걸 보고 장 영감이 혼잣말로 중얼거렸다.

"아이고, 이게 무슨 일이랴. 소금 이운할 때 무슨 부정 탈 일이 있었는갑다. 쯧!"

나중에 남편이 순사들에게 끌려갔다는 말을 듣고 줄포댁은 땅바닥에 드러눕다시피 하여 목 놓아 울고, 어미가 우니 딸 순임도 애앵 울고 말았다. 이제 열한 살 먹은 대길은 그래도 사내랍시고 어미를 달래다 벌막으로 가서 엉망이 된 염구들을 정리하기 시작했다.

석대는 경찰서에 가서야 어찌 된 일인지 알 수 있었다. 얼마 전 선운사에서 소형 철불(鐵佛) 하나와 목불(木佛) 두 개를 도난당한 일이 있었는데 철불이 군산에서 발견되었다. 경찰이 그 출처와 경로를 수사하다 소금을 실어 나르던 박흥석이 장물을 옮겼다는 것을 알게 되자, 염부들 가운데 그와 비교적 친하게 지내던 석대 형제를 공범으로 보고 체포했던 것이다. 박흥석은 차를 몰고 어디론가 사라져 버린 후였다.

"얼토당토않은 소리 마시오. 우리는 부처님을 정성껏 모시고 매해 소금을 공양하는 염부에 불과헌디 도둑이라니."

"변명하지 마라. 네놈들이 선운사를 드나들면서 사정을 살피고 도둑들과 공모하여 불상을 훔쳐낸 것 아니냐. 나머지 목불은 어디로 팔아넘겼어?"

형사들은 석대의 말을 전혀 믿으려 들지 않았다. 선운사를 털어간 도둑들은 스님들이 저녁 예불을 마치고 잠자리에 들기 전 어수선한 때를 노렸는데, 법당에서 보자기에 싼 불상을 들고 나가는 도둑의 얼굴을 행자 스님 한 명이 보았던 것이다. 조사를 나온 형사들에게 행자 스님은,

"글쎄요. 얼굴 시커먼 것이 저번 이운식 때 온 사람 같기도 하고."

라고 쭈뼛거리는 표정으로 어물거렸는데 형사들은 이 말

을 곧이곧대로 듣고 석대 형제를 공범으로 지목하였다. 형사들은 취조실과 붙어 있는 골방으로 석대를 데리고 가서 사정없이 몽둥이를 휘둘러댔다.

"좋게 말할 때 불어. 나중에 병신 되지 말고."

"난 아니오."

"이 새끼 이거 순 악질이구먼. 본 사람이 있는데도 잡아뗄 거야?"

"에구구, 생사람 잡네."

매를 못 이겨 석대가 축 늘어지자 이번엔 석춘을 닦달하기 시작했다. 하지만 석춘 또한 처음 듣는 이야기라 거짓말을 지어낼 수도 없었다.

이튿날 선운사에서 주지 스님이 행자를 데리고 왔다. 주지 스님은 불상을 도난당한 것은 자신의 책임이라 여기고 사건이 벌어진 이후 밤낮으로 법당에서 염불을 외고 있었는데, 공범을 잡았으니 와서 확인해 보라는 연락을 받고 행자와 함께 부리나케 쫓아왔던 것이다.

"저놈들이 맞지?"

형사가 행자에게 물었다.

"글쎄요. 얼굴 시커먼 것은 같아 보이는데 내가 본 놈들은 머리가 짧았구먼요."

행자는 고개를 갸웃거렸다. 상투를 튼 석대 형제의 모습이 도둑과 전혀 달랐던 것이다. 주지 스님 또한 석대 형제를 보고는 낭패스러운 얼굴로 두둔하는 말을 하였다.

"저들은 절대 그런 일을 할 사람들이 아니올시다. 소금을 구워 해마다 절에 공양하는 불자들인데 어찌 감히 그런 일을 할 수 있겠소."

하지만 형사는 개의치 않고 행자를 계속 추궁했다.

"똑바로 보란 말이야. 어두워서 잘못 보았더라도 불상을 옮긴 놈과 친분이 있던 놈들이니까."

"글쎄요."

행자는 여전히 애매한 말을 하였다. 이 소리를 듣고 주지 스님이 행자에게 버럭 큰소리를 쳤다.

"네 이놈. 절밥을 먹는 놈이 어찌 그리 입을 가벼이 놀린 단 말이냐. 네놈 말 한마디에 가련한 중생의 목숨이 왔다 갔다 하거늘."

그리고 형사를 보고 말했다.

"이보시오. 소승이 나온 김에 서장을 좀 보고 가야겠소."

그는 뒤도 돌아보지 않고 서장실로 올라가 버렸다. 형사는 난감한 표정으로 행자를 노려보았다.

일인 서장은 군산에서 형사 부장으로 근무할 때, 본국에서 건너온 승려 우치다가 지은 일본식 사찰인 동국사를 자주 찾아 불공을 드릴 정도로 불심이 깊었다. 그래서 보은염

이운식에도 찾아왔었으며 개인적으로 마음에 걸리는 일이 있으면 선운사를 찾아 불공을 드리는 사람이었다. 그는 주지 스님으로부터 사정을 전해 듣더니 아무 걱정하지 말고 돌아가라는 말을 하였다.

그날 저녁 늦게 석대 형제는 절룩이며 간신히 집으로 돌아갈 수 있었다. 이틀 만에 집에 온 남편을 보고 줄포댁은 마치 죽었다 살아난 사람을 본 것처럼 놀라 소리를 지르고, 대길과 순임도 아버지를 잡고 울어댔다.

"에구에구, 이게 무슨 꼴이우. 사람을 반병신으로 만들어 놨네 그랴, 잉."

"괜찮다. 살아왔으니 된 거여."

석대는 아이들을 달래며 마루에 주저앉았다. 그러나 석춘은 분이 풀리지 않는 듯 토방에 앉아 욕설을 퍼부었다.

"형님은 속도 좋네. 왜놈들이 엄한 사람을 잡아다 패고 도둑으로 모는 것이 아무렇지도 않단 말이우? 난 복장 터져서 미치겠는디. 지금 당장이라도 도끼를 들고 경찰서에 찾아가 박살 내고 싶소. 내 이번에 당한 것을 절대 잊지 않고 꼭 대갚음해 주고야 말겠소."

"아서라, 괜히 나섰다간 뼈도 못 추린다."

"두고 보시오."

마침 그때 석춘의 아내가 우르르 쫓아와서 줄포댁과 더

불어 이 무슨 억울한 일이냐고 또 울며불며 한바탕 소동을 벌이는 바람에, 마을 사람들까지 모여들어 집이 장바닥처럼 시끌벅적해졌다. 촌에 순사가 나타난 것만 해도 놀라운 일인데 두 사람이나 잡혀가서 초주검이 되도록 얻어맞고 왔으니 궁금증을 참을 수 없는 것이다. 석대는 온몸이 쑤시고 정신이 사나워 석춘에게 빨리 가보라는 손짓을 하고 방으로 들어가 에구에구 앓는 소리를 내며 누워버렸다.

# 6. 전주역에서 만난 사람

　1941년 총독부가 국민학교령을 공포할 때 학교 명칭을
보통에서 국민으로 바꾼 것은, 중일전쟁과 태평양전쟁을
거치는 동안 식민지 대상의 황국신민화교육을 더욱 강화할
필요성이 커졌기 때문이다.

　염길이 근무하는 운봉국민학교는 1907년 박봉양 등의
유지들이 교육입국에 뜻을 두고 사재(私財)를 털어 객사 운
성관 자리에 설립한 사립운봉만성학교에서 출발했다. 일제
는 5년 후 이 학교를 공립으로 흡수하고 자리를 옮겨 본격
적인 식민지 보통교육을 실시하기 시작했다.

　염길은 학교에서 멀지 않은 곳에 하숙을 정하고 출퇴근
하였는데, 신입 교원이라 학교에서 숙직하는 경우가 많았
고 자질구레한 일도 거의 모두 도맡아 하는 형편이었다.

　1936년, 제7대 조선 총독으로 미나미 지로가 부임한 이
후 내선일체와 황국신민화 교육이 더욱 강화되어 신사참

배, 국기게양 행사, 황국신민서사 제정, 창씨개명, 궁성요배 등을 강요하고, 학교마다 봉안전을 설치하여 천황의 사진과 교육칙어를 넣어두고서 이를 신격화했다. 그 정도가 얼마나 심했던지 천황 사진을 지키다 목숨을 잃은 교사까지 생겨날 정도였다. 이곳을 지날 때는 허리를 직각으로 굽혀 경례하고는 손바닥을 딱딱 두 번 쳐야만 했다.

또한 선생이 학교에서 숙직할 때는 봉안전의 안전을 살피는 것이 주요 업무 중 하나였다. 지역의 부자 친일 세력들은 성금을 희사하여 학교 내에 기단을 쌓고 봉안전을 만드는 데 일조하면서 자신의 충성심을 드러내기도 했다. 그러나 학생들에게 봉안전은 마치 귀신이라도 살고 있는 것처럼 가까이 가기 무섭고 꺼림칙한 곳이었다.

어느 날, 염길은 전날 학교에서 숙직을 하고 하숙집에서 옷을 갈아입은 뒤 돌아오다가 수업 생각을 하느라고 무심코 봉안전을 지나친 일이 있었다. 마침 그 모습을 학교에 와 있던 장학사가 창문으로 보고 말았다. 염길이 교무실에 들어서자마자 교사들이 걱정스러운 얼굴로 말했다.

"시오키치 선생, 지금 제정신이오?"

"네? 무슨 일 있습니까?"

"지금 장학사가 와 있는데 조금 전 선생이 봉안전을 그냥 지나치는 것을 보고 화가 머리끝까지 치솟았단 말입니다. 어서 교장실로 가보세요."

그제야 염길은 자신이 실수했다는 것을 깨달았다. 한편
으로는 그까짓 돌로 쌓아놓은 봉안전이 무엇이라고 사람을
이렇게 귀찮게 하는가 싶었다. 그가 교장실로 들어갔을 때
일인 교장과 장학사의 얼굴은 잔뜩 굳어 있었다. 먼저 교장
이 말을 꺼냈다.

"시오키치 선생, 매사 그런 식으로 학생들을 교육하고 있
었단 말입니까?"

"죄송합니다."

"이것이 죄송하단 말로 해결될 일입니까? 누구보다 솔선
모범을 보여야 할 선생이 봉안전을 그냥 지나치다니. 만일
학생들이 그 모습을 보았다면 어떻게 생각하겠소."

교장은 그래도 자신이 데리고 있는 선생인지라 장학사
앞에서 짐짓 크게 혼내는 시늉을 하고 있었다. 그러나 장학
사는 그 정도로는 성에 차지 않는 모양이었다. 교장의 말이
끝나자 장학사는 문득 염길에게 뜻밖의 주문을 하였다.

"황국신민서사를 낭독해 보시오."

"네?"

"황국신민서사를 모른단 말인가?"

"알고 있습니다."

"그렇다면 학교가 쩌렁쩌렁 울릴 정도로 크게 낭독해 보

란 말이야."

염길은 순간 모멸감이 들었다. 황국신민서사란 조선인을 일본인화하기 위해 학교를 비롯한 관공서, 은행, 공장, 상점 등 모든 직장에서 조회나 기타 회합 때 제창하도록 만든 일종의 맹세로서, 성인용과 학생용 두 가지가 있었다. 학교에서는 학생용 황국신민서사를 제창하였으니 지금 장학사는 선생인 염길에게 가장 기초적인 부분을 확인하려는 것이었다. 염길은 잠시 머뭇거리다가 입을 열었다.

"우리들은 대일본 제국의 신민(臣民)입니다."

첫 구절을 외우는데 장학사가 버럭 소리쳤다.

"더 크게!"

염길은 마치 보통학교 학생으로 돌아간 듯한 착각이 들었다. 그는 목청껏 나머지 황국신민서사를 외치기 시작했다.

"우리들은 마음을 합하여 천황 폐하에게 충의를 다하겠습니다. 우리들은 인고 단련하여 훌륭하고 강한 국민이 되겠습니다."

그제야 장학사는 표정을 풀고 교장에게 말했다.

"아주 형편없는 선생은 아니로군요."

"네, 그렇습니다. 시오키치 선생은 사범학교를 마치고 처음 발령받아 좀 허술한 점이 있지만 매사 열심이고 두루 인정받고 있는 사람입니다."

"알겠습니다. 앞으로는 누가 보든 않든 이런 일이 절대 없도록 하세요. 부산에서는 학생이 감히 봉안전 앞에다가 차마 입에 담지 못할 추태를 벌여놓고 도망친 일이 있었어요. 결국 경찰이 잡아다 실형까지 살게 했으니 다행이지만 우리도 잘 지켜야 합니다. 황국신민의 교육은 먼저 봉안전에 있는 천황 폐하께 경례를 올리는 것부터 시작되는 것인즉, 꿈에라도 그냥 지나치는 일이 있어선 안 될 것입니다."

"알겠습니다. 다시 한번 선생들에게 주지시키겠습니다."

염길은 장학사에게 호되게 당한 후에 봉안전 앞을 지날 때마다 몸서리를 쳤다. 겉으로는 허리를 굽혀 경례를 올렸지만 당장이라도 망치를 들고 때려 부수고 싶었다.

이 일은 인근 학교 선생들에게 금방 소문이 퍼졌다. 어떤 조선인 선생들은 자기 학교에 아직 봉안전이 없는 것을 다행스럽게 여기고, 그런 얼빠진 정책을 실시하고 있는 총독부의 방침에 불만을 품기도 했다.

아무튼 한 차례 봉변을 당한 후 염길은 별다른 일 없이 학교에서 지내고 있었다. 산골 학생들은 착하고 순수했으며 학부형들도 염길을 존경하는 눈초리로 대했다. 그렇게 1년을 보냈다.

다음 해 가을이었다. 수업을 마치고 교무실로 돌아왔더

니 까만 가죽 잠바를 입은 두 명의 사내가 염길을 기다리고 있었다. 교감선생이 걱정스러운 표정으로 그들을 염길에게 소개했다.

"시오키치 선생, 전주경찰서에서 온 형사들이랍니다."

"저에게 무슨 일로?"

형사들은 아무 일도 아니라는 듯 손짓을 하며 자리에서 일어섰다.

"별일 아닙니다. 잠시 주재소로 같이 가시죠."

염길은 형사들을 따라 운봉주재소로 갈 수밖에 없었는데, 데리고 갈 땐 공손하던 형사들의 태도가 주재소를 들어서자마자 차갑게 돌변했다.

"시오키치 선생, 우리가 묻는 말에 한 치도 빠짐없이 답하시오. 만일 거짓을 말하거나 무언갈 감출 경우에는 이 자리에서 당장 체포할 테니."

염길은 어안이 벙벙하고 오금이 저려 간신히 그러마고 대답했다.

"선생은 전주사범학교 현창혁 교유를 알지요?"

"네, 알고 있습니다."

"그 작자로부터 공산주의 사상 교육을 받거나 학생들과 함께 불온서적을 탐독한 일 있소?"

"그런 일 없습니다."

염길이 부정하자 형사가 들고 있던 부책으로 탁자를 탁 내리치더니 대뜸 반발을 지껄이며 윽박지르기 시작했다.

"시오키치상, 다 알고 왔는데 이럴 거야? 독서회에 간 일이 없단 말이야? 선생 친구들은 이미 다 불고 갔는데 혼자 발뺌한다고 해서 빠져나갈 수 있을 것 같나?"

"억울합니다. 없는 일을 어떻게 있다고 할 수 있단 말입니까."

"이거 말로 해선 안 되겠군."

덩치 큰 형사가 씩씩거리면서 당장이라도 탁자를 뒤집어 엎고 따귀를 때릴 것처럼 으르렁거렸다. 이때 호리호리한 다른 형사가 그를 주재소 밖으로 내보내고 부드러운 목소리로 구슬렸다.

"선생, 우리가 여기 찾아올 땐 이미 수사를 끝내고 확인하러 온 것입니다. 전주사범에서 현창혁을 중심으로 공산주의 사상 전파가 일어났고 그에 동조한 학생들이 모두 체포되어 전주경찰서에 있소. 재학생뿐만 아니라 졸업생들도 당연히 현창혁으로부터 빨간 물이 들었을 것으로 판단되기 때문에 수사를 확대하고 있는 것이고. 선생도 그들에게 가담하였다는 증언이 있었다는 것만 알아두시오."

염길은 그런 일과는 아무런 관련도 없지만 증언이 있다는 말에 자기도 모르게 침을 꿀꺽 삼켰다.

"순순히 자백하고 반성한다면 정상참작해서 조서를 꾸밀 것이고 선생은 큰 처벌을 받지 않을 것입니다. 물론 학교에서 계속 근무할 수 있도록 조처하겠습니다. 그러니 잘 생각해 보시오."

참으로 미치고 팔짝 뛸 노릇이었다. 현창혁 선생이 공산주의 사상을 갖고 있다는 것은 어느 정도 짐작했지만 학생들에게 그것을 직접 전파하고, 학생들이 독서회를 조직하여 사상 공부를 했다는 사실이 놀라웠다. 그러나 하지 않은 일을 했다고 할 수는 없었다.

"형사님, 내가 무얼 감추려고 그러는 것이 아닙니다. 사범학교에서 현창혁 선생으로부터 공부한 것은 사실이지만, 난 오히려 물상실에 있는 박문진 선생과 친했어요. 이건 아마 다른 사람들이 증언해 줄 것입니다. 공산주의 사상 교육을 받아본 적도 없고 독서회에 참가한 일도 없습니다."

"그래요?"

형사는 허리를 뒤로 젖히고 뱀눈을 뜬 채 행여 염길이 거짓말을 하고 있는지 알아볼 요량으로 한참 동안 노려보았다.

"맹세할 수 있소?"

"그렇습니다. 그런 일 절대 없었습니다."

염길은 이제 살아날 구멍이 생겼다고 생각하여 목소리에

힘을 주었다.

"좋소. 선생이 거짓말하고 있다고는 생각지 않소. 그 말을 믿고 오늘은 일단 가보겠으나 추호라도 거짓이 발견되면 즉각 체포할 것입니다. 만일 우리가 간 다음에 심경의 변화가 있으면 자수하도록 하시오. 이제 돌아가도 좋습니다."

염길은 주재소 밖으로 나와 하늘을 바라보았다. 푸른 가을 하늘이 눈부시도록 청명하고, 하얀 뭉게구름이 마치 솜사탕처럼 보였다. 그는 후들거리는 다리에 힘을 주어 간신히 학교로 돌아왔다.

전주사범학교 교유로 있던 현창혁은 치안유지법 위반 혐의로 징역형을 선고받았고 독서회에 참여한 학생 네 명은 모두 퇴학 처분을 받았다. 형사의 말과는 반대로, 졸업생들에 대한 수사를 진행하였지만 누구도 관련자를 실토하지 않아서 추가로 처벌받은 사람은 생기지 않았다.

일제가 공산주의 사상을 배척한 이유는 노동계급이 공산혁명을 통해 천황 중심의 국가체제를 전면적으로 부정할까 우려되었기 때문이었다. 그것은 곧 조선 독립운동과 연결될 것이기 때문에, 공산주의는 절대 수용할 수 없는 불온한 사상이었다. 이렇듯 전주사범학교를 발칵 뒤집어 놓았던 사건은 졸업생들에게 특별한 영향을 끼치지 못하고 잦아들었다.

*

운봉은 남원보다 평균 400미터 높은 고원지대라 추위가 빨리 찾아왔다. 추수가 끝나자마자 아침저녁으로 바람이 차가워지더니 들판에 서리가 내리기 시작했다.

염길이 토요일 수업을 마치고 퇴근하여 하숙집에서 쉬고 있던 어느 늦가을 오후, 누군가 밖에서 부르는 소리가 들렸다.

"강 선생, 안에 계시오?"

염길은 자리에서 일어나 문을 열었다.

"아니……."

"맞소, 나 김충현이외다."

전주사범학교에서 함께 공부했던 군산 출신의 김충현이 반가운 얼굴로 서 있었다. 그는 운봉에서 인월을 지나 지리산 쪽으로 들어가는 길에 위치한 산내국민학교에 있었는데, 서로 어디에 있는지는 알고 있어도 만날 기회가 없어 졸업 후에 얼굴을 본 적은 없었다.

"김 선생, 오랜만입니다."

"허허, 강 선생은 그래도 나보다 낫구려. 심상과를 졸업한 나는 산골짜기에 처박히고 강 선생은 운봉에서 근무하다니."

"그런 소리 마십시오. 나중에 중책을 맡기려고 선생을 담금질하는 것 아니겠습니까."

두 사람은 얼굴을 마주 보고 웃었다. 사범학교에서 함께 공부했던 사람을 만나니 반가웠다. 둘은 장터 주변에 있는 자그마한 식당으로 자리를 옮겨 반주를 곁들인 저녁을 먹고 돌아왔나.

"그래, 무슨 바람이 불어서 일부러 찾아왔습니까?"

"강 선생 얼굴을 한번 보고 싶어서지요."

"껄껄, 어여쁜 여선생도 아닌 내 얼굴을 뭐 그리 보고 싶다고."

농을 하며 잠자리에 들 준비를 하는데 김충현의 목소리가 문득 나지막하게 변했다.

"강 선생, 왜놈들이 이제 최후의 발악을 하는 거 같소."

염길은 이 사람이 무슨 소리를 하려는가 싶어 다음 말을 기다렸다.

"일본이 남태평양 과달카날 섬을 빼앗기고 여러 곳에서 고전하며 계속 밀리는 중입니다. 미군이 동경까지 공습했다고 하니 이제 일본의 명줄도 경각에 달린 것이나 다름없습니다."

"아니, 그런 소식을 김 선생은 어찌 그리 상세하게 알고 계시오?"

"다 아는 수가 있답니다."

김충현은 말꼬리를 감추며 은근한 눈빛으로 염길을 바라보았다.

"강 선생, 조선 사람치고 누가 식민 백성으로 살고 싶겠습니까. 머잖아 조선이 독립하면 선생이 봉변당했던 봉안전을 깨부수고 그 자리에 독립 기념비를 세워야지요. 난 선생이 장학사에게 당했던 일을 전해 듣고 그날 밤 운봉으로 달려와 봉안전을 박살내고 싶었답니다."

"다 지나간 일입니다."

염길은 이상한 소리를 하는 김충현이 짐짓 무서워졌다. 도대체 무슨 말을 하려고 여기까지 찾아왔을까. 혹시 이자가 독립군의 끄나풀인가, 아니면 적색분자인가. 어느 쪽이든 경계해야 할 인물임에는 분명했다. 김충현은 염길의 이런 속내를 짐작했는지 너털웃음을 지었다.

"강 선생, 너무 걱정하지 마시오. 아무렴 내가 선생을 구렁텅이로 이끌겠습니까. 허허."

그 웃음에 염길은 순간 오싹한 기분이 들어 단도직입적으로 물어보았다.

"김 선생, 저번 날 전주경찰서에서 형사들이 찾아온 적 있었는데 혹시 선생도 현창혁 선생과 연결되어 있었소? 그렇지 않고서야 지금 내게 와서 이런 말을 할 이유가 없지 않습니까."

김충현은 그런 말을 할 줄 알았다는 표정으로 대답했다.

"그렇습니다. 현창혁 선생이야말로 최고 인텔리며 이 시대를 통찰하고 있는 사상가입니다. 그런 선생님께 수학했다는 것은 큰 영광이지요. 특히 선생은 우리들이 세상을 바라보는 눈을 제대로 뜨게 해주었고, 공산혁명이야말로 인류가 나아가야 할 최고 가치란 것을 알게 해주었습니다. 강선생, 우리와 함께합시다. 이 간악한 일본 놈들을 이 땅에서 몰아내고 독립을 쟁취하여 조선 반도를 신분과 계급의 차별이 없는 평등한 세상, 부르주아와 식민 지배계급이 아닌 노동자가 주인이 되는 공산 사회로 만들어야 되지 않겠습니까."

"김 선생, 말씀은 좋으나 난 그런 데 아직 관심이 없습니다."

"누군 처음부터 코뮤니스트였겠습니까. 세상의 부조리와 모순에 눈을 뜨면 자연스레 코뮤니스트가 되는 것이지요."

"세상을 너무 이분법적으로 보는 것 같기도 하고."

염길의 말에 김충현은 잠시 실망스런 표정을 짓더니, 목에 힘을 주어 염길을 설득하기 시작했다.

"김 선생, 생각해 보시오. 우리 부모들이 언제 호강 한번 제대로 해보았습니까. 이씨 조선 때는 양반에게 착취당하고 지금은 일본 놈들에게 철저히 지배당하고 있지 않습니까. 만국 노동자들이 궐기하고 저항한다면 저들을 물리치고 평등 세상을 만들 수 있습니다. 생각만 해도 가슴 벅찬 일이지요. 부자도 없고 빈자도 없고 땀 흘리는 노동자가 주인이 되는 이상향. 영국의 토머스 모어가 말한 유토피아는 바로 공산혁명이 성취된 그런 세상일 거라고 확신합니다."

하지만 염길은 도무지 충현의 말이 귀에 들어오지 않고 그저 뜬구름 잡는 이야기로만 들렸다. 콩나물시루에 똑같이 물을 주어도 크기가 제각기 달라지는 법인데, 하물며 어떻게 사람의 마음속에서 욕심을 깨끗하게 해소하고 모두 평등한 세상을 만들 수 있단 말인가. 그것은 눈처럼 순수한 마음을 가진 어린아이들을 데리고도 불가능한 일일 것이다. 여기에 생각이 미치자 염길은 복잡한 이야기를 그만하고 싶어졌다.

"김 선생, 먼 길 오느라고 피곤할 텐데 이만 잠자리에 드시죠."

"그럽시다."

충현도 첫술에 배부르랴 하는 생각에 오늘은 이야기를 마치기로 마음먹었다. 불을 끄고 자리에 눕자 세상이 갑자기 멈춘 듯 적막해지고 옆에 누운 친구의 숨소리만 들려 왔다.

"강 선생, 그래도 이 세상은 반드시 변하고 말 거요. 머잖아 좋은 세상이 오면 그때 함께 일해봅시다."

충현은 혼잣말처럼 몇 마디 중얼거리고는 이내 잠 속으로 빠져들었다.

*

다음 날, 해가 저물기 전 엽길은 도 학무과에 일이 있어 전주로 향했다. 운봉에서 남원을 가자면 여원재라는 고개를 넘어야 했다. 운봉은 고원에 자리 잡고 있는지라 남원에서 굽이치는 구절양장을 오를 때는 자동차도 허덕이고, 내려갈 때는 왼편으로 보이는 수십 길 낭떠러지가 사람의 마음을 졸이도록 만들었다. 그에 비하면 남원역에서 전라선 상행선 기차를 타고 전주로 가는 길은 임실을 지나 슬치에 다다를 때까지 높은 고개가 없고 평야가 계속되어 한결 느긋했다. 다만 슬치터널을 나서면 양쪽으로 높은 산이 병풍처럼 서 있어 마치 좁은 호리병을 통과하는 것처럼 답답한 느낌이 들었다.

예부터 슬치에는 호남제일관과 남관이 있어 군사들이 주둔하며 남쪽으로부터 오는 적을 방어하는 요새로 삼았다. 깊은 골짜기에서 흘러내린 물은 좁은 목을 돌아 전주로 흘러들었다. 이곳에도 역시 동고산성과 남고산성이 있어, 적을 방어하기에 지리적으로 수월했다.

염길이 탄 기차는 좁은 목을 지나 왼편으로 급하게 꺾고, 어둑한 한벽굴을 통과하여 오목대 고개를 올랐다. 굳이 전주역까지 갈 일이 없는 사람이나 성질 급한 사람은 거기서 훌쩍 뛰어내려 제 갈 길로 가기도 하였다.

한옥으로 높다랗게 지은 전주역에 도착한 염길은 넓은 광장을 가로지르다 누군가 뒤에서 부르는 소리를 들었다.

"시오키치상! 아니, 강 군!"

여자 목소리였다. 염길은 자신을 부르는 소리에 걸음을 멈추고 고개를 돌렸다.

"누구?"

"저예요. 아케미."

"아!"

그제야 염길은 나지막한 탄성을 내뱉었다. 까만 교복에 하얀 카라, 머리를 양옆으로 가지런히 땋아 내렸던 그 아케미가 바로 눈앞에 서 있었다. 그러나 옛 모습은 찾을 수 없고 지금은 어엿한 성인이 되어 하얀 블라우스와 양장 치마를 입고 반코트를 걸치고 있었다. 그것이 낯설어, 염길은 아케미가 먼저 말하기 전까진 누구인지 못 알아보았다.

"기차에서 내려 걷는 사람이 아무래도 염길 씨 같아 불러 보았더니 내 생각이 맞았네요. 전주에는 어쩐 일이세요?"

아케미는 조선말과 일본 말을 섞어가며 물었다.

"운봉국민학교에 있는데, 일 때문에 도 학무과엘 들어가는 길입니다. 그런데 아케미 양도 전주에 살고 있었던 모양이군요."

"네, 철길 건너에 있는 풍남국민학교에서 근무하고 있어요. 경성여자사범을 졸업하고 바로 이리 왔지요."

그제야 염길은 머릿속이 환해지는 느낌이 들었다. 전부터 아케미는 선생이 되고 싶다고 했었는데, 광주여고보를 마친 다음 경성여자사범학교에 진학한 모양이었다. 풍남국민학교는 처음엔 여학생만 입학이 허용되는 전주여자공립보통학교였으나, 국민학교로 바뀌면서 겨우 남학생 입학을 허용했을 정도로 여성의 기가 센 학교였다. 한 학년 4학급 가운데 3개 반이 여학생반이고 1개 반이 남학생반이라 남학생들은 여학생들에게 눌려 지내기 일쑤였으며, 인근 학교 남학생들도 풍남국민학교 여학생들을 보면 피해 갈 정도였다. 아케미가 이 학교로 발령받은 건, 아무래도 여학생들이 많다 보니 여교사가 필요했기 때문인 것 같았다.

"학무과엔 무슨 일로?"

"서류만 전해주면 되는 일입니다."

"잘되었군요. 그럼 다방에 가서 우리 차라도 마셔요."

아케미는 즐거운 표정으로 염길의 말을 듣기도 전에 찻

집을 향해 발길을 옮기기 시작했다. 염길도 아케미를 오랜만에 만나고 보니 반가운 마음이 들어 거절하지 못하고 뒤를 따랐다. 아케미는 오거리 근방에 있는 다방 문을 열고 들어갔다. 평소에 자주 오는 모양인지 거침이 없었다. 오히려 염길은 다방에 출입한 적이 없어 행동이 조심스러웠다.

"퇴근할 때 동료 선생들하고 자주 오는 곳이에요."

아케미는 이렇게 말하고 밖이 내다보이는 한쪽 구석에 자리를 잡았다. 점원이 차를 내올 때까지 염길은 멋쩍은 표정으로 말을 아꼈지만 아케미는 그동안 그가 어떻게 지냈는지 궁금한 모양이었다.

"전주사범 마치고 바로 운봉으로 간 거예요?"

"그렇지요. 다른 곳으로 가려면 조금 더 있어야 합니다."

"전주로 오면 좋겠다."

아케미는 이렇게 말해놓고 자기가 생각해도 우스운지 까르르 웃었다. 잠시 후 점원이 김이 모락모락 오르는 차를 내왔다.

"드세요. 오늘은 내가 사는 거예요. 하지만 다음엔 염길 씨가 사주세요."

염길은 아케미가 이렇게 밝은 성격이었는지 예전엔 미처 몰랐기에 어안이 벙벙할 따름이었다. 그는 찻물 한 모금으로 입을 적시고,

"부모님은 편안하시죠?"

라고 물었는데 순간 아케미 얼굴이 어두워졌다. 염길은 무슨 일이 있었구나 싶은 생각이 들었다.

"아버지는 작년에 돌아가셨어요."

"네?"

"전부터 폐가 좋지 않았는데 염전 사업에 몰두하시느라 겨울바람을 호되게 쐬더니 결국 건강을 잃고 두어 달 병원 신세를 지다가 돌아가셨지요."

"미처 몰랐습니다."

염길은 괜히 송구한 마음이 들어 고개를 숙였다.

"아니에요. 일가친척도 아닌데 어떻게 일일이 챙길 수 있겠어요. 염길 씨가 물으니 답해주는 것일 뿐 너무 부담 갖지 마세요."

"네, 그럼 어머니는 고창에 계십니까?"

"아니에요. 마사토가 올해 전주북중에 입학을 해서 전주로 이사했어요."

"아, 벌써 그렇게 되었군요."

염길은 시간이 참 빠르게 흐른다는 생각을 했다. 전주북중이라면 1938년도에 학제가 개편되면서 고창고보가 고창중으로 바뀐 것처럼, 전주고보가 개명한 것이었다. 하지만 사람들 사이에서는 편히 전주고보라고 불렀다.

아케미는 염길이 더 물어볼 필요도 없이 그간의 사정을 빠짐없이 말해주었다.

"어머니는 전주에서 저와 동생을 뒷바라지하고 계세요. 서문 쪽 하숙집을 인수하고 사람을 두어 운영하고 있지요."

서문 쪽은 다가동 방면이었다. 처음 일본인들이 전주에 왔을 때 전주부성 내로 들어오지 못하고 서문 밖에서 생활하였으므로, 잇닿은 다가동에 일본인들이 많이 살고 있었다.

"외삼촌도 경성옥을 정리하고 전주로 왔는데……."

아케미는 여기까지 말하고 말꼬리를 흐렸다. 그도 그럴 것이, 카이토는 경성옥 운영으로 숙치와 대판 싸우고 난 다음 깨끗하게 정리하고 전주로 와 유곽을 인수했던 것이다. 그는 조선으로 오기 전 일본에서 유곽에 몸담고 일했었기 때문에, 그 일이라면 누구보다 잘할 자신이 있었다. 전주에 사는 일인 6000명에 도청 소재지를 찾는 지방의 일인들까지 합하면 상당히 많은 숫자였다. 그래서 전주에는 성업 중인 일인 유곽이 열세 군데나 되었다.

하지만 일본에서야 아무런 문제가 없었을지 몰라도 조선의 풍습에 유곽이란 업종은 상것들도 차마 못할 일이라 하여 사람들에게 인정받지 못하는, 매우 천하고 불결한 사업으로 여겨지고 있었다. 그렇기 때문에 아케미도 염길에게 쉽게 말하지 못하는 것이었다.

"그냥 이것저것 사업하고 있어요."

아케미는 이렇게 대강 이야기를 마치고 염길에게 질문을 던졌다.

"이제 궁금증이 풀렸죠? 염길 씨도 그동안 어떻게 지냈는지 말해 봐요."

염길은 지금껏 자신의 집안 내력에 대해 누구에게도 소상히 말해본 적이 없었다. 고창고보 사거두에게도 마찬가지였다. 하지만 오늘 아케미가 솔직하게 말하는 것을 보고, 자신도 모르게 아버지와 어머니는 여전히 소금을 굽고 있으며, 동생 대길은 아버지를 돕고 순임은 벌써 처녀가 되어 여기저기 품팔이를 다닌다는 것까지 모두 말해주었다. 한편으로 부끄러울 법도 했지만 아케미 앞에서는 그런 기분이 들지 않았다.

"네, 염길 씨가 부모님과 동생들을 위해 애쓰는 모습이 좋아 보여요. 그것이 장남의 역할이겠지요."

아케미는 고개를 끄덕이며 염길의 사정을 이해해 주었다. 두 사람은 시간 가는 줄도 모르고 사범학교 시절과 지금 학교에서 생활하는 것까지 이야기를 나누었다. 그러다 염길이 시계를 보고 다급히 말했다.

"어쿠, 이러다 학무국 문 닫겠군요. 지금 일어나야겠습니다."

"네, 그렇게 해요. 어머니와 마사토가 염길 씨를 보고 싶어 하니 나중에 꼭 한번 오세요."

"알겠습니다."

아케미는 사는 곳 주소를 적어 염길에게 건네주었다. 학무국은 다가동 쪽에 있어 둘은 자연스럽게 넓은 중앙로를 연인처럼 함께 걸었다. 염길은 평소 멀었던 학무국이 오늘은 가깝게 느껴졌다. 아쉬운 마음마저 들었다.

"반가웠습니다. 이제 그만 들어가시죠."

"네, 학교로 안부 편지 보내드릴게요."

아케미는 생긋 웃고 다가동을 향해 걸어갔다.

염길은 일을 마치고 돌아오는 동안 인연이란 것이 참 묘하다고 생각했다. 고창에서 가정교사를 하느라고 몇 번 보았던 것이 전부인데 둘 다 사범학교를 나오고 선생을 하고 있으니 말이다. 게다가 우연히 전주역에서 만나기까지. 그는 괜히 기분이 좋아지고 흥겨워 콧노래가 절로 나왔다.


학교로 돌아와 염길은 전과 다름없이 아이들을 가르치는 일에 몰두했다. 달라진 것이라면 전시 상황 아래 황국신민화 교육이 더욱 강화되었다는 점이다. 염길은 이러한 방침을 따르기가 쉽지 않았는데 아무래도 고창고보에서 받았던 민족성 강한 교육과 본래 성격 탓이었다.

일본이 중국을 침략했을 당시 세 명의 일본 군인이 폭탄을 안고 적진으로 뛰어들어 방어벽을 무너뜨린 일에 관해 학생들에게 찬양하는 글을 쓰도록 한다든가, 전우의 노래와 일본 육군가를 가르치는 일, 그리고 학교에서는 물론 집에서도 일본어를 사용하도록 하고 학생들끼리 그것을 감시하다가 어겼을 경우에는 선생에게 신고하도록 하는 일, 일본어로 쓴 일기를 검사하고 확인 도장을 찍어주는 일은 도무지 성미에 맞지 않았다.

하루가 다르게 강화되어 내려오는 교육 방침이 마음에 들지 않았고 그것들을 학생들에게 전수할 필요성도 느끼지 못했다. 염길이 교실 안에서 이루어지는 교육을 소홀히 하자 마음을 터놓고 지내는 어떤 조선인 선생이 그에게 이렇게 말했다.

"시오키치 선생, 저번에 장학사가 왔던 일을 생각해 보세요. 다른 학급보다 앞서가진 못할망정 너무 뒤처지면 또 곤란한 일이 생길 겁니다. 요즘 선생이 황국신민교육을 하는 것을 보면 마치 처삼촌 뫼에 벌초하듯 영 시원찮아 보입니다."

저번에 봉안전에 경례를 하지 않고 무심결에 지나갔다가 장학사에게 호되게 당했던 일을 상기시켜 주는 것이었다.

"그래야 되는데."

"누구는 하고 싶어서 하는 줄 아십니까. 시국이 이러하니 우리 선생인들 별 수 있겠소. 적당히 남들 하는 만큼만 움직이면 되니 눈치껏 하란 말입니다."

이렇게 걱정해 주었는데도 염길은 건성으로 움직였다. 이런 모습이 교감과 교장의 눈에 띈 모양인지, 어느 날 교직원 조회를 마친 염길은 바로 교장실로 불려갔다. 일인 교장은 이야기를 나누고 있던 교감을 내보내고 엄숙한 얼굴로 염길을 쏘아보았다.

"시오키치 선생. 요즘 황민으로서 갖추어야 할 덕목을 가르치는 일에 소홀하다던데 그게 사실이오?"

"교장선생님, 그렇지 않습니다."

"그러면 왜 교내에서 조선어를 쓰는 학생들이 유독 시오키치 선생 반에서 많이 나온단 말인가. 선생이 학생 지도를 잘못하고 있다는 반증 아니겠소."

"앞으로 주의하고 더욱 노력하겠습니다."

염길은 상황을 빨리 모면하고 싶은 마음에 되는 대로 말했다.

"말로만 그러지 말고 제대로 하란 말이오. 야외 교육할 때는 열성적이라고 하던데. 정신교육을 소홀히 하면 내외 조화를 이루기 어렵소. 모든 일은 정신으로부터 시작되므로."

교장은 숨을 돌리고,

"우리 신민이 지극한 충과 효로써 억조의 마음을 하나로 하여 대대로 그 아름다움을 이루는 것이 국체의 정화(精華)인 바, 교육의 연원 또한 실로 여기에 있다는 것은 선생도 잘 알겠지."

하며 봉안전에 넣어둔 교육칙어의 내용을 되뇐 다음 진지한 어조로 염길을 훈계하였다.

"마음은 곧 정신이고 충과 효가 그 근본이 되는 것이오. 지금과 같은 비상한 시국에는 충이 더욱 강조될 수밖에 없고 교육의 연원 또한 여기에 있는 것인데, 선생처럼 유능한 사람이 학생들의 정신교육을 소홀히 하면 안 된다 이 말이올시다."

"네, 명심하겠습니다."

염길이 고개를 숙이자 교장은 그제야 마음이 좀 풀리는 모양이었다.

"좋소. 앞으로는 이런 지적을 받지 않도록 주의하길 바라오. 2종에서 1종 훈도로 승진하려면 수업 능력도 탁월해야 하지만 무엇보다 교장의 평가가 중요하다는 것을 알고 있겠지."

"알고 있습니다."

"그만 가보시오."

염길은 교장실을 나오자마자 교무실 중앙에 앉아 있는 교감선생과 눈길이 마주쳤다. 선생들이 수업할 때 뒷짐 지고 복도를 거닐면서 학급을 관찰하는 사람이 바로 교감이었다. 아마 그가 교장에게 보고했으리라. 염길은 교감의 얼굴을 보기도 싫었지만 목례를 하고 반으로 돌아갔다.

교장의 말이 심리적 압박으로 다가왔다. 사범학교 심상과와 강습과를 졸업하면 2종 훈도, 임시강습과를 마치면 3종 훈도 자격을 얻을 수 있었다. 이에 미치지 못해 대용교사 또는 촉탁교사라고 불리는 선생도 있었다. 염길은 현재 2종 훈도이므로 교장의 말인즉슨 부단히 노력하여 1종 훈도가 되라는 뜻이었다. 1종 훈도가 되면 월급이 오르고 대우가 달라지므로 선생들은 너 나 할 것 없이 1종 훈도가 되기 위해 노력하였다. 어떤 선생은 사범학교를 졸업할 때 스승으로부터 "제군들은 2종 훈도에서 1종 훈도가 될 때까지 오리에리(신사복)를 입지 말고 계속 노력하라."는 말을 듣고 결혼할 때도 신사복을 입지 않았을 정도였다. 경성사범학교는 전문학교 수준의 교육을 했기 때문에 졸업하면 바로 1종 훈도가 될 수 있었지만, 지방 사범학교는 2종 훈도로 발령받은 뒤 시험과 평가를 거쳐야 1종 훈도가 되었다. 그 기간은 보통 5년이었지만 10년을 훌쩍 넘겨도 1종 훈도가 되지 못하는 선생도 많았다.

염길도 기왕 선생의 길을 걷기로 했으니 1종 훈도가 되고 싶은 마음이 있었다. 아직 궂은일을 도맡아 하는 새파란 신참 선생이었으므로, 교장으로부터 질책을 받은 후 시키는 것을 따를 수밖에 없었다. 그래도 염길이 재미 붙인 것이 있다면 그것은 바로 전시 훈련이었다.

태평양전쟁이 막바지로 치닫고 전세가 불리해지자 일본은 지원병제를 실시하여 조선 청년들을 전쟁터에 투입했다. 학생들에게는 적의 공습에 대비하여 사이렌이 울리면 대피하는 것부터 시작하여 여러 가지를 가르쳤다. 어린 학생들이 제식훈련을 마친 후 나무 막대기를 들고 두 줄로 마주 선 채 선생의 지도 아래 검도랍시고 휘두르는 모습은 우스꽝스러웠다.

그러나 염길은 사범학교에서 다 해본 것들이었기 때문에 꼭 누구를 위해서라기보다 학생들이 자기 몸을 단련하도록 하자는 마음으로 열심히 가르쳤다. 그랬더니 그가 사범학교에서 교련 선생에게 칭찬을 들었던 것처럼 이번에는 교감선생이 회의 시간에 염길을 불러 세우고 치하했다.

"시오키치 선생은 당국의 교육 방침을 온몸으로 체득했으며, 학생 지도에 소홀함이 없습니다. 다른 선생님들도 교실 안에서 이루어지는 수업만 중요시하지 말고 시오키치 선생처럼 무사도를 기르는 검도 연습, 그리고 적의 내습에 대비한 군사훈련에도 신경 써주시기를 당부드립니다."

뜻하지 않은 칭찬을 듣고 염길은 얼굴이 화끈거려 자리에 서 있을 수 없을 정도였다. 다른 선생들을 보니 모두 덜익은 감을 씹은 것처럼 떨떠름한 표정이었다.

아무튼 학교에서 신참 선생으로서 해야 할 일이 많아 하루가 어떻게 지나는지 모를 정도로 바빴다. 갑자기 일이 생긴 선배 교사들의 숙직을 대신 서거나 운동회를 대비하여 운동장에 금을 긋고 물품을 챙기는 일, 집단체조를 지도하는 일, 행정 서류를 챙기는 일 등 자질구레한 일은 모두 염길에게 떨어졌다. 그래도 힘들단 내색을 하지 못하고 묵묵히 일할 뿐이었다.

그러던 어느 날 편지 한 통이 도착했다. 발신자를 보니 뜻밖에도 아케미였다. 편지 봉투에 정성껏 눌러 쓴 필체가 아케미의 성격을 보여주는 듯했다. 염길은 갑자기 가슴이 괜히 쿵쾅거리고 얼굴이 빨개져서 편지를 얼른 속주머니에 집어넣었다가 아이들이 자습할 때 펼쳐보았다.


강염길 선생님께.

아침저녁으로 날씨가 제법 쌀쌀해서 창문을 꼭 닫고 솜이불을 꺼내야 될 정도로 계절의 변화가 심합니다. 잘 지내고 계신지요. 저번에 전주에서 우연히 선생님을 만나 이야기를 나누다

보니 떠나온 고향을 떠올릴 수 있어 무척 즐거웠답니다. 전주도 저에겐 타향인지라 그동안 고향 사람을 만나지 못했었는데, 전주역에서 강 선생을 만날 줄 꿈에도 생각하지 못했어요. 아마 선생님도 저와 같은 마음이겠지요.

경성여자사범을 다닐 때는 여간 조심스럽지 않았어요. 경성은 눈 뜨고도 코 베이는 곳이라 반년 가까이 기숙사를 벗어나지 못하고 휴일에도 지방에서 올라온 친구들과 기숙사에서 지냈어요. 어찌나 고향 생각이 나던지 눈물로 밤을 지새운 날도 많았답니다. 집으로 돌아가 강 선생을 만난 일을 이야기했더니 마사토는 좋아서 물 만난 고기처럼 펄쩍펄쩍 뛰고, 어머니도 놀라워하시면서 꼭 한번 전주에 오면 들르라고 신신당부를 했답니다. 그러하오니 전주에 오실 일이 있으면 미리 연락을 주시고 들러주세요. 이만 줄입니다.

아케미 드림.

편지를 받으면 답장을 보내는 것이 예의다. 염길은 국일여관에서 신세 졌던 일이 생각나 조만간 찾아뵙겠다는 내용으로 편지를 보내고 겨울방학에 시간을 내어 아케미를 찾아갔다.

"강 군, 오랜만이네. 이제 어엿한 선생 풍모가 느껴져서 함부로 대하지 못하겠어. 많이 들어요."

히토미는 염길이 자기 집에 머물며 아들 공부를 돌봐준 인연을 소중하게 생각하고 정성껏 차린 음식으로 손님 대접을 했다. 료스케가 살았을 적에 적잖은 돈을 벌어놓아, 남은 가족이 그냥저냥 살기에 큰 어려움은 없어 보였다.

"고맙습니다."

염길이 오니 가장 기분이 좋은 사람은 마사토였다. 누나가 근무하는 풍남국민학교와 전주고보는 길 건너 지척이었지만 집에서나 서로 얼굴을 보는 형편인 데다가, 염길을 어려서부터 형처럼 의지했기 때문에 몇 년 만에 본 것이 너무 좋았다.

"형, 나도 많이 컸지?"

"한창 클 때지. 보통학교 다닐 때 비하면 몰라보게 컸구나."

히토미는 이것저것 먹어보라고 권하며 집안의 안부를 물었다.

"그래, 부모님은 여전히 고창에 잘 계시지요?"

"네. 사람이 살다 보면 뜻하지 않은 일이 생기기도 하는 모양입니다. 저번에 선운사 불상을 도난당한 일이 있었는데 아버지께 소금을 사 간 사람이 연루되어 경찰에 불려간 일이 있었어요. 지금은 다들 잘 계십니다."

"불상?"

"골동품으로 팔아넘기면 큰돈이 된다고 생각해 사찰을 털고 무덤을 도굴하는 사람들이 있는 모양이더군요."

"저런."

염길은 아버지로부터 들었던 일을 소상히 말해주었다. 히토미는 급작스럽게 남편이 세상을 떠나고 나서 불심이 깊어진 모양이었다.

"나도 선운사 불상에 대해 들은 말은 있어요. 선운사 불상 도난 사건은 몇 차례 있었다고 하더군요. 언젠가 도난당한 선운사 금동불상이 일본으로 넘어갔는데, 그것을 사들인 사람의 꿈에 금동보살과 똑같이 생긴 지장보살이 나타나 '나는 본래 조선 전라도 도솔산에 있었다. 지체하지 말고 그곳으로 보내달라'고 꾸짖는 꿈을 꾸었다고 해요. 그 사람은 그저 꿈이려니 생각하고 무시했는데, 계속 같은 꿈을 꾸더니 집안에 우환이 생기고 가세가 기울어 결국 다른 사람에게 불상을 팔았답니다. 새로 불상을 사들인 사람도 같은 일을 겪고 견디다 못해 불상을 선운사에 돌려주었다고 하더군요. 고창에서는 이 일로 인해 영험한 선운사 금동불상을 찾는 불자들이 많이 늘었어요. 그런데 아직도 불상을 도둑질하는 사람들이 있다니, 쯧."

어머니의 말을 듣고 아케미가 끼어들었다.

"설마 그랬으려고."

"애, 말 함부로 하면 안 된다. 실제 선운사에서 도난당한 금동불상이 저절로 돌아왔다니까."

히토미와 아케미는 잠시 입씨름을 벌였다. 히토미는 남편이 세상을 떠난 후에 자식들 뒷바라지하느라고 고창을 떠나 전주에 자리를 잡고 하숙을 치고 있었지만 모든 것이 낯설고 정이 쉬 붙질 않았다. 그러던 차에 염길이 찾아오니 더없이 반갑고 모처럼 집 안에 활기가 도는 것 같아 평소답지 않게 말이 많아졌다.

그렇게 한창 저녁을 먹고 있을 때 밖에서 누군가 부르는 소리가 들렸다.

"누님, 저 왔어요."

카이토였다. 그는 안에서 대답하기도 전에 문을 열고 불쑥 안으로 들어섰다.

"안녕하십니까?"

염길이 얼른 자리에서 일어나 인사를 했다.

"누구?"

카이토는 염길을 알아보지 못하고 머뭇거렸다. 그도 그럴 것이 고창고보생이었을 땐 빡빡 밀어버린 머리를 하고 교복을 입었지만, 지금은 누가 보아도 단정하고 깔끔한 차림새를 갖춘 신사의 모습이었으니까.

"강 군이야, 시오키치."

히토미가 말해주자 그제야 카이토는 표정을 바꾸며 거만한 말투로 물었다.

"여어, 시오키치 많이 변했구나. 여긴 무슨 일로 왔지?"

동생의 말이 따져 묻는 투라고 느꼈는지 히토미가 얼른 말을 가로채서 답했다.

"강 군이 사범학교를 졸업하고 남원 운봉에서 선생으로 있다는구나. 요전에 아케미가 우연히 만났단 이야기를 하기에 초대했더니 오늘 온 거야. 너 저녁 안 먹었으면 같이 먹자꾸나."

카이토는 전부터 염길을 탐탁지 않게 생각하고 있었던지라 퉁명스럽게 말했다.

"아무렴 저녁도 못 먹고 다닐까 봐서요. 지나는 길에 누님 얼굴이나 보고 가려고 들른 겁니다. 얼굴 봤으니 그만 가보렵니다."

그러고 나서 자리에 앉지도 않고 나가버렸다. 누가 보아도 대놓고 염길을 무시하는 처사라 히토미가 따라 나가며 동생을 나무랐다.

"손님이 왔는데 이 무슨 무례한 행동이니?"

"손님? 누가 손님이란 말입니까."

"카이토!"

"누님, 말이 나왔으니 말인데 매형이 왜 죽은 줄 아세요?

조선 놈들이 돈은 돈대로 다 받아먹고 염전 공사를 차일피일 미루는 통에 추운 겨울 바닷바람 쐬며 쫓아다녔기 때문이에요. 그런데 조선 놈을 집 안에 들입니까? 선생이면 선생이지 그 근본이 변하는 것은 아닙니다."

카이토가 염길더러 들으라는 듯 험한 말을 퍼붓자 이번엔 아케미가 발끈하여 나섰다.

"삼촌, 그게 무슨 말이에요? 말 한마디에 그 사람 인품이 묻어난다고 하는데 지금 삼촌이 무슨 말을 하고 있는지나 아세요?"

조카가 날을 세우고 대들다시피 따져 묻자 카이토는 한 발 물러서서 우물거렸다.

"아케미, 내 말은 그게 아니다. 여자들만 있는 집에 낯선 남자를 들이는 것이 좋아 보이지 않아서 하는 말이야."

아케미는 얼굴이 상기된 채로 카이토를 몰아붙였다.

"남자가 왜 없어요? 마사토도 있는데. 삼촌 올 때마다 한 번씩 집이 뒤집어진단 사실만 아세요."

"알았다. 오늘은 바쁜 일이 있어 이만 가보마. 아무튼 너도 나이가 있으니 거류민단에 나쁜 소문 나지 않도록 처신에 조심하란 말이다."

카이토는 말을 마치고 상생정* 유곽으로 가버렸다. 상생정은 전주 북문 밖에 위치해 있었다. 일인들은 상생정에 있는 유곽을 이용하고 조선인들은 반대쪽 남문 부근 대화정에 있는 기생집을 주로 이용했다. 전주에 일이 있어 올라온 일인들은 하룻밤 묵을 때 유곽에 들러보는 것이 몸에 배어 있었다. 때문에 열세 군데 유곽엔 홍등이 꺼질 날이 없었다.

조선인들은 남문을 중심으로 형성된 시장과 전주천에 놓인 싸전다리 아래서 물건을 매매하거나 사람을 만나는 일이 많았다. 전주권번도 남문 부근에 있었다. 권번의 기생들은 요릿집에 나가 노래와 춤을 선보이는 것으로 생계를 유지했다. 그러다 보니 남문 부근의 기생집에서는 밤늦도록 흥청거리는 노랫소리가 들려왔고 한쪽 골목에서는 술값을 가지고 서로 멱살 잡는 일이 벌어지곤 했다.

조선인에 대한 카이토의 반감이 더욱 커진 것은 경성옥에서 문제가 불거져 동업하던 숙치와 서로 다투었던 일 때문이었다.

아케미는 카이토가 옆길 앞에서 불편한 말을 쏟아놓고 가버리자 미안해서 어쩔 줄 모르는 표정이었다. 그도 그럴 것이 외삼촌이 유곽을 하고 있다는 것이 부끄러워 어디 가서 말도 못하는 형편인데, 손님을 앞에 두고 무례한 행동을 하고 갔으니 집안 밑천이 다 드러난 것 같은 기분이었다.

---

* 상생정은 지금의 전주시 완산구 태평동에 있는 중앙시장 부근에 해당한다. 현재는 북문의 성벽이 허물어져 흔적을 찾을 수 없다.

일본에서야 유곽을 하든 말든 크게 흠잡힐 일이 아니지만 조선은 예의범절과 미풍양속을 중시하기 때문에 매사 조심해야 했다. 아케미는 속이 상해 어머니에게 투덜댔다.

"하필 오늘 삼촌이 올 게 뭐람."

히토미도 속이 상해 아무 말도 하지 않고 상을 치우기 시작했다. 염길은 불편해진 자리에 더 있기 힘들어 그만 가보겠노라고 일어섰다.

"저는 괜찮습니다. 오늘 저녁 잘 먹었어요."

히토미와 아케미는 차마 염길을 잡지 못하고 있는데 마사토는 아쉬운 표정이었다.

"형, 벌써 가려고? 예전처럼 나랑 같이 자면 좋은데."

"아니야, 나도 일이 있어서 그만 가봐야 해. 히토미상, 초대해 주셔서 감사합니다."

히토미는 어두운 낯으로 인사를 받고 아케미를 보았다.

"강 선생 좀 배웅해 드리고 오너라."

말을 끝내기 무섭게 아케미가 신발을 신고 염길을 따라나섰다. 밖이 추웠지만 넓은 도로가에 가로등이 있어 어둡지 않았다.

"그만 들어가세요. 날이 쌀쌀합니다."

"괜찮아요. 저 앞까지만 바래다 드리고 갈게요."

아케미는 염길이 고창에서 보았을 때보다 키도 커지고

어깨가 떡 벌어진 것이 듬직하게 느껴져 편안한 기분이 들었다.

"운봉은 지리산에 붙어 있다고 하던데, 지내기는 어때요?"

"지대가 높아서 여기보다 춥습니다. 하지만 산골 인심이 푸근하고 학생들도 착하기 그지없어요. 길이 멀어 그렇지 초임으로 근무하기엔 도회지 학교에 비해 오히려 좋은 점도 많을 거예요."

"하긴, 도회지엔 되바라진 애들도 있지요."

아케미는 학급에서 말썽을 부리는 학생을 떠올리곤 호호 웃었다. 두 사람은 전주부청이 바라보이는 사거리까지 이야기를 나누며 걸었다.

"이제 그만 들어가야겠어요."

"네, 저보다 아케미 양 들어갈 길이 걱정되는군요."

"날마다 걷는 곳인걸요. 방학하면 운봉에 갈 테니 구경 한번 시켜주세요."

아케미는 염길이 뭐라 대답하기 전에 돌아서서 왔던 길로 걸음을 옮기기 시작했다. 아마 저 사람은 내가 사라질 때까지 멈추어 서서 나를 지켜보겠지, 하고 아케미는 생각했다. 그러자 평소 어둡고 무섭게 느껴졌던 길이 전혀 두렵지 않고 밝아 보였다. 아케미의 생각대로 염길은 그녀가 골목을 돌아 모습을 감추고서야 발걸음을 뗐다.

# 7. 불령선인(不逞鮮人)

전주부청 벽면에 붙은 '供米報國 臣道實踐'라고 적힌 플래카드가 바람에 퍼덕이고 있었다. 쌀을 바쳐 나라에 보답하고 천황의 신하 된 도리를 실천하자는 뜻이었다. 전쟁터로 보낼 쌀이 부족해서 일선 행정기관에 공출을 독려하던 시절이었다.

모양구락부 사무실에서 숙치는 추운 날씨에 창문도 열지 않고 담배만 뻑뻑 피워대는 날이 많았다. 동업할 때는 카이토가 일인들의 술주정을 도맡아 해결해 주었는데 혼자 경성옥을 운영하려니 성가신 일이 한두 개가 아니었던 것이다.

처음에는 사업이 순탄하게 흘러가는 듯싶더니만 채 반년도 지나지 않아 문제가 불거지고 말았다.

카이토는 자신이 사업을 구상하고 조선에서 구하기 힘든 게이샤를 데려왔으며 경성옥에서 거의 살다시피 하며 살림을 챙기고 있으니 수입을 반씩 나누는 것에 불만이 있었다.

하지만 숙치는 경성옥을 마련하고 주방 찬모는 물론 소리꾼과 기생을 구해 들인 데다, 일인들보다 조선 사람들이 많이 찾는 만큼 오히려 자신이 수입을 더 많이 가져야 한다고 생각했다. 고창은 그리 넓지 않은 고장이라 거주하는 일인들 수가 적어 경성옥을 찾는 손님 중엔 조선인들이 많았다. 그런데 손님이 많이 오든 적게 오든 숙치에게 돌아오는 돈은 항상 일정했다. 그는 언제고 한번 카이토에게 따져볼 생각으로 기회를 노리고 있었다. 연말이 되자 경성옥에서 여러 모임이 개최되고 숙치가 따로 유지들의 회합을 세 차례나 유치하여, 북을 치는 판석의 손가락에 피가 나고 기생들의 목이 쉴 지경이 되었다.

수입을 결산하는 날 숙치는 카이토와 작은 술상을 마주하고 앉았다.

"김상, 우리 두 사람이 힘을 합치니 사업이 날로 번창하고 고창 돈을 다 쓸어 담는 것 같소이다."

카이토는 돈을 나누고 기분이 좋아 껄껄 웃었다. 숙치가 돈을 받아보니 이번에도 저번 달과 액수가 같았다.

"아니, 항상 수입이 같을 수는 없을 텐데 왜 내가 받는 돈은 일정하오?"

숙치가 정색을 하고 묻자 카이토는 무슨 말인지 알겠다

는 투로,

"그거야 경비를 제하고 남은 돈을 나누니까 그렇지요."

대수롭지 않게 말하였다.

"내 말은 그게 아니라 연말에 자리가 없을 정도로 손님이 많았는데 왜 이것만 주느냐 이 말이올시다."

숙치가 따져 묻자 카이토는 얼굴빛을 바꾸고 되레 역정을 냈다.

"지금 나에게 따지는 겁니까? 애당초 사업을 시작하자고 말한 사람이 누구입니까. 바로 나올시다. 이런 사업을 하다 보면 경찰과 좋은 관계를 유지해야 하고 지역 기관장이나 유지들을 구워삶아야 한다는 것쯤 김상도 잘 알 텐데, 무슨 뚱딴지같은 소리를 하는지 모르겠소. 지금은 비상한 전시 체제라 쌀 구하기가 어렵고 기관의 눈치를 봐야 하는 시절입니다. 이런 시국에 연신 풍악을 울리는 요릿집을 아무 탈 없이 운영한다는 것이 어디 쉬운 일인 줄 아십니까? 게다가 나는 경성옥에서 상주하면서 일을 보고 있지 않습니까. 그런데 어찌 똑같이 나눌 수 있단 말이오."

"처음에 동업할 때 경비를 제하고 반씩 나누기로 했던 것을 잊었소?"

"참 답답하시네. 사정이 변경되어 경비가 많이 지출되고 있다는 말을 내가 했잖습니까. 사실 나도 김상에게 일정한 액수를 드리고 나면 남는 게 별로 없어요. 김상이야 가끔 들러보는 격이지만 나는 아침부터 늦은 밤까지 눈코 뜰 새 없이 바쁘다 이 말입니다."

"그럼 나는 놀고 다녔다 그 말이외까?"

숙치는 자기도 모르게 목소리를 높였다.

"사실이 그렇지 않소."

"제삿술 가지고 친구 사귄다더니 꼭 그 짝이구먼. 남의 공으로 생색을 내다니. 찾는 손님 대부분이 조선인들이고 소리청에서 불려온 소리꾼들 목이 쉬다 못해 피가 넘어올 지경인데, 카이토상은 이런 사정을 알고나 하는 말이오?"

숙치의 말에 카이토 또한 기분이 상해 버럭 소리를 질렀다.

"호토케노 가오모 산도마데(仏の顔も三度まで)!"

부처님 얼굴도 세 번까지란 일본 속담으로, 지금 자신이 많이 참아주고 있다는 뜻이었다. 이 말뜻을 모를 리 없는 숙치가,

"갖다 붙인다고 다 말이 되는 것은 아니요."

라고 빈정거리자 카이토가 당장이라도 술상을 뒤집기라도 할 것처럼 벌떡 일어섰다.

"마누케메(まぬけ目)."

얼간이란 말을 듣고 가만있을 숙치가 아니었다.

"뭐가 어쩌고 어째?"

두 사람은 순식간에 서로 멱살을 움켜잡고 힘겨루기를 하기 시작했다. 어려서부터 유도를 배운 카이토는 쉽게 상대를 넘겨버릴 수 있겠다고 생각했지만 마음대로 되지 않았다. 숙치도 한 덩치 하는 데다 씨름판에 나가면 상대가 없을 정도로 완력이 좋고, 싸움이라면 마다해 본 적이 없었다. 방 안에서 와당탕 소리가 나고 소란이 일자 일하던 사람들이 우르르 몰려와 간신히 두 사람을 떼어놓았지만, 이미 술이 들어가서 얼큰해진 터라 둘은 계속 상대를 향해 돌진하길 반복했다.

"애당초 조선 놈하고는 사업을 같이하는 것이 아니었다. 기껏 사업을 일으켜 주었더니, 뭐? 왜 돈을 그것밖에 주지 않느냐고? 에라이, 순 날강도 같은 놈아."

카이토가 욕설을 퍼부으면,

"이런 호로새끼를 봤나. 이 경성옥을 찾는 손님 대부분이 조선 사람인 것을 여기 있는 이들 모두가 알고 있거늘 어디서 흰소린가. 네놈이 이러고도 고창에서 발붙이고 살 성싶으냐!"

숙치 또한 지지 않고 되받아 주었다. 이 일로 인해 두 사람의 동업 관계는 완전히 틀어지고 말았다.

이튿날 술이 깨고 카이토가 곰곰이 생각해 보니 숙치의

말이 모두 틀린 것은 아니었다. 만일 혼자 사업을 운영한다면 여러모로 무리가 있을 것으로 보였다. 일인들만 상대한다면 모를까, 손님 대다수가 조선인인 마당에 술 시중드는 여자들과 소리청 소리꾼까지 모두 사라지면 장사를 접어야 할지도 몰랐다. 며칠 동안 끙끙거리며 고민하던 카이토는 한발 물러서 숙치를 설득하기로 마음먹었다.

그는 두툼한 돈 뭉치를 챙겨 숙치를 찾아갔다.

"김상, 먼젓번엔 미안하게 됐소이다."

그는 사과하며 넌지시 돈 뭉치를 내밀었다. 하지만 숙치는 한번 마음이 돌아서면 그걸로 끝을 보는 성격이라 카이토 얼굴도 보기 싫었다.

"이게 무슨 돈이오?"

"허허, 김상, 그만 화를 푸세요. 지금까지 우리 둘이 잘 지내오지 않았습니까. 비 온 뒤에 땅 굳는다는 말처럼 우리가 힘을 합치면 앞으로 좋은 일이 많을 것입니다. 이 돈은 그동안 내가 김상을 섭섭하게 한 것 같아 사과하는 의미로 가져왔으니 받아두세요."

카이토는 속이 뒤집히는 것 같았지만 꾹 참고 숙치의 마음을 달랬다.

"필요 없으니 갖고 가시오. 동업은 끝났으니 경성옥을 정리해서 깨끗이 정산합시다."

숙치의 완강한 태도에 카이토는 어쩔 수 없이 돈을 챙겨 나올 수밖에 없었다. 그래도 그는 경성옥을 포기하지 못하고 정리를 차일피일 미루다가, 료스케가 덜컥 죽고 누나가 전주로 옮겨 갈 기미를 보이자 잘됐다 싶어 정산에 나섰다. 이참에 고창보다 큰 전주로 나가 유곽을 해볼 생각이 들었던 것이다. 카이토는 숙치에게 다시금 찾아가,

"좋소. 내가 양보하겠습니다. 사실 정산이랄 것도 없는데, 지금 남아 있는 돈에서 내 수고비 정도만 갖고 나머지는 모두 김상에게 드리겠으니 삶아 먹든 구워 먹든 알아서 하시오."

라고 선심 쓰듯 제안했다. 말하자면 경성옥에 딸린 사람들의 인건비, 재료비, 그리고 건물 임대료 등에 관한 모든 처리를 숙치에게 일임하고 자기는 돈을 적당히 챙겨 빠지겠다는 말이었다. 숙치가 이것을 모를 리 없었다.

"무슨 말을 그리하십니까. 그동안 카이토상이 가져간 돈이 얼마인데. 정산하는 마당에 몸을 쏙 빼고 뒤치다꺼리를 나에게 맡기면 안 되지요. 이번 달은 장사를 하지 못해 나눌 것도 없지만 그래도 게이샤들 굶어 죽게 만들 수는 없으니, 어디 가서 두어 달 생활할 수 있는 여비 정도는 내가 챙겨주겠소. 하지만 카이토상이 가져갈 수고비 따위는 없으니 한 푼도 가져갈 생각 마시오."

"말도 안 되는 소리."

"그렇다면 내가 카이토상 대신 수고비를 받고 빠질 테니 혼자 이 사업을 해볼 테요?"

숙치의 말에 카이토는 선뜻 대답하지 못했다. 이미 전주로 옮겨 가기로 마음먹은 터, 고창에서 계속 요릿집을 하고 싶지 않았다. 숙치가 빠진다면 그가 데려온 소리꾼과 기생들도 모두 가버릴 텐데 어디에서 그만한 사람들을 구해 온단 말인가. 도저히 자신 없는 일이었다. 생각이 여기에 미치자 카이토의 태도가 갑자기 공손해졌다.

"김상, 우리 사이에 그 무슨 섭섭한 소리를 하십니까. 일은 처음보다 끝이 좋아야 하는 법이오. 앞으로 나는 고창에 얼씬도 하지 않을 테니 다른 곳에서 자리를 잡을 수 있도록 조금만 신경 써주시오."

카이토가 이렇게 나오자 숙치도 그동안의 정을 생각해서 야멸차게 굴 수 없었다.

"한번 생각해 봅시다."

며칠 후 두 사람은 다시 모양구락부에서 만나 계약서를 쓰고 상황을 깨끗하게 정리하였다. 그간 카이토가 경성옥에 상주하며 일한 공로를 인정하고 거기에 게이샤들 몫까지 더해, 적잖은 돈을 받고 동업 관계를 끝낸 것이다. 이제 경성옥 운영에 관한 일체의 권한과 책임은 숙치가 떠안게 되었다.

일이 이렇게 되고 카이토 없이 경성옥을 운영하자니 숙
치는 아쉬운 구석이 한둘이 아니었다. 일인 유녀가 없는 경
성옥엔 일본인들의 발길이 뜸해졌다. 간혹 게이샤를 어서
들이라고 술주정하는 사람이 있을 땐 그것을 중재해 줬던
카이토 생각이 났다. 그야말로 나간 머슴이 일은 잘했다는
생각이 들어 그를 다시 불러오고 싶은 심정이었다. 하지만
이미 관계를 정리한 마당에 고창을 떠나버린 카이토를 어
떻게 데려온단 말인가. 죽든 살든 숙치 혼자 모든 것을 헤
쳐 나가야 했다.

어제도 취객으로 인해 경성옥이 떠들썩해진 일이 있었
다. 일인 손님 중 두 사람이 춤추고 노래하는 송화와 월향
을 보고는 색정을 억누르지 못해 덥석 끌어안고 말았던 것
이다. 깜짝 놀란 기생들이 소리를 지르자 그것이 더욱 욕정
을 자극한 모양이었다.

"흐흐흐, 요년들 앙큼 떠는 것 좀 봐라. 오늘 밤 내가 너
에게 환락이 무엇인지 알게 해주마."

일인 손님이 웃음을 흘리면서 입고 있던 유카타를 벗어
던지고 어린 월향에게 입을 맞추었다. 월향은 남자의 억센
손아귀를 빠져나가지 못하고 고개를 도리질할 뿐이었고, 송

화는 또 다른 손님에 의해 치마가 걷어 올려져 속곳이 훤히 드러났다. 이때 판석은 한바탕 북을 친 후 기생들이 춤을 출 동안 수련에게 장구를 맡기고 밖으로 나와 담배를 태우고 있었는데, 비명과 함께 안에서 자신을 찾는 소리를 들었다.

"꺄악, 선생님!"

판석은 담배를 집어 던지고 방으로 뛰어 들어갔다.

"아니!"

일인 한 명이 송화의 속곳을 벗기느라 끙끙댔고, 다른 놈은 말리는 수련의 뺨을 사정없이 후려치고 있었다.

"이 짐승만도 못한 놈들아!"

판석은 눈에 불이 돋아 방 안이 쩌렁쩌렁 울리도록 호통을 치곤 한 명씩 잡아 주먹을 날렸다. 판석에게 얼굴을 얻어맞은 두 놈이 데굴데굴 굴러 방구석으로 푹 처박혔다. 소란이 일자 사람들이 달려왔다. 더는 싸움이 벌어지지 않았지만 얻어맞은 일인들이 가만있을 리 만무했다. 그들은 경찰서로 쫓아가 폭행을 당했노라 신고하였고 잠시 후 순사들이 나와 판석을 체포해 가고 말았다. 숙치가 소식을 듣고 경찰서로 쫓아갔을 때 안면 있는 사법 주임이 뜻밖의 소리를 하였다.

"김 사장, 평소 같으면 이런 일쯤이야 합의금 몇 푼 쥐여 주고 해결할 수 있지만 이번 일은 쉽지 않겠소."

"그게 무슨 말씀입니까?"

숙치의 물음에 주임은 서류 몇 장을 보여주었다.

"정판석 이 자는 후테이센징입니다."

"네?"

"불령선인(不逞鮮人)*이란 말이올시다. 놈은 경성에서 불온한 무리와 어울려 가칭 독립운동을 하다 당국에 체포된 전적이 있습니다. 어쩌다 이놈이 여기까지 흘러왔는지는 잘 모르겠으나 만일 여죄가 드러난다면 김 사장도 곤란하게 될 수 있어요. 거참."

숙치는 사법 주임의 말을 듣고 깜짝 놀랐다. 그저 소리를 쫓아 전국을 다니는 사람으로 알았는데 그가 불령선인이라니.

숙치는 큰 근심을 안고 소리청으로 수련을 찾아갔다.

"그대도 정 선생이 운동하던 사람이란 것을 알고 있었는가?"

"쇤네는 몰랐습니다. 처음 듣는 소리구먼요."

"어허, 경찰이 여죄를 추궁한다고 하는데 만일 무슨 건수라도 잡으면 큰일일세."

수련은 한숨을 푹 내쉬고 숙치에게 매달렸다.

---

* 불온하고 불량한 조선 사람이라는 뜻으로, 일제강점기 당시 일본 제국이 자신들에게 반대하는 조선인을 지칭한 용어.

"사장님. 제가 알고 있는 한 정 선생은 여태껏 다른 눈치를 보인 적 없습니다. 그러니 부디 풀려날 수 있도록 힘써 주십시오."

"내 집에서 일어난 일인데 어찌 모른 척할 수 있겠는가. 사방으로 연줄을 넣어볼 테니 너무 걱정 마시게."

숙치의 말을 듣고 수련은 마음을 조금 놓았다. 숙치는 얻어맞은 일인들을 찾아가 합의하고 인맥을 모두 동원하여 판석이 풀려날 수 있도록 부지런히 뛰어다녔다.


그동안 판석은 경찰서에서 모진 취조를 받고 있었다. 형사들이 판석을 묶어놓고 기절할 때까지 몽둥이질을 하였고, 깨어나면 또 등줄기가 터지도록 채찍질을 가했다.

"좋은 말로 할 때 불어. 네놈의 전적을 알고 있는데 어디서 거짓말이냐. 무슨 목적을 띠고 고창으로 잠입했는지 어서 말하란 말이야."

형사들은 얼굴에서 피와 콧물이 주르르 흘러내리는 판석을 다그쳤다.

"억울합니다. 젊었을 때 있었던 일을 왜 중늙은이에게 따져 물으시는 겁니까. 난 소리 공부하는 사람에 불과하고 이번 일은 취객들이 우리 아이들을 겁탈하려고 했기 때문에 그것을 막다가 벌어진 일일 뿐, 다른 것과는 관계도 없고 일절 모르오."

"이놈 이거 아주 악질이군. 이번에 정신이 번쩍 들도록
해주지."

형사는 조용했던 고창에서 사상범을 잡았다는 것에 고무
되어 모처럼 능력을 발휘해 볼 요량으로 사흘 동안 잠을 재
우지 않고 온갖 고문을 동원해서 판석을 괴롭혔다. 그러니
판석의 입에서는 새로운 사실이 나오지 않았고 억울하다
고만 할 뿐이라, 이러다가는 정말 송장 치우지 않을까 내심
걱정되기도 했다.

조사가 난항을 겪고 있을 때 숙치는 사법 주임을 조용한
다방으로 불러냈다.

"주임님. 뭐 나온 게 있습니까?"

"아직 없어요. 워낙 독종이라 쉽게 불지 않는다고 합니다."

"그렇다면 정판석이 과거와 달리 지금은 소리꾼에 불과
하다는 말도 될 수 있겠군요. 나도 여기저기 알 만한 사람
들을 만나 물어보니 되레 깜짝 놀라더이다. 전혀 수상한 행
동을 보인 적 없고 오로지 소리 공부에만 전념해 온 사람이
라고."

"으흠, 나도 김 사장 말에 어느 정도 동의하지만 한번 사
상으로 엮이면 벗어나기가 쉽지 않아요."

사법 주임의 말에 숙치는 호주머니 속에서 두툼한 봉투

224

를 꺼내 재빠르게 쥐여주었다.

"제 성의니 넣어두세요. 제가 데리고 있던 사람을 모른 체할 수 없어 주임님께 부탁드립니다. 윗분들에게 잘 말씀 드려서 이 정도로 끝내주시면 감사하겠습니다. 언제 경성 옥에 한번 오세요."

"뭘 이렇게까지."

사법 주임은 봉투를 챙기고 너무 걱정하지 말라는 말을 해주었다. 그가 힘을 썼는지는 몰라도 나흘째 되던 날 판 석은 겨우 경찰서 문을 나설 수 있었다. 숙치는 판석이 풀 려나 소리청에 있다는 말을 듣고 가보았는데, 사람 꼴이 아 니었다. 얼굴에 피멍이 들어 있고 등은 쩍쩍 갈라져 반듯이 눕지 못하고 옆으로 겨우 새우잠을 자듯 쓰러져 웅크리고 있었다. 그는 숙치를 보자 눈물을 주르르 흘리면서 연신 일 어나려고 몸을 허우적댔다.

"사장님, 고맙습니다. 이번에 정말 황천길 가는 줄 알았 습니다."

"그냥 있으시오. 그저 당연히 해야 할 일을 했을 뿐. 선생 이 고초를 많이 겪으셨소. 나는 선생이 사상범으로 투옥된 적이 있다는 것을 까마득히 모르고 소리꾼으로만 알고 있 었는데."

"한때 그런 생각을 가지고 있었지요. 동지들은 잡혀가 옥살이를 하다 죽고, 나와서는 반병신으로 사람 구실 못하는데 그래도 나는 다행입니다. 이렇게 동리 선생의 집에 와서 마음껏 공부할 수 있었으니 이만하면 천복을 누렸다고 생각합니다."

"몸조리 잘하고 어서 자리를 털고 일어나야지요."

그러나 판석은 눈물을 닦으며 그만 고창을 떠나겠다는 뜻을 밝혔다.

"몸이 나아도 여기에 있기는 힘들 것 같습니다. 이미 경찰에 붙잡혀 불령선인으로 밝혀졌는데 경성옥에 계속 나가면 아마 사장님 처지가 곤란해질 겁니다. 제가 없어도 수련이 있으니 걱정 없지요. 혹시 사람이 더 필요하면 영모재에 말해 적당한 사람을 보내달라고 하십시오."

"무슨 말을 그렇게 하시오. 마땅히 갈 곳을 정해둔 것도 아닐 텐데 어디로 간단 말입니까?"

"나라 잃은 백성이 무슨 영화를 바라겠습니까. 이 나이 먹고 보니 덜미에 사잣밥을 짊어진 처지라 어느 골에 엎어져 죽더라도 남길 만한 후회도 없습니다. 깊은 산으로 들어가 못다 한 소리 공부나 원 없이 해보렵니다."

판석의 뜻이 완고하여 숙치는 더 말릴 수가 없었다.

일주일쯤 지나고 몸이 어느 정도 회복되자 판석은 바깥으로 나가 몇 걸음씩 걸어보더니, 달포쯤엔 휘적휘적 걸어

다닐 정도가 되어 모양구락부를 찾아왔다. 그는 오소리 굴처럼 담배 연기가 자욱한 사무실 문을 열고 손으로 연기를 헤치는 시늉을 하며 안으로 들어섰다.

"어휴, 무슨 담배를 이리 피우십니까?"

숙치는 피고 있던 담배를 재떨이에 비벼 끄고 너털웃음을 짓는 판석을 반갑게 맞이했다.

"어서 오십시오. 벌써 이렇게 나다녀도 괜찮습니까?"

"덕분에 이제 금강산 유람을 다녀와도 될 정도로 회복됐습니다. 전에 말씀드린 것처럼 몸이 웬만하니 인사를 드리고자 찾아왔습니다."

"어디로 갈 생각이오?"

"아직 멀리 갈 수는 없고 지리산 기슭에 있는 송만갑 선생 자취를 더듬어볼 요량입니다. 그 제자 박초월이 운봉에 산다고 하니 가서 동편제 가락을 익힐 수 있을 겁니다."

"선생 말을 들으니 여기에 잡아두긴 어렵겠구려."

숙치는 금고를 열고 돈을 꺼내 판석에게 건네주었다.

"아니, 이렇게나 많은 돈을."

"사양 말고 받아두시오. 여기서는 소리청에 묵을 수 있었지만 이제 집도 절도 없는 처지일 테니 한 발 움직일 때마다 돈이 들어갈 게 아니겠습니까. 그동안 선생 덕분에 귀명창이 되려나 했는데 이렇게 떠난다고 하니 섭섭하기 그지

없습니다. 제 마음이니 받아두시고 행여 이곳을 지날 일이 있으면 꺼리지 말고 꼭 찾아주십시오."

판석은 몇 번 뿌리치다가 더 사양하지 못해 돈을 받아들곤 허리를 숙여 작별 인사를 하였다.

그가 떠나자 소리청이 쓸쓸해진 듯하여 송화와 월향은 마음을 잡지 못하고 먼 산을 바라보기 일쑤였다. 그동안 판석이 든든한 버팀목이 되어주었는데 그가 없고 보니 마음 한구석이 뚫린 것처럼 휑하고 찬바람이 지나는 것 같았다. 아이들이 좀처럼 마음을 잡지 못하고 허둥대자 수련이 그들을 불러 앉혀놓고 나무랐다.

"정 선생이 당부했던 말을 벌써 잊었느냐? 모양성 아래서 소리 공부하는 것만 해도 감지덕지할 일인데 그리 풀죽은 모습을 보이다니. 마음이 흔들비쭉이면 아무것도 못하느니라. 사람은 인연이 닿으면 죽기 전에 어느 때고 만날 날이 있는 법이다."

"네."

정판석이 취객들과 싸운 일이 있은 후 숙치는 경성옥에 각별한 관심을 기울였다. 행여 취한 사람들이 기생들을 희롱하다 또 불미스러운 일이 생길까 걱정되었던 것이다. 덕분에 수련이 송화와 월향을 데리고 경성옥에 가서 노래하고 춤을 추어도 더는 말썽이 일어나지 않았다.

# 8. 한여름 밤

1944년, 염길의 친구 김동수는 보성전문학교 법과를 졸업 후 조선변호사시험을 준비하고 있었고, 경성상업고등학교로 진학한 박학준은 조선저축은행에 취업했으며 최승근은 아직 이리농림학교를 다니고 있었다. 이리농림학교는 5년제라 승근은 친구들이 학교를 졸업하고 사회로 진출하는 것을 부러운 눈길로 바라보며 묵묵히 학업을 계속하였다.

동수가 다닌 보성전문학교는 경성 안암동에, 학준이 다닌 경성고상은 종암동에 있어 거리가 가까웠다. 두 친구는 타향에서 자연스레 만나 흉금을 털어놓고 낯선 서울 생활의 애환을 나누곤 했다. 그러던 어느 날 학준이 공부에 지친 동수를 위로하고자 불러냈다.

"시험 준비는 잘 되어가나?"

"어렵다. 졸업하고 처음 보는 시험인데 바로 합격하면 천재 소리를 듣겠지."

"천하의 김동수가 조선변호사시험을 합격하지 못하면 그것이 바로 경천동지할 일이다."

학준은 공부하느라고 핼쑥해진 동수를 위로했다. 동수는 그동안 술이 무척 먹고 싶었던 모양으로, 밥은 먹지 않고 연신 술잔을 기울였다. 연거푸 두 잔을 들이켜고 또 잔을 내밀면서 부러운 눈빛으로 말했다.

"너는 들어가기 힘들다는 조선저축은행에 보란 듯이 취업했구나. 거긴 거의 일인들만 뽑는다고 하던데."

"운이 좋았던 거지."

"아니야. 경성고상이 어디 보통학교냐. 거기서 일인들을 제치고 항상 상위권을 유지했으니 네가 조선은행을 가도 뭐랄 사람 없을 거야."

동수 말이 전혀 틀린 것은 아니었다. 경성고상에 재직하는 선생 중엔 조선어 선생 한 명만 조선인이고 나머지는 모두 일본인이었으며, 재학생들도 9할은 일본인이었다. 전문학교 수준의 교육을 하기 때문에 졸업하면 조선은행, 식산은행, 조선저축은행, 관공서로 취업해 나갔으며 금융조합쯤은 우습게 알 정도였다.

소 장수인 학준의 아버지는 아들이 조선저축은행에 들어가자 입이 귀에 걸리고 어깨에 힘이 잔뜩 들어갔다. 그는 일부러 사람 많은 곳을 골라 다니면서 아는 사람을 만나면 아들 중매 좀 서달라고 부탁하며 아주 대놓고 자랑을 하였다.

"허허, 자식 자랑하믄 바보라고 하지만 농사 중에 제일 중한 것이 자식 농사 아닌가. 이만하믄 소 장수 아비가 춤출 일이여, 암. 인자 어떤 놈이 날 괄시하겠냐고. 웃흠."

그것을 보다 못해 사람들은 혀를 내둘렀다.

"잘하믄 송아지를 업고 댕기겄네잉."

학준은 아버지가 크게 기뻐하는 것을 보고 처음엔 효도했다고 뿌듯하게 생각했지만, 아버지의 자랑이 거듭되다 보니 나중에는 부담스럽게 느껴졌다. 오늘 동수에게 칭찬을 듣는 것도 쑥스럽긴 마찬가지여서 얼른 화제를 돌렸다.

"너무 추켜세우지 마라. 그나저나 염길은 선생이 되었고, 승근은 문학을 좋아했는데 농림학교에서 아직도 공부하고 있으려니 미칠 지경이겠다. 그놈."

"나 같으면 죽인다 해도 못 할 텐데 승근이는 잘 버티고 있는 셈이지. 아무튼 졸업하기만 하면 관공서로 가든지 학교 선생을 하든지 길이 열려 있으니 취직하기 어려운 조선 땅에서 얼마나 대단한 일이냐."

"아무래도 승근이는 삼양사 농장으로 가기가 쉬울 거야."

학준은 어느새 비어버린 술잔을 채워주며 동수에게 넌지시 물어보았다.

"동수야, 너처럼 활달한 사람이 시험 준비하느라 애쓴다.

난 네가 법과를 간다고 할 때 변호사시험까지 볼 줄은 생각하지 못했다. 뜬금없이 변호사시험을 준비하게 된 이유가 따로 있지?"

"나는 하루빨리 사회로 진출하고 싶었어. 보성전문 간판을 가지면 웬만한 회사에 들어갈 수 있다. 고향으로 내려가 학교 선생을 하거나. 군청이든 부청이든 취직은 어렵지 않으니까."

동수는 앞에 놓인 안주를 우물우물 씹으며 말을 이었다.

"그런데 말이다. 나라 잃은 백성이 제 한 몸 살고자 민족의 어려움을 모른 체한다는 건 도저히 용납할 수 없었다. 가인 김병로 선생이 강의할 때 학생들에게 해주었던 말씀을 전해 듣고 생각을 바꾸게 된 거야."

"한번 들어보자."

"가인이 조선 변호사가 되려고 했던 이유는, 첫째로 조선 민중을 탄압하는 경찰도 변호사라면 함부로 폭행이나 구금을 하기 어렵고, 둘째로 그 수입으로 사회의 눈을 밝히는 운동자금에 충당할 수 있으며, 셋째로 공법 개정을 통해서 정치투쟁을 전개하는 것이 약자인 우리에게 무기가 될 수 있다고 생각했기 때문이야. 내가 비록 능력은 없지만 지금 시험 준비에 열중하고 있는 것은 가인의 뜻을 따르기 위함이다."

동수의 말을 듣고 학준은 문득 부끄러운 생각이 들었다. 자기는 조선저축은행에 입사했다고 어깨를 으쓱거렸는데, 동수는 편한 길을 놔두고 더 큰 뜻을 위해 각고의 노력을 기울이고 있지 않은가.

"너를 보니 내가 초라하게 느껴지는구나."

"왜?"

"네가 가인 선생의 뒤를 쫓는 것은 제 한 몸 입신양명을 위해서라기보다 식민지 백성으로서의 한계를 뛰어넘어 무언가 큰일을 해보고자 함이 아니냐. 반면 나는 일본을 위한 은행에서 일하고 있으니."

학준이 풀 죽은 목소리로 말하자 동수는 그게 무슨 말이냐는 투로 손을 내저었다.

"그런 소리 마라. 일본이 조선을 합병할 수 있었던 것은 우리가 그들만큼 근대문명을 빨리 받아들이지 못했기 때문이라고 본다. 한마디로 자본이 부족했지. 그러다 보니 철도 건설에 외국의 손을 빌려야 했고, 군대를 양성하는 것은 물론 학교 설립도 제대로 할 수 없었어. 어디 그것뿐이냐. 근대적 금융 지식이 부족하고 은행이 없으니 저들 차관을 빌려 쓸 수밖에. 결국은 돈이 문제야. 그런데 네가 조선저축은행에 들어가서 자본의 흐름을 파악하고 경제를 몸으로 익힌다면 어느 때든지 우리 민족을 위해 쓰임이 되지 않겠냐. 부지런히 일하고 실무를 배우는 것이 곧 조선을 위한 길이라고 생각한다."

동수는 학준을 위로해 주고 안주를 질겅질겅 씹으며 말을 이어갔다.

"가인 선생의 뒤를 따른다는 것이 말은 그럴싸하지만, 겨우 열 명 남짓 합격자를 내는 시험이라 걱정이야. 평균 합격자 수가 일곱 명이라니 말 다했지 뭐. 그중 절반은 경성법학전문 출신이니, 그 나머지 자리를 두고 경쟁하는 것이거든."

동수의 말처럼 조선변호사시험은 최고로 어려운 시험이라 해도 과언이 아니었다. 경성제대, 관공립사립대학, 전문대학 졸업자들이 모여들어 합격 경쟁률이 보통 30:1이었다. 학준은 동수의 말을 듣고 변호사시험 합격이 정말 낙타가 바늘귀를 통과하는 것만큼 어려운 일로 보여 침울한 기분이 들었다.

"그래도 기왕 시작했으니 힘내자."

"첫술에 배부를 수 있나. 올해는 시험장 분위기를 익히고 내년에는 꼭 합격해야지. 너무 걱정하지 마라."

둘은 모처럼 배부르게 저녁을 먹고 거나하게 취했다.

*

염길의 친구이자 모릿등 이웃 장 영감의 아들인 장필석
은 힘든 정도에 비해 수입이 적은 이 일을 계속해야 할지 여
전히 의문을 품고 있었다. 물론 염부로 평생 소금을 구워온
아버지는 오로지 할 줄 아는 게 그것밖에 없고, 농토도 없어
다른 일은 할 수 없는 형편이었지만 필석은 무거운 소금물
지게를 지는 일이 싫어서 아버지와 다투는 일이 많았다.

오늘 아침에도 필석은 소금물을 져다가 솥에 부을 때 몸
이 기우뚱거려 절반이나 바깥에 쏟고 말았다.

"어허, 이 썩어 자빠질 놈이 정신을 어따 팔고 일하는 겨?
시방 네가 정신이 있냐 없냐. 쎄빠지게 섯구덩이 파서 맨든
소금물인디 그렇게 쏟아버리믄 그동안 수고한 노력이 모두
헛고생이 되야분다 이 말이여!"

장 영감은 반찬 먹은 고양이 잡도리하듯 호되게 야단을
쳤다. 그렇지 않아도 일하기 싫어 미칠 지경이었던 필석은
화가 머리끝까지 치솟아 물지게를 내동댕이쳤다.

"이까짓 거 안 하믄 그만 아니요. 아부지께 난 귀한 자식
이 아닌갑소잉. 남들은 자식이 행여 염부 될까 싶어 뭐라도
살 방도를 마련해 줄라고 야단인디 아부지는 왜 맨날 나한
티 물지게를 져라, 불을 봐라, 솥을 잘 저어라, 나무 들여라,

235

못 잡아먹어서 이 난리인 게라. 누군 하고 싶어서 하는 줄 아시는가 본디 난 이딴 염부질 더 이상 못 해 묵겠소."

지금까지 시키는 일을 고분고분 해오던 필석이 고래고래 소리를 질렀다. 장 영감은 얼이 빠진 듯 아무 말 못 하고 그저 입만 달싹거릴 뿐이었다.

"저, 저, 저런."

아들이 벌막을 뛰쳐나가 버리자 우두커니 서 있던 장영감은 겨우 정신을 차리고 흥건하게 젖어버린 바닥에 주저앉았다. 그리고 허리춤을 뒤져 담배를 꺼내 덜덜 떨리는 손으로 곰방대를 겨우 채웠다.

뛰쳐나간 필석은 마침 밤새 노름을 하다가 집으로 돌아오던 장 영감의 동생 장석우와 마주쳤다.

"너, 일 안 하고 어디 가는 게냐?"

"작은아버지는 여태 어디 계시다 이제 온단 말입니까?"

따져 묻는 모양새가 심히 불량스럽게 보여 석우는 대뜸 필석의 멱살을 콱 움켜잡았다. 그렇지 않아도 돈을 잃어 심통이 나 있는데 조카 놈이 아침부터 뻣뻣하게 대드니 불같은 화가 치솟았던 것이다.

"뭐가 어쩌고 어째? 다시 한번 말해보거라, 이놈."

이제 필석은 눈에 보이는 게 없었다.

"왜, 내가 틀린 말 했소? 딸 팔아묵은 돈 가지고 노름판

을 풀 방구리에 쥐 드나들듯 하는 것을 사람들이 얼마나 비
웃는지 생각이나 좀 해보셨는가 이 말씀이요."

"이놈의 자식이."

석우는 밤새 화투장을 뒤집던 손을 들어 필석의 뺨을 철
썩 내리쳤다. 하지만 필석도 예전의 어린아이가 아니었다.
지금은 어깨가 떡 벌어진 장정이고 한창 힘쓸 나이인지라
삼촌을 와락 밀쳐버렸다. 석우는 그만 엉덩방아를 찧고 말
았다.

"에잇!"

필석은 차마 더 이상 삼촌을 어떻게 하지는 못하고 눈에
띄는 물통을 걷어찼다. 물통은 데굴데굴 굴러 한쪽 구석에
처박혔다. 석우는 어안이 벙벙해서 눈을 껌벅이다 필석이
사라진 후에 자리를 툴툴 털고 일어섰다.

"썩을 놈의 집구석 잘 돌아간다, 잘 돌아가. 엉?"

벌막 안에 있는 형님더러 들으라는 듯 소리를 지르고는
제집으로 가버렸다. 한편 필석은 그길로 고창 읍내로 나가
친구들을 불러내 술에 흠뻑 취해버리고 말았다.

장 영감은 아들 대신 늙은 몸으로 물지게를 져다가 겨우
한 솥을 채우고 아궁이 앞에 앉았다. 아무래도 저놈의 허
파에 무슨 바람이 든 게 틀림없다. 그렇지 않고서야 갑자기
이 무슨 행패란 말인가. 어이없고 한탄스러워 불쑥 화가 나

다가도, 한창 혈기 왕성할 나이인데 자신이 너무 타박하고 욕설을 지껄인 것 같아 후회를 하고, 아들이 집에 들어오면 잘 타일러서 사람 만들어야겠다는 다짐을 하면서 아궁이를 뒤적였다.

그런데 기다리던 자식은 하루가 다 가도록 돌아오지 않고 면서기가 찾아왔다.

"계십니까?"

"어이구, 면에서 여그까정 무슨 일로 오셨을까잉."

"장필석이라고 아들 있지요?"

"있긴 한디. 왜, 그놈이 무슨 사고라도 쳤다요?"

장 영감은 순간 가슴이 덜컥하여 되물었다.

"그게 아니라 모레까지 면사무소로 와서 징집영장을 받아 입대하라는 말을 전해주려고 왔습니다."

"영장? 그러믄 우리 아들이 군대 나가게 됐다, 이 말씀이요?"

"그렇습니다. 만일 오지 않으면 처벌받게 되니 꼭 오라고 전해주세요."

말을 마치고 면서기는 자전거를 돌려 가버렸다. 엎친 데 덮친 격이라더니 이 무슨 일이란 말인가. 장씨 내외는 밤새 걱정하며 필석을 기다렸지만 들어오지 않았다.

이튿날 오후가 되어서야 필석은 추레한 몰골로 돌아왔다.

장 영감은 땅이 꺼지도록 한숨을 쉬고 이야기를 꺼냈다.

"필석아, 어제 면서기 다녀갔다. 너 징집영장 나왔응께 면사무소로 와서 받으라고 하더라."

필석은 그게 무슨 말인가 싶어 눈만 껌벅였다.

1944년, 확대된 전선에서 일본군이 계속 밀리고 병력이 부족해지자 조선 청년들까지 전쟁터에 동원하기 위해 일본이 징병 검사를 실시하게 되었던 것이다.

이렇듯 필석을 포함한 조선 청년들에게 징집영장이 발부되었을 때, 고창군 유지 몇 명은 육군특별지원병제에 이어 징병제가 실시되는 것을 환영하였다. 그동안 조선인이 내지 일본인과 동일한 처우를 받을 수 없었던 것은 동등한 의무를 이행하지 않은 탓이라고 생각했기 때문이었다. 이제 조선 청년들도 똑같이 국민의무를 이행하게 된다면 여러 차별을 극복할 수 있겠다는 명목하에 징병을 찬성하고 나섰던 것이다. 그들은 틈만 나면 강연회를 쫓아다니며 징병을 독려하는 연설을 하였다.

그러나 징집당한 청년들은 남의 일로만 알고있던 전쟁이 자신에게 닥치자 비로소 현실을 깨닫게 되었다. 입대하는 장정들 대부분은 학교에서 환송 행사를 마치고 고향 어른들과 어린 학생들의 환송을 받으며 입대했다. 머리띠를 두른 어떤 청년은 기왕 죽을 바에는 일인 병사들보다 더 용감

하게 싸우다 죽어서 조선 청년의 기개를 보여주자고 다짐
하기도 하였다.

징병제 실시는 조용했던 고창 읍내를 술렁거리게 만들었
다. 누군가 징병에 반대하는 격문을 써서 고창군청 벽면에
붙여놓은 일 때문에 경찰이 눈에 불을 켜고 그 사람을 찾기
도 했다. 청년들 사이에선 입대할 수밖에 없지 않느냐는 주
장과, 입대해선 안 된다는 주장이 팽팽하게 맞서고 있었다.
그 와중에 아무런 소리 소문 없이 고향에서 사라지는 사람
들이 생겨나고 있었다.

필석도 전쟁터로 가서 개죽음을 당하고 싶은 마음이 추
호도 없었기 때문에, 어느 날 저녁 부모님께 이처럼 말씀드
렸다.

"아버지, 저번에 소금물을 엎고 되레 제가 화를 내서 죄
송하구만요. 곧 영장대로 군대에 끌려 나가게 생긴 판국인
디 아무리 생각해 봐도 가서 개죽음당할 수는 없지 않겠어
라. 왜놈들이 이렇게 조선인까지 끌어가는 것을 보믄 연전
연승하고 있다는 말은 다 거짓부렁이란 생각이 든당께요.
일단 전쟁터에 나가믄 살아 돌아온단 보장도 없고, 이미 목
숨을 저들 손에 맡겨버리는 것이나 다름없응께 차라리 몸
을 피해버리는 것이 상책이란 생각이 듭니다. 이래 죽으나
저래 죽으나 마찬가진께요."

장 영감이라고 해서 특별한 해결책이 있는 것은 아니라, 애꿎은 담배만 뻑뻑 피워댔다. 늘그막에 얻은 귀한 자식을 전쟁터로 보내고 싶은 부모가 어디 있겠는가. 행여 일이 잘못되기라도 하면 대가 끊기고 마는 것이었다. 그럼 조상들 제사상은 누가 차려준단 말인가. 생각이 여기에 미치자 장 영감은 고리짝을 떠들고 소금 팔아 모은 돈을 꺼냈다.

"옛다. 일단 살고 봐야제. 어디로 가든지 목숨이 중헌께로 함부로 행동하지 말거라잉. 항상 행동을 신중허니 조심해야 써."

필석은 무릎을 꿇고 엎드려 그동안 자신이 잘못했노라고 닭똥 같은 눈물을 뚝뚝 흘렸다.

"어여 가. 우리는 살 만큼 살았응게 여그 걱정은 하지 말고. 간간이 사람을 통해서 목숨 부지하고 잘 있다는 소식이나 전해주거라."

장 영감의 눈에 그렁그렁 눈물이 맺혔다. 아내는 숫제 아들 등판을 연신 쓰다듬으면서 관세음보살을 되뇌고 있었다.

그날 밤 필석은 연기처럼 사라지고 말았다.

*

여름방학을 맞아 고향을 찾은 염길은 친구들도 없고 왠

지 쓸쓸하게 느껴져 며칠 견디지 못하고 하숙집으로 돌아왔다. 학준이 편지를 보내 방학하면 경성에서 한번 모이자고 하였는데, 오가는 비용이 적잖고 동수 공부에 방해가 될까 싶어 다음 기회로 미루었다. 그는 텅 비어버린 학교에서 다른 선생들이 부탁한 숙직을 대신 서주기도 하고 병풍처럼 우뚝 솟아 있는 바래봉을 오르기도 하였다.

그렇게 무료하게 여름을 보내고 있던 어느 날, 아무도 없는 학교에서 책을 보고 있는데 누군가가 교무실 문을 두드렸다.

"계세요?"

염길은 방학이라 학교에 올 사람이 없을 텐데 누구지? 생각하며 문을 열었다. 뜻밖에도 아케미가 환하게 웃는 얼굴로 서 있었다. 긴 머리를 뒤로 단정히 묶고 꽃무늬가 달린 하얀 블라우스와 주름 잡힌 까만 치마를 입었다.

"들어오란 말도 안 해요?"

양손에 연하늘색 양산과 자그마한 가방을 든 그녀는 염길을 향해 하얀 이를 드러내 웃곤, 따지듯이 물었다. 그제야 염길이 정신을 차리고 인사했다.

"아니, 여기까지 어떻게."

"운봉에 한번 간다고 했잖아요."

염길은 아케미가 그저 인사치레로 하는 말이려니 여겼

고, 실제 이렇게 불쑥 나타나리라곤 꿈에도 생각하지 못했기에 어안이 벙벙할 따름이었다.

"일단 앉으세요."

아케미는 염길이 권하는 의자에 앉아 이마에 송골송골 맺힌 땀을 손수건으로 닦았다.

"전주는 여기보다 더 더워요. 올여름은 참."

"아무래도 여름이다 보니. 아마 뙤약볕에 걷느라고 더욱 덥게 느껴졌을 겁니다."

아케미는 동의한다는 듯 싱긋 웃고 교무실을 휘 둘러보았다.

"학교는 어디나 다 똑같군요. 난 염길 씨가 자랑하기에 운봉이 어떤 곳인지 정말 궁금해서 꼭 한번 와보고 싶었답니다."

"오는 길에 봤겠지만 주위에 산과 들판밖에 없어요."

두 사람은 마주 앉아 도회지 학교와 시골 학교의 차이점, 그리고 초임 교사의 애환에 대해 이야기를 나누다가 더욱 강화된 전시 교육으로 화제를 옮겼다. 아케미는 여자라 야외에서 진행되는 군사훈련이 더욱 부담되고 고역스러웠던 모양이었다.

"정말 죽겠어요. 전주에서는 적의 공습에 대비해 사이렌이 불시에 울리면 수업하다 말고 모두 방공호로 뛰어가는 훈련을 하는데, 아이들은 공부를 하지 않으니까 좋겠지만 선생 입장에서 보면 안타까워요. 날이 갈수록 그 정도가 심해지고 있어 이러다 정말 조선에서도 전쟁을 치르는 것이 아닐까 두려워요."

염길은 아케미의 말을 듣고 저번에 김충현 선생이 찾아와 했던 말을 떠올렸다. 일본이 과달카날 섬을 빼앗기고 동경도 공습을 당하는 등, 남태평양 여러 전선에서 밀리고 있다는 말을 꺼내려다 꾹 삼켰다.

"아마 미군이 조선까지 밀고 들어올 일은 없을 겁니다. 뭐, 황군이 이기고 있다니까요."

그러나 아케미는 염길이 돌려서 하는 말을 곧이곧대로 믿지 않았다.

"이기고 있는데 왜 어린 학생들까지 동원해서 군사훈련을 할까요. 나는 아무래도 무슨 큰일이 벌어질 것만 같아 무서워요."

그녀는 어깨를 움츠리며 작은 목소리로 말했다. 그러다 문득 생각났다는 듯 오는 길에 보았던 것을 이야기했다.

"남원에서 올 때 고개를 넘잖아요."

"여원재죠."

"그 고개에 산사태가 났는지 한참을 기다리다 간신히 차가 올라왔어요. 굴러 떨어진 큰 바위를 어떻게 하지 못하고 사람들이 달라붙어 임시로 길을 내놓았는데 보기에 아슬아슬하더군요."

"여원재에서 간혹 차량 추락 사고가 난답니다. 처음 차를 타는 사람들은 여원재를 내려갈 때 너무 무서워서 아예 눈을 감기도 해요. 어제까지 많은 비가 내렸지요. 아마 땅이 물러서 사태가 난 것 같네요."

"제대로 갈 수 있을지나 모르겠다."

아케미는 혹시 차가 못 가면 어떡하지 하며 밖을 바라보았다.

"걱정하지 말아요. 버스 운전수들 솜씨가 아주 좋아서 웬만하면 운행할 겁니다."

염길의 말에 아케미는 안도하는 표정을 지었다.

"염길 씨 하숙집에 한번 가봐요. 총각 선생이 어떻게 생활하고 있는지 궁금해요."

"뭐 볼 것도 없습니다. 작은 방에 책상과 옷장이 전부인데 정리를 못해 너저분합니다."

"있는 모습 그대로 보여주는 것이니 오히려 솔직한 셈이지요. 호호."

아케미는 자기 혼자 웃다가, 염길이 교무실을 정리하고 퇴근 준비하는 것을 조용히 지켜보았다. 밖으로 나오니 해가 길어 운동장에서 훈김이 훅훅 올라왔다. 어제 내린 비로

습기를 많이 머금은 탓이었다. 아케미는 양산을 펴드는 것보다 차라리 땅바닥을 가리는 것이 낫겠다는 생각을 하였다. 읍내 초입에 이르렀을 때 정자나무 그늘에서 땀을 식히던 농부 두 사람이 염길을 보고는 벌떡 일어나 인사했다.

"어이구, 선생님 오십니까?"

"네, 날씨가 더운데 일하시느라 수고 많으시죠."

"농부들 하는 일이 매사 그렇지요. 두 분 걸어오시는 것을 본께 선남선녀가 따로 없구먼요."

"그럼 이만."

염길이 목례를 하고 지나치려는데 농부가 아케미를 보고 조심스레 물었다.

"함께 오신 분은 첨 보는 분 같은디 약혼자신가요?"

"아닙니다. 전주에서 오신 선생님이에요."

염길은 당황한 목소리로 황급히 손을 저었다. 아케미는 그 모습이 우스우면서도 너무 완강하게 부인하는 것이 조금 서운했다. 하숙집으로 가니 아주머니가 또 무슨 큰일이라도 벌어진 것처럼 부산을 떨었다.

"아유, 무슨 일이래. 점잖은 선생님이 이렇게 참한 색시를 어디서 데려왔디야잉. 누가 보믄 참말로 춘향이가 인도환생(人道還生)을 했나 싶겠구먼. 옛말 틀린 거 하나도 없당께로."

뒤이어 점잖은 강아지가 부뚜막에 먼저 올라간다는 말을 막 꺼내려는 참인데 염길이 말을 가로막고 나섰다.

"아주머니, 아니에요. 전주에서 오신 선생님입니다."

염길의 말에 아주머니는 손으로 입을 틀어막고 공손한 태도로 인사를 하였다.

"요놈의 주둥이가 방정이여. 누가 보믄 영락없이 부부로 생각지 않겠어요. 그게 아니라니 뭐."

입은 여전히 멈추지 않았다. 염길은 아케미가 불편해할까 염려되어 아주머니를 추어주며 입을 막았다.

"저녁이나 잘 차려주세요. 아주머니 음식 솜씨야 누가 따라갈 사람이 없겠지만."


아케미는 방을 들여다보고 가방을 내려놓았다.

"이만하면 총각 선생 혼자 지내기에 오히려 넓다고 하겠네요. 시골이라 그런지 방 내주는 인심도 넉넉한가 봅니다. 아유, 저 양말 좀 보라지."

남자라곤 아버지와 마사토, 외삼촌밖에 몰랐던 아케미는 남자 방을 처음 보고 사소한 것까지 궁금하고 우스운 모양이었다. 잠시 후 주인아주머니가 밥상을 들고 와서 마루에 내려놓았다.

"에구, 차린 것은 없어도 맛나게 드시우. 두 분 웃는 것을 본께 먹는 밥이 다 살로 가겠네, 참말로."

염길은 밥상을 냉큼 들고는 아주머니가 또 무슨 말을 하려나 싶어 연거푸 고맙다는 인사를 했다. 그만 좀 갔으면 싶은데 아주머니는 아예 마루에 엉덩이를 붙이고 앉아 아케미가 밥 먹는 것을 쳐다보며 일일이 간섭하기 시작했다.

"그것도 좀 먹어보시우. 신골 음식이 다 그렇제 뭐 특별한 것이 있간디요. 푸성귀를 조물조물 무쳤는디 도회지 사람 입맛에 맞을랑가 모르겠네. 옳지, 잘한다. 암, 모름지기 여자 입맛이 고양이처럼 까다로우믄 살림이 쉬 불지 않는 법이라우. 내가 여기서 여러 선생과 면직원들한티 하숙을 쳐왔지만 강 선생맨키로 점잖고 잘난 사람은 보지 못했다오. 이만하믄 조선 팔도 어디다 내놔도 손색없잖우. 팔 물건 같으믄 내놓자마자 서로 사가겠다고 한바탕 난리가 날 것이구먼."

아주머니 입이 걸기가 사복개천 같아서 염길은 밥이 입으로 들어가는지 코로 들어가는지 모를 지경인데 의외로 아케미는 그 말을 다 받아주면서 야금야금 밥을 잘 먹었다. 아주머니는 그렇게 밥을 먹는 내내 지켜보다가 밥그릇을 다 비워가자 더 먹으라 몇 번이나 권하곤 나중에는 시원한 물을 떠다 주었다.

"아유, 내가 보기에도 두 분 밥 먹는 것이 이렇게 보기 좋은디 강 선생 어머니 심정이야 오죽할까. 강 선생, 부모님께 인사는 시켜드렸수?"

"아주머니, 그게 아니라니까요. 왜 자꾸 실없는 말씀을 하세요."

염길은 목소리를 높이며 빈 상을 내주었다.

"알았소. 아니믄 그만이제 역정은 왜 내고 그러실까."

아주머니가 투덜거리면서 부엌으로 사라졌다. 아케미는 괜히 자기 때문에 그러는 것 같아 염길을 달랬다.

"염길 씨, 너무 뭐라 하지 마세요. 뜻밖의 손님이 와서 그저 반가운 마음에 그러는 거예요."

염길은 멋쩍은 듯 헛기침을 하며 아케미에게 그만 일어나자고 했다.

"지금쯤 나서야 차 시간에 맞출 수 있을 겁니다."

그런데 아케미는 손목시계를 보며 태평스럽게 말했다.

"아직 시간 남았어요."

"늦게 가서 낭패 보는 것보다 미리 가서 기다리는 것이 낫지 않겠어요."

염길은 먼저 신발을 신었다. 하숙집에 더 있다간 아주머니가 또 무슨 말을 할지 모르고, 방 안에 둘이 있었다는 괴상한 소문이라도 날까 싶어 걱정스러웠던 것이다. 자꾸만 뒤로 처지는 아케미를 데리고 정류장으로 갔더니 차표를 끊어주는 매표원이 아케미를 힐끔거리면서 뜻밖의 소리를 하였다.

"오늘 차 끊겼어라우. 여원재에 산사태가 나서 순사들이 통행금지를 시켰구만요. 보시우. 시방 차 기다리는 사람이 한 사람도 없잖유."

낭패였다. 그렇다고 오지 않는 차를 기다릴 수도 없는 노릇이라 염길은 아케미를 데리고 하숙집으로 길을 잡았다.

"어허, 이것 참 큰일이네."

염길이 혼잣말을 하자 아케미도 말을 거들었다.

"그러게요. 어떡하지, 난 밖에서 자본 적이 한 번도 없는데."

분명 걱정하는 말이었지만 그 표정은 전혀 걱정스러워 보이지 않았다. 오히려 낯선 곳에서 하룻밤 지내는 것에 신이 난 것처럼 발걸음이 가벼웠다. 다른 사람이라면 몰라도 염길이 옆에 있으면 무서울 것이 없었다. 동생을 가르치느라고 한집에서 살았던 적이 있어 경계심이 들지 않았던 것이다. 반면 염길은 오늘 밤 아케미를 어떡해야 하나 고심을 거듭하다가 끝내 아주머니에게 아케미와 함께 자달라고 부탁하는 수밖에 없다고 생각했다. 그제야 마음이 조금 놓이는 것 같았다.

"염길 씨, 아직 해가 길고 좀 시원해졌으니 어디 적당한 곳으로 산책이라도 가요. 네?"

하긴 일찍 하숙집으로 돌아가서 특별히 할 일도 없거니
와, 아주머니의 잔소리에 시달리는 것보다 아케미 말대로
바람이나 쏘이다 어둑해지면 들어가는 것이 낫겠다는 생각
이 들었다.

"좋아요. 냇가를 따라 좀 걷지요."

읍내에서 물이 흘러 내려가는 쪽으로 방향을 잡았다. 운
봉 여러 산골짜기에서 내려온 물이 실개천이 되어 태조 이
성계가 왜장 아지발도를 활로 쏘아 죽였다는 황산 계곡을
향해 흘러가고 있었다. 인월을 지나면 지리산 뱀사골 계곡
과 합쳐져서 진주 경호강이 되는 물이었다.

둘은 둑길을 따라 걸었다. 처음에는 조금만 걸으려고 했
는데 저 멀리 소나무 숲이 보여 저기까지만 가보자 하는 마
음이 생겼다. 냇가에 가로질러 놓인 나무다리를 보았을 땐
한번 건너보고 싶어졌다. 이미 운봉에서 꽤 멀어졌지만 돌
아갈 생각은 하지 못하고 새로운 것이 눈에 띄면 계속 가게
되었다.

다리를 건너자 어디선가 노랫소리가 들려왔다. 두둥 딱
북소리도 났다. 끊길 듯 말 듯 아련한 소리가 나는 곳으로
아케미가 먼저 걸음을 옮겼다. 소리는 황산대첩비가 있는
비전마을 주막에서 흘러나오고 있었다. 근 10리를 쉬지 않

고 걷느라 다리가 아팠다. 잠시 쉬었다 갈 요량으로 안을 기웃거리는데 마침 하얀 모시 적삼에 망건을 쓴 남자 두 명이 막 일어나는 것이 보였다. 늙은 주모가 그들을 배웅하고 염길과 아케미를 맞아들였다. 더위 때문에 문을 열어놓은 봉놋방에 앉아 있던 중년 남자와 젊은 여자가 새로 오는 손님들을 힐끔 보았다.

"들어오시우."

아케미는 주모의 말이 끝나기 무섭게 문 앞에 놓인 평상에 털썩 주저앉았다.

"아유, 꽤 멀리 걸어왔네요. 좀 쉬었다 가요."

염길은 목이 마른 데다 주막에 왔으니 뭐라도 좀 먹어야 도리겠다 싶어 주위를 두리번거렸다. 그때 봉놋방에 있던 남자가 밖으로 나오면서 염길과 아케미를 보더니,

"더위 피하러 나오셨나 보오. 술 한잔하시려우?"

하곤 대답을 듣지도 않고 넉살 좋게 막걸리 한 병을 가져왔다. 그는 판석이었고, 봉놋방에 함께 앉아 있던 젊은 여자는 박초월이었다. 판석은 고창을 떠나 인근 암자에 머물며 틈날 때마다 주막으로 내려와 박초월과 소리를 나누고 있었다.

염길은 낯선 사내에게 술을 얻어먹는 것이 부담스러워 내가 술을 사겠노라 말하고 판석의 잔을 채워주었다. 판석

은 그럴 줄 알았다는 듯 히죽 웃었다.

"드세요."

판석은 쉬지 않고 단번에 한 잔을 쭉 들이키더니 물었다.

"어디서 오시었소?"

"저는 운봉 읍내에 살고 이분은 전주에서 온 손님입니다."

그때 박초월이 고개를 빼꼼 내밀고 염길을 보더니 후다 닥 나와 인사를 했다.

"아이고, 학교 선생님 아니신가요."

그 바람에 염길과 판석은 자리에서 엉거주춤 일어나 서 로 인사를 하는데 꼴이 우스꽝스러웠다. 염길은 마치 못된 짓 하다 들킨 것처럼 얼굴이 화끈거렸다.

판석은 술이 들어가자 말이 많아져 이것저것 물어보다가 염길의 고향이 고창이란 것을 듣고는 마치 타향에서 고향 조카를 만난 것처럼 반가워했다.

"얼마 전까지 나도 고창 동리 선생 소리청에 있었는데, 여기 초월이 동편제를 기가 막히게 잘한다는 소리를 듣고 익히러 왔지요."

그는 이어 말했다.

"여기 운봉은 소리 공부하기에 더없이 좋은 곳이라오. 지 리산 기슭 골짜기마다 목청을 틔우려는 소리꾼들이 들어앉 아 한여름 보내기 좋지요. 세상이 변해 알아주는 사람은 없

253

지만 그래도 여기에 오니 소리를 주거니 받거니 하며 세월 가는 줄 모르겠습니다."

"네."

판석은 열무김치를 우두둑 씹으면서 염길에게 바짝 다가 앉았다.

"혹시 저쪽 황산대첩비를 둘러보셨습니까?"

"어두워서 보지 못했습니다."

"언제 시간 나면 한번 가보세요. 이곳 황산은 고려 말 이 태조가 왜장 아지발도란 놈을 화살로 쏘아 죽이고 크게 이 긴 곳입니다. 그 전공을 기려 대첩비를 세워놓았는데 글쎄 일본 놈들이 망치와 정으로 비석을 쪼아냈답니다. 흉악한 놈들이지요."

염길은 아케미가 불편할까 봐 연신 헛기침을 해댔다. 판 석은 그것도 모르고 계속 말을 이었다.

"사람들은 왜놈들 세상이 계속될 거라고 생각하지만 그 렇지 않아요. 세상은 민초들이 모르는 사이 손바닥 뒤집듯 갑자기 바뀔 겁니다. 개벽이지요."

염길은 도대체 이 사람이 우리를 어떻게 믿고 이런 소리 를 하는가 싶어 되레 가슴이 두근거렸다. 아케미는 못 들은 체 고개를 돌리고 있었다.

"우리 신경 쓰지 말고 하던 소리나 계속 하시지요."

염길이 화제를 돌리자 판석은 무릎을 탁 치며,

"그렇지. 이보게 초월이, 세상에 공짜 술이 어딨는가. 오늘 젊은 선생한테 술 한잔 얻어 마셨으니 춘향가 좋은 대목 하나 들려줌세."

하고 제안하자 박초월은 고개를 갸웃갸웃하며 생각하는 눈치더니 무릎을 곧추세우고 양손을 가지런히 모았다.

"그럼 선생님이 운봉에 오셨응께 여그 운봉 영장 나오는 대목을 한번 해볼랍니다. 어사또가 거지 행색으로 본관 사또 잔치에 끼어들었는디 눈치 빠른 운봉은 어사또가 범상치 않은 인물임을 알고 술대접을 하고, 어사또가 그 보답으로 시를 짓는 장면이올시다."

판석이 북을 가져다 앞에 놓고 초월이 소리를 시작했다.


운봉이 눈치 있어, 통인 불러,

"네, 저 냥반께 지필묵 갖다 드려라."

통인이 지필묵 갖다 어사또 앞에 노니, 어사또 일필휘지하야 글 지어 운봉 주며,

"운봉은 밖으로 나가 조용헌 틈을 타서 한번 떼 보시오. 자, 나는 갑니다."

운봉이 맡아 밖에 나와 떼어 보니, 글이 문장이요, 글씨 또한 명필이라.

금준미주(金樽美酒)는 천인혈(千人血)이요, 옥반가효(玉盤佳肴) 만성고(萬姓膏)를, 촉루낙시(燭淚落時)에 민루낙(民淚落)이요, 가성고처(歌聲高處) 원성고(怨聲高)라.

글 읊기 지둣 마둣, 초립 쓴 역졸 하나 질청을 급히 와서 무슨 문서 내여노며,

"어사또 비간(秘簡)이라!"

이방이 황급하야 비간을 받어 들고, 동헌을 급히 가서,

"어사또 비간 올리오."

좌상의 수령네가 모도 다 황급허고, 본관이 겁을 내야 비간을 떼어 보니, 수전증이 절로 난다. 본부수리행각창색(本部首吏各倉色) 진휼감색착하뇌수(賑恤監色捉下牢囚)허고, 거행형리(擧行刑吏) 성명을 보(報)하라! 동헌이 들썩들썩 각 청이 뒤노을 제, 본부수리각창색 진휼감색착하뇌수허고, 거행형리 성명을 보한 연후, 삼행수(三行首) 부르고 삼공형(三公兄) 불러라. 우선, 고량(庫粮) 신칙(申飭)허고, 동헌에 수례차(受禮次)로 감색(監色)을 차정(次定)허라. 공형(公兄)을 불러 각고하기(各庫下記) 재촉, 도서원(都書員) 불러서 결총(結總)이 옳으냐, 전대동색(錢貸同色) 불러 수미가(需米價) 줄이고, 군색(軍色)을 불러 군목가(軍牧價) 감허고, 육직(肉直)이 불러서

큰 소를 잡히고, 공방을 불러 제물을 단속, 수로(首奴)를 불러 거회(巨會)도 신칙, 사정을 불러서 옥쇄(獄鎖)를 단속, 예방을 불러서 공인을 단속, 행수를 불러 기생을 단속허라. 그저 우군우군 우군우군, 남원 성중이 뒤노는구나.

좌상의 수령네가 혼불부신(魂不付身)허여 서로 귀에 대고 속 작속작,

"남원은 절단이요. 우리가 여기 있다 초서리 맞기가 정녕허니, 곧 떠납시다."

운봉이 일어서며

"여보 본관장, 나는 떠나야겠소."

본관이 겁을 내야 운봉을 부여잡고,

"조금만 더 지체하옵시오."

"아니오, 나는 오날이 우리 장모님 기고일(忌故日)이라, 불참허였다가는 큰 야단이 날 것이니, 곧 떠나야겠소."

곡성이 일어서며,

"여보 본관장, 나도 떠나야겠소."

"아니 곡성은 다 웬일이오?"

"나는 초학(初瘧)이 들어 오날이 직날이라 어찌 떨리던지 시방 곧 떠나야겠소."

그때에 어사또난 기지개 불끈,

"예이, 잘 먹었다. 여보 본관 사또, 잘 얻어먹고 잘 놀고 잘

가오마는, 섬뜩허니 자리가 낙흥(落興)이오"

본관이 화를 내어,

"잘 가든지 마든지 허지, 분요(奔擾)헌 통에 수인사라니?"

"그럴 일이오. 우리 인연 있으면 또 만납시다."

어사또 일어서며 좌우를 살펴보니, 청패역졸(靑牌驛卒) 수십
명이 구경꾼같이 드믄드믄 늘어서 어사또 눈치를 살필 적
에, 청패역졸 바라보고 뜰 아래로 내려서며 눈 한 번 꿈쩍,
발 한 번 툭 구르고, 부채짓 까딱허니, 사면의 역졸들이 해
같은 마패를 달같이 드러매고, 달 같은 마패를 해같이 드러
매고 좌우에서 우루루루루······ 삼문을 후닥닥!

"암행어사 출두요!"


염길과 아케미는 자신들이 마치 본관 사또 잔치에 앉아
있는 듯한 착각이 들었다. 금방이라도 방망이를 든 청패 역
졸들이 우르르 몰려올 것 같아 고개를 자라목처럼 쑥 집어
넣었다.

"참 좋다."

이 말을 판석이 했는지 염길이 했는지 모르겠다. 초월이
소리를 마치자 염길은 시간이 많이 흘렀다는 것을 느끼고
일어섰다.

"그만 가보겠습니다."

"여름이라 밤길 걷기가 그리 힘들진 않을 것입니다. 더구나 달까지 밝으니 운치도 있고."

판석의 말을 뒤로하고 염길과 아케미는 길을 나섰다. 주막을 벗어나 다리를 건넜을 때 아케미가 입을 삐죽 내밀며 말했다.

"난 저 사람 말이 불편해서 혼났어요."

황산대첩비를 일본인들이 쪼아냈다는 것을 두고 하는 말이었다. 염길은 괜히 아케미에게 미안한 생각이 들었지만 대꾸를 못 하고 연신 헛기침만 하였다.

"그래도 소리는 정말 재밌었어요. 초월이라는 분은 그 작은 몸에서 어쩜 그리도 큰 소리를 내서 가슴을 울리는지 모르겠더군요."

두 사람은 조금 전 들었던 춘향가에 대해 이야기하며 부지런히 신작로를 따라 걸었다. 절반쯤 왔을 때 저 앞에서 어떤 사람이 걸어오는 것이 보였다. 그는 낮에 보았던 매표원이었다. 매표원은 마주 오는 염길과 아케미를 멀리서부터 대번에 알아보고 가까이 지나칠 때 아케미를 힐끗거렸다. 염길은 별다른 생각을 하지 않고 은은한 달빛 아래 개구리 소리가 요란한 들판을 부지런히 걸어갔다. 얼마나 갔을까. 갑자기 뒤에서 소리가 들려 고개를 돌려보니 웬 청년 세 사람이 자신들을 쫓아오고 있는 것이 아닌가. 순간 저 사람들이 우리를 노리고 오는 것이구나 하는 생각이 들었다. 염길은 아케미의 손을 잡고 길을 재촉하였다.

"빨리 갑시다."

아케미는 겁에 질려 허둥지둥 염길에게 끌려가듯 달려보았지만, 신작로에는 자갈이 지천이고 움푹 파인 곳이 많아속도를 내기가 쉽지 않았다. 점점 쫓아오는 소리가 가까워지자 아케미는 뒤를 돌아보다가 그만 발을 헛디뎌 쓰러지고 말았다.

"어맛!"

"괜찮아요?"

"못 가겠어요. 이제 어떡해요."

아케미는 거의 울상이 되어 염길에게 말했다. 염길은 아케미를 데리고 도망가는 것이 불가능함을 깨닫고 그 자리에 우뚝 서서 청년들이 오기를 기다렸다. 잠시 후 청년들이 숨을 헐떡이며 염길 앞에 섰다.

"왜 도망가는 거여?"

정류장 매표원이 불량한 말투로 물었다. 그는 이런 촌구석에서 아케미처럼 예쁜 여자를 본 적이 없었다. 조금 전지나칠 때 한번 골려줄까 하는 생각이 들어 친구들을 부추겨서 쫓아온 것이었다.

"무슨 일입니까?"

염길이 묻자 매표원은 가소롭다는 듯 그의 어깨를 밀치고 아케미에게 다가갔다.

"무슨 일? 암, 일이 있고말고. 우린 너 말고 이 여자에게 일이 있어."

염길이 그의 옷깃을 붙잡았다.

"왜 이러시오."

"이 자식, 여기가 어딘 줄 알고 설치는 거야. 죽고 싶어?"

매표원은 당장이라도 주먹을 휘두를 기세로 염길을 쏘아보았다.

"좋은 말로 할 때 우리를 그냥 가게 내버려 두시오."

염길이 상대하지 않고 아케미를 일으키자 매표원은 자존심이 상했는지 염길의 어깨를 잡고 주먹을 날렸다. 퍽 소리와 함께 염길의 입술이 터지고 피가 흘렀다.

"이 사람 정말 못쓰겠군."

염길은 아케미를 한쪽으로 밀어놓고 그와 마주했다. 염길은 고창고보에서 유도를 수련하고 사범학교에서 검도를 익혀 몸 쓰는 것 하나만큼은 누구보다 자신 있었다. 상대가 떡 버티어 서자 매표원은 이번에야말로 본때를 보여주리라 다짐하고 다시 주먹을 날렸다. 하지만 염길은 허리를 굽혀 주먹을 피한 뒤 밑으로 파고들어 한 손으로 놈의 멱살을 잡고, "이놈!" 하고 호통을 친 다음 다른 손으로 사타구니를 움켜쥐고는 번쩍 들어 물이 찰랑거리는 논바닥으로 집어 던졌다. 놈은 허공을 빙글 돌아 논바닥으로 처박혔는데 워낙 순식간에 벌어진 일이라 정신을 차리지 못하고 어푸푸 할 뿐이었다. 개구리들도 놀랐는지 일순간 조용했다. 나머지 두 명의 친구는 감히 덤벼볼 엄두를 내지 못하고 엉거주춤 서서 꽁무니를 뺄 궁리만 하고 있었다.

"갑시다."

염길이 말하자 너무 놀라 입을 벌리고 있던 아케미가 그제야 정신을 차리고 걸음을 옮겼다. 그런데 발을 다쳤는지 얼마 걷지 못하고 주저앉았다. 염길은 이대로 길바닥에서 밤을 지새울 수 없어 아케미의 앞에 쪼그리고 앉아 등을 내밀었다.

"할 수 없군. 내가 업어드리겠습니다."

아케미는 깜짝 놀라 한사코 싫다고 했다.

"여기서 밤이슬 맞을 순 없잖아요. 선택의 여지가 없습니다."

염길이 단호하게 말했다. 아케미는 조금 전 그의 힘을 보았던 터라 여차하면 자신을 들어 올려서 안고 갈 수도 있겠다는 생각이 들었다. 그녀는 한숨을 후유 내쉬고 조심스럽게 염길에게 업혔다. 땀 냄새 때문에 처음엔 얼굴이 찡그려졌지만 이내 익숙해지고 너른 어깨도 편안하게 느껴져서 자기도 모르게 잠이 들고 말았다. 염길은 싸움을 벌인 것이 즐겁지 않고 마음이 불편해서 하숙집까지 가는 동안 한마디도 하지 않았다. 집에 거의 이르렀을 때 아케미가 새근거리며 잠든 것을 알고 어떡할까 잠시 망설이며 안을 엿보았다.

"다 왔어요."

염길은 아케미를 깨워 내려준 후 이제 아주머니 방으로 들어가라는 말을 하려고 하는데, 안에서 무슨 발동기 돌아가는 것처럼 요란한 소리가 들려왔다. 아주머니가 벌써 곯아떨어진 것이었다. 염길과 아케미는 서로 얼굴을 보고 웃다가 난감한 표정을 지었다. 저렇게 곯아떨어진 사람을 깨워 같이 잠 좀 자자고 할 수도 없고, 그렇다고 마루에서 쪽잠을 잘 수도 없었기 때문이다. 아케미는 아주머니 방으로 가는 것이 싫은지 그쪽은 아예 쳐다보지도 않고 어떡할 거냐는 눈길로 염길을 재촉하였다.

염길은 잠시 고민했다. 괜히 아주머니를 깨웠다가는 오히려 이상한 소문이 날 것이다. 차라리 아무도 모르게 조용히 자고 날이 밝기 전 몰래 나서면 되지 않겠는가. 생각이 여기에 미치자 염길은 아케미에게 아무 일도 없을 테니 오늘처럼 특별한 날은 같이 잘 수밖에 없다 말해주고 먼저 씻었다. 마치 도둑처럼 물소리가 나지 않도록 조심조심 씻고 들어와 무심결에 아케미를 보았는데, 달빛에 비친 모습이 은은하고 아름다워 전혀 다른 사람 같았다.

"자리가 불편하겠지만 어쩔 수 없군요. 편히 자고 내일 일찍 아주머니 깨기 전에 나서도록 하지요."

아케미는 아무 말도 하지 않은 채 잠시 머리를 빗느라고 부스럭거리더니 가방과 양산을 방 가운데 길게 일렬로 늘어놓았다. 염길은 그게 무슨 뜻인지 알고 피식 웃었지만 이러쿵저러쿵 말하기 민망스러워 모른 체 등을 돌리고 누웠다. 겁 많은 노루 한 마리와 같이 있는 것처럼 조심스럽고 숨소리조차 크게 내기 어려웠다. 더구나 좁은 방 안에 가득 퍼진 분 냄새 때문에 자꾸만 코를 벌름거리다가 나중에는 정신이 아득해질 지경에 이르렀다. 당장이라도 저쪽으로 건너가고 싶었지만 그건 차마 사람이 할 짓이 아니라는 생각에 염길은 억지로 잠을 청했다.

염길과 달리 아케미는 통 잠을 이룰 수 없었다. 난생처음 젊은 남자의 등에 업히고 한방에서 잠을 자려니 속에 돌멩이가 있는 것처럼 불편하고, 감았던 눈이 자꾸만 떠졌다. 처음엔 문에 비친 달빛 때문일까 싶었는데 염길의 숨소리 때문임을 알았다. 그의 숨소리에 자기도 모르게 귀가 쫑긋거리고 뒤척이는 소리가 나면 행여, 설마, 하며 괜히 가슴이 두근거려 더위 먹은 소처럼 헐떡이게 되었다.

그녀는 오늘 염길의 새로운 면을 보았다. 한 번도 드러낸 적 없었던 완력으로 상대를 제압하는가 하면, 여자를 옆에 두고도 아무런 관심 없이 잠에 빠진 모습에 믿음이 생겼다. 하지만 한편으로는 어떻게 저렇게 잠만 잘 수 있는 거지? 하며 괜히 얄미운 마음이 드는 것도 사실이었다. 그렇게 노루가 제 방귀에 놀라듯 부스럭거리는 소리에 잠을 깨길 여러 차례, 아케미는 밤새 뒤척이다 첫닭이 울기 전에야 겨우 깊은 잠에 빠져들었다.

"아유, 이게 무슨 일이래. 시어머니가 오래 살자니까 며느리가 방아 동티에 죽는 걸 본다드만, 내 얼마 살지도 않았는디 벌써 이런 해괴한 일을 목격하게 될 줄이야. 강 선생 얌전하게 봤더니 속이 아주 엉큼하구먼. 에유, 어째야 쓰까잉."

밖에서 아주머니가 나란히 놓여 있는 신발을 보고 호들갑 떠는 소리가 들려왔다. 염길은 어젯밤 오래 걷고 긴장했던 것 때문인지 새벽에 일어나리라 다짐했던 마음과 달리 늦잠을 자고 만 것이었다. 해는 벌써 중천에 떴고 아케미는 여전히 잠에 빠져 있었다. 염길은 얼른 밖으로 나왔다.

"아주머니, 그게 아닙니다. 어제 여원재가 막혀서 어쩔 수 없이 하룻밤 자고 가게 되었어요."

"하긴, 처녀가 애를 낳아도 할 말은 있는 법인께."

아주머니는 어디 몹쓸 병을 옮기는 환자를 본 것처럼 한 발짝 물러나더니 이내 다 이해한다는 표정으로 고개를 끄덕였다.

"처자 일어나서 밥 먹으라고 하시우. 얼마나 피곤할까잉. 아이고, 내가 푼수같이 잠만 자느라고 그냥."

아주머니는 아무리 생각해도 못내 아쉬운 표정으로 혼자 키득키득 부엌에서 한참을 웃었다.

# 9. 여수의 봄바람

들녘 논밭에서 가을걷이가 끝나고 감나무 높은 곳에 까치밥으로 남겨놓은 빨간 감 몇 개가 추위에 얼었다 녹았다를 반복할 무렵, 염길은 산내국민학교 김충현으로부터 편지를 받았다. 아직 지리산 골짜기에 단풍이 남아 있으니 모월 모일까지 꼭 와달라는 내용이었다.

염길은 이미 나뭇잎이 떨어지고 있는 마당에 뜬금없이 무슨 단풍 구경이란 말인가 싶었지만 꼭 와달라고 여러 차례 당부해 놓은 것을 보고 쉬는 날을 택해 길을 나섰다.

"어서 오십시오."

"김 선생, 갑자기 무슨 단풍 구경을 하자는 것인지."

염길이 묻자 충현은 껄껄 웃으며 배낭을 지고 먼저 나섰다.

"아직 단풍이 남아 있는 곳도 있습니다. 자, 가봅시다."

그렇게 산내를 출발하여 뱀사골과 달궁계곡으로부터 흘

러내리는 맑은 계곡을 따라 한참을 걸었다. 그리 험하지 않은 길을 시원한 바람을 쐬며 걷노라니 정말 소풍이라도 온 듯한 기분이 들었다. 충현은 갈림길에서 뱀사골 계곡으로 방향을 잡고 가다가, 또 왼쪽 계곡을 건너 급경사 길을 오르기 시작했다. 온몸에서 땀을 한번 흠뻑 흘린 후에야 화전을 일구고 약초를 캐 먹고사는 작은 마을에 도착할 수 있었다. 와운 마을이었다. 충현은 몇 번 와본 듯 익숙한 걸음으로 맨 끝 집으로 가더니 배낭을 마루에 내려놓았다.

"여기서 바라보니 경치가 정말 좋긴 좋군요."

"그럼요. 지리산 뱀사골 계곡은 깊고 맑은 물이 사시사철 풍족하게 흘러내리는 곳입니다."

둘은 한숨을 돌리고 준비해 온 도시락을 까먹었다. 식사를 거의 마쳤을 때 숲속에서 누군가가 불쑥 나왔다. 염길은 깜짝 놀랐지만 충현은 전혀 놀라지 않고 되레 그와 손을 맞잡고 인사를 나누었다. 염길이 가만히 보니 행색이 이곳 와운 마을에 사는 사람 같지 않은, 자기 또래 젊은이였다.

"김 선생."

"최 동지."

동지라 불린 사람은 최수찬으로, 보성전문학교에 다니다 학생들을 징병하기 시작하자 도망쳐 온 사람이었다. 그는 염길과 충현을 더 깊은 산속으로 안내했다. 한참을 올라

가자 아래가 훤히 내려다보이는 평지가 나타났다. 원시림처럼 우거진 산속이지만 기와집 두어 채 정도는 충분히 들어앉을 만한 곳이었다. 뒤로는 높은 절벽이 버티고 있었는데 그 사이로 작은 굴이 보였다. 그들이 도착하는 것을 보고 굴속에서 세 사람이 뛰어나왔다.

"염길아!"

염길은 누군가가 부르는 소리를 듣고 살펴보았는데, 뜻밖에도 고향 친구 필석이 있었다.

"아니, 네가 여기 웬일로?"

"그렇게 됐다."

오랜만에 해후하여 반가움을 나누고 있을 때 최수찬이 손님들을 맞아들였다.

"자, 들어갑시다."

좁은 입구를 지나 동굴 안으로 들어가니 20에서 30명은 충분히 들어앉을 만한 공간에 얼기설기 만든 탁자들이 놓여 있었다. 염길은 이들이 징병을 피해 도망한 사람들이란 것과 지리산은 물론 덕유산, 운문산, 경기도 포천, 금강산 등 험준한 산악지대에도 도망자들이 은거하고 있다는 사실을 알게 되었다.

"함양 덕유산 은신골에서는 칠십여 명이 광명당을 조직해서 왜적에 대항하고 후방 교란작전을 펼치기도 한다는데 아직 지리산은 조용합니다. 골짜기마다 적잖은 사람들이 피해 있지만 모두 제 한 몸 건사할 요량만 하고 조직적으로 대항하지 않으니 참 한심한 일이지요."

수찬의 말을 충현이 받았다.

"일본이 전선에서 미군에게 밀리고 있지만 아직 조선에 대해선 저들의 통치 체제가 확고합니다. 삼십 년 넘게 식민 지배 체제를 공고히 하였기 때문에 독립이란 것은 인민들에게 꿈같은 이야기지요. 일단 무장이 전혀 없으니 맨손으로 싸울 수도 없는 노릇이고."

의견을 나누는 동안 염길은 필석을 한쪽으로 불렀다.

"어떻게 된 거야?"

"올가을부터 고창도 징병하느라고 떠들썩했어. 나는 왜 놈들 전쟁터에 나가 죽기 싫어서 도망해 부렀제. 봇짐장수로 꾸미고 여기저기 다니다가 검속당하기도 했는디 자칫하믄 끌려가겠더라. 그래서 산으로 숨어들었는디 또 여기까지 오게 됐다. 저기 김 선생이 너를 안다고 하기에 고향 친구라고 했더니 오늘 여기서 보는구나. 세상 참 좁다잉."

필석은 고향 이야기를 하며 숙영이 기어코 위안부로 갔다는 것과 아직 삼촌이 정신을 차리지 못하고 노름판을 전전한다는 말을 해주었다. 그러다 문득 늙은 부모님 생각이 나는지 눈물을 글썽였다.

"네가 고향에 가믄 불쌍한 우리 아버지 꼭 찾아뵙고 내 안부 좀 전해줘. 여기가 산속이라 해도 지내는 데 큰 어려움은 없응께 아무 걱정 마시라고. 다들 챙겨온 돈이 조금씩 있고, 약초를 캐서 화전민한티 넘기믄 장에 나가 쌀이며 필요한 것을 사다 주니께 괜찮아. 우리가 왜놈들에게 항거하지 않고 조용히 있으믄 놈들은 우리가 여기에 있는 줄도 모르고 관심도 없을 거여."

"그나저나 저 사람들은 어떻게 된 거냐?"

"최수찬이란 사람은 보성전문학교를 다니다 도망 온 사람이고 다른 사람들은 나와 비슷한 처지여."

염길은 보성전문이란 말을 듣고 문득 동수가 궁금해졌다. 혹시 그도 끌려가지 않았을까 걱정되어 수찬에게 말을 건넸다.

"보성전문을 다녔다고 들었습니다. 김동수란 친구가 있는데 아십니까?"

"고창 출신 법과 김동수 선배 말이지요? 알다마다요. 학교를 졸업하고 조선변호사시험을 준비하고 있습니다."

염길도 그것은 익히 알고 있었다.

"징병은 어떻게 됐을까요?"

"그 선배는 워낙 집안이 좋아 징병쯤 해결할 수 있을 겁니다."

수찬의 말에 염길도 동의한다는 듯 고개를 끄덕였다.

"여기서 김 선배의 친구를 만나다니 참 뜻밖입니다만, 그는 선량하고 못 배운 인민의 피를 착취하는 전형적인 부르주아 지주 출신입니다. 일제가 타도 대상인 것처럼, 훗날 무산자들이 주인이 되는 평등 세상을 만들기 위해서는 친일 부르주아를 깨끗이 청소해야 됩니다. 그렇지 않소?"

수찬은 충현에게 동의를 구했다.

"맞는 말씀이오. 마르크스 레닌 동지가 적색혁명을 성공시키고 만국 노동자들이 단결하고 있는 마당에, 봉건 부르주아 놈들은 언제나 기득권을 지키기 위해 우리를 분열시키고 군림하려고 하지요. 세상이 변하면 또 어디론가 빌붙어 우리를 착취할 겁니다."

"그래서 하층 프롤레타리아 계층의 사상 교육이 더욱 중요한 것입니다. 저들의 술수를 타파하고 혁명을 성공시키기 위해서는 무산계급의 각성이 필요합니다."

수찬은 말을 잠시 중단하고 염길과 필석을 번갈아 보더니,

"그런데 장필석 동지는 그렇게 교육을 시켜도 진보가 없으니 걱정이올시다. 사상으로 무장되어야 하는데."

농담처럼 말하고는 껄껄 웃었다.

"나는 가방끈이 짧고 계급이니 혁명이니 하는 거창한 것

에 관심이 별로 없당께 왜 자꾸 그려요. 그저 고생하는 우리 부모님을 어떻게 하면 잘 모실까 하는 것만 생각한다니께요. 남보다 열심히 일하고 돈 벌어서 부모 봉양하는 것은 세상 이치 아니겠습니까."

필석이 머리를 긁적이면서 말하자 수찬은 혀를 끌끌 차며 면박을 주었다.

"바로 그런 노예근성을 하루빨리 버리고 무산계급자들이 이 세상의 주인이란 자부심과 생각을 가져야 한단 말입니다."

그 말에 필석은 친구 앞에서 체면이 상했다고 생각한 모양인지 목소리를 높였다.

"걸핏하면 평등, 평등 하는디 사람은 모두 각자의 욕심이 있는 것 아니겠소. 강아지를 키워도 양껏 배를 채우고 잘 크는 놈이 있는 반면 처져서 빌빌거리는 놈도 있는 법이요. 근디 어떻게 생각이 다르고 능력이 다른 사람들을 칼로 두부모 썰듯 높낮이를 없애고 평등하게 만들 수 있단 말인지 아무리 생각해도 모르겠소. 난 없이 살아서 그러는지는 몰라도, 여기서 내려가믄 부지런히 돈 벌어서 장가가고 효도하는 것이 나의 할 일이라고 생각합니다. 열심히 일해 돈 벌고 땅 사고 부자되면 될 것을 왜 그리 욕하고 잡아묵을라고 하는지 모르겄구만요."

필석의 말에 수찬은 답답하다는 표정으로 한숨을 쉬고, 충현이 선생답게 상황을 중재하고 나섰다.

"자, 그만합시다. 아무래도 장필석 동지는 시간이 더 필요할 것 같습니다. 하루아침에 사상 교육이 되면 좋겠지만 사람마다 생각하는 바가 다르니 천천히 하지요."

충현은 배낭을 풀어 가져온 책과 물건들을 전해주고 내려갈 채비를 하였다. 필석은 염길의 손을 잡고 거듭 당부를 하였다.

"고향에 가믄 꼭 우리 아부지 찾아뵙는 거 잊지 마."

"걱정 마라. 조만간 집에 다녀올 텐데 꼭 찾아뵙고 네 안부를 전하마."

산을 내려올 때 염길은 앞서가는 충현을 보면서 문득 이 사람이 추구하는 세상은 어떤 세상일까, 과연 무산계급에 의한 공산혁명이 가능할까 하는 의문이 들었다. 어쩌면 레닌이 혁명을 성공시킨 것처럼 가능할 수도 있다. 그렇게 되면 나는 어느 편에 서야 할까? 그들이 양분한 부르주아와 프롤레타리아 중간에 자신이 낄 틈은 없어 보였다. 갑자기 김충현 선생이 두렵게 느껴졌고 앞으로 무슨 큰일을 저지를 사람처럼 보였다.


필석의 부탁대로 염길은 고창을 찾았을 때 장 영감을 만났다.

"그려, 우리 필석이가 안부를 전해달라 했다고?"

"네, 잘 있습니다."

염길의 말에 장 영감은 코를 훌쩍였다.

"고맙네. 근디 어디에 있던고?"

"그건 저도 잘 모릅니다. 이리저리 옮겨 다니는 통에 거처가 일정치 않다고 하더군요."

염길은 모른 체 딱 잡아뗐다. 행여 무슨 일이라도 생기면 피차 곤란한 일이 생길까 염려됐던 것이다. 안부를 전하고 집으로 돌아왔더니 아버지도 걱정이 되는 모양이었다.

"여기저기 징병 나가는 청년들이 생기는구나. 너는 괜찮겠냐?"

"네, 선생들은 아무래도 아이들을 가르쳐야 되니까 징병을 하지 않고 있습니다."

"다행이다."

줄포댁이 찬거리를 다듬다가 슬그머니 끼어들었다.

"에유, 우리는 다행이지만 남들 본께 맘이 영 편치 않구만요. 염길이 너도 알다시피 숙영이맨키로 과년한 처녀도 전쟁터로 가더라. 갈 때 얼마나 울고불고하던지, 그렇게 가기 싫어하는 것을 놈들이 결국 끌고 갔당께. 에구. 돈이 웬수다, 돈이 웬수여. 즈그 아부지가 쬐끔만 정신을 차렸으믄

다 큰 딸년을 그렇게 팔아묵진 않았을 거구만."

"무담시 왜 남의 일을 들추고 그랴."

석대는 곰방대를 채우면서 점잖게 아내를 나무랐지만 줄
포댁 입은 멈추질 않았다.

"온 동네가 다 알고 있는 일 아니우. 가민있자, 숙영이 가
믄서 너 오믄 전해달라고 편지를 주고 갔는디 어디 뒀을까.
나이 먹응께 물건을 두고 돌아서믄 잊어먹고 바보가 되는
구나."

줄포댁은 고리짝을 열었다 닫고 한참 동안 방 안을 쏘다
니며 들쑤시더니 드디어 바느질 통 안에서 편지를 찾아냈
다. 염길은 작은방으로 가서 편지를 열어보았다.


염길 오빠 보세요.
아마 오빠가 이 편지를 열어볼 때쯤이면 난 이미 머나먼 이국
땅에 있겠지요. 처음엔 아버지를 얼마나 원망했는지 몰라요.
남들처럼 고운 옷 입고 자수나 놓다가 좋은 혼처를 찾아 시집
가서 부덕을 실천하면 얼마나 좋을까. 그런데 내 팔자에는 그
런 운수가 없나 봐요. 나는 어렸을 때부터 오빠를 의지했고, 나
중에 오빠한테 시집가야겠다고 생각했었는데 자라보니 그것
도 이룰 수 없는 꿈이란 것을 알겠어요. 무엇 하나 내 뜻대로
되질 않는군요. 날마다 차라리 도망갈까, 그냥 치마를 뒤집어

쓰고 물에 빠져 죽을까 별 궁리를 다 하였지만 내 한 몸 편할 순 없었어요. 그렇게 하면 아버지가 당할 고초가 얼마나 클까 생각하고는 순응하기로 했답니다.

오빠, 어디에 계시더라도 건강하세요. 나중에 내가 무사히 돌아오면 인사드릴 테니 저의 무운을 빌어주세요.

숙영 올림.

꾹꾹 눌러쓴 글자에 숙영의 눈물이 묻어 있는 것 같았다. 염길은 가여운 생각이 들어 가슴에 무엇이 얹힌 듯 답답하고 숨조차 제대로 쉴 수 없었다. 도대체 누가, 왜 댕기 머리 흔들며 이곳 모릿등에서 게를 잡고 소금 가마를 지키며 살아온 숙영을 전쟁터로 끌고 갔단 말인가. 우리가 일으킨 전쟁도 아니고 아무런 대의가 없는 전쟁 아닌가. 염길은 지금껏 일본에 대하여 남들처럼 대단한 적대감을 가져본 일도 없고, 조선의 독립이 꼭 필요한 일인지에 대해서도 깊이 생각지 않았다. 그러나 숙영과 필석의 불행한 운명을 바라보니 가슴속 깊은 곳에서 형언치 못할 분노와 적개심이 솟구쳤다.

염길은 좁은 방에선 도저히 마음을 진정시킬 수 없어, 밖으로 나와 만조로 물이 들어온 바닷가를 천천히 걸으며 심호흡을 했다. 저 멀리 바다 건너 줄포만 곰소항에서 불빛이 가물거리고 있었다.

*

해를 넘겨 1945년이 밝았다. 미군 폭격기가 도쿄에 폭탄을 투하하는 바람에, 일본에서는 천황까지 방공호로 대피하는 일이 잦아졌다. 정상적 판단 능력을 가진 사람이라면 일본이 전쟁에서 이길 수 없다는 것을 충분히 알 수 있었지만, 대본영*을 중심으로 한 일본 군부는 이것을 인정하지 않고 차라리 '1억이 총 옥쇄하자'는 선동과 각오를 다지고 있었다.

전주 상생정에서 유곽을 운영하고 있던 카이토는 내지에서 올라와 사업차 조선에 들른 일인들을 통해 본국의 상황이 심상치 않게 흘러가고 있음을 직감했다. 갈수록 미군의 폭격이 심해져서 도저히 도쿄에 머물기 힘들고, 머잖아 큰일이 벌어질 것 같다는 소리에 불안한 마음이 들었다. 그러나 조선은 미군의 직접적 공격이 없고 전선으로부터 멀리 떨어져 있는지라 과연 정말 그러한지 제 눈으로 보기 전에는 실감하기 힘들었다.

유곽을 운영하려면 평소 경찰과 유착하고 친분을 맺어놓는 것이 좋았다. 카이토는 전주로 오자마자 의용단에 들어

* 태평양 전쟁 때, 일본 천황 직속으로 군대를 통솔하던 최고 통수 기관.

278

가 감투를 쓰고 사회 활동을 한답시고 돌아다닌 덕분에 전주부청과 경찰서의 여러 간부들과 유대 관계를 맺고 있었다. 그는 방범과 화재 예방을 핑계로 인근 시장 상인들에게서 꽤 많은 돈을 걷은 다음 전주부청에 국방헌금을 쾌척하였다. 지방별로 국방헌금을 얼마나 내는지 서로 경쟁하는 분위기로 인해 부청 관계자들이 골머리를 앓고 있었기 때문에 카이토의 헌금은 큰 환영을 받았다. 경찰서를 위문차 방문했을 때 서장은 차를 권하며 입에 침이 마르도록 그를 칭찬해 주었다.

"남방 전선에서 고열을 무릅쓰고 조국을 위하여 싸우는 용맹 과감한 황군의 신산고초(辛酸苦楚)를 생각할 때 총후*에서 우리의 임무를 다하려는 억센 의지와 불타는 애국열은 누구도 막을 수 없소. 카이토상이 앞장서 뜻을 모으고 있으니 한결 위안이 되고 천군만마를 얻은 것처럼 든든하구려."

카이토는 자기가 나라를 위해 무슨 큰일이라도 한 것처럼 기분이 우쭐해졌다.

"이 모든 것이 천황 폐하의 은공 덕분입니다. 앞으로 서장님께서 많이 도와주시면 의용봉공의 정신을 더욱 발휘하

* 총의 뒤, 즉 후방을 의미한다.

여 보답하겠습니다."

이렇듯 카이토는 사업을 위해 나름대로 열심히 뛰었다. 전주경찰서엔 소방대와 방호단을 통합한 경방단이 있었는데, 카이토는 전주경찰서 방화좌담회를 찾아 경방단장에게도 인사를 하였다.

"단장님, 요즘은 얼굴 뵙기가 영 힘들어졌습니다. 언제 상생정에 한번 오시죠. 이번에 내지에서 건너온 아이들이 여럿 있습니다."

유흥업소나 극장을 점검하고 화재 예방을 위한 안전조치를 하는 것이 경방단의 임무 가운데 하나였다. 경방단이 오면 업주들이 봉투를 찔러주는 것이 상례다. 작년에 새로 임명된 경방단장은 유독 여색을 좋아해서 유곽을 순회하는 것이 주요 업무인가 싶을 정도였는데, 요즘엔 어찌 된 일인지 얼굴을 나타내지 않았던 것이다.

"카이토상, 난들 안 가고 싶겠나. 하지만 언제 미군의 공습이 있을지 모르니 그에 대비한 회의와 준비를 하느라고 죽을 맛이야."

카이토는 본국뿐만 아니라 조선에도 무슨 일이 벌어지긴 하겠구나 싶은 생각이 들었다.

"급할수록 돌아가야죠. 제가 단단히 준비해 놓겠으니 오늘 저녁에 꼭 오십시오."

카이토가 이처럼 부탁하자 경방단장은 못 이기는 척 고개를 끄덕였다.

저녁에 약속대로 경방단장이 유곽을 찾았을 때, 카이토는 평소보다 신경을 써 접대를 하였다.

"술도 많이 드시고, 여기 있는 계집들 가운데 마음에 드는 아이가 있으면 말씀하십시오. 각별히 모시도록 하명하겠습니다."

"허허, 난 카이토상만 보면 마음이 항상 즐겁단 말이야."

경방단장은 기분이 좋아 거듭 술잔을 비웠다. 웬만큼 술이 들어갔을 때 카이토가 은밀한 표정으로 궁금했던 것을 물어보았다.

"단장님, 본국에서 건너온 사람들이 말하길 동경에 폭격이 심해지고 있다고 하던데요. 미군이 조선에도 폭탄을 떨어뜨리진 않을지 걱정입니다."

경방단장은 순간 눈을 치켜떴다.

"누가 그따위 말을 해?"

"헤헤헤, 아무래도 과장된 말이라고 생각합니다. 황군이 연전연승하며 대동아공영권을 실현해 나가고 있는데, 허수아비 미군들이 감히 천황 폐하께옵서 계시는 동경까지 올리가 없지요."

카이토가 급히 말을 바꾸고 강아지처럼 살랑거리자 경방

단장은 표정을 풀었다.

"그런 소리 함부로 하면 큰일 나. 신문을 봐도 어디 그런 기사 한 줄 나오던가. 꽉 틀어막고 있기 때문에 다들 편안하게 생각하고 있지. 하지만 발 없는 말이 천 리를 가는 법이야. 자네 귀에 들어갔을 정도면 그것이 허황된 말이 아니란 것쯤 알아차렸겠지만."

그는 넌지시 본국의 실정을 전해주었다.

"지금은 미군이 대공포를 겁내서 고공비행을 하고 있어. 그래서 폭탄 명중률이 떨어지고 피해가 적지만 그놈들이 맘먹고 저공폭격을 시작하면 피해가 엄청날 거야. 물론 조선은 안전하다고 볼 수 있지. 미군의 목표는 천황 폐하가 계신 본국이지 조선이 아니거든."

"그 정도로 전황이 어렵습니까?"

"경찰서로 오는 공문을 보면 죄다 최후의 결전을 준비하라는 소리밖에 없어. 그것은 미군이 코앞까지 밀고 왔단 소리 아니겠나."

"그렇군요."

카이토가 침울한 표정을 짓자 경방단장은 얼굴을 무섭게 하고 겁을 줬다.

"자네, 어디 가서 절대 이런 말 하지 않는 것이 좋아. 괜히 지껄이고 다녔다간 전시 유언비어 살포죄로 체포돼서

쥐도 새도 모르게 염라대왕 뵙는 수가 있어."

카이토는 두 손을 방바닥에 대고 고개를 숙였다.

"네, 명심하겠습니다."

경방단장이 다녀간 후 카이토는 고민에 빠졌다. 사업을 계속해야 할지 아니면 처분해야 할지 판단이 서질 않았던 것이다. 이럴 때 매형 료스케가 살아 있었다면 도움이 될 텐데, 아쉬운 마음이 들었다. 카이토의 유곽은 다른 업소보다 영업이 잘되는 편이어서 손님이 많았다. 만약 그가 가게를 내놓는다면 경쟁 업소나 돈 많은 일인이 인수할 것이다. 처분이야 그리 어렵지 않겠지만 과연 지금 사업을 접어야 할지에 대해선 쉽게 결정할 수가 없었다.


그는 누나와 상의하기로 마음먹고 집을 찾아갔다.

"웬일이냐?"

히토미는 저번에 염길이 왔을 때 카이토가 보인 행동이 무례했다고 생각하여 아직도 화가 풀리지 않은 상태였다.

"상의드릴 것이 있어서 왔어요."

카이토는 누나와 조선인 한 명 때문에 입씨름할 수는 없다 생각하고 바로 용건을 꺼냈다.

"지금 신문과 방송에서 연일 황군이 승리하고 있다 하지만 제가 알아본 바로는 본국의 사정이 좋지 않아요. 동경에 폭탄이 떨어지고 있는 판이니 말 다했죠. 만일 전쟁에서 지기라도 한다면 큰일 아니겠습니까. 패자는 말이 없는 법이니, 그동안 우리가 움켜쥐고 있던 것을 모두 내놓아야 할지도 몰라요."

"그게 무슨 말이니?"

"누님, 생각해 보세요. 요즘 뜸해졌지만 조선인들이 독립한다고 테러를 일삼고 중국에 임시정부까지 세운 지 이미 오래잖아요. 전쟁에서 지면 본국이든 조선이든 미군이 물밀듯 밀고 들어와 우리가 가진 것을 빼앗을 게 분명하다 이 말입니다. 알거지로 쫓겨날 수도 있어요."

"에이, 무슨 그런 말을. 조선과 일본은 이미 한 나라가 된 지 오래고 아케미와 마사토도 여기서 태어났잖니. 여기가 고향이고 우리나라야. 전주만 해도 일인이 육천 명이다."

히토미는 카이토가 얼토당토않은 말을 하고 있다고 생각했다. 설혹 전쟁에서 진다 하더라도 가긴 어디로 간단 말인가. 본국에 가면 조선에서 살았던 사람들이라고 차별할 것이 뻔하다. 그럴 바엔 차라리 조선에서 영원히 사는 것이 나았다. 그녀는 조선과 일본이 떼려야 뗄 수 없는 나라이며 이제는 한 몸처럼 되었다고 생각하고 있었다.

조선인 가운데도 독립은 무슨 얼어 죽을 독립이고 뚱딴지 같은 소리냐며, 기껏 일궈놓은 기반을 모두 내놓을 바엔 지금 이대로 사는 것이 좋다고 생각하는 사람이 적잖았다. 더 강하게 독립을 반대하는 사람도 있었다. 이런 와중에 카이토가 사업을 접어야 할지도 모르겠다는 말을 하니, 사람이 갑자기 변하면 죽을 날이 가까워진 것이라고 하는데 혹시 동생 신변에 무슨 일이 생긴 것인가 걱정스럽기까지 했다.

한편 카이토는 누나의 말을 듣고 자신이 너무 걱정하고 있는 것은 아닐까, 섣불리 행동하다 큰 손해를 볼 수도 있겠구나 하는 생각이 들었다. 누나를 만나러 올 때는 사태가 급박하다 느꼈는데 그녀가 태평스럽게 말하는 것을 보곤 내가 괜한 걱정을 했구나 싶어 면구스러웠다. 아직 눈에 보이는 위협과 위험이 없으니 먼저 나설 필요도 없어 보여 그는 일단 한발 물러섰다.

"그럼 누나 마음대로 하세요. 하지만 전황이 그리 낙관적이지 않은 것은 분명해요. 이럴 때는 되도록 현금이나 금붙이를 많이 확보하고 후일을 대비하는 것이 좋을 겁니다. 그리고 조선 놈들 믿지 말란 말 잊지 말아요. 언제 우리 등 뒤에 칼을 꽂을지 모르는 족속입니다."

카이토는 누나가 조선인들과 잘 지내는 것이 항상 불만이었다.

"알았다. 그러니 너도 어디 가서 이런 말 함부로 하거나 경솔하게 행동하지 마."

결국 카이토는 불안한 시기에는 움직이지 않고 조용히 상황을 보는 것이 상책이라 판단하고 조금 더 기다리기로 마음먹었다. 유곽을 경쟁 업소에게 넘기는 일쯤 어렵지 않았지만 본국으로 돌아가서 새로운 일을 벌이는 것은 자신 없었다. 일본보다 조선에서 생활한 날이 많았고 어딜 가든 큰소리칠 수 있는 조선이 더 편했다.

아케미는 카이토가 유곽을 정리하고 싶어 한다는 말을 듣고 기뻐했다.

"그동안 외삼촌이 조선에서 손가락질받는 사업을 하는 바람에 어디 가서 말도 못 꺼냈는데, 제발 유곽을 그만두고 다른 일을 했으면 좋겠어요."

"넌 아무리 그래도 삼촌에게 그게 무슨 소리니? 미우나 고우나 가족인데."

"엄마도 참, 일본 사람들과 조선 사람들은 달라요. 본국에서야 유곽을 하든 말든 아무도 신경 쓰지 않지만 조선은 풍속이 달라 유곽을 아주 천시하고 사람이 해서는 안 될 일로 치부한단 말이에요."

아케미의 말이 틀린 것은 아니었다. 조선에서 유곽을 하는 이들은 모두 본국에서 그런 일에 종사했거나 질이 좋지 않은 사람들로, 한몫 잡아보려고 건너온 낭인들이 대부분이었다. 그들은 돈이 많으니 거류민단에서 그럴듯한 감투를 쓰고 여기저기 얼굴을 내보였지만 사람의 본성은 쉽게 변하지 않는 법이었다. 오히려 그들로 인해 다른 일인들이 도매금으로 매도당하는 일도 있었다.

"난 카이토가 없으면 의지할 곳이 없어 마음 한구석이 휑할 거야. 네 아버지가 돌아가신 후 카이토가 아니었다면 우리가 어떻게 전주에 자리 잡을 수 있었겠니."

히토미는 여기까지 말하고 아케미의 손을 잡았다.

"살다 보면 의논해야 할 일도 많은 법이다. 너도 이제 결혼을 생각해야 되지 않겠니? 다음에 카이토가 오면 네 혼사에 대해 한번 의논해 볼 생각이야."

아케미는 깜짝 놀라 어머니의 손을 세차게 뿌리쳤다.

"누가 결혼한댔어요? 난 아직 그런 생각 없으니 절대 삼촌에게 말하지 마세요."

그러고는 이내 도리질을 하며 자리에서 벌떡 일어섰다.

"엄마, 분명히 말하겠어요. 만약 제 뜻과 다른 결정을 하시면 집을 나가버릴 거예요."

히토미는 아케미가 이렇게까지 화를 내며 결혼에 대한 말을 꺼내지 못하도록 하는 것이 이상했다.

"너, 마음에 둔 사람이라도 있니?"

"없어요."

"그럼 왜 그렇게 화를 내는 거냐. 세상 이치는 분명해. 누구나 나이가 차면 결혼을 하는 것이란다."

"아무튼 난 싫어요. 싫어."

아케미가 제 방으로 들어가 버리자 히토미는 문득 염길을 떠올렸다. 고창에 살 때부터 아케미가 염길을 잘 대해주었던 것이 생각나는가 하면, 저번에 염길이 왔을 때 보였던 행동들도 새삼스럽게 느껴졌던 것이다. 그건 안 될 일이야. 아무리 강 군이 좋은 사람이라고 해도 그렇지 어떻게 조선인과 결혼을 한단 말인가. 히토미로서는 꿈에서라도 생각해 볼 수 없는 일이었다. 만일 아케미가 염길과 결혼하겠다고 말하면 카이토는 칼을 들고 쫓아와 염길을 죽이려고 할 것이다. 히토미는 자신의 짐작이 틀리길 바라며 한숨을 푹 내쉬었다.

입춘이 지난 어느 날 염길은 아케미가 쓴 편지를 받았다. 전주에서 전라선 기차를 타고 여수로 여행을 갈 생각인데 여자 혼자 가면 무서우니 동행해 줄 수 있느냐는 내용이었다. 뜬금없이 무슨 여행이람? 염길은 헛웃음을 짓다가 문득 자신이 이제껏 여행을 한 번도 해본 적이 없다는 것을 깨달았다. 기차는 일 보러 갈 때 필요에 의해 타는 것이었다. 한가하게 창밖을 바라보며 풍경을 즐길 여유가 없었다. 더구나 요즘엔 학교에서도 신경 쓸 일이 많고 업무가 폭주해서 제발 어디로든 도망가고 싶은 마음이 들 때가 많았다.

염길은 아케미에게 그러마 답장하고 약속된 날짜에 남원역으로 가서 기차에 올랐다. 그는 일부러 맨 앞 칸에서부터 천천히 뒤쪽으로 걸어가며 승객들의 얼굴을 살폈다. 열차는 경성에서 호남선을 타고 오다가 이리역에 이르러 전라선으로 갈아타고 여수까지 내려갔다. 이미 대전, 논산, 이리, 전주, 임실, 남원에서 손님들을 내려주어 빈 좌석이 많고 한산하였다.

염길은 세 번째 칸에 이르러 창밖을 바라보고 있는 아케미를 발견했다.

"여기 앉아도 될까요?"

짐짓 모르는 사람처럼 농담조로 말을 건네자 아케미 또한 생긋 웃으며 대답했다.

"네, 앉으세요."

작년 여름에 보고 그 이후로는 보질 못했으니 거의 반년 만에 만나는 셈이었다. 물론 그동안 편지 왕래를 가끔 하였으나 실제로 보니 무척 반가웠다. 염길은 아케미에게 물었다.

"그런데 무슨 바람이 불어 여수를 가십니까?"

"그냥 멀리 한번 떠나보고 싶었어요. 여자 혼자 가긴 무서우니까 염길 씨에게 도움을 청한 것이죠. 정 이유가 필요하다면, 수업 연구라고 해둬요. 호호."

둘이 도란도란 이야기를 나누는 와중에 열차는 쉬지 않고 달렸다. 곡성을 지나자 왼쪽으로 섬진강이 마치 물고기 비늘처럼 은빛 물결을 반짝였고, 강 너머로는 하얀 고깔을 뒤집어쓴 노고단이 보였다. 고산이라 아직 눈이 녹지 않은 모양이지만 나무들은 벌써 연붉은 순을 내보내고 있어 상변이 불그스레한 빛을 띠고 있었다. 하얀 백사장과 푸른 물결을 보고 아케미는 연신 감탄을 금치 못했다.

"너무 아름다워요. 이런 풍경 처음 봐."

그건 염길도 마찬가지라 둘은 창에 얼굴을 붙이고 정신없이 밖을 구경했다. 열차가 압록역에 멈추었을 때 아케미는 어린아이처럼 호들갑을 떨었다.

"염길 씨, 저기 좀 봐요. 강이 이렇게나 넓어지는 걸 보니 곧 바다가 나올 것 같아요."

봄마다 노랗게 피는 압록역의 산수유꽃은 섬진강의 부드러운 모래사장과 어울려 탄성을 자아낸다. 아직 꽃이 피지 않아 그 아름다움을 볼 수는 없었으나 섬진강 푸른 물에 바짝 붙어 있는 역이 아담하고 보기에 좋았다.

열차는 섬진강변의 구불거리는 외줄 선로를 따라 터널을 지나고 고개를 넘어 전라선의 종착역인 여수역에 도착했다. 어디선가 비릿한 냄새가 풍겨오는 것으로 봐서 바다가 멀지 않다는 것을 알 수 있었다.

세모꼴 박공지붕을 단정하게 이고 있는 여수역은 황량한 벌판에 홀로 서 있는 커다란 직사각형 창고처럼 보였다. 전면을 가득 채운 큼지막한 유리창이 없었더라면, 밤에는 누구나 창고라고 생각할 것 같았다. 내려오는 동안 숱하게 보았던 간선역이 아닐까 하는 생각이 들 정도로 볼품없었다. 역사 중앙 출입문에는 커다란 일장기와 욱일기를 엇갈리게 걸어두어 오가는 사람들이 그 아래를 지나도록 만들어놓았다. 대합실은 열차를 기다리는 사람들과 시모노세키에서 관려연락선*을 타고 여수에 온 일인들로 조금 붐비긴 했지만, 한옥으로 높게 지은 전주역에 비하면 이곳이 전라선 종착역이라는 것이 서글프게 느껴졌다.

염길과 아케미는 여수역의 초라한 풍경에 실망한 표정을 짓다가 이내 사람들이 몰려가는 방향으로 길을 잡았다. 일본인들이 처음 여수에 와서 자리를 잡았던 곳은 중앙동 종포였다. 두 사람은 중앙동 선착장에서 돛대를 높게 세우고 일장기와 욱일기를 펄럭이고 있는 어선 수십 척과, 수산물과 어구를 옮기는 어민들을 보았고 그 외 항구도시 여수의

* 여수와 일본 시모노세키를 연결하는 연락선. 당시 취항한 배는 2500톤 급의 '흥아환'과 2000톤 급의 '조박환'이었다. 여수에서 시모노세키까지는 열네 시간이 걸렸다.

이곳저곳을 구경하느라 시간 가는 줄 몰랐다.


저녁 무렵 두 사람은 종포 뒤편에 있는 비교적 깨끗한 식당으로 들어갔다.

"여행 왔으니 오늘 술 한잔하세요."

아케미가 염길에게 술을 따라 주었다.

"올라가는 차편은 어떻게 하지요?"

염길이 술을 들이켜며 걱정스러운 눈빛으로 물었다.

"내가 알아서 할 테니 걱정하지 말아요. 벌써 올라갈 생각부터 하다니."

아케미는 입을 삐죽거리고 다시 잔을 채웠다.

"너무 많이 마시는 것 같은데."

"호호, 남자가 이 정도 갖고 그러세요. 조선 남자들은 키가 크고 힘도 좋아 술을 잘 먹잖아요."

아케미는 술을 못해 염길 혼자 독한 소주 한 병을 다 비웠다. 지금껏 이렇게 많은 술을 마셔본 적이 없었는데, 모처럼 여행을 와 기분이 좋았고 아케미가 연신 따라 주는 술을 거절할 수도 없었다. 아케미는 술에 취해 얼굴이 벌게진 염길을 보는 것이 재밌는지 혼자 빙긋 웃더니 그럼 술을 좀 깨고 가자며 전등을 밝힌 다방으로 들어갔다.

봄이 오고 있었지만 바닷가라 바람이 찼다. 염길은 추운 바깥과 달리 따뜻한 다방에서 김이 모락모락 오르는 차를 마시자 취기가 사라지긴커녕 더 올라와 정신을 잃을 지경이 되었다.

"올라가는 차편을 놓치지 말아야 합니다."

그 와중에도 염길은 행여 열차를 놓칠까 걱정이었다. 아케미는 알고 있다는 듯 고개를 끄덕이곤 염길의 눈을 가만히 들여다보며 말을 이었다.

"엄마가 결혼하라고 성화예요."

"네?"

염길은 뜻밖의 말에 놀란 표정을 지었다.

"아직 결혼 생각이 전혀 없는데 저렇게 서두르시니 어떡해야 할지 모르겠어요."

"하긴 그런 말씀을 하실 때도 됐지요. 누구나 때가 되면 배필을 찾아 결혼해야 되니까."

"하기 싫은데 어떡해요."

아케미는 남의 일처럼 아무렇지도 않게 말하는 염길에게 서운한 얼굴을 하고 사정 조로 이야기하였다.

염길은 무슨 말을 해주어야 할지 몰라 속이 답답할 뿐이었다. 담배라도 배웠으면 이럴 때 좋을 텐데. 따뜻한 다방에 앉아 있으려니 조금 전 먹은 술이 확 올라왔다. 얼굴이 화끈거리고 자꾸 졸렸다. 그래도 아케미 앞에서 실수할 순

없는 일이라 가까스로 정신을 차려 질문거리를 하나 찾아
냈다.

"저번에 말입니다. 운봉에서 자고 간 일 때문에 어머니가
서두르는 것일까요?"

순간 아케미의 얼굴이 빨개졌다. 그때 아무 일도 없었다
지만 난생처음 낯선 남자와 한방에서 잔 일이 부끄러웠기
때문이다.

"그런 이유도 있을 거예요. 말도 없이 외박했다고 굉장히
혼났거든요. 뭐 학교 일이 늦게 끝나 관사에서 잤다고 둘러
댔지만."

"네."

염길이 다행이라는 듯 고개를 끄덕이는데 아케미는 심각
한 표정으로 바짝 다가앉으며 말을 이었다.

"그런데 난 염길 씨에게 좀 서운한 것이 있어요."

"아니, 그게 무엇입니까?"

"운봉에서 말이에요. 하숙집으로 가던 길에 농부가 나를
보고 약혼자냐고 물었잖아요. 그때 염길 씨가 극구 부인하
고, 또 주인아주머니 앞에서는 밥 먹다가 역정까지 냈지요.
게다가 한방에서 잠을 자는데 어쩜 그리 태평스럽게 코를
골면서 곤히 자는지. 난 새벽까지 한잠도 못 잤답니다."

아케미의 말을 듣고 염길은 피식 웃고 말았다.

"난 또 무슨 큰 잘못이라도 한 줄 알고."

"웃지 말아요. 물론 그것이 사실이라 해도 나는 당신이 하는 행동을 보고 무시당한 느낌이 들었단 말이에요."

아케미가 정색을 하며 따져 묻자 염길은 이 무슨 생떼를 쓰는 것인가 싶고, 술김에 될 대로 되라지 하는 마음이 들어 아무렇게나 대답해 주었다.

"알겠습니다. 앞으로 그런 마음 들지 않도록 주의하지요."

벌써 시간이 많이 흘러 거리엔 가로등이 켜지고 행인들이 집으로 바삐 돌아가고 있었다. 밖으로 나오자 어디선가 술에 취해 노래를 부르는 뱃사람들 소리가 들려왔다. 염길도 기분이 좋은지 덩달아 콧노래를 흥얼거리며 비틀비틀 걷기 시작했다. 아케미는 이러다가 어디 부딪혀 상처를 입을까 봐 그의 겨드랑이에 고개를 비집어 넣고 부축했다.

"조심해요."

"어? 이게 누구신가, 고창에서 제일 예쁘기로 이름났던 국일여관의 따님 아케미 양이군."

염길이 어깨동무하듯 팔을 척 걸치고 체중을 싣는 바람에 아케미는 끙끙거리며 걷다가 도저히 이대로는 안 되겠다 싶어 주위를 두리번거렸다. 항구에는 여행객이나 배를 기다리는 사람들이 묵는 여관이 있었다.

"도저히 안 되겠어요. 좀 쉬었다 가요."

그녀는 눈을 감고 숫제 자신에게 의지하고 있는 염길을 데리고서 적당한 여관으로 들어가 자리에 뉘었다. 저번에 운봉에서는 잘 모르겠더니 오늘 이렇게 쭉 뻗다시피 잠에 곯아떨어진 것을 보고 새삼스러운 기분이 들었다. 마치 자기가 염길의 보호자라도 되는 양 친근했고, 아무도 모르는 곳에 단둘만 있는 것이 비밀스럽게 느껴졌다. 그녀는 염길의 얼굴을 천천히 뜯어보고 손을 뻗어 볼을 만져보았다. 그렇게 한참을 바라보다가 자리를 깔고 염길의 겉옷과 양말을 벗긴 다음 물에 적신 수건으로 손발을 깨끗하게 닦아주었다.

시간이 얼마나 흘렀을까. 어부들이 새벽 출항을 준비하느라고 항구로 몰려가는 소리와 웅웅거리는 기계 소리, 그리고 뚱땅거리는 소리가 창밖에서 들려왔다.

염길은 잠에서 깨고 여기가 어딘가 싶어 주위를 두리번거렸지만 알 수 없었다. 어젯밤 아케미와 있었던 것은 생각나는데 그녀는 어디로 갔을까. 그때 이불 속에서 누군가 부스럭거렸다. 가만히 이불을 들춰보니 아케미가 그의 품을 파고든 채 쌔근거리며 자고 있었다. 아, 이렇게 됐구나. 염길은 자신이 너무 술에 취해서 열차를 타지 못해 여관에 들어와 자게 되었다는 것을 깨닫고 아케미에게 미안한 마음이 들었다. 이제 눈을 뜨면 뭐라고 해야 할지, 머리를 쥐어뜯고 싶을 정도로 자책하며 일어나지도 못하고 그냥 누워 캄캄한 천장만 바라보았다.

그런데 시간이 흐를수록 미안한 마음은 저만치 사라지고 말랑거리는 아케미의 가슴과 코를 자극하는 살냄새에 그만 정신이 혼미해지고 말았다. 그는 슬그머니 손을 뻗어 아케미를 만져보다가 나중에는 아예 옆으로 돌아 모른 척하고 발을 그녀의 엉덩이에 걸쳤다. 그 바람에 아케미가 잠에서 깼다.

"안아줘요."

아케미가 더욱 품속으로 파고들자 엽길은 몸이 부서지도록 그녀를 끌어안고 입술을 포갰다. 보드라운 살결이 닿자 누가 먼저랄 것도 없이 서로를 탐하며 열락의 문으로 들어갔다. 아케미는 마치 구름을 타고 있는 듯 황홀하고 천 길 낭떠러지에 서서 아래를 보는 것처럼 아슬아슬, 뭐라 형용하지 못할 정도로 아찔한 기분이 들어 자기도 모르게 소리를 질렀다. 엽길은 정신이 아득해지고 머릿속이 텅 비어버린 것 같았다. 어서 정신 차려야 한다고 생각하던 것도 잠시, 아무런 생각이 나지 않고 몸을 주체할 수 없어 그저 움직이는 대로 내버려 두었는데 어느 순간 온몸이 뻣뻣하게 굳고 말았다.

그때 선창에서 어영차 저영차 그물을 들어 옮기느라 어부들이 손발을 맞추는 소리와 두부 파는 장사치가 흔들어대는 종소리가 딸랑딸랑 들려왔다.

날이 밝아 여수역으로 갔을 때, 염길은 대합실 벽면에 붙어 있는 열차 시간표를 보고 어제저녁 다방에 있을 즈음 이미 막차가 출발했었다는 것을 알았다. 왜 폭음을 했던가 자책하며 아케미와 마치 낯모르는 사람처럼 한 자리를 띄우고 의자에 앉았다. 서로 얼굴도 못 보게 되어버린 상황이 부담스럽고 아케미에게 한없이 미안했지만 이제 돌이킬 수 없는 일이 되어버렸다. 모든 것을 과음한 탓으로 돌릴 수밖에 없었다.

역에서 바삐 움직이는 사람들 가운데 그들에게 관심을 가지는 이는 아무도 없었다. 그런데도 염길과 아케미는 무슨 큰 죄를 지은 것처럼 고개를 숙이고 서로를 보지 않으며 일정한 거리를 두고 움직였다. 도저히 벌건 대낮에 아무 일도 없었던 것처럼 고개를 뻔뻔하게 들고 다닐 수는 없었다.

여수로 내려갈 때와 달리 돌아올 때는 바깥 풍경이 전혀 눈에 들어오지 않았다. 염길은 멍한 눈으로 휙휙 스쳐 지나는 전신주와 나무를 무표정하게 응시했고, 아케미는 혼자 손을 모아 꼼지락거리더니 졸음을 참지 못하고 염길의 어깨에 머리를 기대 잠들었다. 아마 전주에 도착할 때까지 아무 말도 하지 않았던 것 같다.

열차가 한벽루 터널을 지나 오목대를 끙끙대며 오를 때가 되어서야 염길이 먼저 입을 열었다.

"다 왔나 봅니다."

전주역에 도착해서 아케미는 가볍게 눈인사를 하고 대합실을 빠져나갔다. 염길은 그 뒤에 대고, "미안해요."라고 모깃소리처럼 작게 말했는데 아케미는 잠시 멈칫하더니 그대로 가버리고 말았다. 염길은 인파 속으로 사라지는 아케미의 뒷모습을 한참 동안 바라보다 전주부청에서 일하고 있는 고향 친구 최승근을 만나기 위해 걸음을 옮겼다.

승근은 본래 이리농림학교를 5년간 다녀야 했지만 전시를 이유로 학습 연한을 줄인 덕분에 올해 졸업하여 전주부청에서 일하고 있었다.


"여어, 자네가 갑자기 어쩐 일이야?"

"일이 있어 전주에 온 김에 얼굴이나 보고 가려고."

"잘 왔네. 그렇잖아도 자네에게 연락을 해보려던 참이었어."

승근은 부청 앞 다방으로 염길을 안내했다.

"요즘 학교는 어때?"

"뭐 그럭저럭이지. 전시 교육이다 뭐다 해서 여학생들까지 몸뻬 바지를 입고 근로봉사로 내몰리는 형편이야."

승근은 차를 홀짝이며 고개를 끄덕였다.

"부청도 마찬가질세. 몇 년 동안 얼마나 착실하게 공출을 했던지 향교에서 제 올릴 때 쓸 제기가 없다고 아우성칠 정도라면 말 다했지. 어디 그것뿐인가. 쌀이 부족해서 벌써 마당재 너머로 송피 벗기러 다니는 사람들이 줄을 선다."

두 친구는 오래간만에 만난 처지라 서로 안부를 먼저 물어야 했지만, 살기 어렵고 굶기를 밥 먹듯 하는 사람이 많아 세상 걱정부터 하는 것이었다. 단단한 직장에서 매월 급여를 받아도 동포들 고생하는 것이 눈에 밟혀 괜히 죄스러웠다.

"참, 동수는 올해 조선변호사시험 또 보겠지?"

"그럼. 작년엔 시험장 분위기도 익힐 겸 한번 봐본 것이고 지금 8월을 목표로 맹렬하게 공부하고 있다더라. 학준이가 밥 좀 사 먹이려고 연락을 해도 두문분출이래. 듣자니 경기도 어디 암자에 틀어박혀 공부한다는 소리도 있고."

"그 친구는 결기가 있고 마음먹으면 끝장을 보는 성격이니까."

염길은 머잖아 동수가 시험에 합격할 것이란 생각이 들었다. 승근이 고개를 끄덕이더니 염길에게 물었다.

"참, 모양성 아래 국일여관 딸 아케미도 여기 전주에 있다던데 너도 알고 있지?"

"그걸 어떻게 알았나?"

염길이 되묻자 승근은 별거 아니란 투로 답했다.

"향우회가 조직되어 있으니까 고향 사람 소식은 다 듣고 지낸다. 너도 알고 있었지?"

승근이 물어오자 염길은 괜히 당황하여 우물쭈물 얼버무렸다.

"응, 저번에 우연히 만났는데 전주역 뒤에 있는 풍남국민학교에 있다더라."

"후후, 네가 몰랐을 리 없지. 염길아, 이제 우리도 성인이니 남의 눈치 그만 보고 주체적으로 행동해야 된다고 본다. 우리 친구들은 너와 아케미가 각별한 사이란 것을 짐작하고 있어. 나도 벌써 집에서 장가가라고 난린데 너라고 별수 있겠니. 기왕 결혼할 거라면 서로 좋아하는 사람하고 해야지."

염길은 승근의 말을 듣고 손사래를 쳤다.

"그런 거 아니야. 괜한 오해 말고 차나 마시자. 피가 다른데 무슨 결혼을 한단 말이냐."

"영친왕과 덕혜옹주도 일본 왕족과 결혼했다. 일인들이 앞장서서 내선일체와 일선동조를 외치는 것을 보면 오히려 결혼을 장려해야 맞겠지. 자기들 필요할 때만 조선을 이용

301

한다는 것은 그야말로 수양딸로 며느리 삼는 격이야."

승근은 은근히 일본의 이중 정책을 흠잡았다.

"그만하자. 만약 내가 일본 사람과 결혼한다고 나서면 아마 우리 집에서 난리가 날 거야. 아버지는 절대 일인과 피가 섞이길 원치 않을 테니까. 그것이 보통 조선 사람의 생각 아니겠니?"

"답답해서 한번 해본 말이다."

염길은 승근의 말이 끝나자 자리에서 일어섰다. 괜히 자기 일을 가지고 이러쿵저러쿵 말하고 싶지 않을뿐더러 열차 시간이 다 되었기 때문이다. 승근은 일 끝나면 저녁이나 먹자고 그를 붙잡았지만, 염길은 머리가 복잡해서 한가하게 술추렴할 기분이 들지 않아 나중에 고창고보 사거두가 다 모이면 그때 진탕 마셔보자는 말로 작별하였다.

*

봄이 되어 산천에 연분홍 진달래가 가득하고 일하는 농부들을 향해 뻐꾸기가 뻐꾹뻐꾹 쉬지 않고 울어대는가 싶었는데, 어느새 여름이 되었다. 그동안 아케미로부터는 연락이 없었다. 염길은 여수에서의 일 때문에 충격이 너무 컸을 수도 있겠다는 생각이 들어 며칠을 고민하다가 편지를 보냈는데 아무런 답장이 없었다. 그러다 여름이 되어서야 겨우 짧은 편지 한 통을 받았다.

염길 씨 보세요.

학교에서 얼마나 바쁘신지요. 나는 요즘 몸이 두 개라도 부족할 정도로 일이 많아 정신없답니다. 그래서 답장을 드린다 하면서도 여태껏 미루다 이제야 펜을 들게 된 점 널리 용서해 주세요. 지난번 여수 여행은 아무에게도 말할 수 없고 오직 당신과 나만 알고 있는 일이에요. 흔히 몸과 마음은 따로라고 하지만 나는 절대 그렇게 생각지 않아요. 앞으로 많은 난관과 시련이 우리를 맞이하겠지만 국화는 서리를 맞아도 꺾이지 않는 법입니다. 아마 당신도 마찬가지일 것으로 믿어요. 그럼 건강하게 지내세요.

당신의 아케미로부터.

염길은 마치 아케미가 바로 앞에서 이야기하는 듯 눈에 선한 데다, '당신의 아케미로부터'란 마지막 인사말에 가슴이 쿵쾅거리고 손이 떨려 편지를 들고 있을 수가 없었다. 아, 결국 이렇게 되는구나. 이제 어떡해야 한단 말인가. 지금 바로 달려가 아케미를 보고 싶은 마음이 들다가도 만약이 사실을 세상 사람들이 알게 되면 온갖 손가락질을 해댈

것 같아 불안했다. 마음이 보리동냥 간 것처럼 매사 불안정하고 작은 실수를 연발하여 교감선생으로부터 꾸지람을 자주 들었다. 아무래도 서로 바쁘니 방학에야 얼굴을 볼 수 있겠다 싶어 마음을 꾹 눌렀지만 일이 손에 잡히지 않았다. 누가 보아도 넋 나간 사람처럼 보였다.

기다리던 여름방학이 되어 아이들이 양손을 번쩍 들고 환호하며 집으로 돌아간 후, 교사 연수를 다녀오니 벌써 8월이 넘어가고 있었다. 염길은 아케미를 만나고 고창엘 다녀오리라 마음먹고 짐을 챙기고 있었는데, 문밖이 소란스러워지는가 싶더니 사람들이 우르르 들어오는 소리가 들렸다.

하숙집 아주머니는 다리에 힘이 풀려 금방이라도 주저앉을 것만 같았지만 호랑이한테 물려가도 정신만 차리면 된다고 생각하며 꾹 참고 간신히 물어보았다.

"아이고 무서버라. 순사 나리들이 무슨 일로 오셨소잉?"

"강 선생 여기 있소?"

주재소 순사의 얼굴을 익히 알고 있었는데 아주머니가 보기에 오늘처럼 무서운 얼굴은 처음이었다. 염길은 안에서 자신을 찾는 소리를 듣고 먼저 문을 열었다.

"무슨 일입니까?"

"가보면 알아."

순사와 함께 온 형사가 동료 서너 명에게 눈짓했다. 순식간에 형사들이 달려들어 염길의 손목에 수갑을 철컥 채우고 등을 떠밀었다. 아주머니는 침 먹은 지네처럼 맥이 풀려 뭐라 말을 못하고 뒤따르다 순사가 소리를 빽 지르자 집 안으로 도망치고 말았다. 다른 형사들은 구둣발로 들어와 염길의 방을 뒤져서 책과 편지, 그리고 사소한 메모 하나까지도 남김없이 압수해 갔다.

염길은 주재소에서 신원확인을 마치고 바로 남원경찰서로 이송되었다.

"좋은 말로 할 때 순순히 불어. 너 산내국민학교 김충현 알지?"

"압니다만 무슨 일로 나를 잡아왔습니까?"

순간 형사는 염길의 따귀를 철썩 때렸다.

"뭐? 압니다만? 무슨 일로? 이 자식 이거 말투 좀 보게. 네놈 버릇부터 고쳐주고 조사를 시작해야겠다."

그러고는 옆에 있던 다른 형사와 합세하여 염길을 사정없이 두들겨 패기 시작했다. 염길은 명치를 얻어맞고 숨이 멎는 것 같았다. 차가운 시멘트 바닥으로 나뒹구는 염길을 그들은 구둣발로 지근지근 짓밟고 한참 동안 몰매를 때리더니 다시 의자에 앉혔다.

"이제 정신이 좀 들 거다. 김충현 패거리와 무슨 일을 작당했어?"

"그런 일 없습니다."

말이 끝나기 무섭게 이번에도 따귀를 맞았다.

"놈들이 구례 토지면에 있는 신사를 불태우려고 기도한 일, 경찰과 맞닥뜨리자 감히 항거한 일, 징병을 반대하는 격문을 붙인 일, 불온서적을 소지하고 서로 돌려본 일, 산악지대에 은신하다가 미군이 상륙하면 후방을 교란하기로 한 일을 전혀 모른단 말이냐?"

염길은 금시초문이었다. 생각해 보니 지리산에 은거해 있던 최수찬 일행과 김충현 선생이 산을 넘어 구례군 토지면으로 진출한 모양이었다.

이때 김충현과 최수찬, 그리고 필석은 도주했으나 어수룩했던 두 명은 경찰에 잡혀 모진 고초를 당하고 있었다. 다행이라면 그들이 아직 염길을 전혀 모른다 잡아떼고 있다는 점이었다. 무언가 큰일을 저지를 것 같더라니. 염길은 친구 필석이 걱정되었지만 묻지 못했다. 자신의 일부터 헤쳐나가는 것이 급했다.

"정말 모릅니다. 김충현 선생은 사범학교에서 같이 공부했기 때문에 알지만, 그 사람이 그런 일을 했으리라고는 꿈에도 생각하지 못했어요."

"거짓말 마라. 작년 늦가을에 너는 산내로 가서 김충현과 등산을 한 일이 있었다. 그때 놈들과 모의하고 작당했던 것이 분명해. 우리가 모를 줄 알았느냐."

경찰이 그의 산내 방문을 알고 있는 것으로 볼 때 김충현은 이미 전부터 요주의 인물이었다는 사실이 드러났다.

"김충현이 나에게 단풍 구경하자 등산을 제의해서 다녀온 것뿐입니다."

"끝까지 거짓말을 하는구나. 누굴 바보로 알아? 이놈 이거 생각날 때까지 손 좀 봐줘."

고참 형사는 구타하는 일을 후배에게 맡기고 밖으로 나갔다. 그동안 다른 형사들은 압수물을 살펴보고 있었는데, 불온서적이라 할 만한 것이 전혀 없어 아무런 단서를 찾을 수 없었다. 충현이 염길더러 단풍 구경을 오라고 권유한 편지는 지극히 평범했다. 다만 아케미가 보낸 연서가 문제였다.

"주임님, 이거 한번 보세요."

주임이라 불린 고참 형사는 담배를 입에 물고 후배가 내민 편지 여러 통을 책상에 펼쳐 보다가 얼굴이 벌게지고 말았다.

"이 새끼 이거, 감히 내지 여성과 교제를 하다니."

그는 금방이라도 편지를 쫙쫙 찢어버리고 싶었지만 자료를 함부로 훼손할 수 없어 한쪽으로 밀어놓고 전주경찰서에 통보했다. 염길은 이런 사정을 모른 채 대답 한마디에 매한 대씩 얻어맞고 초주검이 되어 간신히 숨을 쉬고 있었다.

전주경찰서장은 일의 전말을 보고받고 카이토를 불렀다.

"에, 그러니까 이런 일은 절대로 있어서는 안 될 일인데."

그가 몹시 불쾌한 얼굴로 운을 떼자 카이토는 뭔가 심상치 않은 일이 벌어졌다는 것을 직감하고 공손하게 물었다.

"서장님, 무슨 일로 저를 부르셨습니까?"

"물론 우리는 카이토상의 의용봉공 정신과 충정을 잘 알고 있소만, 남원경찰서로부터 받은 소식에 의하면 입에 담기조차 매우 불쾌한 일이 벌어져서 부르게 된 것이오. 황국신민된 자는 그 피가 야마토로 연결되어 있어 순결성을 지니고 있다는 것을 잘 알겠지요. 그런데 내지 여성이 불온한 사상을 가진 조선 청년과 교제한 일이 발생해서 어디 내놓고 말도 못 할 지경이랍니다."

순간 눈치 빠른 카이토는 그 내지 여성이 아케미를 지칭하고 있다는 것을 알아차렸다. 그렇게 말렸건만 기어코 일이 벌어졌구나. 두 연놈이 앞에 있다면 칼로 목을 베고 싶었다.

"바로 풍남국민학교 아케미 선생이 운봉의 강염길이란 놈과 교제하였단 것이오. 그 증거는 주고받은 편지에 다 나와 있소. 그래서 내가 카이토상을 먼저 부른 것인데, 어떻게 처리하면 좋겠소?"

"서장님, 비상한 전시체제에 이런 일로 심려를 끼쳐드려 죄송합니다. 아케미는 우리 집안에서 엄히 훈육하여 딴생각을 못 하도록 만들어놓겠습니다. 다만, 강염길이란 놈은 그냥 둘 수가 없습니다. 이미 불온한 사상을 가지고 체포되었으니 이참에 감옥에 집어넣어 건방진 생각을 한 대가가 무엇인지 똑똑히 가르쳐줄 필요가 있다고 봅니다."

"음, 나도 그렇게 생각하고 있소. 이런 일은 밖으로 새어 나가지 못하도록 틀어막고 조용히 처리하는 게 좋아요. 내가 남원에 연락해서 놈이 빠져나갈 수 없도록 해달라고 부탁할 테니 그리 알고 돌아가 보시오."

카이토는 경찰서를 나와 곧바로 히토미에게 달려갔다. 히토미는 모든 일을 전해 듣고 깜짝 놀란 표정으로 한숨을 푹 내쉬었다.

"아니, 어떻게 그런 일이 있을 수 있단 말인가."

"그러게 내가 뭐랬습니까? 절대 조선 놈 믿지 말라고 했잖아요. 특히 강염길이란 놈은 고창에서부터 마음에 들지 않았습니다. 매형과 누님이 괜찮다고 고집을 부려서 그때는 어쩔 수 없었지만, 일이 이렇게 되었으니 아예 싹을 깨끗이 잘라야 합니다."

"어떻게 한단 말이니?"

"누님이 아케미를 단속하고 놈은 나에게 맡겨주세요. 다시는 선생질을 못하도록, 아케미 앞에 나타나지 못하도록 만들겠습니다. 이미 경찰에서도 그렇게 마음먹고 있어요."

히토미는 카이토를 보내놓고 곰곰이 생각해 보았다. 작년 여름에 아케미가 외박한 일, 그리고 올봄 친구들과 여수 여행을 다녀온다고 했던 일이 예사롭지 않게 여겨졌다. 필시 강염길과 관련 있으리라 생각하고 아케미가 퇴근한 후에 바로 자리에 불러 앉혔다.

"너, 엄마에게 거짓말하면 절대 안 된다. 강 군하고 무슨 일 있었지?"

아케미는 깜짝 놀라 어머니를 바라보았다.

"다 알고 있어. 솔직하게 말하고 해결책을 찾아보자꾸나."

"엄마, 아무 일 없었어요. 염길 씨는 고창에서 마사토의 가정교사였고, 누구보다 엄마가 그 사람을 잘 알잖아요. 나에게 나쁜 짓 할 사람이 아니에요."

"물론 나도 그건 알고 있단다. 하지만 네가 강 군과 교제한다는 사실이 드러났어. 앞으로 어떻게 고개를 들고 살 수 있겠니."

아케미는 온몸의 기운이 빠져나가는 것을 느꼈지만 이대로 모든 것을 불어버릴 수는 없었다.

"몇 번 만난 것은 사실이고 부정하지 않을게요. 그러나 그것뿐, 맹세코 아무 일도 없었답니다. 엄마가 나를 믿어주지 않으면 나는 어떡해요."

아케미는 말을 마치고 눈물을 뚝뚝 흘리며 오히려 성질을 부렸다. 히토미는 아무 일도 없었다는 말에 가슴을 쓸어내리며 당부했다.

"알았다. 앞으로는 너도 각별히 몸조심하고 절대 강 군을 만나지 말거라."

아케미는 문득 궁금해졌다.

"엄마, 나와 강 군이 만난다는 사실을 어떻게 알았어요?"

"너는 지금 그것이 중요하니?"

히토미는 눈을 부라리고 다시 타박한 다음 카이토가 다녀갔다는 말을 해주었다.

"카이토는 경찰서에 자주 드나들고 아는 사람이 많잖니. 아마 그곳에서 들었을 거야. 아무튼 이번에 너를 단속하지 않으면 나중에는 어떻게 해볼 도리가 없다고 신신당부했으니까, 너도 제발 정신 차리고 절대 강 군을 만나지 않도록 해. 그것이 두 사람에게 좋아."

"네."

아케미는 한참 동안 어머니로부터 잔소리를 들은 다음에야 겨우 방으로 돌아갈 수 있었다. 가방을 한쪽으로 집어

던지고 털썩 주저앉아 염길에게 무슨 일이 벌어지고 있는지, 앞으로 어떻게 해야 할지 궁리를 거듭했다. 당장 삼촌을 찾아가서 따지고 싶었지만 그 얼굴을 보기도 싫은 데다 염길과의 관계를 자인하는 셈이 되는 것이라 일단 별일 없었다고 잡아떼는 게 상책이라는 생각이 들었다. 도대체 삼촌이 어떻게 알았을까. 경찰에서 한가하게 남녀 교제를 조사하고 다니지 않을 텐데 왜 염길의 이름이 흘러나왔을까. 궁금한 것 투성이었지만 누구에게 물어보지도 못하고 발을 동동 구를 수밖에 없었다.

여수에 다녀온 후부터 아케미는 몸이 전처럼 가볍지 않았다. 아랫배가 아프길래 생리하기 전에 오는 통증인가 싶어 대수롭지 않게 여겼는데, 배가 묵직하고 무엇으로 콕콕 찌르는 듯한 느낌이 계속되었다. 평상시의 생리통과 달랐다. 냉이 많아지고 설사와 변비까지 번갈아 오니 화장실을 찾는 횟수가 많아졌다. 두통이 동반되어 학교에서 조퇴하는 일까지 있었다.

한 달 반쯤이 지났을 때 어머니가 남부시장에서 사 온 생선이 반찬으로 올라오자 본격적으로 입덧이 시작되었다.

"생선이 상했니?"

히토미는 일 때문에 신경이 날카로워져서 그러려니 생각하고 말았지만, 아케미는 방으로 가 달력을 헤아려보고 임신인 것을 알았다. 얼마나 깜짝 놀랐는지 한동안 밖으로 나오지 못했지만 혼자서 전전긍긍하며 온갖 생각을 다 해본 후에 임신을 감추기로 마음먹었다.

그때부터 어머니가 눈치채지 못하도록 헛구역질을 참아가며 억지로 밥을 삼키고, 무조건 신경이 쇠약해진 탓으로 방패를 삼았다. 다섯 달이 넘어가자 배가 불러오기 시작하였는데, 꽁꽁 싸매고 다니다 보니 그녀의 신체 변화를 알아채는 사람은 아무도 없었다. 아케미는 이 사실을 누구보다 염길에게 알리고 싶었지만 그가 받을 충격을 생각하며 망설이고, 바쁜 일 때문에 차일피일 미루다가 지금에 이르렀던 것이다.

"난 어떡해."

아케미는 책상에 얼굴을 묻고 눈물을 쏟았다.

한편 경찰은 염길에게서 특별한 증거를 발견하지 못했지만 불순한 사상을 가진 단체와 접촉하고 반국가적 행위를 도모했다는 죄목으로 조서를 꾸미고 있었다. 게다가 체포된 두 명의 젊은이가 고문에 못 이겨 염길이 와운 마을을 방문한 것을 실토하고 말았다. 이제 도저히 빠져나갈 수 없게 된 것이다. 그렇게 사건 서류가 검사에게 넘어가고 염길은 구치소에 수감되었다.

# 10. 광복

동수는 한여름 동안 암자에서 두문불출하며 공부에 전념하다가 8월 14일부터 무려 4일간 실시되는 조선변호사시험을 치르기 시작했다. 일제는 도쿄에서 시행되는 고등시험 사법과와 조선에서 시행되는 조선변호사시험을 통해 법조인을 충당하고 있었는데, 두 시험 모두 예비시험과 필기시험, 구술시험을 거쳐야 했다. 다만 일본에서 매해 300여 명이 합격하는 데 비해 조선에서는 겨우 열 명 남짓 합격할 뿐이었고 판검사로 나가는 사람도 없었다. 일본이 조선인의 법조계 진출을 막고 있었기 때문이었다. 그만큼 이 시험의 경쟁률은 치열했다.

예비시험은 법률 지식을 측정하지 않고 평균적 지식을 측정하는 논술형 시험이다. 즉, 공덕을 논하라, 시대가 요구하는 인물상을 논하라, 세계적 불황에 대한 각오를 술하라는 식으로 출제 범위가 딱히 정해져 있지 않고 전문학교 정도를 졸업한 사람이라면 무난히 합격할 수 있는 수준이었다. 금년 예비시험에 합격해 4일간의 필기시험을 준비하는 사람은 200명가량으로, 경쟁률이 20:1 정도 되는 셈이었다.

동수는 첫날 시험을 치르고 무척 고무되어 이대로만 하면 합격할 수 있겠다는 자신감이 생겼다. 15일 오전에 상법 시험을 보고 오후에는 경제학 시험을 치르는데, 이는 평소 관심을 가졌던 사회현상과 밀접한 관련이 있는 과목이라 좋았다. 16일과 17일에 치러질 형사소송법과 민사소송법 등의 법률 과목은 작년의 실패를 거울삼아 서브 노트를 작성해 가며 암기했기 때문에 역시 자신 있었다.

그러나 동수의 생각과 달리 일이 틀어지고 말았다. 이것을 좋다고 할지 나쁘다 해야 할지 모르겠지만 말이다. 시험 이틀째인 8월 15일 오전이었다. 상법 시험을 치르고 점심을 먹고 왔더니 시작 시간이 되어도 감독관이 나타나지 않는 것이 아닌가. 여기저기서 수험생들이 웅성거리기 시작했다. 동수는 무슨 일이 생겼나 싶어 다른 수험생들에게 물어보았다.

"무슨 일 있습니까? 왜 아직 시험을 시작하지 않는지요."

"우린들 알겠소. 일단 기다려봅시다."

다들 궁금한 얼굴로 시험이 시작되길 기다리는데 한참 후에야 시험 위원회에서 관계자가 나왔다.

"이번 시험은 중단되었습니다. 차후에 일정을 다시 알릴 터이니 그리 알고 모두 돌아가십시오."

날벼락 같은 소리였다.

"그게 무슨 소립니까? 일 년 동안 죽도록 공부했건만 타당한 이유도 없이 갑자기 시험을 중단한다니. 조선변호사 시험이 이래도 되는 것이오?"

수험생들이 너나없이 항의하고 나서자 관계자는 침울한 표정으로,

"조금 전 12시에 천황 폐하께옵서 옥음 방송을 하셨습니다. 내용은 돌아가서 확인하십시오."

라고 말하고 그대로 도망치듯 시험장을 빠져나가고 말았다. 수험생들은 감독관 없는 시험장을 지켜봤자 아무런 소득이 없다는 것을 깨닫고 삼삼오오 자리를 떴다. 그들이 막 시험장을 빠져나와 대로를 향해 걸어가고 있을 때, 어떤 사람이 쏜살같이 달려가며 두 손을 번쩍 들고 외치는 소리가 들렸다.

"일본이 항복했다. 대한독립 만세!"

"뭐? 일본이 항복했다고?"

동수는 어안이 벙벙했다. 수험생들 모두가 그랬다. 옥음 방송을 들은 대부분의 조선인도 같은 기분이었다. 철옹성 같던 일본의 식민 지배가 무너지고 갑자기 조선이 독립하

다니. 그리고 보니 거리를 달리는 사람을 일본 경찰이 전혀 제지하지 않았다. 벌써 눈치를 살피는 기색이 보였다. 이로써 일본이 미국에게 항복하였다는 것이 사실로 받아들여지기 시작했다. 하지만 대다수 사람들은 아직까지 광복을 실감하지 못했다. 35년 동안 폭압 통치를 하던 일본이 두려워 수군거리기만 할 뿐이었다.

이날 오전 여운형은 총독부에 들어가 일본인들이 조선인들에게 보복당하지 않고 무사히 귀환할 수 있도록 보장해 주는 대신, 전국적으로 정치범과 경제범을 석방하고 경성에 3개월분의 식량을 공급하며 건국을 준비하는 조선의 정치활동과 결사를 방해하지 말 것을 요구했다. 저녁에 여운형은 비밀결사 조직이었던 조선건국동맹을 토대로 조선건국준비위원회를 발족하고 활동에 들어갔다.

이튿날인 8월 16일 아침, 드디어 악명 높았던 서대문형무소의 문이 열리고 정치범으로 수용되었던 독립운동가들이 풀려났다. 이들을 영접하고 광복을 축하하려는 인파가 서울 주요 시내를 메우고서 목이 터지도록 만세를 불렀다.

일이 이렇게 되자 동수는 갑자기 어떻게 해야 할지 갈피를 잡을 수 없었다. 조선변호사시험을 주관하던 시험 위원회가 무슨 조치를 취할지, 다시 시험이 개시될지 아니면 일인들이 모두 본국으로 꽁무니를 뺄지 알 수 없었던 것이다.

그는 답답한 마음에 보성전문학교 출신 수험생들을 만나 의견을 나누었다.

"이대로 있어선 안 되겠소. 조국의 광복은 꿈에서라도 바라던 일이지만 우리가 몇 년 동안 공부해 온 것이 광복으로 인해 물거품이 되어선 안 될 일입니다."

"맞는 말씀이오. 예비시험을 통과하고 필기시험까지 온 사람들은 어느 정도 실력을 검증받은 사람들이니 빨리 재시험을 치르든 말든 하라고 시험 위원회를 찾아가서 이야기해 봅시다."

수험생들은 법대로 하라는 뜻의 '이법회(以法會)'를 조직하고 시험 위원회와 교섭하기 시작했다.

"수년 동안 시험 준비를 해왔는데 갑자기 중단하면 우리더러 어떡하란 말입니까?"

수험생들이 따져 묻자 시험 위원회 측은 난감한 표정으로 말했다.

"조선과 일본이 한 나라였을 때는 우리가 시험을 주관하였지만, 이제 일본이 패전하고 조선이 독립했으니 더는 우리가 관여하기 어렵습니다. 조선은 이제 일본의 통치하에 있는 것이 아니올시다. 상황이 이러한데 일본 정부가 주관하는 시험을 어떻게 조선에서 실시할 수 있겠소."

틀린 말이 아니어서 수험생 대표는 딱히 반박하지 못하

고 일단 물러섰다. 그리고 다시 의견을 모았다. 그동안 공부한 것이 아깝다, 시험을 정상적으로 치렀다면 우리 가운데 분명 합격자가 나왔을 게 아닌가, 일본이 조선을 침탈하여 강제 병합한 이래 지금까지 줄곧 시험을 실시해 오지 않았던가, 광복이라고 해서 선량한 피해자가 양산되어선 안 될 일이다, 모두 합격 처리를 해달라고 강력히 요구하자, 만일 우리 요구가 받아들여지지 않으면 저들의 무사 귀환을 보장할 수 없다는 식의 강경한 입장이 대부분이었다.

이를 시험 위원회에 전달했더니 그들은 역시 어렵다는 말만 하였다.

"그게 말이 되는 소리입니까. 전체 시험 일정의 반도 진행하지 못했고 이미 치른 과목을 채점도 못 했는데 모두 합격 처리해 달라니요. 절대 있을 수 없는 일입니다."

이 소리에 수험생들은 자리를 박차고 일어났다.

"이 시험에서 피해자는 당신들이 아니고 바로 우립니다. 이미 정상적으로 시험을 치르기 어렵게 되었으니 필기시험에 응시한 수험생 모두를 합격 처리해 주지 않으면, 당신들의 무사 귀환을 보장할 수 없어요."

반 협박조로 말하자 시험 위원회 측은 일단 기다려보라는 말로 수험생들을 진정시키고 회의를 열었다. 그들은 논의 끝에 다음과 같이 입장을 정리하였다.

'조선은 이제 일본의 통치하에 있지 아니하므로 우리가 조선변호사시험에 대해 관여할 일이 아니며, 저들과 싸워 봤자 피해 보는 것은 우리일 것이다. 우리의 목표는 본국으로의 무사 귀환이지 시험 일정을 정상적으로 관리하는 것에 있지 아니하다. 고로 필기시험에 응시한 수험생 전원을 합격 처리해 주어도 무리가 없을 것이다.'

이로써 해방되던 해 조선변호사시험에 응시하였던 200여 명이 모두 합격하게 되었는데, 이는 22년 동안의 조선변호사시험 총 합격자 수와 맞먹었다. 수험생들은 환호성을 질렀다. 하지만 동수는 왠지 마음이 찜찜하기 짝이 없었다. 정말 열심히 공부해서 이번엔 꼭 합격할 것 같았는데 누구도 탈락하지 않고 모두 합격하였으니 말이다.

이런 기분을 알고 친구 학준은 동수를 이렇게 위로했다.

"남들은 몇 년 동안 공부해도 합격하기 힘든 시험 아닌가. 어떤 사람은 무려 21년 동안이나 공부해서 쉰넷에 겨우 합격했다고 하더군. 물론 이번에 정상적으로 시험을 치렀어도 자네는 합격했겠지만 사람 일을 어찌 알겠나. 중요한 것은 변호사 자격증을 취득했다는 것이지. 축하하네."

동수가 떨떠름한 표정으로 말을 받았다.

"고마워. 그나저나 자네가 근무하는 조선저축은행도 요

즘 상황이 말이 아닐 텐데."

"건준에서 특별한 말은 없지만 실무를 보던 일인들이 모두 빠져나가면 제대로 운영할 수 있을지 걱정이야. 어디 은행뿐인가. 행정, 사법, 경찰, 학교, 기업 등을 그동안 일인들이 주무르고 있었잖은가. 아무 준비도 없이 급작스럽게 광복이 되어버렸으니, 원. 뭐라도 준비할 시간이 있었으면 좋았을 텐데. 갑작스런 광복이 새로운 고통을 안겨주지 않을까 걱정일세. 이러다가 나라를 세울 수나 있을까."

학준은 입맛을 쩝쩝 다시며 걱정하고 동수 또한 고개를 끄덕였다.

"하긴, 벌써 각종 정당과 사회단체가 난립하여 이전투구를 벌이더군. 그동안 친일하던 놈들을 척결하려고 해도, 누가 주도해서 그걸 한단 말인가. 한마디로 지금은 무주공산이나 다름없네. 자네도 사실상 총독부에서 채용한 사람이니 은행을 관두고 나와야 되는 것인가? 그쪽 분위기는 어떤지 궁금하군."

"그건 아니야. 일인들이 빠지면 조선인 행원들이 겨우 한 줌도 안 남거든. 조선인마저 없으면 은행 업무가 완전히 마비되고 엄청난 사회적 혼란이 일어날 거야. 예금을 찾을 수 없다면 사람들이 가만있겠나. 그래서 특별한 일이 없는 한 아마 우리는 일인들이 남기고 간 재산과 업무를 정리하고 예금을 지키게 될 걸세. 지금도 전국에서 일인들이 곧 본국으로 돌아갈 것을 대비하여 예금했던 돈을 모두 인출하고 있네. 이러다간 필시 은행 금고가 텅텅 비게 될 텐데 돈 없이 어떻게 나라를 세울 수 있겠나. 누군가는 은행을 지켜야 해."

두 친구는 당장 눈앞에 보이는 혼란을 어떻게 정리해야 할지, 앞으로는 어떤 나라가 세워질지 밤이 늦도록 이야기를 나누었다.


서울과 달리 전주와 같은 지방에는 광복의 기쁨이 늦게 전해졌다. 광복 전에 중대 발표가 있으니 조선인들은 경청하라는 벽보가 붙었지만 라디오를 가진 조선인이 드물었고, 히로히토가 무조건 항복을 선언하는 방송은 잡음이 심했으며 알아듣기 힘든 한자어가 많았다. 게다가 일본인들도 이해하기 힘든 황족들이 쓰는 말로 방송되었기 때문에 정확한 내용을 알고 있는 사람이 드물었다. 그래서 똑같이 방송을 듣고 난 후에도 조선인이나 일본인 모두 조용한 것은 당연했다. 아니, 어쩌면 방송의 내용을 확실히 인지했더라도 그 충격이 너무 커서 넋이 나간 것일 수도 있었다. 방송을 듣자마자 일본인들 앞에서 만세를 외치는 사람은 아무도 없었다.

시간이 흐르자 일본인들은 조선인들이 보복하지 않을까 전전긍긍하며 앞으로 닥칠 일에 대해 걱정하기 시작했다.

특히 카이토는 패전 소식을 듣고 진작 유곽을 정리하지 못했던 것을 후회하며 아무에게나 넘겨버리려고 백방으로 알아보았지만 인수할 사람이 나타나지 않았다. 이대로 가다간 알거지가 되어 조선에서 쫓겨날 수도 있었다.

"누님, 이제 망했어요. 조선인들이 앞으로 어떻게 나올지 무서워 밖에 나가지도 못하겠습니다."

"그동안 네가 해온 일 때문이겠지. 이제 조선에서 어떻게 살아갈지 걱정이구나."

"아니, 여기서 산다니 그게 무슨 말씀이세요. 조선 놈들이 우릴 그냥 내버려 둘 줄 아십니까. 이럴 줄 알았다면 저번에 유곽을 정리하고 본국으로 건너가는 건데 후회막심이에요."

"이제 와서 그런 말 해봤자 무엇하겠니. 하늘이 무너져도 솟아날 구멍이 있다니까. 아무럼 여기서 죽기야 하려고."

히토미는 그렇게 믿고 싶은 눈치였지만 카이토는 조선에 살 수 없었다. 그에게 원한을 가진 사람도 있을 테니까. 염길만 해도 그렇다. 그놈이 감옥 신세 진 것을 앙갚음하려고 사람들을 앞세워 쳐들어오면 꼼짝없이 당하고 말 것이 분명했다. 그런 생각을 하니 목덜미가 서늘해졌다.

그러나 카이토의 걱정과 달리 조선인들은 해방이 되었음에도 의외로 조용했고 일본인들에게 해를 가하는 일이 별로 없었다.

일본인들이 관동대지진 때 자연재해를 조선인 탓으로 돌리고는 조선인이 폭동을 일으킨다, 조선인이 방화하였다, 우물에 조선인이 독을 넣었다는 등의 유언비어를 퍼트려 일본도와 죽창으로 조선인 수천 명을 학살한 것에 비하면 조선인은 그야말로 천성이 착한 민족임이 분명했다. 어떤 조선인은 한 번도 본 적이 없는 태극기를 제멋대로 그려가지고 나와 일본인의 손에 쥐여주며 함께 만세를 부르자고 하였다. 기모노를 입은 일본인은 차마 태극기를 내팽개치진 못하고 죽을상이 되어 손을 올렸다 내렸다 하는 우스꽝스러운 광경이 연출되기도 했다.

염길은 구치소에서 풀려난 후 고창에서 올라온 아버지와 함께 고향으로 가 몸조리를 하고 있었다. 줄포댁은 염길이 돌아오자 대성통곡을 했다.

"아이고, 그 잘난 얼굴이 이 무슨 꼴이란 말이여. 염라대왕한티 벼락 맞아 죽어도 쌀 숭악한 놈들일세. 염길아, 뭐 묵고 잡은 거 없냐?"

어머니가 울어대니 어린 순임도 와락 안기며 목을 놓아

우는데 대길은 그래도 열네 살 먹었다고 입을 씰룩이며 간신히 울음을 참았다.

"그만들 혀. 어디 초상났는감? 살아왔는디 왜 돌림병에 까마귀 우는 소리들을 내는 거여. 재수 없게시리. 뚝 그치고 어서 들어가 자리나 펴거라."

석대가 호통치자 줄포댁과 순임이 방으로 들어가 자리를 보았다. 염길은 한 걸음 걸을 때마다 삭신이 쑤시고 아파 어이구 어이구 신음했다. 그래도 부모의 정성 덕분에 며칠 지나자 마루에 나와 앉아 있게 되었고, 열흘쯤 지났을 때는 아버지가 일하는 벌막을 들여다볼 수 있었다.

"아버지, 심려 끼쳐드려 죄송해요."

"그게 무슨 말이냐. 험한 세상에 이렇게 살아 돌아온 것만 해도 천운이제. 징병 나간 사람들 중 누구 한 명도 아직 돌아오지 못했당께."

석대는 집안의 기둥인 큰아들이 고초를 잘 견디고 돌아와준 것이 너무 감사해서 며칠 전 아무도 모르게 소금 한 섬을 지고 선운사 법당 앞에 내려놓고 온 일이 있었다. 부처님이 잘 살펴주어서 이만한 것이라고 연신 합장하며 나무 관세음보살을 되뇌었던 것이다.

8월 말, 운신하는 데 큰 문제가 없자 염길은 학교로 가봐야겠다는 생각이 들어 부모님께 말씀을 올렸다. 그동안 학생들이 공부는 제대로 하고 있는지, 아니면 때는 이때다 싶어 놀기에 여념 없는지 걱정되어 한시도 편히 있을 수가 없었다. 줄포댁은 어디서 지어 온 약 보자기를 가방 속에 넣어주었다.

"이거 꼭 먹거라. 장독(杖毒) 오른 데는 최고라고 하더라."

석대도 아들을 배웅하기 위해 마루 끝에 앉아 곰방대를 열심히 빨아댔다. 그때 사립문 밖에서 누군가 염길을 부르는 소리가 들렸다.

"염길아!"

나가 보니 필석이었다. 염길은 너무 반가워 달려가 손을 잡았다.

"아니, 그동안 어디 있다 나타난 거냐?"

"이야기하자면 길다. 너 잡혀가서 고생한다는 소리를 듣고 어찌나 마음이 아프던지."

필석은 부모님들께도 인사를 드리고 염길과 해변으로 나갔다.

"지리산에서 김충현 선생과 최수찬 동지, 아니 이제 그놈은 동지도 아니여."

필석은 말을 멈추더니 갑자기 최수찬에 대해 욕설을 퍼부었다.

"아 글쎄, 신사를 불태우고 격문을 붙이는 것은 좋다 이 말이여. 그것도 따지고 보믄 독립운동인께로. 거사가 실패한 후에 왜경이 쫓는 것을 알고 김 선생은 고향 가까운 옥구군으로 도망가고 최수찬과 나는 신의주로 날랐지 뭐냐. 그놈은 본시 공산주의 사상이 가득한 놈인께 만주 어디로 가서 팔로군*에라도 들어갈 생각이었을 거여. 그렇게 나를 끌고 갔는디 따라가믄서 곰곰이 생각해 본께 이건 아니다 싶은 판단이 퍼뜩 들더랑께로. 해서 난 여그 조선에 남겄소 그렇께, 그러믄 사람 많은 원산이 몸을 숨기기에 외려 수월할 수도 있다고 하믄서 소개장을 써주더라."

"그래서?"

"아 글씨 원산에 갔더니 죄다 같은 놈들이여. 독립운동을 하는 사람들은 맞는디 나 같은 무산자들이 이 땅의 주인이라고 똥구녕을 살살 긁어줌서 자꾸 앞장서라고 하는 거여. 아무튼 원산에서 여러 일을 겪고 해방을 맞지 않았겄냐. 고향으로 내려오려고 준비를 하는디 그게 며칠이었더냐, 아 맞다, 8월 21일 원산에 들어온 소련군이 삼일 만에 평양을 점령해 버린 거여. 그때만 해도 내가 해방군이 된 것처럼 의기양양했제. 인민들 앞에 서믄 다들 나를 우러러봤응께. 근디 소련군이 26일에 삼팔선을 일방적으로 봉쇄해서 남북을

---

* 항일 전쟁 때 화베이에서 활약한 중국 공산당 주력군.

오가는 길이 끊겨버렸다는 소리를 듣고 겁이 확 나지 않겠
냐."

필석은 여기까지 말하고 담배를 빼 물었다.

"놈들은 자기 세상이 왔다고 떠들어대믄서 나에게 무슨
지역 청년연맹 부위원장을 맡으라고 등 떠밀어갖고 어쩔
수 없이 맡긴 맡았제. 근디 그거 사람 할 짓이 아니여."

"왜?"

"돈 가진 부자와 땅 가진 지주를 잡아다 놓고 사람들이
빼곡 들어찬 운동장 같은 곳에서 인민재판을 벌여 모욕을
준 다음 협조하지 않으믄 때려죽여 분당께. 그걸 막아야 할
소련군도, 왜놈들보다 더하면 더하지 못하지 않더라. 그놈
들 중에는 여군도 있는디, 물자를 죄다 현지 조달하는 모양
이더라. 첨엔 소련군 보고 거지 떼가 몰려온 줄 알았을 정
도랑께. 한 무리가 들이닥쳐 먹을 것을 털어가믄 그다음으
로 여군들이 몰려와 주민들 옷가지와 이불을 전부 챙겨 가
버려. 오죽하믄 조선인자치위원회에서 소련군의 약탈을 주
의하라고 사이렌을 울릴 정도였겠냐. 이것저것 겪어본께로
사람 할 짓이 못 된다 싶어 야밤에 도망쳐서 내려오게 된
거여."

염길은 필석의 말이 곧이곧대로 믿기지 않았지만 이북에
서 뭔가 심상치 않은 일이 벌어지고 있다는 것을 짐작할 수

있었다. 두 친구는 그동안 쌓였던 이야기를 풀어내다가 동생 대길이 부르는 소리를 듣고 헤어졌다.


고창에서 차를 타고 전주에 도착하니 어둑했다. 어디 묵을 곳을 찾아야 하는데 마땅한 곳이 없었다. 전주부청에서 일하는 승근이 전주에 있는 것을 알았지만 주소를 몰라 찾을 수 없었던 염길은 적당한 여관으로 들어갈까 생각하며 중앙동을 걸어가고 있었다.

"형!"

누군가 부르는 소리가 들려 고개를 돌리자 전주고보 교복을 입은 마사토가 반가운 얼굴로 서 있었다.

"마사토."

"어디 다녀오는 거예요?"

"응, 고창에서 올라오는 길이다."

"나도 가보고 싶은데. 다음에 같이 가요."

마사토는 이것저것 물어보고 자기 집으로 가자 손을 잡아끌었다. 하지만 염길은 구치소에서 당한 일이 생각나 선뜻 내키지 않았다.

"어서 가요. 누나가 형을 많이 기다려요."

마사토가 지레짐작으로 한번 해본 말인데 염길은 마음이 흔들려 아케미를 보고 싶어졌다. 아니, 전주에 올 때부

터 그녀를 생각하지 않았던가. 염길은 마사토를 따라 다가
동으로 갔다.

"아니, 강 선생. 어서 와요."

"그동안 안녕하셨어요?"

"엄마, 내가 눈이 좋아 중앙동에서 형을 발견했지 뭐예
요. 어서 집으로 가자 끌고 왔어요."

"잘했구나."

히토미는 진심으로 마사토를 칭찬해 주었다. 조선이 해
방되어 일인들이 발붙이고 살기 어려운 때에 누구 하나 의
지할 만한 조선인이 없으니 두렵고 무서웠는데 염길을 보
니 무척 반가웠다. 아케미는 방에 누워 배를 쓰다듬고 있다
가 우렁우렁 울리는 염길의 목소리를 듣고 뛰쳐나왔다.

"어머, 염길 씨."

아케미의 눈에서 금방이라도 눈물이 와락 쏟아질 것 같
았다. 염길은 고개를 숙여 정중하게 인사했다.

"아케미 양, 반갑습니다."

네 사람은 방에 앉아 저녁을 먹고 그동안 무슨 일이 있었
는지 이야기를 시작했다. 먼저 아케미가 걱정스런 얼굴로
물었다.

"왜 그렇게 얼굴이 수척해졌어요?"

"그럴 일이 좀 있었습니다."

염길은 경찰에 잡혀갔던 일, 구치소에 있다 해방되고 풀려나 지금까지 집에서 요양하다가 올라오는 길이란 말을 해주었다. 히토미는 입이 열 개라도 할 말이 없어 고개를 숙였다. 일본 경찰이 염길을 호되게 문초했으며 그것을 부추긴 사람이 동생 카이토란 것을 알고 있기 때문이었다.

"고생했어요."

"이제 괜찮습니다. 살다 보면 여러 일이 생기기도 하니까요."

오히려 염길이 위로를 하는 형편이 되었다.

마침 이때 카이토가 대문을 들어서다 남자 구두를 발견하고 흠칫 멈추었다. 귀를 기울여보니 염길이었다. 그는 순간 화가 치밀어 올랐다. 저놈이 우리를 어떻게 알고 얼굴을 들이민단 말인가. 아직도 정신을 못 차렸군. 카이토는 팔을 걷어붙이다가 문득 이제 세상이 뒤바뀌었다는 것을 깨달았다. 아니지, 놈이 앙심을 품고 사람들과 떼거리로 몰려오면 당해낼 재간이 없을 것이야. 괘씸하기 짝이 없었지만 그는 이렇게 마음먹고 물러나 어두운 거리로 조용히 사라졌다.

아케미는 염길에게 오늘 잘 곳이 있느냐 물어보았다.

"마땅한 곳이 없어서 여관을 찾는 중이었습니다."

"그럼 잘됐네요. 오랜만에 마사토와 자면 되겠어요. 고창 이야기도 하고."

아케미가 말하자 마사토도 뛸 듯이 기뻐하며 어머니를 졸랐다.

"어머니, 그렇게 해도 되지요?"

"그렇게 하려무나. 나야 강 선생이 있으면 든든하지."

처서가 지나 창문으로 선선한 바람이 들어왔지만 아직 더위가 완전히 가신 것은 아니었다. 아케미는 부채를 들고 어머니와 염길을 번갈아 보며 제안했다.

"날씨도 더운데 천변에 나가 바람이나 쏘이고 와요."

염길이 선뜻 대답하지 못하고 머뭇거리자 히토미가 말해주었다.

"너희들끼리 다녀오거라. 마사토는 밀린 숙제 좀 하고."

히토미가 이렇게 순순히 허락한 것은 조선이 해방되었기 때문이었다. 그녀는 정치나 전쟁을 몰라 큰 관심을 두지 않았지만 그래도 일본이 패전하면 슬퍼해야 도리란 것쯤은 알고 있었다. 그런데 아케미는 되레 표정이 밝아지더니 이제는 보란 듯 염길과 산책을 가자고 한다. 히토미는 세상이 변하니 사람도 변하는구나 싶어 마음이 씁쓸했다. 하지만 과거와 달리 일본인들이 조선 땅에서 무사히 살아가려면 염길처럼 든든한 사람이 필요하다는 생각을 하고 있었으므로 아케미에게 다녀오라고 말한 것이었다.

둘은 늦더위를 피해 나온 사람들 틈에 끼어 천변으로 걸어갔다. 작은 강가에 둘레가 한 아름이나 되는 수양버들이 줄지어 서서 작은 바람에도 나뭇가지를 연신 흔들어댔다. 그 아래에 졸졸졸 흘러내리는 맑은 물을 바라보며 더위를 식히는 사람들이 옹기종기 앉아 있었다. 두 사람도 그 틈에 끼었다.

"당신을 이렇게 보니 너무 좋아요."

"나도 그렇습니다. 그동안 보고 싶었는데 일이 생겨 그리 하질 못했어요."

"그게 어디 당신 잘못인가요. 세상이 그렇게 만든 거지요."

아케미는 서슴없이 당신이란 말을 입에 올리며 염길을 친근하게 대했다. 그것이 너무 사랑스러워 염길은 아케미의 손을 꼭 잡고 이렇게 말해주었다.

"나도 이제는 당신 없이는 살 수 없게 되었습니다. 세상이 변했으니 앞으로 좋은 일이 많겠지요."

아케미는 염길의 말을 듣고 갑자기 자기도 모르게 눈물을 쏟았다.

"왜, 왜 그러세요?"

"아니에요. 너무 기쁘고 좋아서 그만."

아케미는 지금이라도 염길에게 모든 것을 말하고 싶었다. 혼자 가슴앓이를 하며 아무에게도 말하지 못했던 두 사람만의 비밀, 그리고 자신의 몸에 생긴 변화로 인한 기쁨과 걱정을 모두 털어놓고 싶었다. 하지만 옥고를 치르고 나와 아직 몸이 완전히 회복되지 않은 사람에게 부담을 주기 싫어 꾹 눌러 참았다.

"나중에 내가 운봉을 찾아갈게요. 꼭 드리고 싶은 말씀도 있고."

"알겠습니다. 도착 시간을 알려주면 내가 남원역으로 나가도록 하지요."

"고마워요."

아케미는 손을 뻗어 염길의 손등을 덮고 강 건너를 바라보았다. 언덕 위에 선교사가 세운 예수병원이 있었다. 그 옆으로는 전주신사가 보였다. 천장절*에 학생들을 신사에 데리고 가서 참배하였던 것이 너무 우습고 어리석은 일로 느껴졌다.

8월 18일, 조선총독부는 전국 각 기관에 급히 전문을 보내서 걸어둔 천황의 사진과 각 지역의 신사에 봉안되어 있는 위패까지 모두 불태울 것을 전달했다. 행여 조선인들의 심기를 건드려 불상사가 일어날까 두려웠던 것이다. 그래서 전주신사도 이제 아이들 놀이터로 변하고 있었다.

아케미는 선선한 바람을 쐬며 염길과 앉아 있는 것이 너

* 천황 탄생일.

무 행복하고 좋아 밤이 새도록 있고 싶었다.

"그런데 말이에요. 들리는 말로는 일본인들이 모두 조선을 떠나야 한다던데 정말 그렇게 될까요? 나와 마사토는 고창이 고향인데, 그런 사람이 한둘 아니잖아요. 우리는 여기서 태어나 자라고 학교를 다녔기 때문에 조선 친구들이 많고 조선말도 잘해요."

"그건 나도 잘 모르겠습니다만 무슨 조치가 있겠지요. 평범한 사람들을 강제로 쫓아낸다는 것도 이상하지 않습니까."

"조선 일본 따지지 말고 그냥 살고 싶은 곳에서 살도록 해주었으면 좋겠어요."

염길과 아케미는 앞으로 어떻게 될지 가늠할 수 없어 고개를 갸웃거렸다. 사람들이 하나둘 자리를 떴다. 버들가지가 흔들릴 때마다 스르르 스르르 소리가 들려왔다.

"이제 가을이 오려나 봐요."

아케미는 작은 목소리로 혼잣말을 하면서 염길에게 머리를 기댔다.

*

    조선에 살던 일본인들 중에는 여러 종류가 있었다. 일본 근대화 시기에 조선으로 가기만 하면 일확천금을 얻을 수 있을 것이라 생각하고 몰려왔던 사람들을 1세대라고 보면, 조선에서 태어나 자란 이삼십 대 사람들이 2세대, 그 밑에서 겨우 국민학교를 다니는 어린아이들이 3세대였다. 2세대 이후의 일본인들은 조선을 일본 영토, 또는 자기 고향으로 생각하고 살았던 사람들이다.

    그래서 이십 대 일본 청년들은 본국으로 돌아가야 한다는 말을 듣고 패전했기로서니 꼭 내지로 돌아가야 하는가, 왜 정든 고향을 떠나야 하는가 도저히 이해할 수 없었다. 이것은 아케미와 마사토도 마찬가지였다. 카이토가 귀국을 받아들이고 있을 때, 이들은 한 번도 가본 적 없는 본국으로 가야 한다는 말에 엄청난 혼란을 느끼고 있었다.

    일본인들은 어떻게든 은행에 저금해 놓은 돈을 찾기 위해 안간힘을 썼다. 총독부에서 라디오방송을 통해 예금을 언제든지 인출할 수 있으니 지금 큰돈을 인출했다가 괜히 도난 사건에 휘말리지 말라는 당부까지 할 정도였다. 실제 은행으로 몰리는 일본인을 노리고 주변에 진을 치고 있다가 돈 뭉치를 안고 나올 때 덮치는 강탈 사건이 벌어지기도 했는데, 어차피 경찰에 신고해 봐야 소용이 없어 분을 삭일 뿐이었다.

카이토는 유곽을 처분하기 위해 의용단에서 함께 활동했던 조선인에게 인수 의향을 물어보았다. 그런데 그의 대답은 냉담했다.

"카이토상, 지금 전주를 한번 돌아보시오. 그동안 당신네들이 전쟁 물자로 죄다 공출해 가서 시장에 가도 쌀과 설탕, 밀가루와 옷감, 가죽 제품을 구하기 어려웠는데 지금은 어떤지 아십니까? 남부시장에 가면 없던 물자들이 쏟아져 나와 산더미처럼 쌓여 있어요. 그게 다 어디서 나왔을까요? 모두 재산을 급하게 처분하고 돈을 마련하고자 일본인들이 내놓은 것입니다. 상황이 이러할진대 지금 유곽을 나보고 인수하라고요? 공짜로 줘도 싫다 할 사람이 많을 것입니다. 부동산 매물도 한꺼번에 나오는 바람에 집값이 떨어졌습니다."

그의 말에 약간의 과장이 있을지언정 거짓은 없었다. 돈을 마련하기만 하면 바로 항구로 가서 연락선이나 밀항선을 타고 본국으로 돌아갈 마음밖에 없는 일본인들이 앞뒤 가리지 않고 재산을 처분하고 있었다. 이것을 노리고 쓸 만한 물건을 구하는 고물상이 성업 중이었고, 물건을 싸게 사려는 조선인들이 모여들어 전에 없던 시장이 하루아침에 생겨나기도 했다.

결국 카이토는 눈물을 머금고 완전히 헐값에 유곽을 처분했다. 돈을 마련하지 않으면 일본으로 돌아가기 어려운데다가 무슨 횡액을 당할지 알 수 없었기 때문이다. 이처럼, 많은 일본인들이 조선에서 일군 재산을 한 푼이라도 더 가져가려고 발버둥을 치고 있었다.

반면 히토미는 생각을 고쳐먹는 중이었다. 처음엔 동생의 말을 듣고 본국으로 귀환하려고 했지만, 미군의 공습으로 인해 폐허로 변해버린 도쿄에서 조선에 있는 일본인을 포함해 수백만 명이나 되는 교민을 한꺼번에 받아들일 수 없으리라 짐작했기 때문이다. 아무 연고 없는 본국에 가면 살 집과 일자리를 전부 새로 구해야 하고, 상상하기 힘든 고통을 감내해야 할 것이다. 그녀는 아무런 기반이 없는 낯선 본국으로 귀환하여 하층민으로 살아갈 자신이 없었다.

이북에서는 소련군이 진주하자 일본 군인들과 지배층은 먼저 내빼버리고, 아무것도 모른 채 남아 있던 일본인들만 노동력 충당을 위해 소련으로 끌려갔다. 다행히 끌려가지 않은 사람들은 재산을 모두 몰수당하고 빈손으로 내려오기도 했다. 반면 미국이 진주한 38선 이남은 조선인과 일본인 사이의 마찰이 극심하지 않았으며 오히려 어느 정도 안정을 찾는 것처럼 보였다. 상황이 이러하자 일부 일본인들은 본국으로 가기보다 조선에서 계속 살기로 마음먹고 조선어를 배우는 일까지 생겨났다. 이제 일본인이 아닌 조선인으로 살기로 한 것이다.

이러한 분위기 속에서 히토미는 조선에서 태어난 아케미와 마사토를 꼭 본국으로 데리고 가야 할지 확신이 들지 않았다.

그녀는 하숙집을 찬모에게 넘길 궁리를 하고 조심스럽게 말을 꺼냈다.

"만일 우리가 일본으로 돌아가게 되면 여기를 처분해야 할 거예요. 값을 싸게 넘길 테니 다른 사람보다 찬모가 인수했으면 좋겠어요. 강 건너 신흥학교가 문을 열면 학생 수도 많아지고 지금보다 상황이 좋을 겁니다."

찬모도 어리숙하지 않아 일이 어떻게 돌아가는지 알고 있었기 때문에, 싫다 좋다 확답을 주지 않고 한번 생각해 보겠다고만 하였다. 히토미는 하숙집을 계속 운영하고 있는 상황이었으므로 다른 일본인들처럼 세간살이를 내다 팔 수가 없었다. 이것이 답답해 보였는지 어느 날 카이토가 말했다.

"누님, 이러다 알거지가 되고 말 겁니다. 팔 수 있을 때 팔아버리세요."

"아직 아케미과 마사토가 여기 살고 하숙생들이 있는데 어떻게 판단 말이냐."

"지금 남의 사정 봐줄 때가 아니란 말입니다. 이북에서 쫓겨 온 사람들 말 들으면 이남도 곧 무슨 조치가 있을 겁니다."

"넌 왜 본국으로 돌아갈 생각만 하니? 일본에 조선인들이 많이 살고 있는 것처럼 어쩌면 우리도 여기에 남아 계속 살 수 있을 거야."

누나의 말에 카이토는 더 말해봤자 입만 아프다 투덜대며 가버렸다.

저녁에 히토미는 자녀들을 앉혀놓고 이야기를 하였다.

"다들 본국으로 귀환해야 된다고 하는데 걱정이 크구나."

어머니의 말을 듣고 마사토가 불편한 기색이 되어 말했다.

"어머니, 다니던 학교와 친구들은 어떻게 하고 내지로 들어간단 말이에요. 저는 가기 싫습니다."

"조선에 사는 일본인치고 누가 떠나고 싶겠니. 그동안 일궈온 생활 기반이 모두 여기에 있고 너희들의 고향은 조선이며 아버지 또한 여기에 묻혀 있으니까."

어머니의 말에 아케미도 고개를 끄덕였다.

"그건 엄마 말씀이 맞아요. 하지만 패전했으니 우리에겐 아무런 결정권이 없어요. 학교에서도 일본인 교사는 모두 쫓겨났어요. 지금이야 조선인들이 혼란해서 우리를 내버려두는 것뿐이지 시간이 흐를수록 상황이 좋아지진 않을 것 같아요."

"그럼 아케미 너도 본국으로 돌아가잔 말이니?"

히토미의 물음에 아케미는 고개를 가로저었다.

"아니, 나는 조선을 떠난다는 생각을 한 번도 해본 적 없어요. 다만 지금 상황이 불리하다는 말씀을 드리는 것이에요."

셋이 앉아 이야기를 해보았지만 뾰족한 수가 보이지 않고 나오는 것은 한숨뿐이었다.


염길이 있는 운봉에는 전주보다 해방의 기쁨이 늦게 전달되었다. 누군가가 신문과 라디오를 들먹이며 일본이 패전했고 곧 물러갈 것이라고 말해주어도 실감이 나지 않았다. 사실 산골에서 농토를 일구며 사는 사람들에게는 최상층 지배 세력이 어떻게 바뀌든 알 바 아니었다. 그것이 자신의 생활에 큰 변화를 주지 못하기 때문이다. 중요한 것은 한 해 농사를 좌우하는 천기(天氣)와 일손을 구해 제때 씨를 뿌리고 수확하는 것이었다.

"왜놈들 꼬라지 안 보믄 좋기야 하겄네. 근디 방학이 끝났는디도 왜 개학을 안 하는지 모르겄단 말여. 애새끼들이 학교 안 간께 들개들맨키로 우르르 몰려다니믄서 감자를 서리해다 구워 묵지, 오이 따묵지 왼갖 잽손만 부린당께로."

농부의 말처럼 아이들이 학교에 가지 않고 있었다. 일본인 교사가 썰물 빠지듯 나가버려 얼마 되지 않는 조선인 교사만으로 학교를 운영하기란 불가능에 가까웠다. 게다가 지금껏 배우던 교과서를 버리고 새로운 것으로 가르쳐야 되는데, 아무런 준비가 되어 있지 않아 학교도 혼란스럽긴 마찬가지였다.

9월 들어 염길은 출장이 잦았다. 교육 당국은 시급히 교과서를 만들고 교사가 부족한 학교에 인력을 새로 배치했다. 덕분에 젊은 염길이 바쁘게 돌아다니게 되었는데, 어느 날 차를 타려고 차부에 갔더니 매표원이 눈을 치켜뜨며 시비를 걸어왔다. 작년 여름 얻어맞은 것이 분했던 모양이었다.

"아니, 이게 누구여?"

염길은 말없이 차표를 받고는 그를 무시했다.

"시방 사람 말이 말 같지 않다 이 말이제? 왜놈 밑에서 월급 따북따북 받아 챙기다가 해방이 되어분께 줄 떨어진 연 신세가 돼부렸네잉. 어쩌야 쓰까잉. 다들 여그 좀 보시오. 친일 선생이 어디로 행차하는지 한번 들어나 봅시다."

매표원은 사람들을 불러 모으고 기세등등하게 염길을 몰아붙이기 시작했다.

"아 글쎄, 이 상놈의 자슥이 작년 여름 아무런 이유도 없이 나를 줘팼당께요. 이놈 오늘 잘 만났다. 어디 한번 또

때려보거라, 이놈. 왜, 인자 세상이 뒤집어져서 그리 못 하 겄냐."

염길이 도저히 참지 못하고 말했다.

"그때는 그럴 만한 사정이 있었지 않습니까. 엄한 사람 붙들고 시비 걸지 마십시오."

매표원은 화가 머리끝까지 치솟아 번개처럼 염길의 따귀 를 내리쳤다.

"오냐, 이놈아. 니 말인즉슨 그때는 그럴 만한 사정이 있 었고 지금은 없단 말이여? 난 사정이 있는디 어쩔 거냐잉. 왜놈 밑에서 그동안 잘 처묵고 살았제. 왜놈보다, 그 밑에 서 조선인 피 빨아묵는 앞잡이들이 더 나쁜 겨."

빙 둘러서 있는 사람들은 무슨 애국지사가 친일파를 잡 아다 문초라도 하는 양 웅성거리고 구경만 할 뿐이었다. 염 길은 억울했지만 차라리 몇 대 맞으면 상황이 끝나겠거니 생각하고 대항하지 않았다. 매표원이 소리를 지르고 더욱 기세를 올릴 때 누군가 그의 손을 꽉 잡았다.

"어허, 그만하게."

매표원이 고개를 돌려보니 비전 마을에서 소리를 하던 판석이 서 있었다. 판석은 매표원의 아버지와 형님 동생 하 는 사이였다.

"아니, 아재가 여긴 어쩐 일이요?"

"나가볼 일이 있네. 자네, 대낮에 사람을 패다니 아무리 뒤집어진 세상이라도 이게 있을 법한 일인가? 게다가 이 사람은 고창 선생 아니여. 근동에서 선생한테 공부한 학생들이 한둘 아니고 여기 학부모들도 있을 것인디 자네가 이런 행패를 부리믄 못쓰네. 잘못이 있으믄 법대로 처리해야제 사감(私憾)을 가지고 해결하면 안 된단 말이여. 그만 가서 일 보게."

매표원은 판석의 조리 있는 말과 위세에 눌려 물러갔다.

"괜찮으시우? 어딜 가다가 이런 봉변을 당하셨소?"

"네, 개학을 준비하러 다른 학교로 출장을 가는 길이었습니다."

"내가 사과드리겠소. 저놈 부친과는 형님 동생으로 너나들이하는 처지인께 고창 선생이 당한 일에 대해서는 대신 사과드립니다."

"아닙니다. 오히려 제가 고맙지요."

일이 정리된 후 정류장에서 한참을 기다려도 차는 오지 않고 사람들만 바글바글 모여들었다. 일인이 운영하던 회사를 조선인이 인수해 운영하려니 서툰 데다 버스 운전수까지 부족하여 배차시간이 제멋대로였던 것이다. 겨우 버스가 오자 사람들은 짐부터 집어던지고 잽싸게 올라탔다. 사람이 탈 공간이 더는 보이지 않았지만 요령 있는 차장이 뒤쪽에 대고 한 발씩 들어가라 고함쳤다. 그 와중에 여기저기 사람 죽는다, 비명이 터지고 그만 좀 태우라는 욕설이 들렸다. 결국 차부에 있던 사람들이 모두 타고 나서야 버스가 출발했다. 여원재를 넘어갈 때는 시끌벅적하던 분위기가 조용하게 변했다. 행여 버스가 낭떠러지로 구르면 모두 한날한시에 제사상을 받게 될지도 몰랐기 때문이다. 하지만 고개를 넘어가자 숨죽이고 있던 사람들이 언제 그랬냐는 듯 다시 와글거리기 시작했다.

아케미는 염길에게 편지를 보냈지만 답장을 받지 못해 불안한 마음이 들었다. 우편 체신은 국가의 신경망과 같은 것이어서, 그동안 일인들이 사무를 장악하고 조선인들에겐 허드렛일이나 간단한 사무 보조를 시키는 정도였다. 그런데 일인들이 빠지고 조선인들이 그 사무를 보자니 제대로 돌아가지 않는 경우가 많았다. 때론 편지를 보내고 답장을 받아보기까지 한 달 넘게 걸리기도 하였다.

아케미는 기다리다 못해 직접 운봉에 한번 가보기로 마음먹고 길을 나섰다. 그녀 역시 콩나물시루보다 더 빼곡하게 사람이 들어찬 차를 타고 겨우 운봉에 도착했다.

하숙집 아주머니는 마뜩잖은 눈초리로 아케미를 훑어보더니 겨우 대답해 주었다.

"강 선생 지금 없는디요. 어디 출장 다녀온다믄서 가방을 챙겨 갔응께 며칠이나 있다 올지 모르것소."

아케미는 냉랭해진 아주머니 태도에 서둘러 인사하고 나왔다. 낭패였다. 길이 엇갈려 버렸으니 무턱대고 여기서 기다릴 수도 없는 노릇이었다. 어떡할까 고민하다가 감히 발길이 떨어지지 않았지만 학교를 찾아가서 물어보기로 마음먹었다. 들어가는 길에 언뜻 보니 봉안전이 허물어지고 기단만 흉물스럽게 남아 있는 것이 보였다. 언젠가 염길이 무심코 지나쳐 장학사로부터 호되게 혼났다는 바로 그것이었다.

학교에는 중년의 선생 한 명과 어린 소사만 있었다.

"글쎄요. 일단 교육 당국에서 강 선생을 불러 출장을 갔습니다만 요즘 일이 워낙 많아야 말이죠. 하루에도 몇 번씩 학교를 옮겨 다니는 실정이니까 아마 당분간 만나기 어려울 겁니다."

선생은 말을 하면서 아케미를 힐끔거렸다. 염길이 경찰에 붙들려간 후 아케미와 교제하고 있었다는 소문이 다 퍼졌기 때문이다. 아케미는 아무런 소득도 얻지 못하고 다시 하숙집으로 돌아가 짧은 편지를 써서 책상 위에 올려놓고 나왔다.

이렇게 서로 만나지 못하고 있는 사이 시간이 흘러 9월 중순이 되었다. 어느 날 카이토가 근심 어린 얼굴로 누나를 찾아왔다.

"이제 결정을 내려야겠어요."

이웃해 있던 일인들이 갑자기 사라지고 모두 떠나는 분위기라 조바심이 생겼던 것이다. 히토미는 동생의 말에 아무 대답도 하지 않았다.

"군산으로 가든 여수로 가든 한 곳을 정해놓고 가야 합니다. 듣자니 곧 미군정이 기한을 정해주고 무조건 떠나라 할 거랍니다. 그렇게 본국으로 귀환할 바엔 그 전에 가는 것이 좋아요."

"삼촌, 꼭 가야만 하는 거예요?"

아케미가 묻자 카이토는 대뜸 언성을 높이며 야단을 쳤다.

"넌 도대체 지금껏 무엇을 보고 있었단 말이냐. 지금 거리에 나가봐. 전주에 거주하던 일본인 절반이 사라지고 집들이 텅 비어 있어. 이럴 때일수록 정신을 바짝 차려야 되는데."

"나도 알고 있어요. 다만 하루아침에 삶의 근거지를 옮기는 것이 어디 쉬운 일인가요. 얽힌 문제들을 풀고 가야지요."

"문제? 무슨 문제가 있단 말이냐, 엉?"

카이토가 눈을 부라리며 묻자 마사토가 끼어들었다.

"삼촌, 너무 그러지 마세요. 나도 갑자기 정든 땅과 친구들을 떠난다 생각하면 마음이 좋지 않습니다. 그러니 누나는 오죽하겠어요."

"흥, 많이 슬퍼하려무나. 아무튼 9월 20일에 떠나기로 했으니까 누님도 그리 아세요. 군산보다는 아무래도 여수가 나을 겁니다. 관려연락선이 다니던 항로고, 본국과 가까우니 밀항을 하기에도 수월해요. 들려오는 소리엔 미군이 보따리 하나와 겨우 일천 엔* 소지하는 것만 허락한다고 하니 돈이 있으면 무조건 도둑 배를 타야 합니다. 이미 함께 떠날 사람들과 입을 맞춰놓았어요. 누나도 그리 알고 준비하세요. 만약 이번에 가지 않으면 정말 알거지가 되어 쫓겨가든지 아니면 맞아 죽는 수밖에 없을 겁니다."

카이토의 말에 히토미가 한숨을 쉬며 말했다.

"20일이면 겨우 닷새밖에 남지 않았는데 너무 촉박하구나."

"누님, 이런 일은 쥐도 새도 모르게 급히 처리해야 되는 겁니다. 그래야 탈이 없어요."

---

* 지금 돈으로 1000만 원 정도 되는 금액이다.

카이토가 사라진 뒤에 히토미는 집 안을 천천히 둘러보았다. 옷장과 아이들 책상, 그리고 남편과 함께 장만했던 세간살이들이 눈에 들어왔다. 저것들을 다 놓고 가야 하다니, 일이 왜 이렇게 되어버렸을까. 아무리 생각해도 현실을 받아들이기 어려웠다.

이튿날부터 히토미는 어쩔 수 없이 물건을 내다 파는 한편 찬모에게 인수 의향을 다시 물었다. 하지만 찬모는 곧 알거지로 도망가게 될 일본인들 재산을 큰돈 들여 살 필요 없다는 것을 잘 알고 있었다.

"글쎄요. 내가 무슨 돈이 있다고."

찬모가 이렇게 물러서자 다급해진 히토미가 통사정을 하게 되었다.

"찬모가 아니래도 좋으니 다른 사람을 알아봐 줘요. 사놓기만 하면 앞으로 좋아질 테니."

이렇게 밀고 당기는 실랑이를 하다가 결국 헐값에 찬모가 인수하기로 하였다. 이제 단출하게 챙겨 떠나는 일만 남았다. 모든 것을 처분하고 보니 즐거운 일은커녕 시간을 보낼 만한 것이 없어 하루하루 먼 산을 바라보고 한숨만 내쉬었다. 그것이 히토미가 할 수 있는 유일한 일이었다.


어머니가 떠날 준비를 하고 있을 때 아케미는 방 안에 틀어박혀 있었다. 온갖 생각으로 머리가 깨질 것 같았다. 왜 염길 씨는 아무런 연락이 없는 걸까, 혹시 무슨 일이라도 생겼을까, 어머니에게 모든 사실을 알릴까, 아니면 이대로 도망갈까 고민을 거듭하다가 떠나기 사흘 전 잠시 밖을 다녀오겠노라 말하고 집을 나섰다.

아케미는 염길을 만나 의논할 수 없으니 일단 고창 집을 찾아 모든 것을 밝히고, 만약 자신을 받아준다면 그가 돌아올 때까지 버텨볼 생각이었다.

잘 익은 벼가 고개를 숙이고 노랗게 익어가는 들판을 지나 눈에 익은 고창에 도착했다. 다른 때 같으면 고향에 와서 너무 기분이 좋았겠지만, 지금은 왠지 모든 것이 낯설었고 사람들조차 예전에 보던 이들이 아닌 것 같았다.

그녀는 저녁 늦게 겨우 사등 마을에 도착하였다. 그러나 고만고만해 보이는 초가집들 가운데 염길의 집이 어딘지 알 수 없어 주춤거리고 있었다. 마침 이웃 마을에 제사 축문을 써주기 위해 길을 나섰던 허 생원이 아케미를 발견했다. 어둑한 가운데 그는 아케미가 여기 사람이 아님을 금방 알아채고 헛기침을 하며 다가갔다.

"뉘시우? 첨 보는 사람 같은디."

"네, 어르신 안녕하세요. 강염길이라고 전주사범학교를 나와 선생을 하고 있는 사람의 집을 찾아왔어요."

"염길이? 그놈 내 서당에서 글을 배웠잖우. 따라오시구 랴."

허 생원은 앞장서서 휘적휘적 걸어가며 염길에 대해 이 것저것 말해주었다. 어렸을 적부터 똑똑하더라니, 그 어렵 다는 전주사범을 입학하고 선생을 한다는 것이 무척 뿌듯 한 모양이었다.

"나는 한학을 하지만 염길은 신학문을 했응께 앞으로 분 명 청출어람이 될 거라우. 바로 이 집이올시다. 여보게, 강 염부 안에 있는가? 손님 왔응께 얼른 나와보게."

허 생원은 아케미를 집 안으로 들여보내고 흐뭇한 표정 으로 제 갈 길을 갔다.

"아니, 뉘시우?"

줄포댁이 마루로 나서면서 물었다.

"네, 저는 고창에 살던 아케미라고 해요. 국일여관."

"아이고, 예전에 염길이 가정교사하던 그 집 말인갑네. 어서 들어오시구랴. 이놈들, 저리 가 앉아 있어."

줄포댁은 대길과 순임을 한쪽으로 몰아놓고 방바닥을 손 으로 쓱쓱 문지른 다음 아케미를 앉혔다. 갑자기 잘산다는 국일여관 딸이 우리 집에 뭐 하러 왔을까, 혹시 염길에게 무슨 일이라도 생겨 돈을 받으러 온 것일까, 여러 생각이 스쳐 지나갔다. 그런데 앉는 모양이 무척 조심스럽고 배가

볼록하니 나온 것 같았다. 순간 줄포댁은 아케미가 홀몸이
아니란 것을 알아챘다.

"근디 여그까지 무슨 일로."

조심스럽게 물어보지만 아케미는 쉽게 입을 열지 않고
염길의 아버지를 기다리는 눈치였다. 잠시 후 대길이 벌막
으로 쫓아가서 아버지를 모셔왔다.

"누가, 손님이 왔다고?"

석대가 손을 툴툴 털면서 급히 돌아왔는데 엉거주춤 일
어나 윗목에 서 있는 아케미를 보고 깜짝 놀라 눈이 커졌다.

"염길이 찾아온 모양인게라. 저기 고창 읍내 국일여관 딸
이라고 하는디."

줄포댁이 주섬주섬 소개를 하자 그제야 석대는 앉으라는
손짓을 하였다. 그러나 아케미는 석대와 줄포댁이 자리하기
를 기다려 양손을 이마에 대고 얌전하게 조선식 인사를 올
렸다. 석대 부부는 난처한 얼굴로 엉거주춤 인사를 받았다.

석대는 얼마 전 아들이 일본 경찰에 끌려가 초주검이 되
도록 맞았던 일이 생생하여 일본인이라면 이를 갈고 있는
판국이었다. 그런데 국일여관 딸이 와서 인사를 하니 당황
스럽고 난감하기 짝이 없어서 외로 돌아앉아 곰방대에 담
배를 채웠다.

"그래, 무슨 일로 오셨수?"

줄포댁이 묻자 아케미는 공손하게,

"염길 씨를 찾아보았는데 아무런 연락이 닿지 않고 만날 수가 없어서 부득이 두 분을 찾아뵙게 되었어요."

대답하고는 가방을 열어 준비해 온 돈을 꺼냈다.

"빈손으로 올 수 없어 조금 가져왔으니 받아주세요."

"아니 왜 우리가 그 댁 돈을 받는단 말이우? 빚 받으러 오는 사람은 봤어도 갚으러 오는 사람은 첨 봤소."

"나중에 염길 씨에게 물어보면 아실 거예요."

줄포댁은 뜻밖의 돈을 받고 아마 염길에게 빌린 돈을 갚는 것이려니 생각하여 입이 벌어졌다.

"아직 저녁도 안 먹었겠구랴."

줄포댁이 부엌으로 나갔다. 여전히 석대는 돌아앉아 담배를 뻑뻑 빨아대고 있었다. 방 안에 무거운 침묵이 흘렀다. 아케미는 석대가 아무 말도 하지 않자 괜히 손가락으로 방바닥만 긁어대며 눈치를 살피다가 살며시 부엌으로 나갔다.

"들어가 있제 뭐 하러 나온당가. 촌에서 먹을 거라곤 시래깃국밖에 없지만 묵어보믄 또 묵을 만한께로 쬐끔 참으시오."

줄포댁은 작은 솥에 불을 지피다 부지깽이를 아케미에게 건네주고 상을 차리기 시작했다. 아케미는 온기가 치마 속을 따뜻하게 데우자 마음이 편안해지는 것 같고 이글거리는 불이 신기하기도 해서 아이처럼 부지깽이로 아궁이 속을 이리저리 뒤적였다.

잠시 후 아케미는 혼자 밥상을 받고 고양이 밥 먹듯이 몇 번 깨작거리다가 나중엔 이것저것 가리지 않고 깨끗하게 그릇을 비웠다. 달이 갈수록 먹성이 좋아진 탓이었다. 옆에서 그것을 지켜보던 줄포댁은 잘 먹는 것이 기특한 모양으로, 연신 감탄을 쏟아냈다.

"참 잘 묵네잉."

상을 물리고 자리에 앉았을 때 줄포댁이 다시 물어보았다.

"인자 솔직허니 말해보소. 염길이도 없는 우리 집에 뭣하러 왔는가 이 말이요. 우리 아들이 집에 가 있으라고 합디여?"

아케미는 쉽사리 대답을 하지 못하고 한참을 뜸 들이더니 간신히 입을 열었다.

"네, 두 분께서 이미 짐작하고 계시겠지만 염길 씨와 저는 사귄 지 오래되어 언제든 꼭 부모님께 인사드리려고 마음먹고 있었어요. 그런데 갑자기 일본이 패전하는 바람에 본국으로 돌아가야 되느냐 마느냐 하는 갈림길에 서 있게 되었습니다. 만일 부모님이 허락해 주신다면 염길 씨가 올 때까지 여기에 있고 싶어서 실례를 무릅쓰고 찾아왔습니다."

순간 석대가 크흠 헛기침을 하면서 곰방대로 나무 재떨

이를 내리쳤다. 줄포댁은 남편의 불편한 기색을 엿보고,

"쭉 들어본께 염길이 가라 한 게 아니라 그 댁 혼자 쳐 들어온 것이구만이. 아따 처녀가 부끄럼도 없는가. 둘이 같이 와서 통사정을 해도 들어줄까 말까 한디 혼자 와서 눌러앉겠다고 하믄 세상이 웃을 일이제. 조선에는 그런 법 도가 없소."

똑 부러지게 말해주었다. 그러자 아케미가 눈물을 뚝뚝 흘리면서 사정을 했다.

"제발 여기에 있게 해주세요. 곧 온 가족이 일본으로 돌 아가기로 해서, 그렇게 되면 영영 염길 씨를 만나지 못할 수도 있어요."

"그렇다믄 그 댁 식구들도 모르게 이리로 왔다 그 말이 요?"

"……."

"아이고, 숭악해라. 오래 살믄 도랑 새우 무엇 하는 것을 보겠다더니 틀린 말 하나도 없네잉. 아무리 세상이 변했다 손 치더라도 그렇제. 어찌 처녀가 남자 집을 불쑥 찾아와 서 눌러앉겠다고 하는가. 참말로 남 부끄러워 말도 못 꺼 내겄네."

줄포댁은 남편의 눈치를 슬금슬금 살피면서 대신 의견을 전했다. 아케미는 면목이 없어 고개를 푹 숙이고 있을 뿐이

었다. 한참 후에 석대가 혼잣말처럼 내뱉었다.

"삼수갑산을 갈지언정 중강진은 못 간다."

절대 안 된다는 말이었다.


밤이 깊어지자 줄포댁은 아케미를 야박하게 가라고 할
수 없어 주섬주섬 잠자리 준비를 했다. 시집올 때 가져온
깨끗한 이부자리를 펴서 아케미와 순임에게 안방을 내어주
고, 부부와 대길은 물건이 쌓여 있는 작은방으로 건너갔다.

아케미는 방바닥에서 전해지는 따뜻한 온기에 온몸의 피
로와 긴장이 풀렸다. 지금껏 다다미방에서만 지내다 보니
겨울이 너무 춥고 싫었는데 이런 온돌방이라면 얼마든지
살 수 있겠다는 생각이 들었다.

"언니, 우리 오빠도 언니 좋아해요?"

자는 줄 알았던 열한 살 순임이 조심조심 물어보았다. 아
케미는 순임을 향해 돌아누워 댕기 머리를 쓰다듬었다.

"그럼요. 오빠가 아가씨 이야기를 많이 해주었는데 오늘
보니 참 예쁘고 곱게 생겼네요."

칭찬을 해주자 순임은 좋아서 이불을 펄럭였다.

"오빠가 날 얼마나 아껴준다고요. 난 언니가 좋은디 왜
아부지는 저렇게 역정을 내시는지 모르겠다, 언니."

순임은 평소 억세고 투박한 어머니 대신 오늘 부드럽고

향기로운 아케미와 있는 것이 너무 좋아 연신 품을 파고들었다. 아케미는 가만히 순임의 머리를 쓰다듬어 주었다.

작은방에 누운 석대 부부는 안방에서 도란도란 들려오는 소리에 귀를 기울이다가 대길이 잠든 후에 조용히 이야기를 나누기 시작했다.

"영감, 내가 본께로 처자가 홀몸이 아닌 성싶소."

"크흠!"

"염길도 없는 우리 집을 찾아올 땐 무신 곡절이 있지 않겠소잉. 너무 박절하게 대하는가 싶어 마음이 껄쩍지근허요."

"거 쓰잘데기 없는 소리 말고 잠이나 자. 염길이 당한 것을 생각하믄 이가 갈리는디 어디다 왜년을 들이겠는가. 말도 안 되는 소리네. 세상 사람들이 알믄 왼갖 손가락질을 다 하고 침을 뱉을 일이여. 어디 사람이 없어 왜년을 들여, 들이길. 그렇께 내일 아침 밝자마자 밥 멕여서 내쫓아 버리소."

석대는 더는 입에 올리기도 싫다는 듯 돌아누워 아무런 대꾸도 하지 않았다. 그래도 줄포댁은 말을 쉬지 않고,

"새끼 가진 짐승은 내쫓지 않고 살리는 법인디, 나중에 무슨 액이나 끼지 않을랑가 모르겠소."

몇 마디 중얼거리다 잠 속으로 빠져들었다.

이튿날 첫닭이 울기 전 석대는 벌막으로 나가고 줄포댁

은 부엌에서 아침을 준비했다. 아케미가 일어나자마자 상이 들어왔다.

"많이 드시오. 아무리 해도 저 양반 고집을 꺾을 수 없당께로. 오죽하믄 사람들이 쇠 멱미레 같다고 하겠능가. 일단 갔다가 나중에 염길하고 같이 오믄 맘이 바뀔 것이구만."

줄포댁이 아케미를 달래며 많이 먹기를 권했다. 아케미는 마음이 처연하여 밥이 잘 들어가지 않았지만 그래도 깨끗이 비워냈다. 그리고 줄포댁이 상을 내가는 틈을 기다려 가방 속에서 작은 거울과 빗을 꺼내 순임에게 건네주었다.

"이거 받아요. 아가씨도 이제 거울이 필요할 거예요."

순임은 뚜껑이 있는 동그란 거울을 들고 요모조모 제 얼굴을 비춰보며 좋아했다. 줄포댁은 부엌에서 작은 단지 하나를 꺼내와 보자기로 싸매고, 허리춤에서 지폐 몇 장을 꺼내 극구 사양하는 아케미에게 쥐여주었다.

"차비에 보태 쓰고, 이것은 저 양반이 밤낮 구운 소금인께 가져가시우. 자염은 감칠맛이 좋아 음식에 쓰믄 맛이 아주 좋다고들 허지라우."

아케미가 벌막 쪽을 바라보며 머뭇거리자 줄포댁은,

"영감을 아무리 기다려도 오지 않을 것이구만. 그리 알고 속히 떠나시우."

하며 아케미의 등을 떠밀고 대길을 불러 당부하였다.

"네가 차부까지 바래다주거라잉."

대길이 작은 소금 단지를 들고 아케미가 그 뒤를 따라나
섰다. 밤새 내린 이슬이 차가웠다. 안개가 자욱이 껴서 어
디가 바다고 어디가 들판인지 분간이 되지 않았다. 아케미
는 잠시 걷다 멈추어 뒤돌아보고, 또 몇 걸음 가다 뒤돌아
보길 반복하였다. 밥 짓느라고 연기가 모락모락 피어오르
는 모릿등이 안개 속으로 점점 사라지고 있었다.

차부에 도착했을 때 아케미는 줄포댁이 주었던 지폐를
꺼내 대길에게 건넸다.

"괜찮아요."

"아니에요. 도련님도 용돈이 필요할 테니 가지고 있다 요
긴하게 쓰세요."

대길은 아케미가 도련님이라고 불러주자 갑자기 부끄러
움이 와락 몰려와 얼굴이 빨개졌다. 아케미는 학교에서 대
길 또래 아이들을 많이 겪어보았는지라 미소를 머금고 극
구 사양하는 대길의 손에 지폐를 쥐여주었다.

"나중에 형님 오면 내가 다녀갔다고, 꼭 만날 거라고 전
해줘요."

마치 애원하듯 또박또박 말하고 대길로부터 작은 소금
단지를 건네받았다.

아케미가 집을 나서 모릿등을 빠져나갈 때 벌막에 있던

석대는 곰방대를 물고 그 모습을 지켜보고 있었다. 대길을 앞세운 아케미가 걸음을 멈추고 몇 번이나 뒤돌아보는 것이 어렴풋이 보였다. 그때마다 석대는 무슨 죄지은 사람처럼 고개를 움츠렸다. 아케미가 안개 속으로 모습을 완전히 감추자 그는 깊은 한숨을 내쉬었다.

# 11. 출가(出家)

9월 20일, 히토미는 여수로 내려가 배를 탈 계획으로 며칠 전부터 꾸려놓은 짐 보따리들을 들고 집을 나섰다. 그녀는 자신과 마찬가지로 보따리를 이고 진 사람들을 뒤따라가며 결국 이렇게 도망가게 될 것을 왜 전쟁을 일으켰던가, 아무나 잡고 따져 묻고 싶은 마음이었다.

아케미는 고창에서 돌아온 후 어머니가 어딜 다녀왔느냐 물어도 대답을 하지 않다가 어젯밤에 겨우 입을 열었다. 조선을 떠나기 전에 무슨 일이 있었는지 말하는 것이 좋겠다는 생각이 들었기 때문이다. 딸에게 모든 일을 전해 들은 히토미는 깜짝 놀라 말문을 닫았다가 화를 내다가 어이없어 허허 웃다가 또 방바닥을 치며 울분을 토하더니 나중에는 맥이 풀려 벽에 몸을 기댔다.

"어쩌자고, 응? 어쩌자고 그런 일을 벌였단 말이니."

"엄마, 미안해요."

"카이토 말처럼 애당초 강 군을 집에 들이는 것이 아니었어."

히토미는 염길이 앞에 있으면 얼굴을 쥐어뜯고 싶은 마음이었다. 그러나 손바닥도 마주쳐야 소리가 나는 법. 먼저 딸을 단속하지 못한 책임을 느끼고 앞으로 어떻게 할까 궁리하기 시작했다.

"난 그냥 조선에 남을까? 염길 씨 오면 어떻게든 살 방도가 생길 수 있고, 정 안되면 나중에 본국으로 귀환하면 되겠지."

"그건 안될 말이야. 그놈 집에서 너를 내쫓은 것을 보면 모르겠니? 아마 그놈도 한통속으로, 너 따위는 모른 체하고 짚신짝 버리듯 내팽개치고 말 거야. 그렇게 되면 너 혼자 조선에 남아 아이를 키워야 될 텐데 그 천시와 학대가 오죽하겠니. 어쩌면 원한을 품은 놈들이 죽일지도 모른다."

"설마."

"아케미, 정신 차려. 우리는 너 혼자 조선에 두고 떠날 수 없어. 죽더라도 본국으로 가서 죽자. 배 속에 있는 아이는 본국에 가면 어떻게든 처리할 방도가 있겠지."

히토미는 원통한 마음과 더불어, 아케미가 도망가지나 않을까 염려되는 마음에 거의 뜬눈으로 밤을 지샜다.

전주역에 도착해 보니 가관이었다. 미군정에서 가져갈

수 있는 돈을 1000엔으로 제한하고 물건도 두 손으로 들수 있는 보따리만 허용했지만, 사람의 욕심은 끝이 없고 상황이 절박하여 모두들 최대한 짐을 챙겨가지고 나왔기 때문이다. 그러다 보니 여자들은 아이를 안아 맨 채 등에 짐을 지고도 양손에 보따리를 하나씩 들었고, 남자들은 큰 배낭에 옷가지며 물건을 쑤셔 넣고 양손에도 보따리를 들었지만 그 무게를 이기지 못해 마치 술 취한 사람처럼 비틀거리기 일쑤였다.

열차가 도착하자 짐이 출입구에 끼어 오가지 못하는 사람이 생기면서 여기저기 고함을 치는 소리가 들렸다. 그야말로 아비규환의 상황에서 히토미는 아케미와 마사토부터 밀어 올리고 간신히 열차에 오를 수 있었다.

여수로 가는 열차는 기적을 울리면서 천천히 전주역을 빠져나갔다. 수십 년을 살았지만 잘 가라고 환송하는 사람도 없는 매우 쓸쓸한 열차였다. 사람이 변하고 물정이 바뀌어도 강산은 유구한 법, 섬진강 은빛 모래밭과 맑은 물이 유유히 흘러가고 그 곁으로 열차가 쉬지 않고 달렸다.

아케미는 사람들로 미어터지는 열차 안에서 간신히 창밖을 바라보며 염길과 함께했던 시간을 떠올려 보았다. 이 전라선을 타고 그와 여수에 갔었지, 이제 가면 언제 올 수 있을까, 다시 그를 볼 수 있을까, 온갖 상념에 사로잡혀 열차가 압록역에서 잠시 멈추었을 때도 그 아름다운 풍경이 전혀 눈에 들어오지 않았다.

여수에 도착한 일본인들은 피난민처럼 항구로 모여들었는데, 묵을 곳이 마땅치 않아 이슬을 가릴 수 있는 곳이라면 어디든지 마다하지 않았다. 여자들과 아이들이 대합실에 들어가고 나머지는 밖에 옹기종기 모여 앉았다. 누가 보면 거지 떼나 다름없었다. 그 와중에 먹을 것을 가져와서 파는 조선인들이 있어 허기를 때울 수 있었다.

아케미는 차가운 대합실 바닥에 주저앉아 마사토가 사온 떡을 한 입 베어 물었다가 울컥 울음이 솟아나 한참 동안 흐느꼈다. 그러고 보니 여기저기서 우는 여자들과 보채는 아이들이 눈에 많이 띄었다.

일본으로 가는 길은 오로지 바닷길밖에 없었다. 사람들은 연락선과 밀항선으로 나뉘었다.

카이토는 히토미에게 제안했다.

"누님, 짐과 돈을 모두 가지고 검색을 통과해 연락선을 타긴 어려워요. 방법은 밀항선을 타는 것뿐인데 돈이 많이 들어가고 파도와 해적 때문에 위험해요. 그러니 돈과 여분의 짐을 나에게 맡기고 세 사람은 연락선을 타세요. 시모노세키까지 내가 가지고 가겠습니다."

들어보니 그럴듯하여 히토미는 각자 들고 갈 수 있는 짐

꾸러미 하나씩과 돈을 조금 남기고 나머지는 모두 카이토에게 맡겼다. 아케미는 줄포댁이 준 작은 소금 단지를 깨지지 않도록 가방 깊숙이 넣고 절대 손에서 놓지 않았다.

카이토는 연락선이 떠난 후 밀항선을 타고 밤에 출항하였다. 그러나 현해탄을 절반쯤 건넜을 때 폭풍을 만나고 말았다.

연락선은 선체가 커서 거친 바다를 건널 수 있었지만, 밀항선은 크기가 작은 데다 좁은 선실에 몇 명 들어가고 나면 나머지 사람들은 차가운 물보라가 치는 갑판에 쪼그려 앉아 있어야 했다. 버리지 못하고 가져온 짐들을 방패 삼아 바닷물을 막느라고 현측(舷側)에 쌓아놓았더니 물에 젖어 점점 무거워진 배는 높은 파도에 기우뚱거리다가 결국 뒤집히고 말았다. 가을엔 바닷물이 차다. 그 차가운 물에 모두가 빠져 죽었다.

히토미는 시모노세키에서 한참을 기다려도 동생이 도착하지 않자 불안한 마음이 들기 시작했다. 며칠 뒤 사람들을 통해 밀항선 몇 척이 침몰했다는 소식을 들을 수 있었다. 비록 행동이 거친 동생이긴 했어도 하나밖에 없는 피붙이인지라 슬픔과 낙심이 컸다. 이제 낯선 본국에서 모든 것을 홀로 헤쳐 나갈 수밖에 없었다.

당시 조선과 만주 등 외국으로 나가 있던 일본인은 600

만 명이 넘었다. 그렇지 않아도 모든 것이 열악한 상황 속에서 엄청난 교민들이 밀려오니 본토인들의 감정이 썩 좋지 못했다. 어딜 가나 냉대와 무시뿐이라, 조선에서 귀환한 일본인들은 터전을 잡기 전까지 수용소 생활을 할 수밖에 없었다. 어떤 사람은 영영 수용소를 벗어나지 못한 채 생을 마감하는 일도 있었다. 수용소를 나왔다 하더라도 본토인들과 치열한 경쟁을 벌여야 하니 여기저기 마찰이 생겼다. 그러다 전염병이 돌기라도 하면 이를 옮기는 주범으로 지목되어 욕을 먹었다.

"너희는 식민지에서 그렇게 수탈하고 착취해 잘 먹고살았으니 천벌 받는 것이다. 우리에게 빌붙지 말고 꺼져."

이렇게 적대시하는 사람도 있었기 때문에 귀환한 일본인들은 쥐 죽은 듯 숨죽이고 살아야 했다.

아케미는 몸이 점점 무거워지고 있어 다른 사람보다 생활하기가 더 힘들었지만 그래도 선생으로 근무했던 경력 때문에 학교 일을 잡을 수 있어 다행이었다.

조선이 해방된 후 사회 전체가 일대 혼란에 빠졌지만 건국준비위원회와 현업에 남아 있던 사람들의 노력으로 사회는 빠르게 정상을 찾아가고 있었다. 미군정은 남한 사회가 지속성을 유지하고 안정되기를 바라면서 일제하에 일하던 관료나 학교와 각급 기관에 근무하던 사람들이 계속 일할 수 있도록 하였다. 덕분에 염길도 학교에 남게 되었는데, 완전히 뒤바뀐 교육정책을 실천하기 위해 교과서를 수정하고 학적부를 정리하는가 하면 학교에 남아 있는 일제의 흔적을 지우느라고 밤낮으로 뛰어다녀야 했다.

그러다 보니 9월 말이 되어서야 겨우 시간을 낼 수 있었다. 그가 하숙집으로 돌아오자 아주머니가 호들갑을 떨었다.

"아유, 어디 갔다 이제 오시우. 보름쯤 되었을랑가. 작년 여름에 왔던 그 처자가 왔었소. 마치 굿 구경 간 어미 기다리듯 멀건 눈빛으로 한참 동안 먼산바라기 하다 갔는디, 몰랐수? 방에 편지 넣어놨응께 보소."

그제야 염길은 아케미가 다녀간 것을 알게 되었다. 편지 한 통을 열어보니 왜 연락이 안 되느냐는 말과 함께, 어쩌면 일본인들이 모두 본국으로 송환될 수도 있으니 전주에 꼭 들러달라는 당부가 있었다. 이렇게 일이 촉박하게 돌아가고 있었는데도 학교에 매달려 있느라 전혀 신경을 쓰지 못했던 것이 마음에 걸렸다.

염길은 휴일을 택해 전주로 달려갔다. 그러나 히토미의 하숙집은 썰렁했다. 찬모가 나오더니 이렇게 말했다.

"그 사람들 본국으로 돌아간 지 하매 보름은 됐겠소. 하도 이 집을 사달라고 통사정을 하는 바람에 어쩔 수 없이

사긴 했는디 여기저기 아수라장이라 누구 하나 하숙 들어
오는 사람이 없다오."

찬모는 앓는 소리를 하며 행여 염길이 딴소리를 할까 경
계하는 것이었다. 아, 그렇게 됐구나. 염길은 온몸에 힘이
빠져 터벅터벅 전주천을 향해 걸어갔다. 아케미와 함께 앉
아 있던 수양버들 아래 자리를 택해 대통 맞은 병아리처럼
넋을 놓고 흘러가는 물을 바라보았다. 왜 나는 이렇게 바보
같을까. 학교에서 일인 선생들이 죄다 빠져나가는 것을 보
고도 왜 아케미 생각을 못 했을까. 그동안 내가 오기를 얼
마나 기다렸을꼬. 염길은 머리를 쥐어뜯으며 자책했다. 이
제 그녀를 어떻게 해야 만날 수 있을지 알 수 없었다. 어쩌
면 영영 만나지 못할 것만 같은 불길한 생각이 들었다.

그는 일단 학교로 돌아갔다가 겨울방학을 맞아 고향을
찾았다. 줄포댁은 눈이 빠지게 기다리던 아들이 오자 거의
버선발로 쫓아 내려갔다.

"아이고, 염길아. 왜 인자 오냐잉. 두어 달 전 읍내 국일
여관 딸이 왔다 갔는디 아무리 학교 일이 바빠도 그렇제.
어찌 이리도 무심헐 수 있단 말이여."

그게 무슨 말인가 싶어 눈을 껌벅이는 염길을 마루에 앉
히고, 줄포댁은 마치 발동기 돌아가는 것처럼 쉬지 않고 그
간 있었던 일을 빠짐없이 말해주었다. 이야기를 다 듣고 난

후에 염길이 따지듯이 물었다.

"아니, 그런 일이 있었단 말입니까? 어머니가 좀 잡아두지 그랬어요."

이에 줄포댁은 어이없는 표정으로 순임을 불러 앉히고 물었다.

"순임아, 네가 봤냐 안 봤냐. 에미가 아케미 왔을 때 어떻게든 잡아두려고 용을 썼지만 느그 아부지가 내쫓지 않든, 잉?"

"난 몰라. 오빠, 언니가 이거 주고 갔어."

순임은 오랜만에 본 오빠가 반가워 자그마한 손거울과 빗을 들고 와서 자랑을 했다. 그걸 보고 염길은 마치 아케미를 보는 듯 눈이 시리고 마음이 아팠다. 줄포댁은 귀한 물건 함부로 내돌리지 말라 순임을 한번 나무란 다음 염길에게 은근한 말투로 물었다.

"근디 말이여, 내가 본께 아케미 배가 볼록한 것이 꼭 애 밴 것 같더란 말이시. 암, 틀림없제. 너도 알고 있었냐?"

염길이 그걸 알 리 없었다. 그는 어머니의 말에 당황하여 뒤로 물러나 앉았다.

"어머니도 참, 무슨 말씀을 그리하세요."

"아니여. 내가 다른 것은 어리숙해도 애 밴 사람을 보믄 고것이 아들인지 딸인지 알아맞히는 아주 기가 막힌 재주가 있단 말여. 저기 참봉댁 며느리가 딸 가진 것을 내가 제일 먼저 알아챘고, 또 뭣이냐, 옳지. 허 생원 작은집 각시가 십 년 만에 아들 가진 것도 알아맞히지 않았겄냐. 그걸 보고 사람들이 모두 용하다고 했제. 그담부터 애 밴 사람들이 와서 아들인지 딸인지 물어보고 간당께로."

염길은 이제 부끄러움보다 어머니의 말이 재밌어서 한번 물어보았다.

"어머니가 보니 어떻던가요?"

"딸이여."

줄포댁은 아주 단호하게 말하곤,

"첫 딸은 세간 밑천이란 말도 있응께 손해 보는 것은 아니여. 느그 아부지가 아케미를 마다하지만 않았어도."

하며 마치 손에 쥐었던 새를 놓친 것처럼 아까워하다가, 순임을 보고는 곧 쥐어박을 듯 눈을 부라리며 너는 어째 막내로 태어났느냐고 타박했다. 염길은 아버지가 아케미를 내쫓았다는 것이 너무 서운해서 벌막으로 인사드리러 가지도 않았다. 저녁에 아버지가 돌아와,

"왔구나."

덤덤하게 말했을 때 염길은 퉁퉁 부은 얼굴로 마지못해 대답할 뿐이었다. 저녁상을 물리고 석대가 그간 있었던 일을 이것저것 물어보았는데, 평소와 달리 염길의 태도가 이

상하고 불만이 가득하다는 것을 알았다. 분위기가 냉랭하자 줄포댁이 그것을 풀어볼 요량으로 아케미 이야기를 꺼냈다.

"저번에 국일여관 아케미 왔을 때 본게 참 곱더라. 널 보러 왔는디 누추한 집에 잡아둘 수가 없어 일단 돌아갔다가 너랑 같이 오라고 했고만. 염길아, 나중에 꼭 같이 오거라잉."

"거 무슨 아무짝에도 쓸데없는 소릴 하고 그랴."

석대가 빈 곰방대로 나무 재떨이를 두드렸다.

"영감도 참, 죽은 사람 원도 풀어준다는디 왜 그리 야박하시우. 아케미가 일본 사람이란 것만 빼믄 조선 천지에 그만한 사람 찾기 힘들 것 같든디."

줄포댁도 물러서지 않고 되받았다.

"크험!"

석대는 염길을 앞에 두고 아케미에 대해 이러쿵저러쿵 말하는 것이 옳지 않다고 생각하여 헛기침으로 말을 끊고 곰방대에 담배를 밀어 넣기 시작했다. 그때 염길이 아버지에게 물었다.

"아버지, 일본인들은 본국으로 쫓겨 가서 이제 이 땅에 없습니다. 먼 길을 걸어 여기에 왔을 땐 이유가 있었을 텐데 왜 그냥 보내셨어요."

석대는 곰방대를 두어 번 뻑뻑 빨아대곤 답했다.

"내가 평생 소금을 구워 먹고살았어도 문전 나그네 흔연 대접하라는 말은 알고 있다. 하지만 제 팔자 개 못 준다는 말이 무담시 있겠냐. 오죽하믄 내가 쫓아버렸겠냐고. 너는 조선 사람이고 아케미는 일본 사람이여. 네가 당한 고초를 생각하믄 자다가도 벌떡 일어나 왜놈들을 찾아댕기고 싶은 디 어찌 내 집에 왜년을 들일 수 있단 말이냐."

"그간 국일여관에서 우리가 신세 진 것도 분명 있습니다. 그 사람들은 저에게 잘 대해주었고 덕분에 집안의 부담을 덜 수 있었어요."

"물론 그건 고맙지만 너는 어째 네 생각만 한단 말이냐. 만일 모릿등에 기모노 입은 여자가 돌아다니믄 그 손가락질을 어찌 견딘단 말여. 넌 우리 생각을 눈꼽만치도 않는구나."

아버지의 말을 이해하지 못할 바는 아니었지만, 염길은 아케미가 이 초라한 집에 와서 낙담하고 갔을 것을 생각하니 괴로워 견딜 수가 없었다.

"아무리 그래도 너무하셨습니다. 사람이 그럴 순 없어요."

염길은 퉁명스럽게 내뱉고 밖으로 나가버렸다. 그걸 보고 석대가 곰방대로 연신 재떨이를 두들기며 "저런 버르장머리를 봤나!" 호통을 치자 줄포댁은 부자 간 의가 상할까 두려워 안절부절 몸 둘 바를 몰랐다.

372

"영감, 그만 좀 하시오. 모처럼 집에 왔는디 왜 그리 역정을 내시요잉."

그래도 석대는 밖의 염길더러 들으라는 듯,

"이놈아, 말 밑으로 빠진 것은 다 망아지인 것이여. 근본은 변하지 않는단 말이다."

소리를 내질렀고 그 바람에 곤히 자고 있던 이웃집 개가 깜짝 놀라 왈왈 짖어댔다. 한 번도 이런 일이 없었는데 염길이 아버지를 향해 이토록 성질을 부린 것을 보면 몹시 서운한 게 분명했다.

*

시간은 속절없이 흘러 일 년이 훌쩍 지나고 1946년 9월, 염길은 여수종산국민학교*로 발령을 받았다. 본래 1942년 여수구봉국민학교로 개교한 신설 학교였는데 종산국민학교로 개명하고 면모를 일신하느라고 우수한 선생들을 들였던 것이다. 학교는 염길이 아케미와 밤을 보냈던 중앙동과 멀지 않은 곳에 있었다. 처음엔 이것 때문에 매일 아케미 생각이 나고 괴로웠지만 나중엔 감정이 무뎌지고 덤덤

* 지금의 여수중앙초등학교.

해졌다.

염길은 해방 후 혼란했던 상황 속에서도 교육을 정상화하기 위해 동분서주한 공을 인정받았다. 산골짜기에 처박아 두긴 아깝다는 것이 당국의 생각이었다. 각급 학교엔 교사가 부족했고 교사를 배출하는 사범학교도 사정이 어렵긴 마찬가지였다. 속성으로 교사를 양성하여 배치한다 해도 시간이 걸렸다. 그럼에도 교육의 중심을 바로잡는 일은 전부 사범학교 출신 교사들이 맡을 수밖에 없는 상황이었다.

학교가 어느 정도 안정되고 있을 때 염길은 동수로부터 연락을 받았다. 그동안 얼굴을 제대로 보지 못했던 고창고보 사거두 모임을 하자는 제안이었다. 다들 바쁜 친구들이라 일정을 조정하다 보니 해를 넘겨 1947년 단오를 지나고 전주에서 만나기로 하였다. 승근이 전주부청에 있으니 동수와 학준은 서울에서 내려오고 염길이 여수에서 올라가기로 했다.

사거두는 전주 중앙동 근처 술집에 모였다.

"이게 얼마 만이냐."

"여어, 이 친구 서울 물 먹더니 촌티를 완전히 벗었군그래."

서로 농담을 주고받으며 그간 지내온 일과 돌아가고 있

는 상황에 대해 이야기를 나누었다. 동수는 청첩장을 내밀고 친구들을 청했다.

"이번 여름에 결혼하게 됐다."

동수의 말이 끝나기 무섭게 이번엔 학준이 나섰다.

"나도 올겨울 결혼할 것 같다. 집에서 하도 성화라야 말이지. 더는 버틸 수가 없어 그냥 이 한 몸 던지기로 했어."

친구들은 에끼 호통을 치며 결혼 소식을 그렇게 알리는 법이 어딨느냐 놀려댔다. 오랜만에 보니 고창고보 이야기가 술술 나오고 말끝마다 한바탕 웃음이 터졌다. 승근은 동수를 보며 은근히 놀려주었다.

"재수 없는 포수는 곰을 잡아도 웅담이 없고, 재수 있는 년은 주저앉아도 요강 꼭지에 앉는다더니 자네가 꼭 그 짝이야. 하필 변호사시험을 보는 와중에 해방이 되다니, 자네 같이 억센 운은 아마 삼세번을 태어나도 누리기 어려울 걸세."

그 말에 동수가 발끈했다.

"나처럼 놀기 좋아하는 사람이 암자에 틀어박혀 법전 뒤적이며 공부한 것을 자네가 아는가? 여보게 학준이, 내가 운 좋게 붙은 건지 아니면 당연히 붙어야 할 사람이었는데 운 나쁘게 전원 합격자 명단에 이름을 올린 건지 한번 증언해 주게."

"그건 동수 말이 맞아. 보성전문 졸업하고 공부 열심히 했던 것은 분명하지. 매년 조선변호사시험 합격자 명단에 보성전문 출신이 꼭 있었고."

학준의 말에 동수는 어깨를 으쓱했다. 이번엔 친구들을 보며 웃음 짓던 염길이 서울 친구들에게 물었다.

"난 촌구석에 있어 잘 모르는데 요즘 서울이 어떻게 돌아가고 있는 거야? 신문을 보면 좌우익 대립이 심한 것 같던데."

염길의 질문에 사회현상에 관심이 많은 동수가 말을 받았다.

"참 큰일이야. 3·1운동 기념식도 우익은 서울운동장에서, 좌익은 남대문에서 각기 따로 열었어. 어디 그것뿐이냐. 기념식을 마치고 시가행진을 할 때 미리 준비해 온 각목으로 서로를 치고 패는 싸움이 벌어져서 가관이었지."

학준도 그것을 알고 있다는 듯 고개를 절레절레 흔들며 돌아가는 상황을 대강 정리해 주었다.

"모스크바 3상 회의에서 결정된 신탁통치를 처음엔 남북이 함께 반대하더니 갑자기 북쪽에서 찬탁으로 돌아서서 이제는 남쪽에서 단독정부를 수립하려고 나서는 판국이야. 북쪽은 소련군이 완전 장악하여 공산화되었다 봐도 무방하고, 남쪽은 아무래도 이승만과 김구 선생의 대립 구도라고 봐야겠지."

"단독정부가 수립되면 남북이 삼팔선을 경계로 분단된단 소린데."

"어차피 지금도 분단된 것이나 다름없어. 북쪽은 해방되자마자 소련군이 진주해서 북조선 임시인민위원회를 만들었잖나. 그것이 사실상 정부 역할을 하고 있으니 이번에 남쪽에서 정부를 수립한들 무슨 문제가 있겠냐. 피장파장이지. 지금도 이북에서 피난 오는 사람들은 목숨을 걸고 삼팔선을 넘고 있다. 난 정부 수립이 모두 알고 있는 사실을 법적, 형식적으로 확정 짓는 것에 불과하다고 본다."

염길은 친구들과 이야기하다 문득 자신이 선생으로 지내다 보니 세상 돌아가는 것에 둔감했다는 것을 깨달았다. 학교라는 울타리 안에서 코흘리개 아이들을 가르치려면 먼저 눈높이를 맞추고 그 마음을 헤아려야 되니 어쩔 수 없는 일이었다.

여름이 되어 동수가 결혼했다. 염길은 고창에 갔다가 집에 들렀는데 마침 아버지가 바람이나 쏘이고 오겠노라 소금 장수를 따라 나간 바람에 얼굴을 못 보고, 겨울에 학준이 결혼할 때는 아직도 앙금이 풀리지 않아 벌막에 발길도 않고 방구석에만 틀어박혀 있다 이튿날 돌아오고 말았다. 석대는 아들이 왜 그러는지 알았지만 시간이 흐르면 마음의 상처가 아물겠거니 생각했다.

이듬해인 1948년, 봄부터 연일 시끄러운 일이 발생하고 있었다. 특히 작년부터 제주도 한라산을 근거지로 삼아 무장투쟁을 벌이던 남로당 인민유격대가 4월 3일 대규모 소요 사태를 일으켜 온 나라를 들썩이게 만들었다. 이는 5월 10일 대한민국 정부 수립을 위한 총선거를 저지하기 위함이었는데, 제주도를 덮친 기근과 친일 관료들의 무능, 인민유격대에 대항하는 국군과 경찰 그리고 서북청년단의 감정 섞인 진압이 복합적으로 작용한 결과였다. 하지만 바다 건너 제주에서 벌어진 일이라 육지에서는 강 건너 불구경하듯 큰 관심을 보이지 않고 있었다.

10월 20일, 염길은 여느 날과 다름없이 수업을 진행하고 있었다. 학생들이 어려워하는 산수 문제를 칠판에 써가며 풀어주고 있는데 갑자기 교사들에게 교무실로 모이라는 연락이 와서 갔더니, 동그란 안경을 쓴 대머리 교장선생이 당황한 표정으로 말을 꺼냈다.

"제주 소요 사태를 진압하기 위해 여수에 대기 중이던 국군 14연대가 어젯밤 반란을 일으켰다오. 이미 읍내 주요 공공건물과 요소(要所)에는 일제히 인민공화국의 붉은 깃발이 게양되었다고 합니다."

어떤 선생이 상황을 쉽게 받아들이지 못하고 놀란 목소리로 물었다.

"아니, 경찰은 도대체 무얼 하고 있었답니까?"

"무장이 부실한 경찰이 군 병력을 어떻게 막을 수 있겠소. 앞으로 어떤 일이 벌어질지 모르니 선생님들은 학생들이 동요하지 않도록 잘 단속하시고 각별히 몸조심하시기 바랍니다."

교장선생의 말이 끝나기 무섭게 군인들이 학교로 들어오는 것이 보였다. 책임자는 태극기를 내리고 인공기를 내건 뒤 다음과 같은 말을 하였다.

"우리는 조선 인민의 아들들이고 노동자와 농민의 아들들입니다. 우리의 사명은 외국 제국주의의 침략으로부터 조국을 지키고 인민의 이익과 권리를 위해 목숨을 바치는 것이올시다. 그럼에도 미국에 굴종하는 이승만 괴뢰와 김성수, 이범석 도당들은 미제국주의에 빌붙기 위해 우리 조국을 팔아먹으려 하고 드디어는 분단 정권을 만들고 말았소. 놈들은 미국을 위해 남조선을 식민지화하려 하고 있으며, 미국의 노예가 된 것처럼 우리 인민과 조국을 미국에 팔아먹고 있습니다. 지금 제주도에서는 조국을 해방시키기 위한 동지들의 투쟁이 가열차게 진행되고 있는데 우리에게 그들을 진압하라고 하니 어찌 참을 수 있었겠습니까. 그것을 거부하고 분연히 떨쳐 일어나 총을 들고 여수를 해방시켰으니 선생님들은 펄럭이는 인공기 아래서 앞으로는 인민을 위한 교육을 해야 될 것입니다."

그들의 서슬 퍼런 기세에 눌려 아무도 이의를 제기하는 사람이 없었다.

"오후 1시에 중앙동 광장에서 여수 인민대회가 개최될 예정이니 선생들도 그리 알고 계시오."

일방적인 통보에 한 선생이 조심스럽게 물었다.

"수업을 해야 되는데 선생들도 가야 됩니까?"

"오늘처럼 특별한 날엔 학생들을 일찍 보내도 되지 않겠습니까. 참여 여부는 선생들이 알아서 할 일이지만 아무래도 오는 것이 좋겠다 보오."

책임자가 요란한 군화 소리를 내며 사라지자 선생들은 인민대회에 가야 할지, 잠시 의논하다가 나중에 화를 당할 수 있으니 일단 참석하는 쪽으로 방향을 잡았다.

오후 1시에 중앙동 광장으로 갔더니 군인들과 시민들로 발 디딜 틈이 없었다. 급히 설치된 연단에 서서 군인들이 제주토벌출동거부병사위원회라는 이름으로 성명서를 발표했다.

"우리들은 제주도의 애국 인민들을 무차별 학살하기 위하여 우리들을 출동시키려는 민족 반역 정권의 명령에 대하여, 조선 인민의 아들로서의 사명하에 이를 거부하고 사랑하는 동포를 위하여 일어섰다."

군중들 틈에 있던 낯선 청년들이 박수를 치며 환호성을 질러댔다. 하지만 시민들은 여전히 어리둥절한 표정이었다. 뒤이어 남로당 여수지구위원장 이용기가 나와 개회사를 하고, 보안서장으로 내정된 유목윤이 격려사를 하였으며 14연대 병사소비에트 총책 지창수 상사가 인사말을 하였다.

선생들은 중간쯤에 서서 이를 지켜보고 있었는데 염길은 연단에 앉은 사람들 중 뜻밖의 인물을 발견하고 깜짝 놀랐다. 남원 산내국민학교에 근무하던 김충현이 완장을 차고 앉아 있는 것이 아닌가. 군복을 입지는 않았지만 허리춤에 권총을 차고 있어 매우 기세등등한 모습이었다.

인민대회를 마치고 선생들은 다시 학교로 돌아가 조금 전 보고 온 것에 대해 이야기를 나누었다.

"한결같이 눈에 핏발이 서 있어서 소름이 오싹 돋았습니다."

"설마 무슨 일이야 있을라구요."

"이북에서 인민재판을 열어 지주나 친일 관료들을 죽였다는 소리를 못 들으셨습니까. 우리 선생들도 저들이 보기엔 눈엣가시일 겁니다."

모두 겁에 질린 얼굴로 앞으로 닥칠 일에 대해 걱정하고 있을 때 차 한 대가 운동장을 가로질러 들어왔다. 김충현이었다.

"강 동지, 이거 얼마 만이오."

교무실에 들어선 충현은 교장선생보다 염길에게 먼저 다가가 아는 체했다. 갑자기 동지라 불린 염길은 졸지에 좌익교사가 되고 말았다. 그것이 부담스럽고 거북해서 충현이 내민 손을 우물쭈물 잡는데 충현은 염길을 추어주었다.

"강염길 선생은 일제에 대항하여 운동을 하다가 옥고까지 치른 분입니다. 좋은 선생과 함께 있는 여러분이 조국해방을 위하여 제대로 된 교육을 해야지요. 바로 그것이 이 시대 선생의 사명이올시다."

잠시 후 염길은 충현과 마주 앉았다.

"어찌 된 일입니까?"

"하하, 너무 놀란 모양이구려. 군인들이 봉기했다는 소리를 듣고 남로당 지리산유격전구 이현상 사령관이 우리 교사들을 여수로 보낸 것입니다. 미 제국주의에 빌붙는 그런 교육 말고 붉은 혁명을 완수하기 위한 사회주의 교육을 실시하란 뜻이지요. 나는 여수인민위원회 교육부장을 맡고 있으며 인민의용군에도 참여하고 있어요. 교육 당국에 뿌리내린 친일파를 척결하고 사회주의 민족교육을 실시하기 위함인데 지금 사람이 태부족한 상태인지라, 강 동지가 여기 있다는 것을 알고 일부러 찾아온 것입니다."

"그렇군요."

"강 동지, 도와주시오."

충현이 협조할 것을 강권했지만 염길은 한번 생각해 보겠노라며 뒤로 물러섰다. 그걸 보고 충현이 잠시 불편한 기색을 내비치고는 말을 이었다.

"좋아요. 왜정 때 우리가 벌인 투쟁 때문에 일경에 잡혀가 고초를 겪은 것이 아직 서운한 모양이군요. 이미 지나간일 들춰서 뭐 하겠습니까. 시간을 줄 테니 잘 생각해 보시기 바랍니다."


충현이 갑자기 나타나 염길을 동지라고 부른 탓에, 선생들이 염길을 피하고 행동을 조심하는 것이 눈에 보였다. 이상황에서 그게 아니라고 발명(發明)할 수도 없어 염길은 모든 것이 귀찮기만 할 따름이었다. 분위기가 뒤숭숭하다 보니 등교를 하지 않은 학생들이 속출했고 선생들은 무엇을 가르쳐야 할지 몰라 우왕좌왕하였다.

염길은 어디로 몸을 숨기고 싶었지만 이미 여수는 고립되었고 사방에 인민의용군들이 설치고 있어 자칫하다간 억울한 죽음을 당할 수 있었다. 이러지도 저러지도 못하고 있는데 충현은 툭하면 학교에 나타나거나 차를 보내 염길을 데리고 다니면서 자신이 하는 일에 동참시키려고 하였다.

충현은 경찰관과 우익 인사, 그리고 그 가족들을 잡아다 구타하고 고문하는 일을 보여주어도 염길이 우물쭈물하자 나중에는 처형장으로 데려가 총살하는 것을 목도하게 만들었다. 그걸 보고 염길은 머리카락이 곤두서고 온몸에 소름이 돋는 것을 느꼈다. 이들이 하는 일이 과연 누구를 위한 것인지 의문이 들었고, 평소 온순해 보였던 사람들이 눈을 벌겋게 뜬 채 사람을 죽이는 일에 열중하는 모습은 마치 저승에서 온 야차들 같았다.

충현은 벌벌 떨고 있는 염길과 달리 아무렇지도 않게 말했다.

"이제 조국 해방은 필연이오. 저들은 부르주아 지배 세력에 붙어 인민의 피를 빨아온 거머리들이오. 깡그리 청소해야 새 출발을 할 수 있지 않겠습니까."

그러나 충현의 말과 달리 상황은 불리하게 돌아가고 있었다. 여수에는 지역 방어를 위한 2개 중대만 남아 인민의용군과 함께 시내를 장악하고 있었고, 나머지 주력 2개 대대는 이미 20일 오전에 기차와 트럭을 타고 순천으로 가버린 상태였다.

정부는 육군총사령관 송호성 장군을 지휘관으로 하는 반란군 토벌 전투사령부를 창설하고 대전·전주·광주·부산·대구·군산·마산 등지에서 병력을 충원하였다. 또 서울과 각 도에서 경찰이 몰려왔으며 바다에서는 해군 경비정이 함포를 쏘아댔다.

광복군 출신인 토벌사령관 송호성 장군은 온건하게 사태를 해결하기 위해 백방으로 노력했다. 그는 25일, 치열한 교전이 벌어지고 있는 여수를 시찰하며 해방된 조국에서 동족끼리 총질하고 있는 현실을 보고 개탄을 금치 못했다. 부하들의 만류에도 불구하고 송 장군은 총알이 빗발치는 최전선에서 확성기를 들고 목이 터지게 외쳤다.

"나의 사랑하는 조국의 청년 애국장병들이여, 총을 버려라. 지금은 국방군끼리 싸울 때가 아니다. 지금이라도 늦지 않았다. 나의 생명을 걸고 제군들의 죄는 묻지 않겠으니 제발 총을 버려다오."

이때 충현과 염길은 불바다로 변한 여수 한복판에 있었다.

"쌍, 저 새끼부터 죽여야 되는데."

충현은 권총을 꺼내 쏘며 욕설을 퍼붓다가, 점점 밀리자 인민의용군 여덟 명을 데리고 여수를 빠져나가 도망치기 시작했다. 그는 염길이 도망가지 못하도록 대열의 중간에 세우고 이렇게 말했다.

"강 동지, 지금 돌아가면 개죽음당할 뿐이오. 일단 자리를 피하고 봅시다."

염길은 충현을 보고 전생에 무슨 악연이 겹쳐 이놈을 따라다니게 되었는지가 한탄스러울 뿐이었다. 그들은 사흘 동안 어둠을 틈타 산을 넘고 들을 건너 섬진강에 이르렀다. 충현은 낮에 강을 건너기엔 위험부담이 크다 보고, 어두워지면 배를 구해서 도강하기로 하였다. 해가 떨어지자마자 부하들이 나루에서 뱃사공을 위협하여 배를 구해 왔다. 이제 강을 건너기만 하면 바로 지리산으로 숨어들 수 있었다.

그런데 그들이 강을 건너자마자 매복해 있던 국군이 일제사격을 가해왔다. 사방에서 콩 볶는 듯 요란한 총소리가 들리고 흙과 돌멩이가 튀었다.

염길은 감히 고개를 들지 못하고 언덕 아래 몸을 웅크리고 있었다. 바로 머리 위에서 인민의용군 한 명이 땅바닥에 바짝 몸을 붙인 채로 총을 쏘아댔다. 그는 지리산에 입산하면 쓸 목적으로 기름통을 들고 다니던 사람이었다. 갑자기 전투가 벌어져 기름통을 옆에 두었는데, 그곳이 하필이면 염길이 웅크리고 있는 바로 위였다.

어느 순간 그들이 모여 있는 가운데로 수류탄인지 박격포탄인지 모를 무엇인가가 날아들어 큰 폭발음이 발생했다. 염길은 그만 정신을 잃고서 땅바닥에 고개를 처박고 말았다. 설상가상으로 하필이면 위에 있던 기름통이 깨졌다. 줄줄 흘러내린 기름이 그의 왼쪽 머리와 볼을 흥건히 적셨다. 그 와중에도 몇 명이 살아남아 필사적으로 총을 쏘아대자, 국군의 공격이 더욱 거세졌다.

어디선가 불길이 시작되었다. 불길은 건조한 가을바람에 바싹 마른 풀잎으로 점점 번져오더니 결국 염길에게 확 옮겨붙고 말았다. 염길은 제 몸이 노린내를 내면서 타는 줄도 모르고 숨이 끊어지고 있었다. 다행히 누군가 그를 보고 발을 들어 힘껏 밀어냈기에 망정이지 하마터면 그 자리에서 불에 타 죽을 뻔했다. 염길은 마치 불붙은 통나무처럼 데굴데굴 내리막을 굴러가다가 강물에 빠져 둥둥 떠내려가기 시작했다.

잠시 후 차가운 물에 정신을 차린 염길은 총소리가 들리지 않는 쪽으로 헤엄을 치기 시작했다. 고창 모릿등 바닷가에서 어린 시절을 보낸 터라 개구리처럼 수영을 잘했지만, 연기가 기도를 타고 폐 속으로 들어왔기 때문에 숨을 제대로 쉴 수 없었다. 간신히 땅바닥에 손이 닿았을 때 다시 정신을 잃고 말았다.

염길이 정신을 차린 곳은 허름한 초가집이었다. 쉽게 죽을 운명은 아니었는지, 쌍계사에서 내려온 스님이 나룻가에서 그를 발견하고 업어다가 평소 알고 지내던 불자의 집에 맡긴 것이었다.

"이제 좀 정신이 드는가베."

주름 가득한 노파가 염길을 내려다보며 물었다.

"여긴 어딥니까?"

말을 끝맺기도 전에 가슴속에서 기침이 올라와 염길은 한참 동안 캑캑거렸다.

"총각, 혜량 스님 아니었으믄 죽었소. 부처님이 보살핀 덕이지, 암. 나무 관세음보살."

노파는 어떻게 하여 그가 이곳에 있게 된 것인지 말해주었다. 그제야 염길은 전투가 벌어진 와중에 홀로 물에 빠져 떠내려 왔다는 것을 알게 되었다. 그런데 왼쪽 얼굴이 욱신거리고 칼로 살갗을 베어내는 것처럼 아팠다. 무슨 일인가 싶어 손을 가져다 대보니 진물이 줄줄 흐르는 것이 느껴졌고 통증도 무척 심했다.

"손대지 말우. 화상을 심하게 입었응께 시간이 지나야 아물 것이구먼."

염길은 노파의 말을 듣고 면경(面鏡)을 달라고 부탁하여 얼굴을 살펴보다가 놀라서 떨어뜨릴 뻔했다. 거울 속에 있는 것은 사람이 아니라 흉측한 괴물이었다. 코를 기준으로 해서 왼쪽 머리와 얼굴, 목덜미까지 불에 타 새빨갰고 눈썹은 어디로 갔는지 찾을 수가 없었다. 게다가 기도가 상해 목소리까지 이상하게 변해버렸다.

염길이 고개를 숙이고 흑흑대자 노파가 어깨를 토닥이며
달래주었다.

"너무 상심 말우. 사람이 죽으란 법은 없는 것인께."

노파의 간호 덕분에 아물지 않을 것처럼 보이던 상처가
아물고 기침도 많이 잦아들었다. 몸이 회복되자 노파가 말
했다.

"이제 되얏네. 스님이 올라오라고 했응께 가보우."

염길은 자신의 목숨을 구해준 스님을 찾아가 인사드리는
것이 도리라 생각하고 산을 오르기 시작했다. 몇 번이나 길
가에 놓인 돌 위에 주저앉아 거친 숨을 몰아쉰 끝에 겨우
쌍계사에 도착했다.

"스님, 고맙습니다."

염길이 인사를 드리자 혜량은 아무 말도 하지 않고 손을
들어 작은 요사채를 가리켰다. 당분간 그곳에 머물라는 뜻
으로 알고 눌러앉아 절밥을 축내는데, 염불이 귀에 들어오
지 않았다. 마음이 답답하고 억울해서 미칠 지경이었다. 학
교로 돌아간들 이미 좌익 교사로 낙인찍혀 복직은 물 건너
간 것이나 다름없다. 다른 일을 해보자니 심한 화상을 입어
희멀겋게 변한 괴물 같은 얼굴을 누가 반겨줄 것인가. 그렇
다고 고향으로 갈 수도 없다. 가자마자 체포되어 총살을 당
하거나 감옥으로 가야 할지도 모르는데 그 폐를 부모님께

끼치고 싶지 않았다. 장남이 이리되었으니 얼마나 상심이 클 것인가.

염길은 갈 곳 없고 처량한 자신의 신세가 한탄스러워 절에서 떨어진 계곡으로 가 고래고래 소리를 지르고 악다구니를 썼다.

그렇게 며칠 동안 하릴없이 시간을 보내다 어느 날 문득 염불 소리가 귀에 들어오기 시작하여 더는 밖으로 나가지 않게 되었다.

그제야 혜량 스님이 그를 불렀다.

"세상으로 나가려느냐?"

염길은 이제 세상이 싫었다. 사랑하던 아케미가 떠났고, 부모에게 효도할 수도 없으며 어딜 간들 자신을 인정해 줄 사람이 없다는 것이 서럽고 슬펐다.

"아닙니다."

혜량은 생각에 잠긴 채 말없이 염주를 굴리더니 한참 후에 입을 열었다.

"머리를 깎겠느냐?"

"네."

"나무아미타불 관세음보살. 종이에 향을 싸면 향내가 나고 생선을 싸면 비린내가 나는 것이니라. 오로지 사람의 행동에 따라 천한 사람도 귀한 사람도 될 수 있으니 외양에

사로잡히지 말고 부지런히 정진토록 하여라."

혜량은 유행경에 나오는 말을 하고 얼마 남지 않은 염길의 머리를 깨끗이 밀어주었다. 이때부터 염길은 염봉이란 법명으로 살게 되었다.

# 소금은 변하지 않는다

선운사 꽃무릇이 꼿꼿하고 화려한 자태를 뽐내다 어느새 말라비틀어지고 있을 때, 고창 문화 해설사인 송정애 선생은 선운사로 전화를 걸었다.

"스님, 접니다."

고창을 찾는 관광객들을 데리고 선운사를 자주 찾는 송정애는 염봉 스님과 친분이 두터운 편이었다.

"네, 무슨 일로 소승을 찾으셨는지요."

"일전에 스님을 찾았던 코코네 씨가 곧 일본으로 돌아간다고 합니다. 아들이 출장을 마치고 내일 고창으로 내려와 어머니를 모시고 갈 것이라고 하는군요. 코코네 씨가 한국을 떠나기 전 스님을 꼭 한번 뵙고 싶어 하는데 어떻게 할까요?"

전화기 너머로 잠시 생각하는 듯 침묵이 흘렀다.

"모시고 오세요."

"알겠습니다. 그럼 오후에 찾아뵙도록 하겠습니다."

전화를 끊은 후 염봉은 불당으로 들어가 염불을 시작했다. 그의 머릿속으로 지나온 세월이 영화처럼 지나갔다.

그는 쉰한 살 때 선운사로 왔는데, 그때도 아버지는 노구를 이끌고 둘째 아들 대길과 함께 벌막에서 소금을 굽고 있었다. 석대는 아무리 기다려도 큰아들이 돌아오지 않고 연락도 없자, 여순 사건이나 전쟁 통에 휘말려 죽었나 보다 생각했다. 그렇지 않고서야 수십 년이 지나도록 편지 한 통 없을 수 있겠는가. 그는 돌아볼수록 아쉬움과 후회만 가득하고 마음이 괴로웠다. 이렇게 될 줄 알았다면 그때 아케미를 내쫓지 말 것을. 석대는 자기 손으로 핏줄을 잘라버린 것 때문에 천벌을 받았다고 생각했다.

사회가 바뀌어 조금이라도 값싼 소금을 찾아버릇해 사람들 입맛이 변해가고 있었지만, 그가 고집스레 소금을 굽는 이유는 죽기 전까지 절에 보은염을 바쳐 자신의 업보를 씻고 싶었기 때문이었다. 다행스러운 점은 굽은 소나무가 선산 지킨다는 말처럼, 대길이 머리가 영특하진 못해도 대를 이어 묵묵히 자염을 만들고 있다는 것이었다.

그러다 1975년쯤에 법랍(法臘) 25년 된 염봉 스님이 선운사로 왔다. 생긴 것이 특이하고 법력이 높아 많은 스님들

가운데서도 눈에 잘 띄었다. 매년 봄가을 보은염을 이운할 때는 염봉 스님이 소금의 맛을 보았다.

사람들은 그가 소금 감별하는 입맛을 타고났다 말하며 검단선사가 다시 온 것 같다고 칭송했다. 다른 곳과 달리 이곳은 소금을 주산물로 삼는지라 그것을 알아주는 사람이 보은염을 바치는 선운사에 신통한 스님으로 오자 한없이 기쁘고 자랑스러웠던 것이다. 스님은 한 번도 염부들 앞에서 소금에 대해 흠잡지 않았고 시커먼 얼굴로 나타난 염부들을 항상 반갑게 맞이했다. 덕분에 염부들은 신이 났다.

어느 날 석대가 소금을 져다 놓고 절 입구에서 담배를 물고 있을 때, 마침 지나던 염봉 스님이 그를 발견하고 합장하였다.

"올해도 좋은 소금을 주서서 감사합니다."

석대는 굳은 손가락으로 담배를 급히 비벼 끄고 일어섰다.

"무신 말씀을요. 우리 같은 염부들이 부처님께 공덕 쌓는 일은 소금 맹그는 것밖에 더 있겄는가요. 되레 감사할 따름이지요."

"법구경에 이런 말씀이 있습니다. 지나간 과거에도 매달리지 말고 아직 오지도 않은 미래를 기다리지도 말라. 오직 현재의 한 생각만을 굳게 지켜라. 처사님이 소금 굽는 한길을 걸어오신 것을 보니 문득 부처님 말씀이 떠올라서 전해

드립니다. 살펴 가소서."

염봉은 말을 마치고 휘적휘적 걸어가 버렸다. 석대는 무슨 말인지 몰라 고개를 갸웃거리다 다른 염부들과 함께 절을 빠져나왔다.

그날 저녁 석대는 아내에게 절에서 있었던 일을 말해주었다.

"참말로 이상스럽소잉. 스님들 말은 알아묵기 어려운디 쫌 쉽게 말해주믄 어디 덧날까. 영감, 그게 무신 소리요?"

"아따, 무식이 정말 끝이 없네그려. 모르믄 그냥 그런가부다 넘어가야제 뭘 캐묻고그려."

"영감도 모르믄서 왜 나를 타박허요?"

"모르긴 뭘 몰라. 스님 말인즉슨 과거에 집착하지 말고 그냥 지금 현실에 충실하믄 된다 그거여."

그제야 줄포댁은 고개를 끄덕이더니 문득 의미심장한 목소리로 말했다.

"염봉 스님을 보면 참 이상스런 점이 한둘 아니요. 내가 염길이 아장아장 걸을 때 왔잖소. 영감은 기억 안 나요? 아, 글씨 염길이 오른쪽 귀 뒤에 있던 눈깔만 한 점 말이요. 검은 머리로 그것을 덮어 사람들이 모를 뿐이제 나는 분명히 기억하고 있소."

조잘대는 줄포댁에게 석대는 귀찮은 표정으로 되물었다.

"시방 그것이 어쨌단 말여?"

"벽을 치면 대들보가 울려야제, 영감은 어찌 그리 눈치가 없소. 내가 본게 염봉 스님도 오른쪽 귀 뒤에 점이 있더구만. 그걸 보고 참 이상타 했지라잉."

순간 석대는 망치로 머리를 얻어맞은 것처럼 밍했다. 그러고 보니 점을 본 것도 같다. 하지만 목소리가 달랐다. 염길의 목소리는 목탁을 두드리는 것처럼 깊고 청아했지만, 염봉 스님의 목소리는 탁한 쇳소리다. 게다가 얼굴 반쪽이 볼썽사납게 일그러져 있었다.

"시방 무신 생각하는 거여? 불경스럽게시리."

"내 머리로 무신 생각을 하든 말든 그건 자유 아니요."

"개가 벼룩 씹듯 잔소리 그만하고 뒤집어 자."

석대는 곰곰이 생각해 보다가 소리를 빽 지르고 고개를 흔들었다.


사람의 마음은 묘한 것이다. 아내로부터 이상한 말을 듣고 난 후부터 절에 가면 항상 염봉을 찾게 되고, 그 옆으로 가게 되고, 무슨 말이든 붙이고 싶어졌다. 언젠가 절에 갔을 때 염봉이 염부들 고생한다며 차 한잔 마시고 가라며 권한 일이 있었다. 석대는 기다렸다는 듯 작은 선방에 들어가 앉았다.

그는 김이 모락모락 오르는 차를 마시며 눈치를 보다가 넌지시 입을 열었다.

"스님, 제 말씀 한번 들어주실라우."

"말씀하시지요."

"동리 사람들이 아주 잘났다고 부러워하는 아들이 있었는디 전쟁 통에 죽었는지 살았는지 통 알 수가 없어 내 가심 속이 시커멓게 타버렸구만요. 스님은 법력이 높고 용하시니께 그놈이 어떻게 되얐는가 한번 알아봐 주심 좋겄는디, 시방 내가 무리한 부탁을 드리는 것은 아니겄지요?"

석대의 물음에 염봉은 찻잔을 내려놓고 한참 동안 그를 물끄러미 바라보더니 입을 열었다.

"처사님, 윤회를 통해 부자의 연이 맺어지는 것일 뿐 부처의 눈으로 보면 아무것도 아닙니다. 해탈을 방해하는 것이 바로 집착이오니 아무것에도 집착하지 마세요. 그것이 설령 자식이라 해도 말입니다. 마음속에 있으면 죽어도 산 것이고 없으면 살아도 죽은 것입니다. 집착을 버리면 삶과 죽음의 경계를 넘어서게 되오니 그리 알고 다시는 그런 생각 마십시오."

그러곤 나무 관세음보살을 되뇌며 염주를 굴렸다. 석대는 뭐라 할 말이 없어 그대로 집으로 돌아왔다. 그 후부터 줄포댁이 잔소리를 해도 흘려버리고 염길에 대해서는 더 말하지 않았다. 그리고 전처럼 묵묵히 섯구덩이를 파 염수를 만들고 벌막에서 소금물을 끓이는 데 열중했다.

시간이 흘러 나이 든 염부들이 하나둘 세상을 떠나자 대부분의 벌막이 문을 닫고 허물어졌으며 찾아오는 소금 장수도 없어졌다. 남은 것은 오로지 대길네 벌막뿐으로, 예부터 소금 맛을 알아온 사람들에게 조금씩 팔거나 천일염을 취급하는 업자에게 도매금으로 싸게 넘기고 있었다.

석대는 죽기 전에 아들에게 말했다.

"대길아, 아부지 말 잘 새겨듣거라잉. 나 죽으믄 따로 제사 지내지 말고 절에다 맡겨부러. 내가 염봉 스님한티 말해 놨웅게 그리 알믄 된다잉. 우리하고 예사로운 인연이 아닌께 내 말 명심해야 쓴다. 한평생 염부로 살다가 소금 맛을 알아주는 스님이 명복을 빌어주믄 그만한 복이 어디 있었냐. 나중에 내가 없더라도 봄가을 절에 소금 바치는 거 절대 잊지 말고. 꼭 벌막에서 나온 소금을 바쳐야 한다잉. 소금은 정성이고 변하는 법이 없웅게로."

아버지 말대로 대길은 판로가 있든 없든 때가 되면 소금을 만들며 그 명맥을 근근히 이어오고 있었다. 일을 그만두려 해도 딱히 할 줄 아는 게 없으니 아버지의 유언대로 절에 소금을 구워 바치려면 죽는 날까지 계속하는 수밖에 없었다.

오후에 송정애는 약속대로 코코네를 데리고 선운사로 출발했다. 며칠간 이곳저곳 안내하며 코코네와 정들었는데, 내일 떠난다고 하니 아쉽고 서운한 기분이 들어 일부러 더 말을 붙이고 수다를 떨었다.

"나중에 또 오실 거죠?"

"네, 어머니 고향에 오니 처음엔 낯설게 느껴졌지만 이제 편안하고 좋아요."

"어디든지 정붙이면 그곳이 고향이라잖아요."

코코네는 문득 어머니가 그리워하던 것이 고향이었을까, 아니면 아버지였을까 생각해 보다 이내 픽 웃었다. 바보 같은 생각이었기 때문이다.

어머니는 고향에 있는 아버지를 간절히 그리워했을 것이다. 고향과 아버지는 떼려야 뗄 수 없는 것이다. 하지만 이미 가정을 꾸리고서 살고 있을 아버지 앞에 나타나기 두려웠겠지. 고향은 어린 시절 추억이 있는 곳이니 어쩌면 영영 보지 않고 마음속에 담아두는 편이 나을지도 모른다. 친구들과 놀던 동산의 등구나무가 베어져 도로가 깔리고 아기자기했던 집이 무너진 자리에 현대식 건물이 우뚝 솟아 있는 것을 보면 마치 내 몸 어딘가가 잘려나간 것처럼 가슴 아플 테니까. 코코네는 한국에 오지 못했던 어머니를 마음속으로 위로하며 흔들리는 차에 몸을 맡겼다.

어느덧 차가 선운사에 도착했다.

"안녕하세요."

"어서 오시지요."

셋은 시원한 가을바람이 불어오는 선방에 마주 앉았다. 염봉은 오늘따라 이상하리만치 코코네의 얼굴을 뚫어지게 바라보며 말을 붙였다.

"내일 떠나신다고 들었습니다."

"네, 아들이 일을 마쳐서 함께 돌아갑니다."

"여기 오셔서 둘러보신 소감이 어떠십니까?"

"좋았어요. 어머니가 살아생전 꼭 한번 오고 싶어 했던 곳인데 저라도 오게 되었으니."

코코네는 어머니 생각이 나는지 손수건을 꺼내 눈시울을 닦았다. 염봉과 송정애는 말없이 찻잔을 들었다. 잠시 후 코코네가 말을 이었다.

"미안해요. 어머니는 평생 홀로 사셨습니다. 행여 제가 아버지 나라의 말을 잊을까 봐 오사카에서 한국인들과 함께 사셨지요. 어머니는 나에게 항상 말씀하시길, 네가 한국 말을 할 줄 모르면 훗날 아버지를 만나더라도 너를 알아보지 못하고 버려질 수 있으니 절대 잊지 말아야 한다 당부하셨거든요. 어렸을 때는 그런 어머니를 이해하지 못했는데 나중에 어머니에게 모든 이야기를 듣고 울었어요. 어머니가 일본인이 아니었더라면 아버지와 함께 살 수 있었을 텐데, 민족이 달라 헤어지게 되었으니까요."

염길은 목에 가래가 차는지 작은 헛기침을 했다.

"어머니가 고향을 그리워하면서도 오지 못한 이유는, 한국을 방문하기가 어렵다는 이유도 있었지만 아버지가 가정을 꾸리고 사실 거라고 생각했기 때문이에요. 세월이 흘러 상처가 겨우 아물었는데, 갑자기 나타나면 서로 큰 부담을 주고 불행해지기밖에 더 하겠느냐 말씀하셨어요. 나는 어머니 생각이 옳은지 그른지 잘 모르겠어요."

"그렇군요. 나무아미타불 관세음보살."

"사등 마을에 갔더니 염부가 소금을 주더군요. 그 소금 맛은 어머니가 평생을 간직하고 아끼시던 소금과 같았어요. 일본으로 떠나기 전, 그러니까 제가 어머니 배 속에 있을 때 혼자 이곳을 찾아오신 적이 있대요. 그때 시어머니께서 작은 단지에 소금을 담아주셨다고 했어요. 어머니는 그걸 금싸라기보다 더 아끼면서 새해 또는 내 생일처럼 특별한 날에만 조금씩 사용했답니다."

코코네는 다시 어머니 생각이 나는지 말을 멈추고 손수건을 꺼냈다. 옆에 있던 송정애도 사연이 너무 슬퍼 훌쩍였다.

"아까 송 선생이 다시 올 거냐고 물었는데, 이제 마음이 확실해졌어요. 소금이 변하지 않는 것처럼 어머니와 아버

401

지의 사랑도 변하지 않았을 거라 믿어요. 어머니는 나에게 눈물보다 짠 소금으로 아버지가 있는 곳을 알려주셨어요. 아버지 없는 일본에서 소금은 어머니의 슬픔과 그리움을 달래주는 유일한 벗이었을 겁니다. 어쩌면 나는 소금을 찾아 이곳에 왔는지도 모르겠군요."

"네."

"두서없이 이말 저말 쏟아내서 죄송합니다. 하지만 스님께 마음을 털어놓으니 속이 후련하고 편안합니다. 항상 내 마음속에는 아버지에 대한 그리움과 원망이 함께 응어리져 있었거든요."

염봉은 찻물이 다 식어가는 줄도 모르고 코코네의 말에 귀를 기울이다가 조심스럽게 말했다.

"이제 어떤 것에도 마음을 사로잡히지 마십시오."

"네, 그래야죠."

세 사람이 깊어가는 가을 풍경을 바라보며 편안하게 담소를 나누는 동안, 어느새 새빨갛게 물든 단풍잎이 바람에 휘날려 대웅전 마당을 빙빙 돌다 사라졌다. 처마에 매달린 풍경의 청아한 소리가 도솔산 골짜기로 울려 퍼졌다.


모릿등 벌막에서 대길은 노구를 이끌고 소금 솥을 씻고 있었다. 그동안 먼지를 뒤집어쓰고 있던 지게, 물통, 가래,

삽, 고무래 같은 염구들을 제자리에 가지런히 정리하고 일할 준비를 하는 것이다. 아버지는 수십 년 사용해 온 염구를 무척 아끼셨다. 세상이 변해 나무 대신 가스 불을 이용할 수도 있었지만 아버지는 항상 아궁이에 나무를 집어넣고 불을 지폈다.

"소금은 정성이여. 염부가 일을 게을리하믄 맛과 색이 변해분게 한시도 눈을 떼지 말아야 한다잉. 검단선사 이후 여그서 나는 소금은 늘 모릿등 고운 모래맨키로 부드럽고 색과 맛이 일품이제. 우리 염부들이 배운 그대로만 하믄 절대 소금은 변하지 않을 것인게 허튼 생각 말고 맘속에 똑똑히 새겨야 써."

아버지가 소금을 끓일 때마다 아궁이 앞에서 해준 말이었다. 대길은 아버지가 헛기침과 함께 벌막으로 들어와 어서 염구를 챙기라고 호통치는 상상을 해보았다. 아궁이 속 나무가 타닥타닥 타들어 가고 솥에서 뜨거운 김이 솟아오르는 것 같다. 아, 아버지가 그립다. 어느새 자신이 아버지의 얼굴과 고집을 닮아 있는 줄도 모르고 대길은 아버지가 미치도록 그리웠다.

이번에 대길은 코코네를 통해 소금이 어디로 가든 그 맛을 잃지 않고 소중한 인연을 연결해 준다는 것을 알게 되었다. 문득 형이 보고 싶었다. 안개 속을 걸어가던 아케미의 모습도 떠올랐다. 모릿등에 염부라고는 이제 자기밖에 남지 않았지만 소금 맛을 잊지 않고 다시 찾아올 사람에게 언제나 좋은 소금을 대접하고 싶었다.

그는 아버지가 알려준 방법 그대로 다시 섯구덩이를 파고 벌막을 지켜야겠다는 생각으로 염구를 챙겨 들었다. 검게 탄 얼굴에 흐뭇한 미소가 번지고 흥에 겨운 콧노래가 절로 흘러나왔다.

'고창신재효문학상'은 제한이 있다. '산·들·강·바다
가 조화를 이룬 천혜의 자연환경과 고인돌 문화와 마한 문
화를 꽃피운 한반도 고대문화의 중심지요, 유구한 역사를
통해 세계유산을 창조한 자랑스러운 땅 고창! 우리 고창의
이야기를 다양한 문화콘텐츠로 담을 수 있는 장편소설', 한
마디로 '고창의 역사·자연·지리·인물·문화 등을 소재
와 배경으로 한 작품'이어야 한다는 것이다.

작년과 마찬가지로 고창에 대해 치열하게 공부하고 고
창을 존중하며 애정하는 마음으로 집필된 다양한 작품들을
만날 수 있었다. 다섯 명의 심사위원이 각기 한 달에 걸쳐
모든 작품을 정독했다. 예년에 비해 편수는 약간 줄었지만,
작품의 질은 상승되었다는 게 공통 의견이었다. 특히 이 중
에 8~9편은 1회 때도 응모된 작품들인데, 한 해 동안 단련
되고 숙성된 것이 확연했다. 이렇게 골라낸 7편을 본심에서

최종 논의했다.

『하늬마음휴양병원』은 젊은 여성의 냉소적인 시각으로 정신병원의 환자와 그 종사자 등의 군상을 예리하게 담아냈다. 그렇지만 기왕의 정신병원을 다룬 유명 작품들과 차별될 만큼 놀랍지는 않았다. 고창이 등장하기는 하지만 고창을 억지로 집어넣은 느낌이 강했다.

『자미재』는 문장력도 뛰어나고 서사 구성도 탄탄하였으나 '2대에 걸친 씨받이 가문사'라고 정리할 수밖에 없는 이야기라 공감하기 어려웠다. 자발적인 희생양 같은 여성들의 신파 서사가 안타까웠다. 이런 이야기가 이 시대에 통할 수 있을까.

『한줌, 초록』은 고창의 자연, 지리, 문화를 다양하게 담아내려고 애쓴 작품 중에서도 가장 돋보였다. 다수의 작품이 너무 많은 테마를 한 소설에 담으려다가 중구난방의 기행문이 되어버려 안타까웠다. 『한줌, 초록』은 고창의 역사박물관 큐레이터로 일하게 된 여성과 고창에서 카페를 운영하는 여성의 만남을 통해 운곡 습지를 집중적으로 다룬다. 그렇지만 소설이 아니라 애견기로 읽혀 아쉬웠다. 운곡 습지를 탈출한 동물들의 해방구로 설정하는 등 후반부에서 신비주의적, 혹은 아포칼립스적으로 급격히 흘러가 버리는 탓에 납득하기 어려웠다.

『백성의 전쟁』은 작년 최종심에도 올랐던 작품으로, 조일전쟁(임진왜란) 7년 동안 전쟁터 근처에 한 번도 가본 적 없는 임금 대신 왜군과 싸운 무장, 흥덕, 고창 백성들의 이야기를 다룬다. 전쟁 상황을 효율적으로 정리해 보여줌과 동시에 전라 방언의 아름다움도 담아냈다. 이전에 비해 가독성이 높아졌지만 기전체보다는 편년체 중심의 서술, 중심 인물의 불분명, 조일전쟁의 모든 것을 한 책에 다 담으려는 과잉된 의지 등으로 인한 산만함과 삭막함은 여전했다.

『무지내』도 작년 최종심에서 보았던 작품이다. 숨겨진 근대사를 풍부한 이야기로 조명한 역작이다. 알려지지 않은 고창 인물 홍낙관이 주인공인데, 이 미지의 인물을 갑신정변의 숨은 혁명가, 동학농민운동의 영웅호걸, 동학 재건의 주동자 등 근대사의 주요한 인물로 조명하고 형상해 냈다. 뛰어난 문장력과 역사 지식을 쉽게 풀어낸 점 등이 돋보였지만, 홍낙관의 영웅화가 핍진성이 없어 지나치다는 느낌이 컸다. 홍낙관이 고창이 아니라 서울에서 주로 활약한다

는 것도 아쉬웠다. 홍낙관의 고창동학운동에 집중하면 안
되는 걸까?

『업고 놀자』는 '동리정사' 소리꾼들이 이야기다. 부제인
'금파와 채선이 그리고 동리' 고대로 고창의 상징과도 같
은 동리 신재효, 최초이자 최고의 여성 소리꾼이었던 진채
선과 허금파를 중심으로 한 전설적인 소리꾼들이 이야기의
중심이다. 판소리 가락 같은 풍미 있는 문장과 해박한 지식
으로 신재효와 동리정사 소리꾼들의 인생을 카니발처럼 엮
어냈다. 그렇지만 신재효가 이하응을 접대하는 에피소드가
까닭 없이 늘어지는 등 구성적으로 정교하지 못한 바가 있
었다. 안타깝지만 이 작품을 뽑지 못한 것은 1회 수상작인
『금파』와 달라 뵈지 않는다는 기시감 때문이기도 하다.

당선작으로 뽑은 『염부』는 안타까운 사랑 이야기를 내세
우지만, 일제강점기(1940년 여름)부터 미군정 때까지 고창의
역사와 문화와 자연을 세심하게 기록한 일종의 실록소설이
다. 소설에서 주로 다루어진 시대도 그렇고, 전체적으로는
조선시대부터 2010년대까지 아우르는 고창의 근현대사로
손색이 없다.

'말이 염전이지 사람을 써서 대규모로 하는 것이 아니라

종일토록 물을 져 나르고 불을 때서 소금을 만드는 전통 염전'의 염부(鹽夫)는 '뜨거운 뙤약볕과 소금물에 절고 밤잠을 설쳐가며 불을 지펴야 하는 고된 직업'이었다. 주인공은 그 염부의 아들로 고창고보(고창중학교)에 다니는 수재 염길이다.

염길은 국일여관을 운영하는 일본인의 가정교사로 들어가 딸인 아케미와 순수하고 아름다운 사랑을 나눈다. 똑같은 사랑 이야기라도 이 이야기가 참신한 것은 세부가 다르기 때문이다. 태평양전쟁 무렵, 지배계급인 일본인의 딸과 식민지 청년의 민족과 신분을 초월한 러브스토리는 그 자체로 국제적이며 감동을 유발하기에 충분하다. 신파적인 설정이라고 치부할 수도 있겠지만, 당시에는 많이 있었던 사랑이기도 하다. 1943년 스무 살 되던 해 염길은 전주사범학교를 졸업하고 지리산 기슭 운봉국민학교로 발령을 받는다. 역시 학교선생이었던 아케미와의 사랑은 청년의 연애로 나아간다. 하지만 그들의 사랑은 해방과 함께 파국을 맞이하게 된다.

심사자들이 주목한 이 작품의 매력은 두 청춘의 사랑담이 아니라 아기자기한 곁가지들에 있다. 소금 생산노동자 석대의 고달픈 인생과 좌충우돌 에피소드, 고창고보 사거두 청소년들의 민족애와 진로, 고창의 교육사 등 다양한 역사와 문화, 경성옥을 둘러싼 숨은 우여곡절, 모양구락부의 창설과 운영, 일본의 패망 무렵 사회주의세력의 대두, 징병 도피 학생들의 지리산 웅거, 해방 후 치러진 조선변호사시험의 황당한 내막, 해방 후 살아남으려는 일본인들의 노력 등등. 모든 분야에 걸친 고창 근현대사의 다양한 국면들을 살아 숨 쉬는 이야기로 녹여, 한 줄기로 유장하게 꿰어냈다.

'고창의 역사·자연·지리·인물·문화 등을 소재와 배경으로 한 작품'이면서도, 다수의 독자가 즐겁게 읽을 수 있는 무난한 문장의 러브스토리이고, '가장 지역적인 것이 가장 세계적이다'는 말을 빌리자면 가장 세계적일 수도 있는 고창의 근현대사를 흥미진진하게 그려낸 『염부』를 당선작으로 뽑을 수밖에 없었다. 앞으로도 성취작을 많이 써주기를 당선자께 부탁드린다.

제2회 고창신재효문학상 심사위원

이병천, 정지아, 박영진, 방민호, 김종광

나름대로 정성을 기울여 썼다곤 하지만 소설을 독자들께 선보이는 것은 무척 조심스럽고 부끄러운 일이다. 쓸 때는 소설 속 인물과 상황에 푹 빠져서 거미가 집을 짓기 위해 줄을 풀어내는 것처럼 정신없이 여백을 채워나가다가, 문득 과연 내가 제대로 쓰고 있는 것일까를 자문해 보면 그렇다고 쉬 대답할 수 없다. 골방에서 스스로 묻고 답하고 지우고 고치기를 수없이 반복하느라고 눈빛은 무엇에 중독된 사람처럼 퀭해지고 신경은 극도로 예민해진다. 이런 중증 병세를 치료하는 것은 독자와의 교감이다.

처음 소금에 관한 소설을 써야겠다고 마음먹은 것은 몇 년 전의 일이다. 자료를 모으고 답사를 통해 준비하였지만 이야기의 실마리를 어디서부터 풀어가야 할지 몰라 머릿속 한편에 조용히 밀어두고 있었다. 글을 억지로 쓸 수는 없는 노릇이다. 우물을 청소하고 다 퍼댔다면 그 우물이 조용히 차오를 때까지 기다려야 비로소 맑은 물을 얻을 수 있다. 그렇게 기다렸더니 어느새 내 마음속에서 작품에 대한 구상이 자연스럽게 이루어져 글을 쓸 수 있게 되었다.

식민 통치와 해방, 그리고 좌우 이념대립이 극심하던 격변의 시기에 저마다 살기 위해 몸부림치고 사랑을 했다. 비록 그 사랑이 결실을 맺지 못하고 애달픈 사연이 되어 가슴에 새겨졌을지라도 진실한 사랑은 소금처럼 변하지 않는다.

세상에 변하지 않는 것이 어딨느냐고 물을지 모르겠다. 그렇다. 세월이 흘러 나이를 먹고 산천초목이 변해가는데 사랑이라고 어찌 변하지 않겠느냐만, 쉬 달아오르고 쉬 식어버리는 그런 사랑이 아니라 오래도록 변치 않는 진실한 사랑을 소설에 담고 싶었다. 그 소재가 바로 소금이었다.

소금은 변하지 않는다. 세상의 많은 것들이 변하고 오염되어도 소금은 그 맛을 잃지 않는다. 모든 것이 빠르게 변하고 발전하는 현대사회에서 사랑만큼은 소금처럼 변하지 않았으면 좋겠다.

일제강점기 민족 갈등과 평범한 서민들의 삶, 자신의 안위를 돌보지 않고 독립을 갈구했던 이들의 여정, 해방 이후 극심한 좌우 대립 속에 자신의 의지와 관계없이 소용돌이 속으로 휩쓸려 들어간 사람들의 불행한 삶, 그 속에서 피어나는 사랑과 우정은 무대만 달리했을 뿐 지금도 우리 주변에서 끊임없이 반복되고 있다.

지나간 역사를 통해 현재를 바라보면 보다 객관적인 자세가 되어 앞으로 나아가야 할 방향을 잡을 수 있다. 이 소설을 통해 과거를 여행해 보고 그 시대 사람들이 어떻게 살아갔는지 공감해 보는 시간이 되기를 소망한다.

좋은 작품이 많았을 텐데도 고창신재효문학상을 저에게 주신 심사위원들님들께 감사드린다. 앞으로 더욱 정진하라는 의미로 받아들여 열심히 쓰는 것으로 보답하겠다. 그리고 만물이 생동하는 봄에 책이 나올 수 있도록 눈을 비벼가며 함께 작업해 준 다산북스 임고운 편집자에게도 고마움을 표한다.

나도 한 사람의 독자가 되어 주인공들처럼 전라선 기차를 타고 봄기운이 완연한 섬진강변을 달려보고 싶다.

2023년 2월
박이선

**판소리 인용 출처**

김소희 창 · 김기승 편, 『국악전집, 제11집 : 춘향가』,
서울: 국립국악원, 1983년, 194~197쪽

소금이 빚어낸 시대의 사랑

# 염부

**초판 1쇄 인쇄** 2023년 2월 20일
**초판 1쇄 발행** 2023년 2월 27일

**지은이** 박이선
**펴낸이** 김선식

**경영총괄** 김은영
**콘텐츠사업2본부장** 박현미
**책임편집** 임고운 **책임마케터** 문서희
**콘텐츠사업6팀장** 임경섭 **콘텐츠사업6팀** 한나래, 임고운
**편집관리팀** 조세현, 백설희 **저작권팀** 한승빈, 김재원, 이슬
**마케팅본부장** 권장규 **마케팅4팀** 박태준, 문서희
**미디어홍보본부장** 정명찬 **디자인파트** 김은지, 이소영 **유튜브 파트** 송현석, 박장미
**브랜드관리팀** 안지혜, 오수미 **크리에이티브팀** 임유나, 박지수, 김화정, 변승주 **뉴미디어팀** 김민정, 홍수경, 서가을
**재무관리팀** 하미선, 윤이경, 김재경, 안혜선, 이보람
**인사총무팀** 강미숙, 김혜진, 지석배
**제작관리팀** 최완규, 이지우, 김소영, 김진경, 양지환
**물류관리팀** 김형기, 김선진, 한유현, 전태환, 전태연, 양문현, 최창우
**외부스태프** 디자인 스튜디오 수박 @studio_soopark

**펴낸곳** 다산북스 **출판등록** 2005년 12월 23일 제313-2005-00277호
**주소** 경기도 파주시 회동길 490
**전화** 02-704-1724 **팩스** 02-703-2219
**이메일** dasanbooks@dasanbooks.com
**홈페이지** www.dasan.group **블로그** blog.naver.com/dasan_books
**용지** 아이피피 **인쇄 · 제본** 갑우문화사 **코팅 및 후가공** 제이오엘엔피

ISBN 979-11-306-9754-3 (03810)